赵焰文集卷一：徽州文化散文精编

行走新安江·徽之味

XINGZOU XIN'AN JIANG
HUI ZHI WEI

XINGZOU XIN'AN JIANG
HUI ZHI WEI

赵焰文集卷一：徽州文化散文精编

行走新安江·徽之味

赵 焰◎著

时代出版传媒股份有限公司
安徽文艺出版社

图书在版编目(CIP)数据

行走新安江·徽之味/赵焰著.—合肥:安徽文艺出版社,2017.4
(赵焰文集卷一:徽州文化散文精编)
ISBN 978-7-5396-6014-1

Ⅰ.①行… Ⅱ.①赵… Ⅲ.①散文集-中国-当代 Ⅳ.①I267

中国版本图书馆 CIP 数据核字(2017)第 017949 号

出 版 人:朱寒冬	策　　划:朱寒冬
特邀编辑:温　溪	图片摄影:张建平
责任编辑:张妍妍	装帧设计:张诚鑫

出版发行:时代出版传媒股份有限公司　www.press-mart.com
　　　　　安徽文艺出版社　www.awpub.com
地　　址:合肥市翡翠路 1118 号　邮政编码:230071
营 销 部:(0551)63533889
印　　制:安徽新华印刷股份有限公司　(0551)65859551

开本:880×1230　1/32　印张:15.625　字数:310 千字
版次:2017 年 4 月第 1 版　2017 年 4 月第 1 次印刷
定价:39.00 元(精装)

(如发现印装质量问题,影响阅读,请与出版社联系调换)

版权所有,侵权必究

总　序

　　一直以为自己是一个性情浮躁之人，定力较弱，喜新厌旧。自己的写作也是，虽然笔耕不辍，不过文字却五花八门、难成系统，既涉及徽州，也涉及晚清、民国历史；有散文、传记，也有长篇小说、中短篇小说、中国文化随笔什么的。文字全是信马由缰，兴趣所致，写得快活和欢乐，却没想到如何深入，更不考虑流芳人间什么的。回头看自己的写作之路，就像一只笨手笨脚的狗熊一路掰着玉米，掰了就咬，咬了就扔，散了一地。

　　写作幸运之事，是难逃时代的烙印：文明古国数十年，相当于西方历史数百年——我们的少年，尚在农耕时代；青年时代，千年未遇的社会转型光怪陆离；中年之后，电子信息时代五光十色……童年时，我们只有小人书相伴；中年后，手机在手，应有尽有。少年时，我们赤着脚在田埂上滚着铁环；中年后，我们在高速公路上开起了汽车。少年时，喜爱的姑娘浓眉大眼大圆脸；中年后,美人变成了小脸尖下巴……世界变化如此之快,除了惊奇、欣喜,就是无所适从。

人生一世,各种酸甜苦辣麻缠身。写作呢,就是一个人挤出来的茶歇,泡上一杯好茶,呷上一口,放空自己,不去想一些烦心事。现在看来,这样的活法,使我的内心丰富而坚强,虽然不能"治国、平天下",却可以"正心、诚意、修身、齐家"。我经常戏言:哪里是勤奋,只是做不了大事,也是把别人打牌喝酒的时间,拿去在纸上胡涂乱抹罢了。这话一半是戏谑,一半也是大实话。世界如此精彩,风光各有人在,有得就有失,有失就有得。不是谁都有机会成为弄潮儿的,做不了传奇,做一个时代的观察者和记录者,或者做一个历史深海的潜水员,都是一件很好的事情。

一路前行中,也有好心人给我掌声,也为我喝彩——写徽州,有人说我是"坐天观井":坐中国文化的井,去观徽州文化的天;写晚清,有人说我将历史写作和新闻写作结合得恰到好处;写小说,有人说我是虚实结合,以人性的视角去觉察历史人物的内心……这都是高看我了。对这些话,我都听在耳里,记在心里,视为鼓励。我也不知道哪对哪,只是兴之所至,耽于梦幻罢了。写作人都是蜘蛛,吐了一辈子丝,网住的,只是自己;也是蚕,吐出的丝,是为自己筑一厢情愿的化蝶之梦。对于写作,常识告诉我,目的是为了自己的内心,不是发财,也不是成名,而是写出真正的好文字;要说真话,必须说实话——花言巧语不是写作,自欺欺人不是写作,装腔作势不是写作。真话不一定是真理,不过假话一定不是真理。在这个世界上,说真话和说实话并不容易,很多人不知道什么是真话,很多人不敢说真话。怎么办?借助于文字,直达心灵。灵魂深处的声音,肯定是真话。

自青年时代开始写作,写写停停,停停写写,不知不觉地,就到了知天命之年,不知不觉,也写了三十多本书了。庆幸的是,我的书一直有人在读,即使是十几年前写的书,还有不少人在读在转。想起张潮的一句话:少年读书,如隙中窥月;中年读书,如庭中望月;老年读书,如台上玩月。其实写作也一样:少年写作,充满期望;中年写作,惯性使然;老年写作,不得不写,因为已无事可做。的确是这样,天下没有不散的筵席,可以对话的人会越来越少。写作,是对自己的低语,也是对世界的呓语。

写作没有让我升官发财,却让我学到了很多,得到了很多,也明白了很多。我明白最基本的道理是"我思故我在",明白最高妙的境界是"无"。通过写作,我不再惧怕无聊,也不再惧怕"无"。我这样说,并不玄虚,是大实话,也是心里话。

感谢安徽文艺出版社,将我一路掰下的"玉米棒子"收集起来,出成文集。文集如家,能让流浪的文字和书籍,像游子般回归。不管它们是流浪狗、流浪猫也好,还是不记得路的鸽子、断了线的风筝也好,家都会善待它们,让它们排排坐、分果果,靠在大院的墙上晒太阳。晒着晒着,就成了葳蕤蓬勃的太阳花了。改一句张爱玲的话:人生,其实是一袭华美的锦袍,绣满太阳花,也爬了一些虱子。当人生的秋天来临的时候,晒着太阳,展示锦袍,也捉着虱子,应有一种阿Q般的美好。人活一世,本质上都得敝帚自珍,充满自怜和自恋的乐观主义精神,否则哪里活得下去呢?虽然文字和所有东西一样,终究是落花流水,不过能心存想念、心存安慰,又何尝不是一件美好的事情呢?

文集又如大门关上的声音,让人心存忐忑,仿佛身后有追兵,一路嗷嗷叫着举着刀剑砍来。面对此状,我更得如狗熊一样奔跑,得拼命向前,拼命跑到自己的最高点,然后像西西弗斯一样摔下来。

感谢缘分,感谢相关助缘之人,为我半生的写作,作一个总结和了断。这是一部秋天奏鸣曲,畅达之中,有平静的惬意和欢喜。

是为序。

赵焰

2017年3月8日

本卷序　苍白的乡愁

| 一幅图 |

在我的印象里,外公和外婆一直端坐在老屋堂前八仙桌的两旁,静穆无声,就像是一幅巨大立体的古代容像。

他们似乎一直是老人:外公长得白白净净的,有着稀稀拉拉的胡须,说话慢条斯理,永远是慈眉善目的;而外婆呢,似乎总是有倾诉不完的怨气,只要一开口,便用一口难懂的歙县话大声地数落。平日里,很少看到他们走出那个黑漆漆的大门,一有空闲,他们总是喜欢端坐在那里,一动不动,就像土地庙里的一对菩萨。

老了,也许只剩下沉默和思想了。外婆的心思是好揣摩的,无非家庭,无非生计;而外公呢,这个十来岁就开始"下新安",后来又壮志未酬的"老徽商",对于自己的人生,会不会有着失意的懊恼?或者,有着对宿命的怀疑?——总而言之,他们应该是在反刍吧,人与牛一样,在很多时候,是需要反刍的。当所有的事情都已经做完,无须再做的时候,他必定会选择沉默和端坐,反刍岁月,内心忧伤。

| 一物件 |

20世纪70年代,外公、外婆的家已近一贫如洗了。我小时候只见过几枚老银圆,很漂亮,沿着边猛一吹气,侧耳聆听,便能听到风铃似的清脆响声。后来,银圆不见了,拿去换钱了,一枚银圆,当时能换八元人民币。我能得到的,只是一些铜板。铜板很漂亮,上面有一些字,"光绪""咸丰"什么的。铜板是我们用来"打币"的:把一分、两分的人民币硬币放在青砖上,用铜板去打,打下来的,就归自己了。铜板是无孔的,铜钱则是有孔的。铜钱我们都瞧不上眼,在一些角落和路边,经常会看到一些生锈的铜钱。铜钱,就像历史的弃儿。

那一年夏天,我忽然迷上了斗蟋蟀。有一天,在老宅的旮旯里逮到了一只蟋蟀,顺手就放进了一只玻璃瓶子。泥菩萨似的外公忽然开口,他对舅舅说:你找几只蟋蟀罐给他,让他放蛐蛐。于是,舅舅不知从哪个角落拖来一个脏兮兮的大木橱子,里面竟然有数十个蟋蟀罐子!有的是陶砂制的,有的是青石刻的,看得出,是有些岁月的了。我挑了一个最漂亮的:似乎是用龙尾石雕刻的,比一般的蟋蟀罐要小,因为小,根本就不能放蟋蟀,一放进去,就跳出来了。但我喜欢这只罐子,它小巧、精致、漂亮,盖子上刻有一个人物,身着明代官袍,线条流畅;罐底下,有着篆刻印,大约是制作者的图章。

这个蟋蟀罐至今还留在我的身边,放在我的柜子里。前些年有一次拿出来赏玩,盖子落在地上,打碎了,随后又用胶水粘上,算是破相了。有时候偶然瞥到这个物件,我会突然想:当年这个蟋蟀罐到底是谁的呢?它比外公的年纪大,甚至要比外公的外公年纪都大。这个罐子那样精致,那样漂亮,当年的主人一定对它爱不释手吧?但爱不释手又能怎么样呢?物还在,人已去。两厢渺渺,物我两忘。

人真苦,童年如白纸,命终复空旷。我们生而支离破碎,只能依靠各种各样的物件来修修补补。

| 一本书 |

如果说"心想事成"的确有的话,那么我与《歙事闲谭》这本书的结缘,还真是心想事成。

2004年左右,正是我对徽州有着浓厚兴趣的时候,我阅读了很多有关徽州的资料,发现很多资料都出自许承尧所编撰的《歙事闲谭》,但我一直没找到这本书。那一天,我们去了徽州,把车停在屯溪老街边的延安路上买东西,顺便就进了旁边一个小书店,就在书架上看到了上下两本《歙事闲谭》——这样的感觉,不是"心想事成",又是什么?

《歙事闲谭》其实就是怀旧。怀旧的心思,除了追溯尘封的人物和事件,还得触摸一些过去的品质:清洁、专注、端庄、认真、静美、自然和真实。那些不怀旧的人,总是显得肆无忌惮、无所畏惧。他们都是没有故乡的游子,是漂泊在这个世界上的萤火虫。在《歙事闲谭·自序》中,许承尧这样阐述他编撰的初衷:"垂老观书,苦难记忆,因消闲披吾县载籍,偶事副墨,以备遗忘。"他所说的"以备遗忘",不是针对个人,更像是对未来。也因此,这本书更像是回忆,是一个老人对前世徽州的回忆和总结。眼中有大美者,内心必有敬畏和惜缘。

许承尧是老徽州最后的"三昧真火"。当老徽州注定逝去,新的世界携着锋利、快速和浮躁扑面而来的时候,也许,最佳的选择,就是躲进书斋,用一种温润的回忆来消解这个世界的寒冷。

回忆,是怀念,是留存,更是确立一种根基。许承尧的用意,我想就在于此。

| 一段话 |

现在回忆某些久远的事件和场景,我会不由自主地眩晕,像跌入空蒙,飘荡于云雾之中——从2000年开始,我陆续写了一些有关徽州的书,比如2004年的《思想徽州》、2006年的《千年徽州梦》、2007年的《行走新安江》以及穿插其间所写的《发现徽州建

筑》(与张扬合作);然后,又因为喜欢徽州老照片的缘故,在2010年写作了《老徽州》。写这些书的初衷,是想以自己自以为是的思想,撞击一下徽州,然后去触摸徽州文化的内里。这样的感觉,就像一个妄自尊大的年轻人,以吃奶的气力,试图晃动千年古寺边上硕大古老的银杏树——然后喘着粗气,听头顶上叶子窸窣的响声——值得庆幸的是,这些书出版之后,大约是切合现代人的阅读口味和思维方式吧,不时地会听到一些肯定,引发一些共鸣。有点小得意的同时,也会让我诚惶诚恐、羞赧生怯。

感谢安徽文艺出版社,是他们给这一套书穿上了新装。沉静的包装风格,对于文字和思想来说,是一个非常好的结局;尤其是对于我淡淡的乡愁来说,这是一种很好的"小团圆"。

徽州就是一个人、一幅图、一物件、一本书、一杯茶、一朵花……当安静地看,用心地品,用思想去解剖,用体温去摩挲,用禅意去赏玩,当所有的一切都不可避免地商业化,带着他们的人、事以及心思时,一个人,如果能独守空灵,借助于某种神明,用内在的纽带试图去连接那一片安谧的气场,就该是一种幸事吧?这样的感觉,与其说是思念的流露,不如说是乡愁的排遣。一种坠落于时空变幻中复杂情感的宣泄。

徽州从未消逝,它只是和流逝的时光在一起。

总　序 / 001

本卷序　苍白的乡愁 / 005

行走新安江

序　曲 / 003

第一乐章　率水：高山流水 / 010

　　源头大美 / 011

　　右　龙 / 018

　　流　口 / 022

　　溪　口 / 026

　　回　溪 / 031

　　月潭、五城 / 038

第二乐章　横江：风水宝地 / 044

　　碧　山 / 045

　　屏　山 / 048

　　齐云之魅 / 052

　　海　阳 / 060

　　万　安 / 065

　　　　　　　隆　阜／071

第三乐章　　浙江：水调歌头／080

　　　　　　　屯　溪／081

　　　　　　　程大位旧居／084

　　　　　　　篁　墩／088

　　　　　　　花山谜窟／093

　　　　　　　柘　林／097

　　　　　　　雄　村／102

　　　　　　　义　城／109

　　　　　　　浦　口／116

第四乐章　　练江：古村九歌／118

　　　　　　　四水归一／119

　　　　　　　呈　坎／124

　　　　　　　西溪南／129

　　　　　　　郑　村／134

　　　　　　　许　村／139

　　　　　　　龙　川／147

　　　　　　　仁　里／155

　　　　　　　湖　里／159

　　　　　　　徽城镇／166

　　　　　　　渔　梁／170

第五乐章　　新安江：山水画廊／175

　　　　　　　一江春水／176

　　　　　石　潭 / 179

　　　　　昌　溪 / 182

　　　　　北　岸 / 188

　　　　　三　潭 / 194

　　　　　深　渡 / 197

　　　　　千岛湖 / 200

　尾　声　奔向大海 / 202

　后　记 / 210

徽 之 味

序 / 217

第一辑　菜味 / 224

　　　　徽州的年 / 225

　　　　不可食无竹 / 230

　　　　采蕨南山下 / 235

　　　　徽州的鲜 / 240

　　　　徽州的小鲜 / 246

　　　　火腿举起大王旗 / 251

　　　　徽州的面条 / 256

　　　　徽商与狮子头 / 261

　　　　徽菜那些事 / 267

　　　　面点、干粮和小吃 / 274

　　　　红烧肉的故事 / 279

买肉买到外婆桥 / 285

豆腐的秘密 / 291

河蚌嬉 / 297

山芋与葛根 / 303

酱坊与糖坊 / 308

徽州的野菜 / 313

徽州的野味 / 318

那些好吃的花儿 / 323

清明粿、芙蓉糕及其他 / 328

徽州各地的"宝贝们" / 332

山里的野果子 / 338

第二辑　茶味 / 344

黄山的茶 / 345

徽州处处皆松萝 / 352

水的味道 / 357

绿衣仙子入凡尘 / 363

宋朝的徽茶 / 368

茶与禅 / 373

茶与虚玄 / 378

第三辑　皖味 / 384

李鸿章爱吃什么菜 / 385

"大关水碗"有意思 / 390

羊肉的花样年华 / 395

巢湖是个杂鱼锅 / 400

宣城那些好吃的 / 405

芜湖的小吃 / 410

江淮大地鸡与鸭 / 415

第四辑　别味 / 421

过桥米线 / 422

蛤　蚧 / 424

牛肝菌及其他 / 426

食是一枝花 / 429

饮食历史谈 / 433

饮食风情谈 / 437

饮食地域谈 / 441

饮食之谬谈 / 445

残忍的吃法 / 449

投机取巧的味精 / 454

美丽的烹饪女子 / 458

上海菜与杭帮菜 / 462

素食与佛心 / 467

好男儿在厨房 / 472

燕鲍参翅与冬虫夏草 / 475

跋 / 480

行走新安江

序　曲

　　一条大河是有灵魂的。

　　有很多次,我站在新安江边,端详着眼前的流水,安安静静地聆听她的倾诉。她的声音从来都不是简单枯燥的,相反,她复杂、雄浑,同时又纤细入微,像音乐一样隽永深邃。我更愿意把这样的河流当作一部伟大的交响曲,而这样的交响曲,与时间长河一样,是拥有生命的。在皖南,新安江无与伦比。无与伦比是指她对于这块土地的影响力:她可以说是一条女性的河,也可以说是一条男性的河。说她是女性,是指她养育了徽州,她给徽州以哺育,给徽州以宽容、博大、细腻、温柔等品质,她是徽州的母亲河;而从另外一重意义来说,她又是男性的河,她同样给徽州以财富、勇敢、无畏、智慧等许许多多东西。她始终以她的活力服务于人类,也服务于徽州,似乎从诞生的那一天起,就与徽州有着永世情缘。

新安江是徽州的血脉。对于徽州来说,她的成长史,也就是新安江自身的成长史。我们还可以把新安江称作是徽州文明的月亮河。说月亮河的意义在于,这一条河流赋予了徽州潜质,也给予了徽州很多观照。她所具有的,是月色般干净而明亮的神性。这样的情景就如夏夜里的月色,静谧、通明,更显诗情画意。新安江不仅对徽州的自然和文化有巨大的影响,同时可以说,这条秀美异常的河流也赋予了徽州人文的意义。假如没有新安江,这块土地会呆板很多。新安江使得徽州有了灵魂,也有了无限的内容。

新安江同样给予徽州归宿感。时间是一条河流,同样,河流也具有时间的性质。这样的归宿感,在某种程度上,与生命的本源、时间一脉相通。从绝对意义上说,时间从未流向我们,我们总是逆流而上。现在只是未来转变或溶解为过去的那一刻。从时间的意义上说,从来没有现在,现在转瞬即逝。当然,这样的时空概念,听起来未免有点形而上,但我们总是躲避不了这样的人生命题。赫拉克利特说:"人不能两次踏进同一条河流。"这句话一直有很多解释。这些解释,都是有关时间、静止或者存在的。但不可否认的一点就是,人类总是与河流有着一种亲近感,一条真正的河流,是会导引人们回到快乐老家的。

正是因为这种本质上的潜在意识,很小的时候,当我第一眼看到新安江时,我就感受到这条河流的亲切。十几年前,我还是一个懵懂少年,曾经有一段时间,我就在新安江边的屯溪工作。

有一年春天，我曾经沿着新安江溯源而上，往率水方向，一个人骑车行走，一直骑到山附近。新安江两岸一派美景，近山滴翠，远山如黛，蜂飞蝶舞，鸟语花香。我一路走一路看，我的身边是静谧而温柔的春水，而更远一点，山坳密密的树林边，掩映着白墙黛瓦。这样一幅清新美丽的自然风景，就随意地散落在我的身前左右，天地之中，一派明媚春光。

我当时看得如痴如醉。当然，对于年轻的我来说，除了如诗如画的感慨之外，对于世界，思想尚不具有穿透力。我只是单纯地欣赏新安江两岸的美景。那时的新安江整洁而干净，不像现在，在美景中总掺杂着随处可见的垃圾，就如同人的皮肤上不时呈现出一个又一个癣斑。在这次行走新安江的过程中，我最切身的感受就是，对于当代农村来说，大量的垃圾污染已成为一个迫在眉睫的问题，虽然我一直不太愿意提及这样的事情，但我回避不了。我不得不说，我们的河流正遭受着前所未有的污染，我们的血管正在遭受一场癌变，无论如何，我们都必须想想办法开始一场脚踏实地的拯救运动了。

新安江流域几乎覆盖了整个徽州。从地貌上说，徽州是一个大盆地，它四面环山，北面是黄山山脉，南面是大彰山山脉，东面是天目山山脉。这样的地形、地貌，使得徽州在水系上形成了一个很奇怪的现象，那就是，"一府六县"几乎所有的水系，都流向新安江，然后流入浙江境内，最后归于东海。这样的现象，真的是"肥水不流外人田"。正因为如此，也就形成了徽州在自然和文化意义上的相对完整，无论从哪方面来说，它都是一个整体，具有相对独立的意义。

从另一个角度来说，河流又如同人一样。从嗷嗷待哺到独立行走，直至长大成人，在不同时期、不同的地方，会有一些不同的称谓，比如说乳名、小名、学名、大名，甚至某种笔名和职务，等等。新安江同样如此。当她发源于休宁与婺源交界处的六股尖时，她有一个乳名，叫冯源，那是因为源头的位置在休宁县冯村乡境内；然后，在此之下，她被称为大源河；再然后，它又叫作率水。在屯溪，横江流入了率水。横江，同样也是新安江上游一条重要的支流；从屯溪的率口往下，一直到浦口，这段河流称为渐江。在浦口，渐江与练江交汇。练江是新安江最重要的二级支流，在练江这一段当中，有几条重要的三级支流汇入，她们分别是丰乐河、富资水、扬之水。练江在浦口与渐江交汇后，往下，河流就称为新安江了。新安江一直往下流，在歙县的深渡，新安江注入千岛湖，也就是新安江水库，然后，跌出大坝到达浙江境内，先是叫作桐江、富春江，到了杭州闻家堰，这条河流又改叫钱塘江。在激起一片钱塘潮之后，这条长达千里的河流，最后浩浩荡荡地汇入东海。

应该说，新安江，乃至在此之下的桐江、富春江、钱塘江，对于皖南、浙江乃至东南沿海地区的影响是巨大的，就如长江对于中国腹部地区的影响一样。在我看来，新安江最重要的是她有着一种广泛意义上的文化作用，新安江所具有的，是一种开放的意义。因为她一直奔腾到海，在她的流域中，可以感受到那种清新的海洋之风,她使得整个皖南和浙西地区变得开放,也变得灵动。由于新安江川流不息,那种由新安江所带来的清新之风,以及文明的积淀,才使得两岸广大地区慢慢地蜕去了山野的莽荒之气,形成了自己独特的风格,也形成了人与天、人与地、人与人相对和谐的局面。

新安江是一条在徽州人生命中流淌的河流,也是令徽州人魂牵梦绕的河流。对于这条横贯徽州的河流,几乎每一个徽州人都有着深深的情结。我们在休宁探访时,见到了85岁的休宁师范进修学校的退休教师金家琪先生。金家琪先生在退休前一直教授地理,编撰过有关徽州地理的教科书。他写得一手好文章,对徽州文化异常熟悉;同时,他还刻有一手漂亮的版画,20世纪60年代他就是中国美术家协会会员。对于金家琪老先生来说,新安江一直是他人生中一个色彩斑斓的梦,他一生中一个重要的心愿就是自己带着帐篷徒步新安江进行考察,考察新安江的水利情况、地理情况、人文情况,甚至包括动植物情况。20世纪80年代,退休之后的金家琪先生终于有时间着手这项工作了,他买了帐篷,也购买了详细的地图,准备跟儿子一道走进新安江的源头。但因为金家琪先生想买两支猎枪一事受阻,于是整个计划搁浅。现在想起来,金家琪也觉得很后悔,但毕竟,他也没有办法。如果没有猎枪,是不可能进入深山的,当时的新安江源头是野兽出没的地方。金家琪的心愿,实际上也是每个徽州人的心愿,因为在每个徽州人的心中,都知道新安江的地位,也知道自己与这条河流的血脉联系。

从本质上来说,新安江流域的徽州一直建立在一种罕见的自然美与社会美的交汇之上。她在漫长的历史阶段一直持有一种敏感而积极的态度,并且因汲取自然美和社会美而改变了很多。在数千年的历史进程中,徽州可以说是一点一滴地逐渐形成,从淳朴到恬静,由原始到富庶,从华彩到淡雅。徽州的变化,可以说是时间的积累和沉淀,它不仅仅是经济上的,也是历史文化和人文意义上的。如果把徽州已有的历史分为幼年、壮年和老年的话,那么在徽州的幼年时期,她一直处于淳朴的农耕状态,日出而作,日落而息,遍享生命的真谛。而在她的壮年时期,意义开始进入社会生活,一方面,人们由创造开始沐浴文化的光华;另一方面,财富和道德一起,开始进入并且囤积,人们利用财富和道德,也受制于财富和道德。而她的晚年,当现代化慢慢走近之后,农耕社会的徽州开始破落,破落得如悬挂在天宇上的一弯残月,冷清、孤独,一直缅怀着昔日的时光。在她面前车轮滚滚,而她却一直无奈,无奈地观看着日出日落、花开花谢。在这样的状态中,徽州自始至终都有着混沌初醒的成分,当徽州努力从历史中睁开双眼的时候,虽然眼前一片阳光灿烂,但在枕边,依稀留下的,却是呓语旧梦的水渍。

正因为如此,我们在这个春天里所进行的沿着新安江的探访和行走,不是为了讲述一个旅行故事,也不是为了复述历史。我们不是沿着河流单纯地行走,而是跟随河水在进行一次时间的旅行。这样的行走,它最主要的对象是人,是自然,是文明,以及人的欲望和追求。自然美不是我们的侧重点,我们的侧重点是寻找自然与文化之间、现实与历史之间,甚至虚与实之间若有若无的联系。这样的行走是有意义的——与笔端相比,更看重脚步;与文章相比,更关注生命;与现象相比,更关注本质。我们的目的是更全面、更深入地接近徽州——从总体上来说,徽州可以说是一个复杂无比的结合体:没有自然徽州,就没有烟火徽州;没有烟火徽州,就没有文化徽州;没有文化徽州,就不可能有历史徽州;没有历史徽州,就不会有思想徽州……而这些,都是与新安江紧紧地联系在一起。

是新安江水在牵引着我们,让我们踏上一条文化之旅和精神之旅。这是我们在这个春天里的一次远行,尽管这个季节一直具有某种诱惑力和欺骗性,但还是有很多的真实展示在我们面前,我们会因此有很多感悟喷薄欲出。

让我们从新安江的第一滴水开始寻找,寻找徽州无所不在的暗藏,同时也开始某种意义上的真正远行。我们不是过去的信徒,不是时间的奴隶。我更愿意在这样的春天——新安江两岸黄花肆虐,让我书生的青衫在扑面而来的历史与现实之风中旗帜一样飞扬。

而这样的行走,更像是一次对徽州自然、文化与历史的朝圣和探源。

第一乐章

萃水：高山流水

源头大美

一条美丽的河流总是有一个诗意的开头。

六股尖,地处休宁县冯村乡,海拔1629.8米,北纬29.34°,东经117.45°。

山影远远的,虽只是天际边的一抹黛色,却一直呈龙马奔腾状,极富气势和动感。在山影的最高处,隐约可见一山峰,巍峨耸立,那就是六股尖,是新安江的源头。

考证出六股尖是新安江的源头,也只是近年的事。实际上关于新安江的源头,在很长时间里一直有争论。宋朝时罗愿的《新安志》是这样记载的:"《汉志》浙江水出黟县东南入海,今岭属婺源,而溪属休宁,古皆属黟。"这似乎说得比较清楚了。但同时,也有另一种观点,说新安江的源头来自绩溪登源河。杨万里当年曾有一首诗,题目就叫《新安江水自绩溪发源》,全诗如下:

金陵江水只咸腥，敢望新安江水清。
皱底玻璃还解动，莹然醽醁却消醒。
泉从山骨无泥气，玉漱花汀作佩声。
水记茶经都未识，谪仙句里万年名。

  杨万里毕竟是诗人，他的有关新安江的起源来自绩溪的观点想必是道听途说。《明史·地理志·杭州府》《山海经》、明弘治《休宁县·山川志》都认可了罗愿的说法，都认为新安江的源头在古黟境内，也就是现在的休宁县。到了20世纪40年代，有人曾经对史载的新安江源头提出质疑，当时的浙江省水利勘探队推论出钱塘江的正源在衢江，而源头在开化的莲花尖。在此之后，又得出兰江是新安江的正源，源头在休宁县龙田乡的青芝埭。一时间，新安江源头之说变得扑朔迷离。

  直到20世纪80年代，浙江省组织了一支科考队，对新安江进行了深入的实地考察，在此基础上经过反复论证，终于在1986年1月3日的《人民日报》上一锤定音："钱塘江的正源在哪里？钱塘江的长度是多少？浙江省科协等单位发起的由十四名科技工作者组成的钱塘江河源河口考察队，1983年和1985年曾为此进行了两次专门考察，考察确定，钱塘江正源是新安江，源头位于安徽省休宁县海拔1600多米的怀玉山主峰六股尖。入海口位置是浙江省海盐县的澉浦至对岸余姚市的西三闸一线，全长605公里。"一场旷日持久的源头论战从此画上了句号。

"河源为远",一直是地理上的约定俗成。寻找河流的源头,当然得沿河流溯源而上,一直追寻到最初那一脉细小的流水。这样的事情,深入地想来,还真有点形而上的意味——那是因为最初的源头一直捉摸不定,第一汪水,甚至第一滴水,就如第一线光芒,是无处不在而又无法辨明的。水的意义,包括源头的意义也是如此,新安江的第一滴水,在绝对意义上说,是具有理念意义的,当第一滴水从云彩中缥缥缈缈地落下,或者从土地中渗出时,河流的灵魂,就已经依附于其中了;然后,便有了第二滴、第三滴、第四滴……它们又很快积蓄成一汪水,水满则溢,便有了涓涓的溪流……这样的意义,就如同"一生二,二生三,三生万物"的哲学意义一样,也如同这个世界数字的意义,从 0 到 1,到 2,一直到 $+\infty$,实际上是一种"无中生有"的过程,0 是无,然后是 1,是 2,是 3……这都是"有",而最后,是 ∞,∞ 又是什么呢? 同样是"无"。"无"是"有"的开端,同样也是"有"的结束。就如同那第一滴水,当河流产生的时候,第一滴水就已经消失了;而河流最终流向大海,同样也是消失,消失于巨大的"无"之中。

现在,我们来到位于皖赣边界的玉龙山脉脚下。山脉宛若一条巨龙,绵延数十公里,它是赣东北的怀玉山脉向西北方向的延伸。所有的崇山峻岭都像一个独立而古老的王国,它的存在,完全可以让山下的人类社会相形见绌。从地质上来说,这一带的地层岩特别古老,它是世界上最古老的浅变质岩,地质上属于千枚岩类和板岩类,年龄在 10 亿年以上。这样的数字听起来让人心惊肉跳。

在这个古老的王国中,一直生活着各种各样的动物,它们是这个世界上最活跃的一群。飞禽是最丰富多彩的。翻开那些鸟的辞典,就会发现,似乎只要是辞典中列出的,这座山上就有它们的影子,它们是猫头鹰、鸲鹰、画眉、八哥、黄莺、山树莺、银鸡、锦鸡、红鹁、乡眼鸡、竹鸡、白鹭、池鹭、夜鹭、棕嗓眉、绿翅鸭、花脸鸭、鸢、山斑鸠、大杜鹃、小杜鹃、四声杜鹃、鸺鹠、翠鸟、长耳鹗、白颈长尾雉、秃鹫、锦江鸡、白头鸭、火鸠、八音鸟、喜鹊、鹌鹑、金腰燕、大雁、啄木鸟、小云雀、黄鹂、乌鸦、灰椋鸟、雀鹰、文鸟、蓝翡翠、大山雀、红头山雀、一枝花、环颈雉等等。它们的种类多么丰富啊,正因为丰富,所以整座山峦会变得特别有诗意,仿佛整座山峦就是一个百宝箱似的,只要一打开,就有七彩斑斓扑面而来。

飞禽,是这座山峦华美的诗句;而走兽,更像是森林的孩子。即使它们拥有庞大的身躯,它们同样也是孩子。在自然界,只有走兽的心思最为单纯,它们的眼神如清澈见底的泉水。走兽们一直是这个世界的经历者,在不断的轮回中,它们明白了很多真谛。它们不贪婪,也不复杂,它们具有真性情,从不装腔作势。它们一直是平等的,一只松鼠与一头豹子之间,往往可以平等对话;它们和睦地生活在一起,虽然时有悲剧发生,但总体而言,并没有太多的冲突和恐怖。在它们中间,是不存在着身份地位的,也不存在着种族差异。无论是黑麂、猕猴、毛面短尾猴、苏门羚、小灵猫、云豹、金钱豹、獐、毛冠鹿、娃娃鱼、豹猫、刺猬,还是水獭、石獾、狐狸、黄鼬、豺狗、九江狸、貉子、红春豹等,它们都有着各自的天地,也有着各自的活动习性。它们全都单纯透明地生活着。比较来讲,阴险一点的,是大蟾蜍、蝾螈、蓝尾石龙子、虎纹蛙、五步龙、蝮蛇、金环蛇、银环蛇、赤练蛇、黄肚蛇、土公蛇、竹叶青蛇、王锦蛇、虎斑游蛇、金钱龟等,但它们也只是外表丑陋,至于具体的心思和行为,也狡猾诡异不到哪儿去。它们的内心,跟这个王国所有的居民一样,都是一目了然的。

相比较而言,那些常年生长在崇山峻岭中的树木,倒像是六股尖真正的主人,因为它们的生命更长,经历也最多。它们的心最静,那是因为它们的欲望最少,它们一直静静地生长,静静地观看,静静地思考。它们想的、看的,似乎比谁都多,但它们一直缄默不语。尤其是那些大山深处的千年古树,更像是这个庞大家族中的智慧老人,只有它们,才能控制得住局面,使得所有的关系趋于平衡与和谐。走兽飞禽们当然是聪明的,但跟这些树木相比,它们往往只有自甘渺小的份儿。

当然,这些树木似乎也是不一样的,它们也有着不同的姓氏,有着不同的家族和不同的出身,它们就如同人一样,繁衍、迁居、聚集、生长。在这些树当中,红豆杉、黄杉、银杏、香榧、皂荚们的存活时间都在千年以上,它们都可以说是这座山的活化石。它们分别都揣着一本厚厚的谱牒,记录着这座山的历史。

冒着雨,我们一直沿着新安江流水的方向跋涉而上。能够来到这样的地方,是我们的机缘,也是我们的幸运。是新安江,让我们与这座山峦拥抱。几乎没有道路,我们在两边一人多高的茅草中穿行,我们顺着小溪一路攀缘而上,终于接近六股尖的新安江之源了。黄河之水天上来,那指的是黄河发源于高原,水从高原之上倾泻而下。同样,新安江水也可以说是天上来。还没有接近源头,我们就听到了哗哗的水声,从茅草的缝隙中,我们看到一道高达十几丈的瀑布倾泻而下,清澈的泉水从崖头跃落,似一匹银色的绸缎,悬挂在山间——那就是新安江之源"龙井潭"了。

那真是一道神奇无比的瀑布,也是一个神奇无比的深水潭。水清澈无比,像音乐般透明,又似孩童瞳仁般晶亮。在潭中,反射着四周青山,蓝天白云全都显现在深潭之中。潭的四周,清雅幽静,一片绿色。雨下得越来越大,我们只好躲在潭边一棵老树下。这棵树看起来也很奇特,它的树干硕大,树枝茂盛,正好遮蔽我们。我们看看潭,又看看头顶上的树,但遗憾的是我们孤陋寡闻,无法判断它究竟是什么树种。这样的源头模样是适合新安江的,一条中国最漂亮的河流,当然应该有一个漂亮的源头。在这样的地方,天高云淡,峰峦拔地而起,山中长满了杉树和毛竹,一片翠绿……第一滴水是无法寻得的,它有可能是从泥土里渗出的,也可能是天上落下的雨水……反正,在这样的地方,新安江诞生了,它从某一株古树之下,从某一丛植物之下,缓缓而轻盈地诞生了……一个生命就具有了意义,而她自诞生的一刹那起,就情不自禁地大声歌唱,如同一个婴儿降临在人间一样……

新安江的源头,实际上就是一个关于水滴的故事。那么多的水滴,由于机缘,凝聚在一起,凝聚成一个新的生命。于是,一条江形成了。在六股尖,在玉龙山脉,在徽州,在皖南,在群山耸立中……新安江奔腾而下,然后,迤逦而行……

右 龙

若是真有龙的话，那么，山脉就是龙形，如龙蛇般穿行游走。也因此，众多的山脊总被形容为龙脉。如果山峦之下有村庄，那么村庄便像是龙脉下结成的果子，或者干脆就像龙脉所产下的蛋。在看完六股尖的新安江源头之后，我们来到了六股尖附近的五股尖山。这座山同样也是新安江的发源地之一，那些看得见或看不见的诸多小溪，就是悄悄地从森林中流出，在某一个暗处汇入了河流。在五股尖，我们同样看到一条高悬的瀑布倾泻而下，在瀑布之下，是一脉说不出名字的小溪，而在小溪的旁边，是被誉为"黄山第一村"的右龙村。

右龙是相对左龙而称的，在五股尖山的另一边，就是左龙村。从山巅之上远远望去，只见右龙村安安静静地坐落在山坳之中，像一个精致而漂亮的盆景。尤其漂亮的是村庄附近的古树——我们进村的时候，在离村口大约有1里路的地方，竟然看到一丛古树,那是16株平均年龄达120岁的马尾松,高大挺拔,巍然矗立,形成一方风景,就像是右龙村漂亮的封面。

不仅仅是马尾松,村前村后随处可见很多树干粗壮的香榧树,树枝如冠,高大雄伟。山里的老树都是携有仙气的,一不留神,她们就会呼风唤雨。的确是这样,她们就像是村落的守护神,与村庄一道长大,忠实地看护着村落。在离村口数百米的小溪边,有一个看起来既像是土地庙又像是凉亭的建筑,它建在一棵几百年的老香榧树下,香榧树枝叶茂盛,几乎将那小小的庙宇严严实实地罩住。当地人介绍说,那个庙是为老树进香的,据说有一年夏天山洪暴发,冲走了村中的一个小孩。是这棵老树,伸出了自己粗大的胳膊,将那小孩捞上枝头,小孩安然无恙。在此之后,当地人就自发地祭奠这棵老树了。

在右龙村周围,一共长有数百棵香榧树,这些香榧树的树龄一般都在几百年以上。漫山遍野以及村前屋后古老的香榧树,成了右龙的一道风景,远远地看过去,云笼雾绕,花团锦簇。香榧树不仅好看,而且还能结出美味的山果。与其他树不一样的是,香榧一年四季都可以结果,它没有固定的时间限制,开花也没有定时。这样的习性,就更显其神秘了。

快到村口时,看到一棵据说有上千年历史的老榧树,树下立有一块碑,上面写着"孤坟总祭",想必,这是祭奠那些魑魅魍魉的地方吧。值得一提的是,这棵树长得真是奇怪,它不能说是一棵老榧树,它是好几棵树纠缠在一起生长的,其中老榧树的树枝最为粗壮,紧挨着的,是一棵香樟树,还有,我没看出来,应该是一棵桂花树吧。这样三树合一,真是非常稀罕,想必,这就是树神吧。当地人立碑于这三棵树下,大约就是想让老树显灵,保护和安抚那些孤魂野鬼。这样的举动,还真有点"人文关怀"的意味,毕竟,天地鬼神,都应该敬重,也需要畏惧。自然界暗藏很多力量,比人力强大得多,也伟岸得多。城市是人的天下,而在大山深处,在一切远离人迹的地方,却是树的天下,动物的天下,鬼魅的天下。

右龙现在还是有机茶的生产园地。村前村后,到处都是绿油油的茶园。我们走在茶园边的小径上,虽然阳光灿烂,却不时飘下来一丝丝细小的雨,那是真正的太阳雨。这一带明显有着高山气候的特征,以这样的自然条件和清新干净的程度,当然可以生产出品质优良的茶叶。右龙的茶叶自古以来就非常有名,当地人在采摘完茶叶之后,一般都挑到附近的江西浮梁去卖,然后由浮梁转道卖到全国各地。浮梁也算是一个很有名的地方了,白居易当年在那首著名的《琵琶行》当中就写道:"商人重利轻别离,前月浮梁买茶去。"这样的商人,极可能就是当年的徽商,做茶叶生意的。因为做茶叶生意,倒让琵琶女千古留名。右龙至今还留有很多当年的石板路,这些蜿蜒曲折的石板路,就是"徽商故道"。在与江西交界处,还遗有一块石碑,上面刻有"吴楚分界"四个大字,也就是说,当年徽州这边归于"吴",属于古时的南直隶省;而那边的江西境内,则是楚地了。

地处深山的右龙同样也是一个千年古村,村中还遗留一些古建筑。我们从村子穿过的时候,正是中午。在村中一座旧木桥上,一大堆人在那里晒太阳,彼此用外乡人听不懂的土话聊着天,有时候快乐地大笑。在桥下,仍是涓涓的溪流,对于人们的笑声,溪水仿佛也受到感染,它们欢畅地向前奔走。这是新安江的另外一条小溪,它向山下流去,最终也是流到新安江里。

流　口

溪水从龙井潭瀑布潺潺而下,在途中,汇入多股山泉。在向北流淌约 10 公里后,到达冯村。冯村原本是一个乡镇,现在并乡之后,只是一个行政村了。在这里,从六股尖流下的溪水终于有了一个大号,叫冯源。有了大号之后,河流算是正式登堂入室。冯源继续往下流,溪水的两岸,是高耸入云的山峦,山上种满毛竹。虽是初春,山峦却一片透青,一点杂色都没有,只有一些野樱桃花迫不及待地绽放。这些野樱桃花开得真早啊,我们去六股尖的时候还在过年,但它们已经憋不住了,在熬过一个不算漫长的冬季之后,一嗅到点暖意,便迫不及待地挺身而出了。它们零星地开在溪水边,就像溪水边亮着的路灯一样。而溪水因为这些漂亮的野樱桃花,变得更妖娆。她又有了一个新的名字,叫大源河。大源河在挨过很长一段时间的寂寞之后,进入了休宁山区比较著名的一个乡镇——流口。

流口因位于大源河、小源河的交汇处而得名,所以地名又叫双溪。大源河是由六股尖流下的,小源河则发源于其他山峦。流口在历史上一直是个风水宝地,两条河流夹汇于此,在河流的交汇处,人们定居下来,就形成了村落。从现在来看,流口最有特点的,是大源河正对的那座山,这座山虽不高,但丛林密布,郁郁葱葱,与周围的山峦形成强烈对比。当地人告诉我们,这座山因正对河流和村庄,在风水上叫作朝山,朝山上的一草一木都是不能轻易去碰的。所以一直以来,当地村民从未砍伐过这座山上的树木。风水意识在徽州一直有着传统,在婺源的汪口,我就曾见到几乎与这一模一样的朝山,生长着原始森林,很多老树的树冠都长成了球状。

流口镇在古代一直是新安江源头处的一个交通要塞。两条清澈的河水将古镇轻轻挽住,整个村落细长宛如弯月。当年,流口镇算是休宁西部较为繁荣的地方了,一直到现在,流口仍遗有一条不错的老街,一色的青石板横铺,两边都是店铺。人徜徉其中,更觉安静幽深。老街临河而建,在河边,还遗留一些旧埠头,当年流口一带的人,就是在这样的埠头乘船而下,去休宁、徽州府歙县,甚至下新安去杭州。现在这些古码头已纯粹成为村妇们洗衣的地方,虽然是正月,因为天热,仍有女子裸露着双脚站在不深的水里浣衣,远远看去,就如立在水面上的水鸟一样。

农耕社会人们选择居住环境的标准,一般都是在有河流的偏远地带,临水而栖,可以在两旁开垦土地,依托河流进行灌溉。这样的地方也比较安全,可退可进——退,可以退居到更深的山林中去;进,则可以顺河流而下进入集市。现在流口镇里的人大都姓李,据说是唐太宗李世民的后代,在晚唐时逃至这一带的。徽州由婺源生发的"明经胡"原先也是姓李,晚唐时朱温兵变,婺源人胡三抱着李姓太子逃难而来,所以李姓太子的后人就一直姓胡了。至于流口的李姓,是逃难而来,还是隐居而来,倒没有确定的答案。在流口老街,一直陪同我们的休宁县地方志主任汪顺生带我们来到当地居民李增社的家,在李增社家,我们看到了他精心留存的族谱。族谱上写明的是,流口李氏是唐太宗李世民后辈的一支。我不知道李氏家族来流口的具体原因,但分析起来,不外乎被动逃难或主动隐居。李氏家族来此隐居的可能性也是有的,皇亲国戚们在享尽荣华富贵、阅尽千帆之后,可能更珍惜的,是短暂的生命。当然,也不排除另一种可能,那就是表现在中国民间谱牒中的普遍的"归顺"现象——普通百姓在修谱时往往尽量将家族的身世向达官贵人脉系上靠,这种"攀龙附凤"的现象使得中国很多族谱如一本厚厚的浪漫主义小说,几乎每个家族都诞生过显赫的人物,也都有值得炫耀的出身——姓赵的必是赵匡胤的后代,姓李的必是李世民的后辈,姓孔的都是孔子的世孙……似乎从没有一本纯粹的穷人家谱。这样的族谱,在某种程度上并不是客观的脉络,更像是榜样的训诫——是借助历史的荣光,对后人鞭策的工具。

现在看起来,流口虽然风景不错,但很明显,已不是古代那个无限优美的地方了。当年的流口曾有着自己的"八景",它们分别是"群峰拱翠""二水环青""书屋槐荫""方塘云影""椿堂日永""竹径清风""野碓春云""扁舟横流"。这样的命名,可以看作是流口人对自己居住村落的热爱和炫耀。在徽州任何一个村落,都有着"八景"或者"十景"什么的。可惜的是,很多年过去,当年的很多景观,已经物是人非,甚至,已经消失得无影无踪。这个世界一直按照一种悖论的方式运转着,在人们变得越来越富足的同时,一些美好的东西总是无可奈何地消失。桃花流水春去也,天上人间。

率水依旧缓缓离开流口,她的姿态,更像是时间之河在流淌。由于地势的原因,她急促地向西北方向流去,进入祁门县境内。然后,她开始了数十公里的"九曲十八弯"。这段流域,山势陡峭,河谷窄深,流水急浅,迂回萦绕。在这样的起伏中,浪花像击鼓似的前行。在此之后,率水穿行在大山深处,两岸幽邃静逸,兽声鸟声掺杂。河水在这样人烟稀少的地方跌宕起伏,就如同人类的梦想在黑暗中熠熠生辉。

溪　口

率水在经过很长一段曲曲折折的峡谷后,到了冰潭,豁然开朗,河面变宽,水流也平静了很多。到了溪口,又有沂源河从西南面流了过来,两条河合而为一,又向东边流过去。溪口沿着沂源河边,是一排老房子,它们就像一群老者,现出一副惊讶的神情。在水边,仍有许多昔日的码头,在码头旁,当年还建有盐站,用来贮藏从杭州运来的盐。溪口也有老街,但只是窄窄的一条,很多老屋都破烂不堪了。

溪口值得一看的,是现在乡政府马路对面的关帝庙。关帝庙又叫红庙,因为它的外表被涂成红色。据说在徽州,像这样规模的关帝庙,仅存这一座。徽州一直重文轻武,在民间,很少有朝拜关帝庙的传统,但在这里,似乎是一个例外。我疑心最初建在这里的,是汪公庙,是纪念徽州土地神汪华的,而到了明代之后,由于话本的出现,《三国演义》风行,于是摇身一变为关帝庙。在徽州"八大姓"当中,汪姓的历史是比较长的,在徽州存在了近两千年。当然,这样的想法只是我的一厢情愿。

山区的天气果然多变,我们到溪口的时候还是大晴天,但一阵风吹过来,说下雨就下雨了。我们顶着风雨进了关帝庙,只见两个老者在庙中呷酒吃菜,一副怡然自得的模样。在他们脚下,一只肥大的黄狸猫伏在那里,威风而懒散,连正眼也不瞧我们一下。猫总比狗有贵族气,它往往漫不经心,像一个幽魂一样,不像狗,总是神情专注,轻灵不起来。老人一边呷着酒一边告诉我们,这庙在"文革"时之所以幸免于难,是因为它当时是生产队的仓库;旁边那个古老的凉亭,因为可供社员们憩息,并将"关帝亭"改为了"立新亭",所以得以幸免。"文革"真是一个荒诞的时代,那些别有用心的人总想着割裂历史,但历史哪里能割裂得了呢?想强行割裂,就变成破坏和糟蹋。现在,漂亮的古木亭和关帝庙同时屹立在空旷的乡野中,优雅而富有诗意。在它们的旁边,还有十来株大树,在风雨中,透着春意。有老树作为陪衬,这个地方便显得灵秀深厚了。

徽州的村落一直有着农耕社会的诸多特点,村民们大都崇旧、尊老、厚土、重迁、保守、拒创新。在任何一个村落,都残留着一些"遗老遗少",他们对自己的过去如数家珍,津津乐道,引经据典。在溪口,同样也是如此。最让溪口人骄傲的人物,就是乾隆年间的吏部尚书汪由敦。汪由敦的墓,就坐落在村落边一个小山坡上,墓地很大,坟墓背倚峰峦,两侧低山环抱,墓两边各有三个石人石马。古旧的墓碑就像一张面孔,一动不动地俯瞰着不远处的流水。离坟墓不远,在马路的对面,还有汪由敦墓前的华表柱。公路建成之前,这对青石华表与汪由敦墓是一个整体,后来公路穿胸而过,把华表和墓园分开了。

汪由敦算是休宁籍一个名头很响的朝廷重臣了。他生于康熙年间,死于乾隆年间。汪由敦的父亲是个徽商,一直在外做生意。汪由敦出生在江苏常州,到10岁时,父亲才带着他第一次回到溪口,也就是这次回家,给汪由敦留下了深刻印象。汪由敦在30岁左右曾经写过好几首《双溪绝句》,抒发自己对家乡的感情,有一首是这样的:"大连小连水淙淙,杭埠春流拥客艘。滩外有滩三百流,送春直到富春江。"在这首诗中,汪由敦把溪口跟杭州联系起来了,长长的流水是一条线,两头,都是他的家。汪由敦少年时一直在杭州读书,据说聪慧无比,过目不忘。雍正元年,汪由敦被推荐为《明史》编修,同一年,他参加了顺天府的乡试,考中举人。第二年,汪由敦在京参加会试,考中了第二甲的第一名进士,赢取了传胪名号,被授翰林院庶吉士。那一年,汪由敦才32岁。志得意满时,汪由敦的父亲突然病故,由于汪由敦一直忙于编《明史》,没来得及赶回参加父亲的葬礼。三年后,汪由敦由于编纂《明史》有功,学识卓越,被授予大学士。在此之后,汪由敦一帆风顺,历任工部、刑部尚书;于乾隆十一年兼署都察院左都御史,随即在军机处行走。

汪由敦官居二品,这算是一个很大的官了,一个汉族人,在当时居于这样的高位,实属不易。汪由敦是一个什么性格的人呢?我查了一些资料,大致把汪由敦的性格弄清楚了——这是一个标准的朝廷大臣,谦让恭敬,记忆力惊人。虽云"伴君如伴虎",汪由敦却处理得近乎完美,尤其对皇帝的心思,汪由敦揣摩得特别透彻,也特别准确。汪由敦写得一手漂亮的书法,雍正、乾隆的很多圣旨,都是由汪由敦起草的。在圣旨中,汪由敦总是能把皇帝的意思表达得很准确:皇帝想表达清楚的,他就能表达得很清楚;皇帝不想表达清楚的,他也能尽量含糊过去。汪由敦可以说是皇帝肚子里的一条蛔虫。难怪在汪由敦66岁那年过世,乾隆皇帝深感惋惜,亲临赐奠,追赠太子太保,谥"文端",并称他"老诚端恪,敏慎安详,学问渊深,文辞雅正"。这是一个很高的评价了,一个人能得到皇帝如此表彰,绝不是一件简单的事。

据说,汪由敦喜愠从不形于色,而他居于那样的高位,对于徽商当年在扬州的兴盛,应该起到很大的作用。但这方面的资料一直很少,无法证明我的判断是否妥当。我一直以为,大批徽商之所以获准经营利润很高的盐业,肯定与"朝中有人"分不开。只有权力和金钱相结合,才会有这样完美的"姻缘"。很明显,从时间和地位上看,汪由敦应该是在当中起到重要作用的一员,除此之外,还应该有曹文埴和曹振镛父子等。从现在占有的资料来看,似乎看不出汪由敦在这方面有什么痕迹,但看不出并不是没有做,以汪由敦的做事风格和能力来看,他肯定能把这一切办得自然妥帖,即使是风生水起,他也能将一些矛盾化解于无形之中。

能居于那样高位的人,肯定有着很高的政治智慧。从历史上看,这样的"人精"大都一方面谨小慎微,另外一方面却颐指气使;明里清正廉洁,暗地却大刮民脂。这样的表里不一,似乎已是专制制度的一个普遍现象。我对汪由敦了解得不算深入,但一个人在这样的制度下如此出人头地,相信肯定不是一个庸常之辈。

在溪口,据说当年汪家大宅宏大气派,占地就有好几十亩。汪顺生主任带我们在汪家大宅的遗址上走了一圈。当年那些大宅院,早没了踪迹,旧址上只是一畦畦菜地,长满了绿油油的蔬菜。在菜园地的角落里,还残存着一些老树,不知道那些老树是不是当年汪家大宅花园里的。那些曾经精致的古树现在仿佛也成了"荒园野狗",呈现的,都是狰狞不堪的面目。

溪口已老,曾经的精彩也随水波逝去。率水从溪口往下,深邃而平缓,两岸的景色变得疏朗明媚。在离溪口4公里处,是秀美隽永的阳干,淡雅从容,一派田园风光。再过几周,阳干河滩上的草地就会绿起来,那些成片的、有着数百年历史的大板栗林也会透青,并且开出花来。阳干已经建了一个旅游度假村,每年春天一到,便会有大批游客从各地赶来,访春踏青,开篝火晚会。他们的笑声和歌声,会让新安江变得年轻。新安江不是所有的地方都是古旧的、沉重的,在很多时候,她也如同孩子一样,天真活泼,单纯稚朴;也如多情的少女一样,善解人意,温婉可人。

回 溪

隐士一般都躲在有溪水的山林边。

大江大河是难见隐者的,隐者们一般都不喜欢大江大河的喧闹,也不太喜欢大江大河的一望无际。他们一般都会逆流而上,在某一条小溪的拐弯处安居下来,圈起栅栏,盖起茅屋,然后耕种、栽花、培药、垂钓。水是生命的母体,鱼则是生命的图腾。有鱼有水的地方,便可以率性自然,颐养天年。自古以来,率水两岸一直是隐士们生活的地方。率水的名称,就来自一个隐士——据说汉代有一个太守叫张率,因为世事动乱,心灰意懒,索性搬到六股尖一带隐居,过上了闲云野鹤的生活。正是张率的到来,六股尖一带被称为率山,而从那个方向流下来的溪流便成了率水。这样的故事是有来历的,《休宁志》曾经明明白白地记载了这一典故。

张率虽然隐居,名字却流传下来成为不朽。而更多的隐士,则在这风光旖旎的山水之中,像树一样生老病死,自生自灭,什么也没有留下。

离溪口不远,有一条小溪,从休宁和婺源边界发源之后,先是由南朝北,流了一段路程之后,突然转向,由西向东直入率水。每当梅雨季节,雨水猛烈,河水陡涨,便会形成倒挂,率水灌入小溪,因此位于这条小溪边上的小村落就被称为回溪。

明初大名鼎鼎的朱升就是回溪人。从现在回溪行政村往上走数百米,是一个只有数十户人家的小山村,叫台子上村。朱升就生长在这里。因为时隔久远,有关朱升的一切都早没了踪影。居于村口,有一间小瓦屋,据说这个地点就是当年朱升的家。但现在的住户既不姓朱,也跟朱升没有任何关系了。

与当年的诸葛孔明等诸多隐士一样,显然,朱升的隐是假,博取功名才是真。关于朱升,《明史》上只有短短的一段记载:朱升中举时年纪已很大了,曾被礼部任命为池州学正。元末农民起义爆发后,朱升弃官归隐歙县石门,读书耕种。不久,朱元璋进军徽州,因为大臣邓愈的推荐,朱元璋召见了朱升,询问他对于时局的看法,朱升表达了"高筑墙,广积粮,缓称王"的国策之后,被朱元璋敬为上宾,在此之后,朱元璋授予朱升侍讲学士,同修国史。因为朱升的年纪比较大,特免朝谒。朱元璋当上皇帝之后,朱升被封为翰林学士,主要工作是帮助明王朝制定有关礼仪规矩,并且与其他人一起修《女诫》。几年以后,朱升请求告老归乡了。对于朱升在军事上的智慧和谋略,《明史》并没有提到,相反,对于朱升的学问,倒颇为推崇。《明史》说他"自幼力学,至老不倦。尤邃经学。所作诸经旁注,辞约义精。学者称枫林先生"。

在县志等其他相关史书中,对于朱升,还有更为详尽的记述。但这样的记载,只能供参考了。从这些资料来看,朱升的祖父叫朱林,依朱氏族谱推论,与南宋大教育家朱熹系同宗,为朱熹旁系的三代孙。从朱林这一代起,朱家一直生活在台子上村,以教书为业。朱升的父亲名叫朱秀,一生半儒半农。朱升出生在晨曦太阳东升之际,所以取名为"升",字允升。20岁那一年,朱升奉母亲汪氏之命,与歙县石门里人陈氏结婚。婚后生有一子,名朱异,但在幼年时生病死了。一直到41岁时,朱升再次得子,取名为朱同。在遇到朱元璋之前,朱升的生活半径局限于徽州,有时去附近的地方讲学,有时候在家抄录写作。朱升的一首诗记录了这样的生活:"春足雨足长青草,数亩山田自可耕。"看得出来,朱升对于这种闲云野鹤的隐士生活,虽然颇感自得,但在内心深处,还是有点遗憾的。

很难说朱升遇到朱元璋是幸运还是不幸。那一年朱升59岁。朱元璋夺取政权之后,朱升去了南京,官至五品,看似荣华富贵,青史留名,但也失去了很多,后来的悲剧,也源自朱升的出山——他唯一的儿子朱同,也被朱元璋杀死。朱同究竟死于朱升之前还是之后,我没有确切答案,但我想,如果朱升继续在乡下当他的隐士,至少可以保全儿子的性命吧。

人去楼空,弯月西悬,落下的,只有雪泥鸿爪。在古老的村落中,总有一些传说,就像空谷幽兰,散发着历史的余韵。在回溪一户人家漂亮干净的院子里,村民洪跃璋摆开架势,跟我们讲述了朱升出山的传说:当年朱元璋与陈友谅大战鄱阳湖,陈友谅利用鄱阳湖易守难攻的地势让朱元璋久攻不下。朱元璋陷入了深深的苦恼。军师刘伯温向朱元璋举荐说:我有一个同学,叫朱升,是一个经天纬地之才。朱元璋问道:比你如何?刘伯温说:比我厉害。朱元璋问:何以为证?刘伯温说:有一次我们到一个凉亭中聊天,我突然感觉凉亭即将倒塌,就说:这个亭子要倒,我们得马上离开。朱升微微一笑,说:没关系,要倒也是向外倒。话音未落,亭子果然倒塌了,也果然向外倒塌。

朱元璋一听这人如此神奇,当下一定要去拜访朱升,便与刘伯温一起装扮成商贩向回溪方向行进。他们是从休宁溪口边上的祖台山上过来的,刚到岭头,就听到回溪那边爆竹声声,锣鼓震天。两人掐指一算,心想,今天不是黄道吉日啊,怎么如此喧哗热闹?等他们进了回溪村,一看,村口的一户人家正在上房梁,梁上赫然挂下来一副大大的楹联,上联是:竖柱喜逢黄道日;下联是:上梁恰遇紫微星……

故事我不想原原本本复述了。民间故事总是简单而直观,它很容易掩盖深层次的复杂关系,戏剧化、市井化地图解深刻的历史内容。实际上朱升对朱元璋的贡献,除了那个"九字策"——"高筑墙,广积粮,缓称王"外,就是对大明王朝一整套礼仪的建设了。在明王朝看来,元朝颠覆南宋后近百年的"蛮族"统治,使文化和道德礼仪遭受到根本性的破坏,一元复始,要的便是进行道德、秩序以及尊严的重建。正是因为这样的初衷,他们找到了朱升,找到了这个垂暮的大学者,找到了这个道德文章的遗老遗少。由朱升来主持重建礼仪,似乎再合适不过。

从后来明王朝社会运转的效果来看,由朱升构架的道德和礼仪体系,看起来非常精密,也非常完美。但我考虑的一个问题就是——朱升所倡导的"高筑墙,广积粮"是不是就此铸造了明王朝极度内敛的性格。因为"高筑墙",从朱元璋开始,明王朝实行了海禁政策,开放和冒险的意识被扼杀;又由"广积粮",狭隘而机械的农耕意识成了主流,歧视新的目光如秋天的霜冻横扫社会。如果真是那样,从历史发展的角度来说,朱升为朱元璋的出谋划策、整顿礼仪很可能使得明王朝进入了一个误区,它使得泱泱中华陷入了长久的农耕泥淖,也陷入了闭关锁国的状态,更因此远离风生水起的世界航海大潮。当然,这一切也怪不得朱升,所有的大政方针都是朱家天子制定的。当一个制度根本上由权力的欲望在掌控时,这个制度,是很难做一些利国利民的事情的。

在回溪,可以说无人不晓朱升,人人也都为出了一个朱升骄傲。在离回溪不远的陈霞村,车行至此,很远就看到一个标牌:"凡参加朱升海内外联谊会的,在此联系。"这大约是乡村有关方面正在组织朱升的海内外联谊纪念活动吧。在陈霞行政村的霞瀛自然村,我们还看到一个老屋,当年这座房屋的主人,据说是朱升的后人。现在,在屋内天井阁楼的四壁,还能看到一圈精致无比的木雕,反映的就是朱元璋当年寻访朱升以及朱升到朝廷后的情况。这一组木雕是我沿途看到的最好的,栩栩如生,鬼斧神工。民间永远暗藏着一种本领,它可以化真实为世俗,化生活为戏剧,然后在半真半假的故事中,自得其乐,自我陶醉于一片云腾雾绕之中。这样的情形,也可以算是中国文化的一大特色吧!

朱升后来为什么从朱元璋身边淡出,我想,一方面,因为朱升年岁渐大;另一方面,可能二人在很多事情的看法上不一致吧。朱元璋觉得老夫子也不过如此,肚子里,都是一团无用的纲常;同时,以朱升的智慧,想必也看出朱元璋的虎狼之心,趁早离开,是明智之举。

朱升辞官后仍然回到徽州,隐居在歙县石门一带,那里,是他夫人的家乡。这个智慧的老者,在弹奏了一段时间的入世之曲后,重新吟诵起"高山流水",归于自然之道了。在这方面,朱升比刘伯温仍旧聪明很多,至少,他因为归隐,可以活到 72 岁;而刘伯温呢,这个聪明至极的"小诸葛",却在 65 岁那年,死于一场莫名其妙的病症。

数千年来,中国的历史一直上演着"飞鸟尽,良弓藏;狡兔死,走狗烹"的悲剧。这样的悲剧,是制度本身决定的,怨不得哪一方。因为政治的险恶,入世与出世,便成了中国知识分子永远弹奏的两根精神之弦。这样的弹奏,既铿锵刚劲,又痛苦无奈。从陈霞村出来,我在想的是,对于积极进取的儒学以及追求隐匿避世的道学来说,究竟哪一种更符合人的本性呢?每一个人都在寻找着这样的平衡点,每一个地方也是。徽州众多的隐士,造就了徽州亦儒亦道的精神。"儒"是进取的,是理性的,是社会的,是宗族的,是油然于心的;而"道"呢,则是个人的,是直觉的,是天然的,是无可奈何的。儒和道,看似不相融,其实却是可以相融的。儒也好,道也好,它们都是人类情感和欲望的延伸,它们的源头,都是人类最初的欲望和想法;它们更像是一艘船上的两把桨,儒是前行的保障,道则是平衡的杠杆。只不过这两者方式不一,到了一定的关口,分叉了,形成了两条河,各自有着自己的流向。而在本质上,它们却一直相缠相生着,它们是同一个事物的两个方面,是镜子的正面和反面。

陈霞村名字的由来同样是因为一个隐士,这个隐士就是陈霞村的第一世祖,姓陈,是五代十国时的人。当年陈姓之人来到这个地方落户后,慢慢繁衍形成了村庄。从这个意义上说,徽州无数村落的始祖们,都是这样的隐士。依山而居,会给人带来安慰;濒水而栖,更让人意识到生命的无常。在山下,可以让人体验回归祖先居所的悠悠古味;在水边,则可以享受脱离宗族怀抱的远行刺激。当然,隐居的初衷也会随时间的推移慢慢变形,崇高会变得平庸,闲散会走向疲惫和木然。而这样的生活方式一旦失去人生的志向和深厚的文化底蕴,只有贫血和苍白,庸然立于青山绿水之中。

月潭、五城

率水到了月潭一带,河面变得更加漂亮了。在月潭,有大片的草地,在草滩上,有成群的板栗树和乌桕树。据当地人介绍说,这一带最美的季节是秋季,板栗树、乌桕树霜后如血。即使是现在,这里的景色也漂亮异常,翠绿的草丛或者树林中,不时拓展出一片柔和的白色,如春天里开放的玉兰花。当声音惊醒它们的时候,它们就化为白鹭从天空飞过。春天的率水也是一池起皱的暖水,水上不时游弋来一叶小舢板,有鱼鹰昂首立于渔竿上,间或会突然扎入水中,叼出一条鱼来;水面清澈,在深水中,不时有一些野鸭子,快乐地嬉戏畅游,有时噼噼啪啪沿水面飞行,划出一道道白色的水线。当然,水獭白天是看不见的,它们一般会在晚上出现,从那些水中大石或者沼泽地里偷偷溜出,游到岸边,噙走一只只青蛙……从月潭到五城,率水漂亮、娴静、温顺、包容,开阔处,她水天一色,烟波浩渺,宛若梦中情人;两山相夹中,更如仙女下凡,一条长长窄窄的飘带,很随意地飘散在起伏绵延的山峦之中。

到了五城村,水变得更静谧了,水面如镜,可以映出周围山峦的倒影。有这样清澈无比的水资源,难怪五城的豆腐干享誉远近。好水自然会有好豆腐,当地人教了我们一招鉴别真假五城豆腐干的诀窍,那就是将一块豆腐干沿着中线180度折叠起来,不会折断的,就是真正的五城干,由此可见五城豆腐干的细腻和韧劲。在五城,率水接纳了颜公河,变得更为茁壮。颜公河的来历是因为颜公山,宋罗愿《新安志》记载:"颜公山,高五十仞,周三十八里,上有湖广五亩,中多鲤鱼,昔有颜公隐此山,一旦乘风去,岁若旱祷辄应。"由此可见,颜公同样也是一个隐士,隐于此,并在此"得道成仙"。率水与颜公河相夹,河边是古林村和五城村,现在,古林村与五城村已连为一体。古林村依率水而建,而颜公河边上,则是五城著名的老街。

五城曾是徽州府至婺源古道上的第一重镇。《新安志》同样有着记载:"五城村,古之大镇也。"在元代,就设有"五城务";明清时,设有"五城铺"。只是这个地方为什么叫五城,一直没有确切的解释。最直接的,是因为当年此镇有"东西南北中"五个城门而得名。

五城的历史,也是当年徽州人迁徙历史的缩影。现在五城居民大多姓黄,黄姓是由江夏迁入的,也就是现在的武汉一带。在现在的五城老街上,还存有当年的古城楼,在古城门的墙上,嵌有一块青石,上面镌有"江夏名宗"四个大字。相传在唐肃宗年间,江夏郡黄氏为躲"安史之乱",举家迁移,辗转到篁墩,然后又溯新安江而上,定居在五城河西西涌山上。后来迁移到现在的五城。由于交通便利,五城一度非常繁荣,被称为"玉京"。在现在临水老街所在地的另一个古城楼上,还可以看到楼门上嵌镌的几个大字:楼瞰玉京。当年五城的繁荣,看样子是非得登高才能看得全的。在这条古街上,我们甚至还发现一个上百年的墙体广告。可以想象,当年颜公河边的五城街繁华茂盛,商铺林立,摩肩接踵,热闹非凡。

因为五城曾经有过的繁荣,所以镇内至今留存很多当年的文化痕迹,悠悠间可以管窥厚重的古风。比如说端午节的玩堕镖、赛龙舟、赛龙排,中秋节的放水灯、焰火等,当然,最独特也最具影响力的,还是"将军会"——这是为了纪念"安史之乱"中坚守睢阳壮烈殉国的唐朝大将张巡的庙会。每年农历七月二十一日,四邻八乡的老百姓打着"得胜鼓"赶到五城,整个活动持续四天。据说当年张巡一个部将死里逃生后,流落在五城,他一直忘不了张巡的凛然义举,因而发起了这场纪念庙会。至于这个部将姓甚名谁,如何逃脱,这当中的详情,并没有确切的答案。历史往往就是这样,它在很大程度上一直粗糙坚硬,许多湿润的细节,都被风吹得无影无踪了。

五城在历史上一直是个文风兴盛的地方,小小的五城,就曾经出过三个状元,让人匪夷所思。这是五城人一直为之骄傲的事。一到镇上,年轻的镇长就向我们介绍五城在科举中的"光辉历史"。我们来到了位于五城古林村的状元黄轩故居,故居里现在还居住着黄轩的后代。主人拿出黄氏家谱,为我们一一辨认家族延脉。家谱一律用蝇头小楷刻录,秀美端庄。同行的徽学专家鲍义来老师忍不住啧啧称赏。黄家厅堂的正墙上,镌刻着一块石匾,上面写着"为善最乐"四个字。仔细一看,"善"字却少了两点,据说这是为了告诫人们,从善要从一点一滴做起。这样的做法真是用心良苦。但我一直不喜欢这样的做作方式,也不以为然。与很多事情一样,文化如果透露一股机灵的小聪明劲,往往便会在整体上缺乏大气;聪明都运用到细枝末节上,反而容易在行为创造以及思想拓展上显得疲软。在某种程度上,中国文化一直有着这样的弱点。黄轩曾经担任过四川按察史,后来死在督办军粮的过程中。他算是那样制度中一个勤勉的官吏吧,兢兢业业,善始善终。

比较而言,我对五城另一个状元黄思永更感兴趣一点。黄思永是清光绪六年(1880年)的状元,幼年时寄居江苏江宁。他的经历很具传奇性:幼丧双亲,历经磨难,曾教过书,甚至造反参加过太平军。不久,他脱离了太平军,走上了科举之路。中状元之后,黄思永在翰林院修撰,官至四品侍读学士。黄思永身在官场,却不死守封建教条,他一方面发愤钻研西方科技和文化;另一方面还教育其子黄中慧学英文,学西方科学技术,并送黄中慧赴美国深造,黄中慧后来成为他兴办实业的得力助手。黄思永曾经连续上书光绪皇帝,提出一些设想,比如要求发行股票、借用民间闲散资金创办民族资本企业等等。在当时,这样的想法相当大胆。也因此,黄思永的单骑突进惹火烧身,一些人诬陷他反对朝廷,黄思永被罢官入狱,一直到1900年八国联军入侵北京,黄思永才恢复了自由身。出狱之后,黄思永仍是没有闲着,他亲力亲为,创办了工厂。不久,朝廷降旨,黄思永官复原职。可这时的黄思永对于当官早没了兴趣,复职一段时间之后,他实在忍受不了官场的循规蹈矩、繁文缛节,干脆弃官从商,走上了一条实业兴国的道路。

1903年,清朝设立了商部(后改称农工商部),特聘黄思永与同为状元出身、精于营商的张謇担任头等顾问官。黄思永与张謇在新的平台上大显身手,二人共同起草并颁布了《奖励公司章程》《商会简明章程》以及有关铁路、矿务、商标等诸多章程法规,大力扶持民族工商业,吸引众多投资者兴办工厂、商行,时人称为"商部两状元"。在兴办实业方面,两位状元更是身体力行,黄思永经营于北,张謇经营于南。黄思永在京城创办工艺局,其产品以景泰蓝铜器最为精巧,曾两次在国际博览会上获奖,市场价高却供不应求。可以说,黄思永是继李鸿章、曾国藩第一拨洋务运动之后,第二拨的近代改革大家,他的改革行动一直延续到清亡。晚清中国的工商业,在开辟通商口岸、修建铁路、开采矿藏、发行股票债券等方面,都有黄思永的功劳。在休宁的状元中,能有这样一位开拓者,倒是值得休宁人骄傲的。

率水由西向东流去,两岸风景依然如画。终于,她到达了一个叫作率口的地方,与横江汇合。现在,这个曾经的地名已变得模糊,也慢慢为人们忘却。在她的旁边,一座干净清丽的现代化旅游城市巍然矗立,她就是黄山市的屯溪区。

第二乐章

横江：风水宝地

碧　山

开始梳理一路的感受。

行走之余,目睹旷野美丽的自然风光,看到游人如织穿梭在徽州山村,我总是油然生出感慨。我一直试图揣摩徽州近年变得炙手可热的原因,也思考徽学由深涩的地方文化学逐渐成为一门"显学"的原委。机缘当然是多方面的,最主要的,还是时代的缘故。对于现今来说,徽州的诸多遗存,无论从精神上还是物质上,在我们这个时代里已经变得相当匮乏了。当人们有机会来到这青山绿水之间,沐浴着农耕社会吹拂而来的古风时,无论是生理还是心理,都会有一种熨帖的亲切,甚至会产生由衷的温暖和澄明。当徽州在整体上以蓝天为衬托,以绿水为背景,呈现出一种朴素、明朗、大气而具有人情味的状态时,那种自然美和社会美所显现的魅力,当然是现代人难以抵御的。我想,这可能就是徽州之所以变得大热的原因吧。

横江是新安江的另一条源头河。

与率水不同的是，横江似乎从源头起，就显得非常宽阔。她的源头在离黟县县城不远的碧山。水总是风雨的产物，每次雨水过后，源头小溪总是变得格外丰腴，这条小溪被称为樟水。之所以有"樟"字，那是因为当年的碧山，曾经古樟参天，高耸入云。

碧山村是一个好地方。出了黟县县城，就能看到不远处矗立着一座高高的宝塔，那个宝塔的所在地，就是碧山村。当年碧山村的水口是非常漂亮的：巍峨的宝塔矗立，塔边老树葱茏，绿草如茵，白鹤飞舞；村落依山傍水，面对蔼峰，背倚石鱼山，着实人间仙境。碧山村当年曾建有 36 座祠堂、72 座厅坛、104 口古井，可以说，是一个雄伟的大村落了。据说唐之前的歙州府就建在碧山附近，隋末汪华揭竿起义之后，攻下了州府。唐册封他为歙州节度使后，汪华便把州府迁徙到现在的歙县。据说碧山村附近的大山深处，经常可以看到坍墙颓瓦，由此可以得出结论：在那样的地方，当年都曾有人居住。

与徽州其他村落一样，碧山村的构建同样体现了徽州古老的风水意识。从总体上说，这一带水秀山雄，地势开阔，一直像一个藏龙卧虎之地。实际上不仅仅是碧山，似乎整个横江流域都显得秀丽而磅礴。虽然碧山村现在的整体面貌已面目全非，但在村落布局上的良苦用心还是可以看出来的。与附近的宏村一样，碧山村同样也是倚山临水而建，巧妙地抓住了"水口"，让山涧之水顺坡而下，溪水呈"人"字形穿村而过，然后沿每家房屋修建水渠。

不仅方便了居民的生活,而且有利于民宅的防火。当然,这样的布局是最基本的,一些深奥的东西现在的人们已经很难领会了,时间的流逝,使得很多内涵失去精准性,也失去了存在的必要。

风水意识源于对自然的亲切感以及对自然的蒙昧与崇拜。从现在看,这当中的成分良莠不齐,最具有积极意义的,是建筑上的审美观念。徽州的风水观念同样也是如此。在选择村址时,徽州古村落很注意山环水抱,充满勃勃的生命跃动。村落在规划布局中,都有意把自然山水引到村子里来,在山上水畔,稍稍点缀些亭榭,种植些竹木,便把自然山水人文化了,那些风景,也就成了村落的一部分。值得一提的是村落的水系,几乎每个村落都有适宜的水系设计,水系或清清浅浅,或湍急迂回。正是因为与自然的联系紧密,所以徽州的村落在整体上都富有一种天然的气质,以山水为血脉,以草木为骨架,村庄掩映于山麓水畔,点缀于古树幽篁之间。这样的地方,若种植一片桃花,就是名副其实的"桃花源"。

整个徽州湖光山色,流水潺潺,树影婆娑,青瓦粉墙,也难怪古今的很多人都把这里当作陶渊明的"桃花源"。李白曾经写过一首诗:"问余何意栖碧山,笑而不答心自闲。桃花流水窅然去,别有天地非人间。"这个碧山,是否是黟县的碧山,一直存有争论。而且,甚至连李白是否来过徽州,都有一些不同的看法。但不管怎么说,用这首诗来形容徽州,形容碧山,大约是格外贴切吧。

屏　山

到了黟县屏山村,接着琢磨徽州村落的风水堪舆。

徽州号称五千村。整体上说,村落的居民几乎都是从中原迁徙而来,千里迢迢来到新安江沿岸,为的就是休养生息。村落在选址和建设上都很谨慎,基本的原则就是满足自给自足自然经济之下的农业生产和生活。首先着眼于土地、水源、山林,着眼于小气候、安全、防灾。这些对于新安江两岸的环境来说,似乎都不是问题。在此之上,村落选址和建设强调美学意义,以及牵强附会的神灵意义。

在农耕社会中,人们总是把吉凶祸福归因于各种神祇和自然力量,于是,人类产生了对于自然力的崇拜。在这种崇拜中,山川的形状首先被附会成世事兴衰的原因。于是,堪舆风水应运而生。徽州村落在建设过程中,往往要请"罗经师"或者"阴阳生",也就是风水师对周围的地形地貌进行观察和测量。风水师最关注的一般有两点:一是环境的领域感。领域感能培养村民的归属意识和安全意识,有利于培养宗族的凝聚力、向心力。一般情况下,一个村落,背后要有祖山、少祖山,前面要有案山、朝山,左右要有连绵的山峦,一般叫护沙或左辅右弼。村址四周的山岭一般呈闭合形状,大体要有中轴,景观要近于对称,并且,山形要有层次。这样的要求,实际上是在隐喻和暗示着衙署的公堂,希望子孙能走正途。二是村址附近最好有圆锥形的山峰,以在村子东南方即巽方最好。尖尖的山峰一般就叫文笔峰或者卓笔峰,主文运;如果有整齐的一排山峰,就会叫笔架山。一个村庄,如果倚临文笔峰或者笔架山,那就比较理想了。如果环境不很理想,也可以通过人工方式来补救,例如用庙或者用亭来补缺,用塔来取代文笔峰,改称文峰塔等。另外,凡有文笔峰的村子,在村前面对文笔峰的地方,要有一口天然的或人工的池塘,称为砚池,文笔峰投影于其中,叫作"文笔蘸墨"。这样的安排,目的是为了激活村落的文气。除此之外,因为圆锥形的山峰是"火形",怕引火进村闹灾,所以要用水池消解。

屏山村的布局正是风水观念的集中体现。这个位于黟县东南部旧时称为九都的小村,就村落风水来说,表现得非常完美。屏山村正对两座山,左为青龙,右为白虎,左边山稍高,青龙高于白虎,这在风水上是一个好兆头。屏山村的前方有一排整齐的山峰,是标准的笔架山。在村口,原先有一个很大的人工湖,叫长宁湖,跟宏村的南湖一样大。这样的湖,明显地就是为了消解文笔峰的"火形"而建造的,只是到了后来,被填平造田了。

徽州村落水的流向同样也有讲究,按风水术的要求,水流最好是从西北角引进村落,从东南角出村,"山起西北,水归东南,为天地之势也",屏山村的水流方向同样也是如此。一些水源不规范的村落往往会在村子东南方筑堤蓄水,作为水库。同时会将水系改道,让河流从西北方进村,然后流经村中,进入人工湖。人工湖一带一般是村中的公共园林,可供村里人休闲、嬉戏。供水的沟渠并不只用于饮水,日常洗涤也都靠它们。屏山村的水系安排也体现了构建的匠心独运。当年屏山村的布局和建设丝毫不亚于现在著名的宏村与西递,它甚至比西递、宏村更胜一筹。从黟县屏山村流过的吉阳溪是横江的另外一条支流,吉阳溪从村中流过,呈现出"S"形,村落散落在河水的两边。这样的水流就像是八卦太极符号当中的一条线,有着神秘和吉祥的意蕴。现在,屏山村水边的石阶不时传来村妇浣洗的棒槌声,十余座各具特色的石桥横跨溪上,真是名副其实的"小桥流水人家"。

正因为屏山在风水布局上的别有洞天,当年屏山所在地道场林立,僧侣道士经常在此出没。据说当年屏山曾有一座漂亮的道观,观中有一棵倒长的柏树,这棵树的树根长在上面,下面却是枝叶繁茂。也因此道观当年香火很旺,不仅仅是村里人,附近很多地方的人都专门跑到这里卜问吉凶。除了道观之外,村内还有一个三姑庙,这算是一个土地娘娘的庙宇吧!因为屏山对面的笔架也呈"人"形,所以也被称为三姑峰。村中的女子们最喜欢的就是在三姑庙中,烧香验证。

屏山村现遗留光裕堂、成宜堂等祠堂八座,其中舒庆馀堂是明代建筑祠堂。屏山村绝大多数人家姓舒。舒姓不是本地姓氏,它来自江北的庐江府。据说当年长江北岸的庐江府发生战乱,三兄弟无奈逃往江南。有一天晚上,他们三人同时梦见一个仙人跟他们说,你们只要遇到带"长"字的地方,就可以在那里定居。屏山一带古时叫长宁岭,兄弟三人走到这里时,一问当地人,原来到了"长宁岭",于是,兄弟当中的一个就在这里安营扎寨了。到了明代,屏山变得规模很大,人口众多,也出了不少人才,其中最著名的是明朝万历进士舒荣都,他因弹劾魏忠贤被害,平反后敕建九檐门楼及"望重柏台"牌坊。到了近代,最有名的人物是电影演员舒绣文。舒绣文是清末进士舒期笏的孙女,幼年时曾在屏山居住过,10岁左右随做生意的父亲去了京城,后来因成功主演《一江春水向东流》等电影,一举成名。现在,村里还有舒绣文的故居"黍谷堂",一个古老的山村,能出一个如此有名气的演员,真是一件不容易的事情。这也是屏山村乃至整个黟县为之骄傲的一件事。

齐云之魅

樟水河与吉阳溪在黟县县城碧阳镇相汇。碧阳镇从古时候起,一直就有"小桃源"之称。"青山云外深,白屋烟中出。双溪左右环,群木高下密。曲径如弯弓,连墙若比栉。自入桃源来,墟落此第一。"这是清代歙县籍户部尚书曹文埴在黟县西递留下的诗句。在曹文埴的笔下,西递乃至整个古黟实际上就是传说中的桃花源。

从县城出来,樟水河流经开阔的盆地,经一段峡谷之后,出口到了渔亭。渔亭曾经是徽州的"四大名镇"之一,其他三镇分别是休宁的万安镇、岩前镇,绩溪县的临溪镇。渔亭之所以成为"四大名镇",那是因为当年这里是横江上游一个重要码头,从徽州西部前往江浙一带,此处算是必经之地。而横江自渔亭开始,船只才能航行。民间素有"渔亭桥下杭州路"以及"忙不忙,三日到余杭"的说法。在旧时,渔亭的商业十分发达,有 100 多家大小商店,分布在九条街道上。从杭州等地运到黟县盆地的辎重、盐以及粮食,必须到渔亭下船,然后辗转到各地。现在,由于公路的通车,河床的上涨,渔亭已不通行船只了。一条古街也变得冷冷清清,我们只是粗略地在街上看了看,便乘车离开了。

横江到了休宁县兰渡一带,显得格外的大气从容,淡定自得。远远地看过去,江面好似一根玉带,水色澄碧,江天一色,如一幅清丽的山水长卷。建于明万历二十四年(1596年)的登封古桥则如彩虹卧波,横跨江面,桥上石罅间,有青藤薜萝,给沧桑的古桥平添几分生气。登封桥是清朝名臣、歙县人曹文埴主持修建的,在徽州一直有比较大的名气,曾任明兵部左侍郎的歙县人汪道昆曾专门撰写一篇长长的《登封桥记》,记述了桥的建造经过。后来,登封桥又经几次修葺。沿着石阶走上桥,就可以看到不远处的齐云山了。在当地,很少有人称齐云山为白岳的,都喜欢称之为齐云,"齐云,齐云",与云相齐,似乎更有仙境的味道。站在登封桥上,远眺齐云山,但见群峰林立,山披翠微,云蒸雾绕。抬眼望,则是一大片清新而绿意盎然的田野,那些原本要到四月才开的油菜花,迫不及待地正月十五没过就绽放了。

古代的大旅行家徐霞客就是沿登封桥这条老路攀上齐云山的。徐霞客第一次游览齐云山是明万历丙辰年(1616年)正月,那时,徐霞客刚刚游罢浙江的天台和雁荡,到了徽州后,先是爬了黄山,然后马不停蹄地赶到休宁,出西门,循溪而上,于风雪黄昏之中,抵达齐云山麓。在山脚下吃了顿饭后,又顶着风雪,打着灯笼,连夜拾级而上,直奔山中榔梅庵下榻。当夜,徐霞客独卧山房,耳听窗外冰雹之声,辗转反侧,夜不能寐。

第二天,徐霞客醒来之时,齐云山已是一片银装素裹,山间布满珊瑚般的玉树,崖上挂着几丈长的冰柱。徐霞客开始脚踏木屐,步履坚冰上山了。先是去了太素宫,然后登上文昌阁,观赏着雪中山景。齐云山似乎有意要把山中最好的景色隐藏起来,不给这位大旅行家看周全,忽而云开日出,忽而大雪纷飞,千变万幻中,徐霞客看得目瞪口呆。

徐霞客在齐云山一共住了六天。前五天,齐云山一直下着大雪,云雾弥漫,迷离的山景让徐霞客看不真切。一直到第六天,齐云山"东方一缕云开,已而大朗",雪后初霁,景致终于清晰地浮现出来。站在山巅之上,徐霞客一览众山小,不由得心花怒放。这一次雪中之行给徐霞客留下了非常深刻的印象。在齐云山,徐霞客写就了《游白岳日记》。游黄山时,徐霞客曾经感叹"登黄山天下无山",来到齐云山,他立刻就后悔了,齐云山与黄山,完全是两种不同的风格。虽然齐云山从景致上比黄山略逊一筹,但齐云山所具有的独特风格和文化内涵,也为他所喜爱。徐霞客对齐云山一直依依不舍。两年后,徐霞客又找了一个机会重游齐云山。这一回他算是真正地看清了齐云山,也领略了齐云山的风貌。徐霞客生平两次到达的山只有四座,它们分别是黄山、天台山、雁荡山和齐云山。可以断定的是,对于徐霞客这个大旅行家来说,他能去两次的地方,肯定是有独特风情的。

但自古以来,齐云山的光芒一直被同处徽州的黄山所遮掩。"既生瑜,何生亮",与"大家闺秀"的黄山相比,齐云山似乎有点"小家碧玉",但小家碧玉自有小家碧玉的味道。其实齐云山与黄山完全是两种不同的风格,它更有内蕴,也更加奇谲。齐云山三十六奇峰,峰峰入画;七十二怪石,石石皆景。山奇、石怪、水秀、洞幽,林木道观点缀其间,碑铭石刻星罗棋布。这样的鬼斧神工,也就形成了齐云山的独特之处。更何况,因为道教圣地的缘故,齐云山还有着独特的魅力。这样的"魅",在于它某种程度上暗合着道教的精神。

从风水上说,齐云山的确是一块宝地,整座山峦钟灵毓秀,一派仙风道骨。新安江谷地纵跨歙县、屯溪、休宁三市县,新安江两岸多属低山丘陵,虽连绵如浪,却山形无奇,然而这平淡仿佛只为齐云山的隆重出场作铺垫——群山绵延至兰渡,忽然陡峭,显露出嵯峨之形,连片的丹山峰峦叠翠,林莽苍润,烟霞轻笼。这就是齐云山,一派道骨仙风凸显得淋漓尽致。

齐云山道教兴于唐乾元年间(758～759),据说道人龚栖霞在栖真岩避谷修炼,羽化成仙,齐云山也因此一举成名。从宋朝开始,更是有很多道人集中来此清修。宋宝庆年间(1225～1227),方士余道元(号天谷子)建佑圣真武祠于齐云岩,据《齐云山志》记载,自真武祠创立后,四乡百姓遇旱涝、蝗灾,或求子去病的,凡来齐云的无不有求必应。自此,齐云山名震江南,成为一方道教圣地。

任何宗教都是以自己的话语系统来达到与上天的沟通,并从那里得到知识、感悟和力量。道教同样也不例外。与佛教、儒教不一样的是,这种本土的教义一直是以生命的个体解脱作为终极目的,而这种极端个人化的方式由于过于强调"术",极容易坠入虚玄。对于山水的理解也是如此。齐云山历代得道高士都可以说是生命系统的职业研究者,他们从"天人合一"的角度出发,把宇宙图形、色彩、方位、人体结构与齐云山整体的山水结构对应起来,按图索骥,照本宣科,齐云山因而成为风水理论的集大成者。

齐云山宗教的发端地是西岩,但天谷子却独选东岸,他是遵循了"气乘风则散,界水则止"的风水原则。东岩处有横江,山环水抱,避风聚水,生气旺盛。

登封桥过后茂林之中的九里登石级路,是曲折幽深的香道。在这里建有13个亭,既为路人遮风挡雨,更是为聚气补缺。中和峰与望仙峰之间,豁口较大,在道教看来,有泄气之嫌。于是便在此建一座望仙亭,自以为解决了这个问题。

真仙洞府是风水中的奇绝之地。山行至此,一弯三折,曲回如城,积聚一泓碧水,生气得水而聚,在道家看来大吉。远近狮、象两峰,构成了理想的相拱之势。像这样的地方,必须得有一个道心绵长的人享用才行,于是便将玄武大帝请入了真仙洞府。

太素宫是山中最大的宫殿。太素宫的选址,完全依照四灵兽格式所建,四灵兽即道教上的左青龙、右白虎、前朱雀、后玄武。太素宫左有钟峰,右有鼓峰,后倚玉屏峰,前对香炉峰,更有象征五行的五股清泉在殿前汇为一水,蕴含九九归一之意。作为正殿,太素宫位居齐云山中内环的中心点上,是核心部位,是风水中的穴。玉虚宫则是齐云山现有的最古老的道观,殿前通道两端入口分别设有云龙关、风虎关两座石坊,用以聚气。玉虚宫本是依山就势而建,乍一见似与山一体,这一藏,便显师法自然,巧取天工了。

齐云山的命门是小壶天。壶就是葫芦,是道家炼丹的必备品,算是仙物。张果老、吕洞宾等仙人,都是必带葫芦的。由壶天所产生的神秘,当然会给人们留下无尽的想象空间。齐云山的总体营建采取的是壶天模式,望仙亭处是葫芦口,小壶天是大葫芦中的小葫芦。小壶天的入口处还特地修建了葫芦形门坊,主要是为了聚住一腔仙气。"壶"里面,则是一系列举霞飞升的故事,这些都是勾人的"秘药"。

齐云山就这样似是而非地解释着"天人合一"的道理,描绘着升天得道的蓝图。实际上"天人合一"的理论,一直是中国文化自欺欺人的幻觉,把"天人合一"当作一种理想当然无可厚非,关键是,如何将"天"与"人"合而为一。在绝大多数情况下,这样的手段和路径都是自欺欺人,像齐云山上的云和风一样,无法把握。

当然,齐云山的"魅"还在于它有着很独特的丹霞地貌。独特的地貌特征也是历史上诸多高士青睐齐云山的一个重要原因。道士们是不懂得地质概念的,只会赋予它们幻想。按现代科学解释,这种丹霞地貌指的是中生代白垩纪湖泊沉陷所形成的红色岩系。在这种地质状态中,山峦犹如一片飘浮在青山绿水中的彩云一样,又像由千万块红玛瑙镶嵌成的红珊瑚。这样的丹霞地貌,跟道教似乎更有相通之处,它就像道士梦寐以求的炼丹炉,在这样的炼丹炉中,可以炼出绝佳的丹药,让自己得道成仙,飞升上天。

齐云山道教的全盛时期是明朝,或许因为嘉靖皇帝本身就是一个业余炼丹士吧,多年来一直沉湎于长生不老之术,寻求解脱。据说,明嘉靖年间,道教龙虎山正一派第四十八代天师张彦赴齐云山,为皇帝求嗣,结果皇后果然生了一个儿子。嘉靖皇帝龙心大悦,亲题"齐云山"匾额,并赐建"玄天太素宫"。从此齐云山的道观香火更加兴旺。数百年后,乾隆皇帝对齐云山也有金口玉言,这位太平盛世的风雅皇帝,微服私访到了齐云山之后,连声称赞齐云山是"天下无双胜境,江南第一名山",让各地大吃干醋。

古往今来,齐云山以它的美姿妙态、奇观佳景吸引着众多的文人墨客。在齐云山,他们寄情于翠峦之中,或赋诗题词,或写书作画。李白、朱熹、海瑞、唐寅、戚继光、徐霞客、袁枚等都在齐云山留下了传世的诗文。这些诗文被道观请人刻在了山崖上,于是齐云山也成为摩崖石刻众多的名山之一。值得一提的是明代的汤显祖,他在写"一生痴绝处,无梦到徽州"时并没有去过徽州,而且,这首诗对于徽州还有着很大的怨气。而到汤显祖58岁那一年,因为受邀于休宁的一个盐商,来到了徽州。汤显祖在徽州攀登的第一座山,就是齐云山。汤显祖同样也为齐云山写了一句诗：" 新安江水峻涟漪，白岳如君亦自奇。"看来，是齐云山改变了他对徽州的印象，也使他先前的那首诗有了另一层赞美的意思。

到了现代，关于齐云山，应该说写得最好的一篇文章，就是郁达夫的《游白岳齐云之记》了。郁达夫去齐云山还是走登封桥这条路。1934 年 4 月 3 日，郁达夫与数日前同来的林语堂、潘光旦等四人分手，自己则同另四人踏上登封桥，开始攀登齐云山。那一次游历同样给郁达夫留下深刻的印象。郁达夫他们是清晨从休宁县城出发的，11 点半时，到达了齐云山山脚下。他们一路看山看景，收获颇多。在齐云山，这一帮文人足足走了一天，但只观赏了齐云山一半的景点。后来，郁达夫他们实在走不动了，只好坐上轿子，由轿夫一直抬回休宁。坐进轿子的时候，他们都不约而同地感叹说："今天的一天总算是值得很，看了齐云，游了白岳，就是黄山不去，也可以向人说说了。"

齐云山的确是有魅力的。与黄山相比，齐云山更多的是以精神内质以及文化内涵吸引着游客。文化总是有深层意味的。中国文化在以儒家思想为主干的同时，还有着佛、道两教旁支，这也使得整个社会呈现出丰富平衡的局面。得意之时，人们可以"居庙堂之高则忧其民"；而在失意之时，则寄情于山水之间，从佛、道之中寻求精神上的慰藉。齐云山，正是因为社会这一心理前提，成为历朝历代人们离不开的栖息宝地。

海　阳

坐落在休宁腹地中央的县城海阳,气势鸿蒙,极像是一个藏龙卧虎之地。

首先,率水和横江从两侧穿行而过,她们就如同海阳的两扇翅膀,载着这块地方飞行。其次,在海阳附近,矗立着好几座宝塔,为此地增添了几分高亢,也增添了几分神秘。徽州古塔有二十余座,约占安徽省的四分之一;而海阳,则是徽州古塔的集结地。在县城边,四座宝塔拔地而起。它们分别为玉几山上的巽峰塔、汶溪河畔的丁峰塔、万寿山上的古城塔以及南门外的富琅塔。

似乎是腹地磅礴的气场,还有道教名山齐云山所带来的鸿运,休宁在历史上一直是全国有名的状元县——从唐武德五年(622年)正式开科取士,到清光绪三十一年(1905年)废止科举,1200多年中,全国共录取状元800多个,平均三个市县才有1个,而休宁从宋末到清光绪的600余年间,本籍和寄籍加在一起,共出了19个状元,远远超过名声显赫的苏州府的任何一个县,稳居全国之首。况且,休宁地处偏远,面积不过2000多平方公里,当时人口只有十七八万。

休宁人一直为此而自豪。

我们在休宁县城区参观。看得出来,这些年休宁有意识地对历史的荣光进行了系统地整理。在县城的中心,建设了一个高规格的状元广场,广场上的雕刻也相当精美。尤其是城墙上镶嵌的十几幅石质壁画,栩栩如生,描述了莘莘学子"鲤鱼跳龙门"成为状元的整个过程。因为科举成绩斐然,休宁县专门建了一个"中国状元博物馆",翔实介绍了中国的科举制度以及休宁县从古到今19个状元的情况。我在里面转了一圈,感觉如同隔世。对于封建时代的科举,我一直很难表达自己的观点。那样复杂的背景和内涵用简单的话语是很难表达的。虽然科举作为一种取士制度本身有着它的合理性,但因为在渐变过程中失去健康,也失去方向,加上统治者暗藏着的别有用心和阴谋,所以最后的结果可想而知。就文化而言,最根本的是应具有一种提醒和思索的力量,具备道义和良知的灵魂。除此之外,文化还应该具有其他重要功效,那就是开掘人类心智,引领人类的精神走向。而从中国历史长河来看,虽然文化在整体上对于中国社会有着很大的推动和稳定作用,但在很大程度上,它一直存在诸多弱点,其中最根本的,是缺少一种清晰的方向,对于文化自身所担当的责任也不明确。正因如此,中国文化表现出一个很致命的弱点就是——兴旺的是术,寂寞的是道,所以在很多情形下本末倒置,在很大程度上,它对于自我本身表现得相当无知,对于自己的源头和方向,以及关键部位,一片混沌。

中国的科举制度同样如此。科举是为取士而形成的一种制度,而到了后来,这种制度扭曲变形,没有了目的,失去了初衷和要求,考试本身变得越来越重要,至于需要什么样的人才,达到什么样的目的,却变得不重要了。科举本身成为一种巨大的惯性,南辕北辙,越走越远。

在有关资料中,记载的清康熙五十七年(1718年)休宁籍状元汪应铨的一件事,倒是让我感慨颇多。

汪应铨是休宁梅林人,出身书香门第,良好的家庭熏陶以及刻苦学习,使得汪应铨学业进步很快。康熙五十年时,汪应铨中举人;康熙五十七年时,汪应铨中进士。并且在当年康熙亲自主持的殿试中,40多岁的汪应铨独占鳌头,一举成名。汪应铨鲤鱼跳龙门,"黄金屋"有了,"颜如玉"也会接踵而至。但汪应铨学业优异,相貌却奇丑,肥硕健壮,也有很多不良的习惯。袁枚曾经在《随园诗话》当中这样记述:"汪度(龄)中状元时,年已四十余,面麻,身长,腰腹十围。"40多岁的男人,当然是结过婚了,汪应铨在老家就有一位结发妻子。即便如此,仍有不少美少女对他倾慕不已,上门提亲主动要求当妾的络绎不绝。这当中有一个家住京城的陆小姐,尤其主动。陆小姐读过书,平日里最爱看的就是才子佳人剧。她一再让家人派人上门提亲,要给汪状元做妾。汪状元同意了这一门亲事。新婚之夜,新郎新娘第一次见面,烛光之中,陆小姐看到汪状元的相貌后,大失所望,又见状元饮酒后酩酊大醉,粗俗不堪,越想越悔,五更天时,竟悬梁自尽了。这一起由婚姻引起的悲剧在当时闹得满城风雨。后有好事者送汪应铨一副对联:国色太娇难作妾,状元虽好却非郎。

当然,这样的悲剧只能算是科举制度伴生的一个小小花絮。不健康的制度,必然有一些荒诞事发生,由此也可见科举的虚火。其实科举制度到了后期,由于考试内容越来越僵化,内容上也变成了八股,这种制度已严重限制了人们才能和创造力的发挥,变成了一种"自娱自乐"的知识游戏和自坠其中的迷魂阵。整个取仕过程因为缺乏合理性,更像是某种程度上疯狂的杂耍,铺张的点缀,无聊的品哑,尖酸的互窥,甚至是病态的自残。从本质上来说,这样的文化现象丝毫不具备对社会进步的推动。当一种制度和措施在方向上出现根本性错误时,这当中的力争上游,又具有什么意义呢?

尽管从现在看,八股取士完全是南辕北辙,但在当时,休宁县的"人才"辈出,给当地带来了非常兴盛的文风,同时也造就了文化副产品的兴旺。比如当年徽墨的兴盛,绩溪人胡开文正是在休宁县城发迹的。胡开文是绩溪县上庄乡人,原名胡天注。乾隆二十年(1755年),胡开文从家乡来到休宁县城汪启茂墨店当学徒。由于干活勤快,不怕吃苦,不久,被汪启茂招为上门女婿。乾隆四十七年(1782年),胡天注承继汪启茂墨店,回想到孔庙内"天开文运"匾额的象征意味,于是撷取中间两字,将"汪启茂墨店"改名为"胡开文墨庄",开始了真正的创业之路。

现在休宁县海阳镇齐宁街育才巷内,当年制墨高手胡开文的故居仍保存完好。这是一座由大厅、客厅、花厅、八合院、四个四合院、五个大三间以及账房、厨房等组成的建筑群,内有 128 个门洞相互连接。也就是在这里,胡开文让自己的产品蜚声中外。为了确保原材料的质量,胡天注令其子在黟县渔亭办了一爿正太烟房,利用渔亭一带丰富的优质松木,精炼松烟,这就为优质产品提供了原料保证。此外,他改革配方,不断提高生产工艺标准,终于生产出一批墨质极佳的著名珍品,如"苍佩室墨""千秋光""乌金"等。

晚上,我在休宁的街道上散着步,刚刚下了一场小雨,地面湿漉漉的,空气清新。虽然只是 9 点来钟,但街道上行人已经很少了,古老的海阳城像历史一样,躲在漆黑的阴影当中。那些当年的沉重和荒诞,都随着永不停滞的横江走了。在这样的地方,我只管安心走路吧,神清气爽——而此时,夜已深了,从四周黑漆漆山峦上潜行下来的风,有点凉意。

万　安

万安一直是一个有着精气的地方。

有精气,是指这个地方气韵深厚。这也是风水之气韵。这个距离休宁县城约两公里的小镇整体上看起来显得特别灵秀——在它的正前方,一座不大的小山拔地而起,在山上,矗立一座高高的宝塔。优美的横江从镇的南面穿行而过,由西向东,划成一道优美舒展的弧线。弧线的边上,由清一色的红砂石和白墙黑瓦高低错落排列而成。自古以来,万安一直是徽州的名镇,曾有着"小小休宁县,大大万安街"的说法。万安古街,在当年的徽州也曾相当有名,它长2.5公里,街道两旁的店铺和作坊摩肩接踵,像流动着的《清明上河图》。过去,万安街不单单是一条商业街,还是休宁至徽州府这条古驿道的重要路段,平日里商旅行人、官府差役往来穿梭,民国时期,这里就有日用百货、南北杂货、糖果、笔墨纸砚、酱油酱菜、豆制品、刻字、罗经等店铺200多家。

从老街交叉的一级级的石阶往下走,有好几个水埠头。这些古老的水埠头就是当年横江边的水路码头。可以想象的是,当年在这里,塔光桥影,竹木环合,多少商旅在这里乘船走向山外的世界。这些水埠头的建造和修缮都是由大家集资的。在万安的老街上,通向一个规模较大水埠头通道边的墙壁上,至今还嵌着一块清嘉庆年间的青石碑,上面记载的就是各店家捐资修水埠头的事。

走在万安的古街上,目睹那古色古香的情景,听着那携有古音的休宁方言,恍惚中,我们一下子回到了数十年前,回到了旧时的徽州。在万安古街的一家老豆腐店里,我们更是有这样的感觉,这里的一切都与数十年前没有区别,时光悠悠,仿佛在这里停止流动。做豆腐的吴师傅告诉我们,自他家祖父那一辈起,就一直在这里做豆腐了,他一直生于斯,长于斯,一辈子都从事着做豆腐的行业。对于万安老街的一切,吴师傅熟悉得如自己的掌纹。

因为古风悠悠,现在的万安显得很是特别。万安的特别之处还在于,从古到今,它一直是徽州历史上的罗盘生产基地。

当年,在这里活跃着很多风水先生,他们一天到晚抱着罗盘,被邀请到处给人看风水。徽州的风水观念一直是有传统的,徽商携带大笔金钱回乡,大兴土木,无论是从意义还是审美上,都有很多要求和讲究,在村落的选址、墓葬以及动土等方面,都有很浓郁的风水观念。万安最出名的,便是生产广泛运用于天文、地理、军事、航海和居屋、墓葬选址的重要仪器——罗盘。在海阳,就出过一个很有名的风水师何可达,徽州的一些村落,比如说唐模、宏村等,都曾经请他看过风水。当然,除何可达外,当年万安的风水师数不胜数。

因为风水师的活跃,作为风水师手中的工具——罗盘,就显得尤为重要,万安一带的罗盘制作也就形成了传统。当然,徽州罗盘的兴起,还有一个原因,那就是在明代前期,徽州海商的发展。罗盘由于能应用到航海业上,所以在生产上一时繁荣起来。

万安罗盘按盘式可分三合盘、三元盘和综合盘三种,按直径分有十一种规格。万安所产罗盘,设计独特、选材考究、制作精良、品种齐全,被奉为罗盘正宗,人称"徽罗""徽盘"。而在当地,罗盘的专业说法是"罗经",对风水先生的尊称则为"罗经师"。

万安罗盘承载着中国古代天文学、地理学、环境学、哲学、易学、建筑学等各方面的文化信息,传承磁性指南技术及相关技艺,为研究中国古代科技史、社会史、人居环境及古徽州的历史文化提供了宝贵资料。

2006年初,万安罗盘作为"民间手工技艺"入选首批国家非物质文化遗产名录。

在万安历史上的罗盘店铺和作坊中,有一家店面叫方秀水罗经店。在方秀水罗经店里,曾有个十二三岁的孩子,这个孩子一直和五六个学徒一道,跟在方秀水师傅后面学习技艺。几年下来,由于这个孩子天资聪明,学习勤奋,很快脱颖而出。这个孩子就是吴鲁衡。吴鲁衡在掌握了罗盘制作的技艺之后不久,就单立了门户。吴鲁衡店面开张后,由于制作的罗盘精确美观,很快与方秀水罗经店分庭抗礼。1901年,万安罗盘在巴拿马万国博览会上获得了金奖,当时选送的,就是"吴鲁衡"牌罗盘。这个罗盘至今还在中国历史博物馆收藏。

在万安古镇,我们见到了"吴鲁衡"罗盘的传人詹运祥。老詹今年68岁,现在,他和自己的女儿、女婿一起继续生产着"吴鲁衡"牌罗盘。不过,现在的"吴鲁衡"已分为涵记和毓记两家了,老詹只是"涵记"这一支。当年,詹运祥是作为吴家上门女婿获得继承权的,追溯起来,他算是吴鲁衡的第六代传人。万安罗盘继承了中国传统的罗盘制作技艺,在长期生产过程中形成了自己的特点,对技艺流程和技艺手法有严格要求。

制成一具罗盘,一般要经过八道工序,首先要精选特等木料"虎骨木"。"虎骨木"学名"重阳木"。詹运祥介绍说:"刻罗盘一般我们用两种木质,一种是'虎骨木',另一种则是银杏木。这两种树木质比较细韧,而且墨写上去不会洇开,很清楚,很好看,盘面不变形,油漆出来的字也很清晰。"制作罗盘的步骤是这样的:先精选好"虎骨木",制成罗盘毛坯;然后将毛坯车圆磨光并挖好装磁针的圆孔;随后在上面画格和书写盘面,按太极阴阳、八卦二十四爻、天干地支、二十四节气、十二生肖、二十八宿分野和365周天依次排列,按秘藏图谱刻画书写;接着熬炼桐油并往罗盘上抹桐油;最关键的是安装磁针,这往往是绝活,它一般由店主在密室内单独操作,从不示人。

詹运祥说:"最难掌握的是组装磁针。一点不能有偏差,偏差了,盘面上的整个度数都会不准,以后这个盘就不能用了,就算是一个废盘。这是分金,之后就是写字,一般盘面上的字不能写错,你写错了哪能使用呢?就不能用了。装针,指南针装上去之后呢,除了针对准以外,还要灵活,不褪磁。再一个,使用寿命要长,还得保证针的精确度、灵敏度。"

罗盘真的有神秘功能吗?我们向詹运祥提出这个问题,詹运祥笑而不答。他是不太好回答吧。的确,风水的作用也在分化,那种神秘性的暗示意义正在退去,比较时兴的,只是风水的美学意义。詹运祥告诉我们,现在,他已很少亲自去做罗盘了,只是在关键的部位做一做,其他的,都叫女儿和女婿们操作。自己很多时间都是受别人的邀请去看风水,也正是靠这个赚一点钱。

为什么偏僻小镇万安的罗盘会如此兴旺发达,而且海阳和万安会出现如此多的风水师呢?我想很重要的一点是,这样的存在状态与徽州的文化风气有着相当的关联。众多的风水师其实都是有文化的人,也是从小立志科举的人,当他们从科举的路途中失利之后,除了无奈之外,同样积淤于胸的,还有怨气和悔恨。而这个时候,他们的身体变得孱弱,四肢变得无力,年纪也变得很大了,这时,他们只能拿着个罗盘,运用在读书时涉及的一些旁门左道,自食其力。这样的存在状态,应该是万安乃至整个徽州为什么竟有如此之多的风水师的重要原因吧。

当然,在徽州,还有另外一种可能。在乡野中、在民间,一直隐藏着一些"闲云野鹤"。他们当中,有很多人都有着经天纬地之才,有着鸿鹄之志,但由于缺乏路径,又不甘为人所轻,所以多隐匿民间,逍遥山水,不问世事。这样的态度,既是中国知识分子的机智,也是中国知识分子的狡黠。不能"立功"于社会,便躲进自然的天地里自娱自乐。当然,绝大多数的逃避者都是故作姿态,是一种无奈,在失败中消除志向,渐渐地又把这种消除当作志向。在一片科举的洪流中,只有他们,固守于偏僻的书院或乡村,积薪传火,战战兢兢地维系一脉微弱的火种,孤独地苦练着"六脉神剑"。

吴鲁衡是在他 60 岁那年过世的。据说吴鲁衡的墓址,是当时一位最知名的风水先生握着吴鲁衡亲手制造的罗经,为他选定的。吴鲁衡的墓地就在万安老街河对岸,也就是现在的万安钟塘村。可以肯定的是,对于一辈子与风水打交道的吴鲁衡来说,横江边上的这一片土地,才是他心中的天堂。

隆　阜

尽管休宁在科举史上曾经状元满堂,但是,这些状元的成就和思想加起来也比不上一个曾经在科举上名落孙山的同乡,这个人的名字叫戴震。

又一次去隆阜的戴震故居。在路上我一直思考着人类知识的开拓与社会发展的关系。知识真正的用途在哪里?学者真正的责任在哪里?这样的疑问,都可以说是人类社会所面临的关键问题。在我看来,中国文化曾经有过至正至大的气魄,它在一段时间里坚持开拓的方向,开拓未知和创造,开拓心灵和思想,这样的开拓,给中国社会的进步与发展带来了非常积极的意义。但明清以后,由于专制制度的限制以及理解力的偏差,中国文化陷入了误区,文化拓展力不足,知识和学问一味求小、求僵、求涩、求偏,满足于卖弄和虚玄的游戏,在开启人类智慧和推动人类进步方面,并没有实质性的进步,甚至堕落成"稻粱谋"的手段和路径,成为人类行进道路上的摩擦力和累赘。在这个时期,真正能擎起知识和思想大旗,引领人类走上"康庄大道"的清晰者,可以说凤毛麟角。只有王阳明、李贽、顾炎武、方以智、戴震等一干人,算是中国文化的拯救者和弘道者,他们积薪传火,引领着中国文化度过漫漫的窒息时光。

戴震的故居在现在黄山市屯溪区的隆阜,数十年前,这里一直属于休宁县。这是一座濒临横江的古镇。跟徽州所有的小镇一样,这里干净而宁静。尤其是戴震的故居,清洁静谧,不带尘烟,它依着横江而建,从他家小花园的"美人靠"上往下看,正对的是缓缓流动的河水,江天一色,芦苇飘摇,水鸟啁啾。这样的情景,当然有助于一个人灵魂的净化和境界的提升,也有助于一种恢宏思想的诞生。

也许,当年的戴震就喜欢倚在靠江的栏杆上,在江天一色中,思考着天地人之间的关联。

因为家境不富裕,戴震很小便跟着父亲东奔西走,这也使得他对于草根生活非常熟稔。这个据说是 10 岁才会说话的大学问家,从面相上看,似乎有点木讷,不显山露水。戴震在科举道路上一直不太顺利,他在科举中屡试屡败,在花开花落中误了一年又一年,到 29 岁时,戴震才算勉强考中了一个秀才。这样的经历对于戴震来说简直是一种耻辱。但戴震又有什么办法呢?在更多时候,他只能摇头苦叹。好在戴震一直与同乡郑牧、汪肇龙、方矩、程瑶田、金榜等一帮人跟着婺源大儒江永求学,在江永身上,戴震学到了很多东西。

33岁那年,一场灾难降临了,因为家中的祖坟地被侵占之事,戴震卷入一场官司,族中豪强倚财结交官府,准备加害戴震。为了逃避迫害,戴震只好匆匆去了京城,连行李都没有来得及带。到了北京之后,戴震寄居在歙县会馆,虽然吃饭都成了问题,但他还是每日讲研学问,目空一切,被人视为"狂生"。不久,吏部尚书王安国慧眼看中了戴震,将他请到家中,教授自己的儿子王念孙。一段时间之后,戴震又去了江南,到南京、扬州等地流亡十多年,这一段走南闯北的经历对戴震是大有裨益的。在北京,戴震和一帮北方学者如纪晓岚、朱筠等惺惺相惜;在江南,他与吴县惠栋、吴江沈彤、嘉定钱大昕、青浦王昶等结为忘年友。高手与高手的对弈是令人欢快的,他们经常畅所欲言通宵达旦,思想交流所碰撞出来的火花使得戴震功力大进。但戴震在科举上仍然没有起色,一直到39岁那年,戴震才中了举人。随后的六年,戴震又是年年落榜,未中贡士。这也意味着,一直到50岁之前,虽然戴震在经史典籍上的学问和成就在当时全国范围内有着相当的名气,但满腹经纶的戴震还是无人赏识,身份还是一介布衣。

机会终于垂青戴震了。49岁那年,朝廷决定编撰《四库全书》,面向全国招募人才。《四库全书》总纂纪昀一看有机会,便向皇帝推荐了戴震。朝廷这一次算是不拘一格降人才了,从没有中过进士的戴震进入了《四库全书》馆担纲专职纂修。53岁那年,戴震又被赐同进士出身,授翰林院庶吉士职务。

这一回,满头花白的戴震终于算是跌跌撞撞地从科举的斜刺里走了出来,名正言顺地登堂入室。京城的文化界真是高人无数,天子脚下,人文荟萃,各路英才争奇斗艳。一开始,这个乡村绅士说着一口令人难以听懂的地方话,性格古板而倔强,人们不懂得他,也在暗地嘲弄着他,在一般人看来,最有才华的人应该是那些善于表达的人,而戴震显然不是一个善于表达的人。但不久,人们就发现,这个书生学问实在是太渊博了,经史集注,僻字险韵,奇崛幽深,他无所不晓、无所不通。不仅如此,戴震的探索精神和学问态度也让他们折服,凡是他稍微有点不理解的,他都要刨根问底,翻阅古书,查个究竟。这个小个子徽州人总是不分寒暑昼夜,像一个十足的工作狂。在戴震潜心面壁的苦思以及小心翼翼的求证中,一个个僵硬的文化符号渐次变得鲜活灵动起来,而他的思想和博大的理学情怀,也在他的笔下折射出云蒸霞蔚的万千气象。

不久,戴震的名气越发大了,他以满腹经纶、精警诡谲以及那种野性的学问穿透力使别人感到震慑,并很快被尊为知识界的领军人物之一。人们尊敬他的学问,也敬重他的为人。这样的情形持续了一段时间,直到他推出那本《孟子字义疏证》,人们才算是领略了他深藏不露的内在"叛逆"。

冯友兰在《中国哲学史》中曾经阐明这样一种观点,他将从西汉的董仲舒一直到康有为长达 2000 年的时代统称为"经学时代",在这个时代里,中国绝大多数知识分子都把目光和注意力放在那些散发着陈年霉味的甲骨、金石、简册、木牍、缣帛和纸页上，在思想和哲学上一直难以突破。依照中国文化的传统看法，源头才是最清澈的，后来的支流怎么能超过源头之水呢？这种带有强烈迂腐和僵化的思维方式，在很长时间一直限制着思想的延伸和发展。这也难怪，在中国文化看来，人类应该具备的思想和道德，在远古的时候就已经发展到顶峰了，在此之后，完全没有必要进行拓展。即使是有所创新，也都是标榜古代哲学家之名，此所谓"旧瓶装新酒"。在这一点上，戴震同样也是如此。戴震看出了朱熹思想本来的误区以及实施过程中的误区，但他同样也是借助于对孟子学说的解释，来表达自己对于朱熹思想的质疑。但即使是这样，戴震的"司马昭之心"，也是路人皆知。

戴震的出发点仍是考据。选择这样的角度，也是戴震深思熟虑的结果。那样可以避开"剑拔弩张"，对朱熹的思想重新解读。一个人的思想，在放大的同时，往往会被臆度甚至强奸。戴震就是想绕开一个木偶般的圣人，回到朱熹思想的真正内核。戴震从考据训诂的角度出发，重新阐发"理""天道""性""才""道""仁义礼智""诚""权"的本来意义，猛烈地批驳"宋以来儒书之言"，在他看来，对朱熹思想的诠释，完全是那些"歪嘴和尚读歪经"。很明显，戴震的这番作为是有初衷的，生于徽州的戴震早已经看到了程朱理学在家乡的负效应，看到了徽州大批贞节牌坊后面的罪恶，看到了各个家族祠堂屋檐下的血泪，看到了理学副作用给人们套上的精神枷锁。那种自以为是，自以为真理在手，并且随便赋予一些理解以真理的名义,而后来束缚人们欲望的行为直接带来的负效应就是——对于人性的压制,对于生命的戕害。

实际上戴震一直想找一个机会正本清源。其实,这样的看法,也是当年戴震与江永、程瑶田他们在一起经常议起的。这一回,他算是豁出去了。戴震认为,"理"本来是事物的肌理、文理,而离开具体的事物,就无所谓"理"。这也就是说,戴震不承认在事物和天体中存在着绝对的规律。

戴震的言论无异于"晴天霹雳"。京城的学术界一下惊呆了,他们没有想到这个来自朱熹老家讷言少语的读书人竟有着如此大逆不道的勇气。虽然在很长一段时间里,一些人也觉察到程朱理学在实际生活中的扭曲变形,并且对程朱理学将很多东西绝对化颇有微词,但这样的看法人们一直藏匿于心,从不敢公开表述。中国文化传统一直有着容易"着相"的误区,它们容易推崇形式而忽略本质,不仅仅是对朱熹,包括对孔子、对佛教,等等,都是如此。这样习惯性的做法所造成的危害,不仅仅是在思想上的扭曲,还有着扭曲后的进一步延伸。

关于这些认识的孰是孰非,姑且不论。但在戴震的思想中,已明显表现出比朱熹"人道"的一面,戴震的思想已带有很强的人本主义色彩。他已经越来越多地注意到人性问题了,注意到外部世界对于人性所应该表现出的尊重。戴震指出:"《记》曰'饮食男女,人之大欲存焉'。圣人治天下,体民情,遂民之欲,而王道备。"这正说明"绝人欲",也就是"绝天理"。而社会上出现的种种惨剧,正是"以理杀人""以理祸天下"的罪恶。

戴震的这些思想,相对于禁锢人的程朱理学,进步性是相当明显的,可以毫不夸张地说,戴震的这些思想,开启了18世纪的一线人文曙光,甚至具有人文复兴的意义。同为徽州骄子的朱熹和戴震,无疑在各自的时代里,代表着时代思想的高峰。而他们之间的论战,与其看作是一种思想的分歧,还不如看作是一种时代的进步。前者,意味着一个纷乱的时代要求思想的统一,要求重建道德秩序;而后者,又意味着时代在更广阔的意义上要求解放,要求思想的多元,要求对人自身的尊重。戴震对于朱熹是没有思想成见的,有的只是时代的要求,以及人类自身进步与解放的呼吁。

尽管戴震的言行赢得了相当程度的喝彩,但同时,他也感到了来自四面八方的压力。毕竟,在那样的时代里,人们还不习惯于遵从"理",只是习惯于服从权力和道德,习惯于唯唯诺诺人云亦云。不久,反击的言论如铺天盖地的鸦群一样袭向戴震。踅身于京城的四合院中,戴震最切身的感受就是:北方的冬天实在是太冷了,那可不是一般的冷,那是在骨头里,都迂回着久驱不散的寒意。戴震不由得想到徽州,还是徽州好啊,心情不顺的时候,可以躲进青山绿水、乡野民舍。在那里,思想更自由,也更开阔。而在京城,想找一片安宁的地方都难,只能心如死灰般地待在高墙之内。

晚年,戴震患上了高血压病,因为病情严重,戴震的双脚一直肿得很厉害,视力也下降得厉害。戴震哪能离得开读书和写作呢,在足疾不能出门的情况下,他只好让人抬着他去眼镜铺屡换眼镜,换到最后,卖眼镜的没办法了,只好告诉他:"此老光之最,过此无可换矣。"即使是这样,戴震仍日夜辛劳,勤于校注著述。乾隆四十二年(1777年)五月二十七日,因积劳成疾,戴震病死于任上。他怎么会不积劳成疾呢?数数他的著作就知道了,计有《诗经二南补注》二卷、《毛郑诗考》四卷、《尚书义考》一卷、《仪经考正》一卷、《考工记图》二卷、《春秋即位改元考》一卷、《大学补注》一卷、《中庸补注》一卷、《孟子字义疏证》三卷、《尔雅文字考》十卷、《经说》四卷、《水地记》一卷、《通释》三卷、《原善》三卷、《绪言》三卷、《直隶河渠书》一百又二卷、《气穴记》一卷、《藏府算经论》四卷、《葬法赘言》四卷、《文集》十卷。

一个人怎么能在短短的生命中写出这样多的东西呢?这样多的著作,当然会耗尽一个人生命的蜡烛。至于戴震在乾、嘉时的思想地位和学术地位,《清史稿》中的这一段文字已经清晰地表明:

> 震卒后,其小学,则高邮王念孙、金坛段玉裁传之;测算之学,曲阜孔广森传之;典章制度之学,则兴化任大椿传之;皆其弟子也。后十余年,高宗以震所校《水经注》问南书房诸臣曰:"戴震尚在否?"对曰:"已死。"上惋惜久之。

一代宗师戴震是葬在徽州老家的。死前,戴震就有南归的意愿,并且已经打点好自己的行装,但他的足疾让他实在走不了路。戴震还是舍不得徽州的好山好水啊,只有在那里,戴震才觉得思维更加清晰,而他所有的思想和行动才合乎那个无形的"理"。在戴震死后的第二年春天,他的灵柩由夫人率子运回故乡,葬于现在屯溪城郊8公里处的休宁县商山乡孝敬村几山头。墓碑上方镌刻着"隆阜戴氏",正题为"皇清特赐进士出身,敕授文林郎,翰林院庶吉士,先考东原府君,生妣朱氏孺人合墓"。碑是戴震的高足、段玉裁的女婿,清思想家、文学家龚自珍的父亲龚丽正所立。

一代大儒,就这样安安静静地沉睡于地下,他生前终于将积淤于胸的气息释放了。该说的,都说了;该写的,也都写了。此番离去,一代大儒已没有什么遗憾,可以安然释怀于徽州的山水之间。

墓地周围,山清水秀,阡陌连绵,层峦叠嶂,松翠欲滴。

第三乐章

浙江：水调歌头

屯　溪

我一边思索一边沿着新安江行走。一有机会,我就会呆呆地凝视着江面。我想知道新安江深处隐藏的秘密,历史的秘密和时空的秘密。有多少人生从这水中匆匆掠过,又有多少骨骸深埋于水下的泥沙之中。新安江并不是沉默不语的,她似乎一直在叙述,她的叙述,就是水面上细碎的波纹。沿着河流行走,有时候倏然就在心中升腾起沧桑感慨,人生无常,世事无常,它们就像眼前的波光潋滟一样,无法捕捉、无法懂得。

河流是人类文明的摇篮,这已是毋庸置疑的了。列子说:"缘水而居,不耕不稼。"从这句话中,可以看出早期文明与水的关系。虽然水不是人类文化产生的唯一条件,但人类早期以农耕为主的生存方式对于水的依赖是不可替代的。如果将人类早期文明看作是河流带来的话,那么人类文化的发展史,便是一部壮美的"河流文明"的大篇章。河流是人类文明的源头,但人类社会发展到一定程度,替代河流文化的,必然是那更博大,也更深邃的海洋文化。徽州同样也是如此,新安江曾经给徽州带来了太多的物质和精神财富,但到了一定阶段,这种给予变得吝啬,变得稀少,徽州文明会因此而饥渴、缓慢,甚至裹足不前。文明也是有层次的,如果不带有立场和偏见的话,各个地域所形成的文明在层次上也是有着区别的。文明的地位和层次取决于它对于世界的定位和认识——定位越准确,认识越透彻、越深入,文明的根基就越牢固,文明的大树也就长得越高。从更高的要求来说,新安江流域所造就的文明如果放在一个更广阔的空间来看,她所蕴含的内在精神还显单薄,她在精神的高度和宽广度上还缺乏很多。也许可以这样说,这样的河流只能算是一条聪明的河流,她还不能算是一条大气磅礴的智慧之河。

屯溪的由来,同样也是因为水,"溪者,水也;屯者,聚也。诸水聚合,谓之屯溪"。另一种说法则是:三国时东吴的孙权曾经在这里屯兵,准备打仗。不管这两种说法是否准确,屯溪位于诸水汇聚之处,地理上得天独厚的优势却是公认的。当年的屯溪山清水秀,江回峰转,十里江面,帆樯林立,桅火与街灯相映成辉。歙人汪道昆曾有诗句"十里樯乌万里竹",由诗可以推断出屯溪行舟鳞次、商贾纷至的盛况。正因为优越的自然条件,才有了这块"三江交汇处"的后来居上。

那一天晚上,我们住在屯溪。我们是从黟县吃过晚饭后开车赶到屯溪的。迎接我们的,是屯溪的夜色和灯光。我们依然从横江与率水的交叉口经过,依然看到那座古老的屯溪老大桥,以及桥下汤汤的河水。河水勾起了我的记忆,有好几个夏天,我天天都在老大桥的桥洞下面游泳。对于老大桥,我是再熟悉不过了——沿着河边的阶梯往下走,桥边有一个石壁,上面镌刻着节选的朱彝尊的《屯溪桥记》,这篇文章记述了古桥之由来;在水边的台基上,还立有一个碑,上面同样镌刻着1934年郁达夫来屯溪时所写的一首诗:"新安江水碧悠悠,两岸人家散若舟。几夜屯溪桥下梦,断肠春色似扬州。"

在屯溪,横江和率水从遥远的山里款款而来,姐妹般相会了,也拥抱在一起,她们从此不分彼此。先前,当她们在拥抱的时候,两岸是萋萋的青草,草滩上悠闲的水牛反刍着时光;而现在,屯溪已今非昔比,呈现在河流面前的,是漂亮的花山,是一座灯火辉煌的美丽新城市。

从率口而下,一直到歙县浦口,这条河流有了一个新名字,叫渐江。渐江往东南方向流去,一路上桃红柳绿,山温水软。比起率水和横江的清纯,这一段河面变得宽阔了,也丰满了,她长成一个美丽妖娆的女子,楚楚动人。从这里开始,这段叫渐江的河流,顾影自怜,婀娜多姿,款款地向东南方踏歌而去。

程大位旧居

徽州人清脆的算盘声响彻在山外的世界里。

带着算盘走四方,这已是徽州人的生活习惯和生活方式了。经商理财,当然要会算账,而算账,自然算盘要打得好。程大位就是徽商中算盘打得最好的人。

程大位是渐江边的屯溪前园南村人,在很小的时候,他就已经显出过人智慧。20岁的时候,程大位和村里人一起出门经商。程大位经营的,只是小本生意。在生意上,程大位做得一般,但算账,程大位却是出类拔萃。有时候,同乡们在一起,谈起自己的生意,程大位便喜欢拿出算盘,一五一十地算给老乡们听。程大位在数字上绕来绕去,一下子便把老乡们绕晕了。很快,老乡们都知道程大位是一个算术天才,有什么账目上的难题,便来找程大位帮忙解决。而程大位似乎特别乐意做这样的事,对于此类问题,他总是不厌其烦穷根究底。

大位"走火入魔"了。这个来自徽州的生意人显然走上了"本末倒置"的歧路,他太热衷于计算了,以至于对赚钱倒显得热情不高。程大位无可救药地陷入了计算的游戏当中,有时候会为一些算术问题,废寝忘食。很快,程大位在算术上已经变成"孤独求败"了,江湖上无论什么难题,程大位都可以轻而易举地出招加以解决。40岁那一年,因为对于算术的热爱,程大位索性将自己的生意盘给了别人,带着几大箱算术书籍,回到了家乡屯溪小镇,专心研究数学。

在邻里友人困惑的眼神中,一晃20年过去了。突然有一天,程大位推出了《算法统宗》。这部书的精华部分,是全面介绍了珠算以及珠算的各种方法和归除口诀。此时,程大位已是一个年过花甲的老人了。程大位在这本书的后记里说:"凡是前人的著作里,没有解决的,我把它解决了;没有提到的,现在我把它补充进去了;太烦琐的,我把它简化了;而过于简单的,现在记得详细了。"程大位在写这段话的时候,心里是平静的,虽然他走的是条孤独小径,与整个徽州甚至整个社会逆向而行,但他毕竟走通了,也走出来了。在他孤独的身影之中,有着一种欣慰,不可抑制地流露出来。

现在,程大位故居坐落在市内前园村,始建于明弘治年间,距今已有400多年历史。这是一座很简陋的民居,屋子只是三开间两进,两层,砖木结构,几乎没有徽州民居固有的"三雕",能够想象得出来,当年程大位的家境并不算富裕,也难怪,一个整天把心思用在算术上的人,哪里会有精力去挣钱,更谈不上去考科举博取功名了。

生前,程大位是寂寞的,寂寞是因为他的兴趣、爱好和追求无人理解,而死后,程大位同样也很寂寞,在他死后的数百年时间里,一直没有多少人提及程大位这个名字,虽然他的《算法统宗》被收进了清代的《古今图书集成》,并由日本人毛利于明朝末年译成日文,开日本"和算"之先河。据说,一直到现在,每年的8月8日,日本的一些地方还会举行"算盘节"的游行活动,游行队伍的最前面,众人抬着一个巨大的算盘,紧跟其后的,就是徽州人程大位的画像。但在中国,那种森严壁垒的官僚体系,又怎么会重视一个小商贩的"旁门左道"呢?程大位被忽略了,也被人淡忘了。一直到新中国成立以后,当时中国农业大学教授余介石和安徽师范大学教授胡术五在研究程大位珠算著作时,意识到这个人是中国历史上一个伟大的人物,他们多方求证,直到1966年才找到了程大位的第九代嫡孙程纬丞,从他家珍藏的程氏家谱和故居原始房契的有关资料记载中得到确认。随后余介石教授在日本《珠算界》杂志上发表了《关于〈算法统宗〉作者程大位的生殁年代及其故居》,程大位才算引起珠算界普遍关注。20世纪80年代初,当一帮日本数学权威人士在北京有关方面的陪同下恭恭敬敬地来到屯溪,要对程大位的故居进行朝拜时,中国文化才正眼端详一下这个被遗忘的人物,也开始掂量起他的分量。后来的《中国数学简史》是这样评价程大位和他的著作的:"在中国古代数学的整个发展过程中,《算法统宗》是一部十分重要的著作,从流传的长久、广泛和深入来讲,都是任何其他数学著作不能与之相比的。"

程大位的历史地位终于得到确立了。现在,在程大位的故居边还建有一个算盘博物馆,在馆内,陈列有古今中外各式算盘、程大位著作、程氏宗谱及各种珠算资料、图片等,在众多展品中,最令人瞩目的是形状各异的算盘,大者有 81 档,1.75 米长,小者如戒指算盘,长仅 2 厘米。在这里,程大位被当作"算盘之神"供奉起来。其实,程大位并不是发明了算盘,他只是对算盘的运算方式进行了改进,也进行了规范。他所做的,看起来似乎是一件微不足道的事情,但这样的事情,对于文明的进程,却有着不可低估的作用。

一个原先微不足道的徽商一下子变成了名垂青史的人物,这肯定是程大位生前无法预料到的。在生前,程大位感受到太多的失落,这样的失落,只能归结于中国文化本身的缺陷,是我们曾经的主流思想,让程大位这样一个数学天才寂寞了 300 多年。

篁　墩

离屯溪只有3公里的篁墩古村一直隐藏着徽州的不解之谜。

据说,当年篁墩一带的风水极好——新安江故河道从不远处流过,开阔的江面正对篁墩。这一带是一个很大的浅滩,自然而然,也形成了一个码头和栖息地,上下水的船只一般都要在此停留一下,水边上人来人往络绎不绝。每天晚上,从篁墩这里,总能看到不远处河滩上星星点点的灯光。有一句顺口溜曾形容篁墩的风水:"白天有千人拜揖(纤夫拉纤时的姿势像拜揖),晚上有万盏灯火,脚抵长片园,头枕凤来山,身穿六合水,代代出状元。"清代嘉庆、道光年间,《新安大好山水歌》的作者潘世镛也写有《晚过篁墩》绝句:"水绕山环峙一墩,绿烟夹道近黄昏。停车细访先人宅,犹有千年老树存。"

这个现在看起来并不太大的古村落,在历史上曾跟徽州诸多望族颇有关联,篁墩就像是一个绳结一样,将很多新安氏族系在这里。这当中一个重要原因就是：篁墩当年的繁荣处于南北朝以及隋朝时期，这个时期，恰巧中原居民大批向南迁徙。徽州在历史上有过三次比较大的移民浪潮，最大的一次，就是南北朝时期。徽州望族程、朱、江、胡、吴等姓正是在这样的背景下由北方迁入的。迁徙主要是为了躲避战乱，但南方的富庶、肥沃的土地以及宜人的气候，也是吸引他们迁居的重要原因。当年迁徙徽州的各个望族，在沿着新安江深入屯溪盆地之后，会先到篁墩歇一下脚，盘整一下，然后再到其他地方安居下来。篁墩就像路途之中的凉亭一样，招摇在徽州的风雨之中。

徽州历来就有"徽州八大姓"和"新安十五姓"的说法，所谓八大姓，是指程、汪、吴、黄、胡、王、李、方诸大姓，倘若再加上洪、余、鲍、戴、曹、江和孙诸姓，则称为新安十五姓了。新安各姓中，程氏位列于《新安大族志》之首，"新安程氏，自篁墩始"。根据程氏宗谱的记载，两晋末年永嘉之乱时，程元潭起兵镇守新安，遂为当地太守，也由此，程元潭被后人尊为新安程氏的始祖。程元潭病逝徽州之后，其子孙即以徽州为家。到了200年后的南朝梁武帝末年，侯景起兵叛乱，程元潭的后人程灵洗又从徽州起兵，后来被梁元帝萧绎任命为新安太守，并封"忠壮公"。在此之后，程氏家族一直居住在篁墩，一直到唐末黄巢农民起义时，篁墩为唐朝部将所占领，程氏族人四散逃命。动乱结束之后，一支程姓才摸索地重新回到篁墩，并在这里建立了程氏宗祠。

篁墩的地位重要，还在于这个弹丸小村跟纵横历史上千年的

"程朱理学"有着紧密的关系。村里现有一座题为"程朱阙里"牌坊,巍峨壮观。之所以题为"程朱阙里",那是因为篁墩曾经是程颢、程颐兄弟和朱熹的老家。关于这一点,曾有着详详细细的考察过程,在这里不妨原原本本地追溯一下。

明朝成化年间,程氏后人出了一个著名文学家、大学士程敏政。程敏政曾经写过一本书,叫《新安文献志》。在书中,辑录了不少程姓先贤的资料,算是理清了程颐、程颢的家族脉络——程颐、程颢这一支是从篁墩迁到休宁,再从休宁前往河南中山博野。如果说程敏政的推断只是光凭年谱墓志铭等记述,并没有实证,尚不足以正信的话,那么,稍晚一点,确凿的证据被歙县岩寺的另一进士、做过江南布政使的方宏静找到了。方宏静有一天在豫章郡唐氏家中,无意看到了程颢写的书信,落款处盖有"忠壮公裔"印章。方宏静大喜过望,感叹说:"嘻!千载之疑,而一朝决之也。"从印章上看,程颢自己承认是忠壮公程灵洗的后裔。

相比之下,朱熹家族的脉络就要清楚得多。在篁墩村中的富仑山前,有一个朱家巷,那是宋代大理学家朱熹先世的故居所在。朱熹祖上迁至婺源,对这一切,他们都并未忘怀。朱熹本人在《婺源茶院朱氏世谱后序》里曾经开宗明义地说:"熹闻之先君子太史吏部府君曰:'吾家先世居歙州歙县之黄墩。'"也就是朱熹的父亲亲口告诉他祖居地是在篁墩。根据这本族谱,朱氏的始祖朱师古因躲避黄巢战乱,举家从苏州洗马桥迁徙篁墩(这时已改名为黄墩)。师古的儿子朱瓌奉当时的刺史陶雅之命,率领三千兵马驻守婺源,因守土有功,子孙便在婺源安了家,朱瓌也被尊称为"茶院府君",也就是婺源朱氏的谱祖。到了朱师古的第九世孙,也就是朱熹的父亲朱松这一代,朱松被派到福建为官,举家迁往福建。朱熹也生在福建。但朱松年轻时曾经在新安郡学——紫阳书院求学,来闽后,一直思念着故乡,并刻有"紫阳书院朱某"的印章一枚。朱熹自小耳濡目染,时刻不忘自己是新安人,也常常以"新安朱熹"自称。

不仅仅是"程朱",后来的思想家戴震,族谱显示,祖上同样也来自篁墩。这样的"巧合"真有点让人震撼了,一个弹丸之地竟然与中国历史上几个显赫的大思想家有如此紧密的联系,中国的思想文化史,是在篁墩显灵吗?世界上真正的大问题都是那样的鸿蒙难解,篁墩所面临的,同样也是如此。

现在,在篁墩,因为交通相对发达,距城市较近,遗存下来的古迹已经不多了,能供游人访古寻幽的去处,只有蛟台、鼓吹台、洗马池、烨卜桥等传说中程灵洗的遗迹,另外就是朱熹先世故居所在的朱家巷。但篁墩在所有程氏的心目中,占的分量仍很重。几乎所有的程氏家谱中,篁墩都是一个极其关键的词语。据说在日本,也有一部很完整的程氏家谱,上面同样也有着关于篁墩的很多链接。据 70 岁的当地居民程中敏先生说,仅仅是篁墩这一脉的程氏后来就有 108 派,分散在徽州及全国各地,每年都要进行祭祀活动,并且确定几个派别,负责从联络到祭祀的全过程。祭祀 10 年轮流一次,每次祭祀分工都极为细致。程中敏今年 70

岁,看得出来,这是一个极热心于自己的乡土文化和沿脉的长者。在徽州的任何一个村落,都不乏这样潜心于自己的文化与历史的研究者和捍卫者。从他递给我们的名片上看,他是黄山市程朱理学研究会理事、"程朱阙里"宗亲寻根接待处负责人,也是元潭公六十三世孙。早年做过生意的程中敏在 60 岁以后,一直从事着村里的文物保护以及有关程氏家族的很多事宜。他和一帮人花钱把村里的很多古物买来,集中在村里的老学校。有很多文物贩子来收购,老程总是一口回绝,从不出卖。显然,程中敏所做的一切都不是商业用途,他自己甚至为此掏出了很大一笔钱。对于每一个来到他家的人,程中敏都显得非常热心,他有一本厚厚的签名册,总是让每一个来过他家的文化人在签名册上留下姓名和联系方式。像徽州很多村落中常见的那种老人一样,程中敏喜欢孜孜不倦地向人们讲述篁墩的旧事,而这样的旧事,是他一生中最重要的内容。

花山谜窟

离篁墩不远的新安江对岸的花山,同样也存有一个巨大的哑谜。

新安江从屯溪一路奔流而来,在这一带打了一个弯,这里江水较浅,流起来环佩叮当,犹如弹琴一般。江的这一边是一望无际的开阔地,极目远眺才能见到隐隐约约的山影;而江的另一边,是连绵的山丘,因一年四季鲜花盛开,所以被人称为花山。

20世纪中期,花山里发生过两件奇怪的事情:一是有位药农上山采药时不慎跌入极其隐秘的洞穴之内,洞深无比,药农好不容易从洞中爬出,惊慌失措,洞口从此也就暴露了;二是当地有位农民不小心把鸭子赶进一个山洞,洞口杂草丛生,野藤交错,人难以进入,可是被赶进洞内的鸭子后来却在花山脚下的新安江里出现了。

从此,附近一带的人都知道看起来不起眼的花山中有谜窟。

一直到了 20 世纪末,花山谜窟的真面目得以暴露。人们发现,花山中竟有三十六窟之多。

花山洞窟开凿于什么年代?是谁发起开凿的?洞中的石料是怎么运出的?运出之后又作为怎样的用途?为什么史志从没有有关记载?如果它不是采石场的话,这样一个庞大的洞穴究竟有何用处?它为什么一直尘封了近千年才浮出水面?——这些疑问,都构成了花山的谜团。对于这些疑问,解释莫衷一是:有皇家陵墓说,有越王勾践秘密备战基地说、贺齐屯兵说、方腊洞说、花石纲说、山丘说、巢居说、盐商仓库说,等等。甚至有人大胆提出天外文明说——毕竟,这个被称为"花山谜窟"的地方正好位于北纬 30 度的"神秘线"左右,与世界诸多大奇观埃及金字塔、百慕大群岛、黄山等处于同一个纬度。

证论自然容易找到一些佐证,而佐证往往更加神乎其神——据说仅现在的 35 号窟,所采的石料就可以铺成 1 米宽的石板路,从黄山一直铺到杭州。并且有人还推测出,这 36 个洞窟所凿出的石料,徽州根本用不完。

沿着脚下的石板路一直前行,我们来到了 2 号石窟。洞口在山坳东侧的半山腰,呈虎口张开之势。刚到洞口就感觉到有一股清冷之气扑面而来。这是一个长 140 多米、总面积达 4000 多平方米的洞窟,进入洞口不远,便是近千平方米的"厅堂",空间奇大,沿着石阶往下走,可以看到洞内有数十根留着人工凿痕花纹的石柱错落分布,组成了一个地下长廊。在石壁上,明显有着钢钎开凿的痕迹。显然,这个洞穴是人工开凿的。但这样庞大的石洞,绝非是一朝一代能够完成的,肯定是经过了几个朝代、一段漫长的历史时期不断开凿而成。花山石窟最大的秘密是在于石料的用途。由于风水思想的影响,在徽州,一般的情况下,是不允许开山采石的,那样随意的开采会让人觉得断了龙脉,或者坏了地气什么的。或许正因为如此,徽州选择了花山这个地方,用这样一种集中的方式进行开采。

也许从这样的角度说,花山谜窟并不神秘,相反,它的由来和留存,更值得人们敬佩。

在花山的边上,是被称为渐江的新安江了。渐江的两岸,坦荡着一派田园风光,散散淡淡,但又错落有致。这一带比上游疏朗多了。在这一段,当年的船只来来往往……风不大,船帆懒懒的,且是满员,水面和船沿几乎平了,很有几分惊险。前方又是礁石了,艄公们一齐从船舱里弹了出来,操起长长的竹篙,狠狠地刺向礁石,船静止了一下,速度放慢了,但它巨大的力量,使得竹篙变得弯曲了,像一张弓一样。另一根竹篙也刺上去了,两把弓合成一股力,船终于改向了,几乎是擦着礁头掠了过去。艄公和船上的所有人都长长地吐出一口气,尤其是那些家眷,手心都是湿漉漉的汗。这是下水,是船装满木材、山货、文房四宝驶向山外世界的情景。

上水呢,则是另外一番情景——岸上的纤夫几乎不穿衣服,只是在肚子一块,随意地蒙了一块布。他们永远是一种姿势,身体倾斜,有时候因为用力,他们的膝盖要跪在地上。领头的那个汉子最壮实,那往往是他们的老大。老大用当地土话唱起歌来,七荤八素的,其他纤夫便跟在后面唱,有一句无一句的,但声音却是洪亮无比。逢到特别浅的航道,纤夫便要跳入河中,挖出渠来,然后再一起拉着船只向上走。在船上,有盐有建材,也有黄金珠宝,主人往往是衣锦还乡的徽商了。对于回家的徽商,纤夫们并不羡慕,他们见得多了,也认命了。他们知道,那些钱也是不易得的,是含辛茹苦、委曲求全得来的。

渐江在经历花山这一带后,水势渐趋于缓了,但她的热情还在,在水中飘荡着一个又一个旋涡。这时候,船帆可以张得很满了,可以高瞻阔步,旁若无人。自此以下,江水徜徉而去,犹如闲庭信步般从容。

柘　林

一走进柘林,脚步便不由自主变得沉重起来。柘林是一个很小的山村,坐落在新安江边,交通极为不便。从雄村开车过来,要绕一个很大的弯,过一座窄桥,然后经过一段坑坑洼洼的黄沙路。到柘林去,是为了看一个名叫汪直的明代徽州人的墓。

经过一番打听,穿过村落,又走过一畦农田,我们终于来到汪直墓前。只见墓上堆满了许多柴火,小山似的将墓遮捂得严严实实。

有一年两个分别来自江苏与浙江的青年教师在游览黄山后,赶到柘林,砸碎了汪直的墓碑,在网络上引起了一片纷争。经历这场风波之后,当地村民明显是想以这样的方式来进行保护,回避争论。这样的方式,他们曾经使用过,那是在"文革"时,他们用黏土,将自己屋舍中精美的木雕砖雕糊得严严实实。正午的汪直墓一带很安静。虽是初春,阳光还是火辣辣的,晒在人身上有点发烫。我们在太阳底下掀开了那些柴火。墓碑上刻的并不是汪直名字,而是"王氏祖墓",因为明史一直以王直来称谓汪直,所以也就以讹传讹了。墓是20世纪90年代重修的。"王氏祖墓"的墓碑并没有被砸,被砸的只是边上一个据说是汪直后人的日本人立的一个纪事碑,纪事碑也只是被砸了一个角。我们在墓前拍了几张照片,在拍照片的过程中,不时有当地人从不远处伸出个身子,往这边看,但人却没有过来。墓边很静,静得我们都懒得说话了。照完相之后,我们仍将那些柴火移到墓上。或许,这样的历史目前还不太适合暴露在阳光之下,该尘封的还得让它尘封。历史在更多时候上总是迫不得已,它还要继续躲在黑暗中,品尝自己的孤伤。

关于汪直的身世,除《明史》外,徽州很多史书上并没有完整的介绍。只是许承尧主持编纂的《歙县志》上有一段,说他"少任侠,及壮,多智略,善施予,以故人宗信之"。根据有关史料推论,这个自幼生长在柘林的徽州人,从少年时起,就外出经商了,之后,一直活跃在东南沿海一带。到了16世纪初,汪直已经是一个有胆有识的大航海家和大贸易家了。嘉靖十九年(1540年),汪直趁海禁松弛之际,与徐惟学、叶宗满等徽商远赴广东沿海打造巨船,满载明王朝严禁出海之硝磺、丝绵等,驶抵日本、暹罗等国进行贸易,仅仅五六年间,汪直即获得了暴利,成为一个海外大富豪。由于汪直在海外贸易中讲信誉,深得各国商人的信任,被称为"五峰船主"。

就在"徽王"汪直如一艘巨轮一样高歌猛进在东南沿海时,形势直转而下,嘉靖后期,由于经济发展与财政税收政策出现了不可调和的矛盾,加上官吏、豪绅的盘剥,江浙一带民不聊生,大批流民前往海外谋生。在这样的背景下,明王朝不仅没调整自己的有关政策,反而武断而粗暴地进行镇压,将出海经商的百姓当作"通番奸民",进而全面实行海禁。明永乐年后出现的繁荣的海上自由贸易遭到冰冻,其中损失最大的,就是汪直的海上船队。汪直正是在这样的情况下奋起反抗的。关于汪直与明王朝对抗的直接原因,有一句话可以作为参考。汪直曾与一帮人在一起商议道:"中国法度森严,动辄触禁,孰于海外乎逍遥哉!"

由于汪直拒不执行明朝的海禁政策,仍旧半公开进行着海上贸易,明朝开始派军队对汪直势力进行围剿。汪直也倚仗自己的经济实力,以梁山好汉的方式进行还击。双方之间先是经济的摩擦,而后发展到武力的对抗。自此之后,明王朝与汪直之间进行了长达十几年的战争,刀光剑影,喋血成河。由于寡不敌众,汪直被迫将基地移至日本岛,并在日本领土雇佣一些当地的职业武士和浪人,组织起来进行反抗。这一年是嘉靖二十七年(1548年),万历《歙书》上写道:"遂起邪谋,招聚亡命,勾引倭奴,造巨舰,联舫购一百二十步,上可驰马。"这样花钱购买士兵的方式,在商人出身的汪直眼中,他们之间只是一种买卖关系,这些士兵是一种"雇佣兵"性质。从汪直的人马结构来看,主要成员和首领都是徽商,日本人占不到三分之一,所扮演的只是一些冲锋陷阵的喽啰。

但正是汪直人马的不纯净,给明王朝抓到了把柄。明王朝含混地将与汪直之间的争斗上升到"民族战争"的层面。引人注意的是,在这场被称为"民族战争"的对抗中,双方领头的竟是两个徽州人:一方是被称为"倭寇"首领的"徽王"歙县人汪直;而另一方,则是时任浙江巡抚兼七省总督、后来位居兵部尚书的绩溪人胡宗宪。

战争一直如火如荼。一直到嘉靖三十六年(1557年),汪直才被胡宗宪以诱降的方式捉住。胡宗宪派人远赴日本汪直的根据地劝降,以皇帝的名义承诺不杀汪直。为了争取明王朝的开释,汪直只带了几个随从来到杭州,准备跟胡宗宪谈判。汪直一到杭州,就被关进了大牢。起初,胡宗宪并不想杀汪直,他只是静观其变,每天,都拿好酒好肉款待汪直。但后来,有人举报胡宗宪,说他勾结同乡汪直阴谋造反。胡宗宪承受不了各方的压力,两年之后,于杭州官港口法场上将汪直处以极刑。

汪直与明王朝的战争结束了。现在看来,这场战争最起码可以定性为闭关锁国的封建国家政权与一群要求发展商品经济的民间资本之间进行的战争。至于战争过程中一些事情的无可控制,只能当作战争本身的灾难。而汪直与胡宗宪,同为徽州人,他们之间并无私仇,他们所代表的是两个集团的利益——胡宗宪所代表的,是停滞而无生气的封建官僚体系;而汪直所代表的,则是新生的带有浓厚商品经济意味的商人阶级的利益。他们的行事和为人,都是由他们的政治和时代背景决定的。

现在,隔着清澈宁静的练江,从柘林可以看见影影绰绰的雄村。怦然心动中,我想的一个问题是,从古到今,徽州地域性格是有很大改变的,而徽州整体地域性格的改变,应该与汪直事件有关——徽州人早期的生命原型,其实并不像后来那样严谨、慎微、实利,它有着粗犷而强悍的品质、不甘寂寞的开拓欲望。这样的性格,在汪直事件之后,在程朱理学的荫翳之下,棱角被慢慢磨平,变成与江水中的卵石一样圆滑。在这样缓慢消解的过程中,肯定会有一些少有人知的秘密角落,有一堆无法追究的耻辱和悔恨,有沉埋的隐忍和遗嘱……这样的隐秘,就埋藏在柘林,埋在"王氏祖墓"、埋藏在青山绿水之中。

雄　村

清康熙五十七年(1718年),侨寓扬州的徽州盐商程庭回歙县岑山渡省亲,他是第一次回到渐江江畔自己的老家,这次省亲,给他的印象太深。程庭虽是一个商人,但写得一手好文章,在他随后所著的《春帆纪程》当中,程庭记下了所看到的新安江两岸的美景:

> 徽俗士夫巨室多处于乡,每一村落,聚族而居,不杂他姓。其间社则有屋,宗则有祠……乡村如星列棋布,凡五里、十里,遥望粉墙矗矗,鸳瓦鳞鳞,棁楔峥嵘,鸱吻耸拔,宛如城郭,殊足观也。

岑山渡附近的雄村,就是程庭笔下典型的徽州村庄。在村口,有一座雄伟的大牌坊。村落不大,目前尚不到2000人。但这个小村风景优美异常,位于两条龙脉交汇的开阔地上,清澈的渐江从它的旁边流过。在江边,有一片茂密的桃林格外引人注目,虽说现在不是桃花盛开的日子,但完全可以想象它在春天时的姹紫嫣红。这一块风水宝地在长达上千年的历史中一直人才辈出,确实"所在为雄"。有一位叫作曹元宇的雄村游子曾作了一首《题雄村图》,对故园作了颇为自得的描述:

练江蜿蜒村前绕,上接岑山下义城。
竹为饰山疏更密,云因护阁散还生。
……

诗中的"竹为饰山"指的就是村中的竹山书院。因为竹山书院是雄村最有名的建筑,也成了雄村的象征。当我们走进竹山书院时,我大吃一惊,没想到这座相当有名的书院竟如此破败,霉苔荒草,野墙断垣,只有园子里的很多株桂花树在落寞地疯长,阴阴的,带有野气。乡政府的人介绍说,原先竹山书院系协议承包给别人搞旅游开发的,但对方一直没有真正投入,乡政府又不便再介入,所以目前就成了这样的局面。

这样的场景不免让人心事重重。在破败的书院里徜徉,揣摩石碑上斑驳的文字,想象清晨来临,柔和的亮光开始映在古旧的瓦檐上时,书院里便会有琅琅的书声泛起,掺杂在练江的雾霭之中,单纯、清脆、缥缈。那该是怎样的一幅情景呢?

书院是一种气象,也是一种气场。竹山书院是一座二进三楹的学舍建筑,正壁悬有蓝底金字板联一副:"竹解心虚,学然后知不足;山由篑进,为则必要其成。"这副对联既解释了竹山书院名称的由来,也寓意着对治学和处事的态度。"竹解心虚"暗喻这个书院曾经出过清朝时的大人物曹文埴,曹文埴的字就叫"竹虚";而"篑"则是盛土的竹器,"山由篑进"指的是由一点点的泥土堆积而成。这样的比喻,跟荀子《劝学》一样,阐述的都是一种学习的道理,也是一种做人、做事的道理。

竹山书院的建造同样源于徽商。寓居扬州的两淮八大盐商之一的曹堇饴称富宇内,曾奉命接驾第二次南巡扬州的康熙皇帝,达到了一生荣光的巅峰。曹堇饴读书不多,但向往晨钟暮鼓的读书生涯,向往着"学而优则仕"。而于商,总有一种挥之不去的自卑和无奈。在曹堇饴辗转病榻、弥留人间之际,他再三地嘱咐两个儿子曹景廷、曹景宸:"当在雄溪之畔建文昌阁、修书院。"

18世纪中叶,乾隆年间一个春天的上午,阳光明媚,由曹景廷、曹景宸兄弟捐资建造的竹山书院终于矗立在雄村村口。这一天可以说是雄村人的节日,八乡四邻的人都来了。尔后,这幢清丽幽雅的书院便成了曹姓子弟叩击仕途的演练场。

从雄村走出的名宦当首推曹文埴、曹振镛父子尚书。曹文埴25岁考中传胪(即第四名进士,居状元、榜眼、探花之后)。在内廷为官多年,官至户部尚书。清代,编纂《四库全书》时,乾隆皇帝任命他为总纂官之一。他偏房所生的儿子曹振镛,更是直接在竹山书院就读,刚成年就考中进士。关于曹振镛的苦读,雄村至今还流传着一个故事:曹振镛在竹山书院就读时,顽劣异常,不肯用功,其姐十分着急,规劝他:"你不读书,将来如何登堂入室,承继父业?"曹振镛夸下海口:"他日我定为官,且胜吾父。"姐姐激他:"你若为官,我当出家千里之外为尼。"曹振镛从此潜心攻读,后一举中榜,并官至军机大臣,权倾朝野。其姐为不食言,坚持要出家,曹振镛苦劝无效,又怕姐姐在千里之外孤苦伶仃,只得借当地俚语"隔河千里远"之意,在雄溪对岸建了一座慈光庵供其姐修行。

现在,与竹山书院隔着河流的对岸的山上,一抹绿树修竹之中,坐落着寂静的慈光庵。当年,曹振镛的姐姐就一直在这座尼姑庵里出家至死。这样的故事又能说明什么呢?说明一个人对另外一个人的牺牲?说明为一种价值观所必须付出的代价?

竹山书院庭院深深,廊庑曲折。在徽州的书院里,似乎都有着这样的布局,这样的布局是学海无涯的象征。穿过回廊,就是后院的清旷轩了,这是一个院落,族人曾立下规矩,凡曹氏子弟中举的可以在院内种植桂花一株,以示嘉勉。故而书院的清旷轩,又有"桂花厅"的别称。因为这样的勉励,雄村的子弟自然格外勤勉,仅清朝年间,光进士,就中了23个之多。可以想象的是,当时的书院院落里,长满了各种各样的金桂银桂,即使是现在,园内还留有数十株桂花树,平日里郁郁葱葱,而到初秋之时,满庭桂花,香飘数十里。整个雄村更是笼罩在香馥浓郁的气息之中,那种书院的芬芳无处不在。嗅香思源,这香气,无形中也成了激发子弟的一种动力。

值得一提的是雄村竹山书院培养出来的曹文埴,他是徽州历史上一个非常重要的人物。曹文埴一直以做事干练、能力强著称。他在清朝服役了数十年,而他居高位,也给当时的徽商以及徽州人以极大的便利。或许是久居朝廷厌倦了站班叩头繁文缛节的生活,或许是敏锐地嗅出朝廷对于和珅的警觉,曹文埴选择了在山雨欲来之前独自离开。52岁那年,曹文埴向乾隆提出了告老还乡的申请,理由是老母年岁已高,在徽州家乡没人照料。乾隆很快批准了。曹文埴摘去了顶戴花翎,沿着大运河先到了扬州,然后又打点行李回到徽州雄村。曹文埴回到徽州时,正是初夏季节,雄村就像是一幅展开的美丽山水图:清澈的练江缓缓流过,两岸树荫掩映,倒影婆娑,水面上不时掠过一叶扁舟,载着捕食的鸬鹚,宁静而悠闲;放眼望去,雄村的边上有一片茂密的桃树林,风姿绰约,虽说现在不是桃花盛开的日子,但完全可以想象它在春天时的姹紫嫣红。还是家乡好啊!人说桃李遍天下,拥有竹山书院的雄村不正是这一片桃李之地吗?

在雄村休息了一段时间之后,曹文埴开始奔波于徽州各地。他所做的一件大事仍是跟教育有关——那就是全力复建"古紫阳书院"。可以想象,当时年过花甲的曹文埴在做这件事时,付出了多少心血:争取官府的支持,征集富贾的捐助,商议书院的设计……在他的主持下,"古紫阳书院"在几年后终于落成。曹文埴亲自题名"古紫阳书院",并且亲自撰写了两篇关于"古紫阳书院"的文章:《古紫阳书院记》和《古紫阳书院续记》。而当这一切完成之后,曹文埴也似乎觉得自己的人生圆觉圆满了,不久,曹文埴欣然告别人世。

曹文埴不愧为一个徽州"精英"啊!他有着读书人的追求,也有着商人的精明。就做官做人来说,他比胡宗宪要聪明得多,也圆滑得多。他在朝廷做着大官,也做着大事;他的儿子曹振镛也子承父业,继续在朝廷做大官;而他的兄弟在扬州做着大生意。这样一来,曹家父子名誉地位赚钱都不误,还深得皇帝的宠信。当年乾隆皇帝六下江南,有好几次,都是曹文埴出面在扬州承办一些差务。而当曹文埴在朝廷当了几十年命官之后,眼见风云变幻之时,曹文埴"见好就收",主动提出告老还乡。这样的"世事洞明",那些毕生专注于"大学"的鸿儒哪能达到呢?这样的"葵花宝典",非得是自小有着科举"童子功",深得中国文化三昧之人才可以练就的。

当年曹文埴归隐雄村之后,还曾在雄村建造了一座漂亮的私家园林,题为"非园"。"非园"完全可以跟扬州园林相媲美,有着"欲榜斋""得此山房""排青榭""听雨窗""广寒蹬""春风领袖亭""学圃""旷如亭""玉照轩""证一亭""蹑云蹬""水香亭"十二景。从京都回乡之后,曹文埴特意从扬州带回来一拨戏班,没事就在"非园"里唱戏排练。江南才子袁枚有一次去黄山游玩,从山上下来之后,曹文埴把袁枚请到雄村,在自己的"非园"里接见了他,并让家中的戏班为袁枚演出了新排练的剧目《闹天宫》。袁枚在"非园"里一直住了将近半个月,乐不思蜀。后来袁枚回到南京,也根据"非园"的样子建了一个"随园",但"随园"终没有"非园"那样巧夺天工,袁枚哪有曹文埴那样的财力呢?只可惜的是,"非园"毁于后来太平天国的兵燹,富庶的曹氏庄园在那样的情况下,自然是觊觎的目标。抢劫一空之后,都会放出一把火来,大火会掩盖罪恶,而那些巧夺天工的胜景,也随同罪恶一道销声匿迹了。现在,昔日的竹山书院静静地安卧在练江边上,从外部看,风光旖旎,一派安宁;但在内部,已很难呈现当年的荣光和典雅了,剩下的,只是一个空巢,霉苔荒草,野墙断垣,只有园子里粗大的桂花树在葳蕤疯长,阴阴的,带有落寞的野气。

义 城

从雄村这边看对岸不远处的义城,但见烟树葱茏,掩映着栉比而立的黛瓦粉墙。义城的出名,是因为那个在《资本论》当中被提及的王茂荫。

我们费了好大气力,才找到了王茂荫的故居。王茂荫的故居躲在一条窄窄的老巷子里,没有标志,就像藏在书中一段不引人注目的文字。这幢屋子本身也很普通,没有雕梁画栋,甚至连精美的木雕都没有,并且已经相当破败了。在徽州,王茂荫是有后人的,以前都住在这个老屋里,只是到了20世纪80年代,他们才将这间破旧的老屋卖给他人。现在,王家房屋正厅已经倒塌,剩下的只是一左一右两个旁厅,同样破败不堪,似乎一声咳嗽就会让这样的老房子倒塌似的。这样骨架松散的老屋,在徽州的乡野随处可见。我们进了老屋,但见厅堂上悬有"敦仁堂"三字匾,此匾为晚清重臣李鸿章题写。客厅正壁上挂着王茂荫的遗像。在堂前,一个老人躺在躺椅上,当我们问起有关王茂荫的事情时,老人爬了起来,从抽屉里翻了本杂志给我们,那是当地一本社科内部刊物,在刊物上,就有一篇文章,写到了王茂荫的一些事。

王茂荫并不出生在义城,但他却死在这间屋子里。清同治初年,王茂荫在歙县杞梓里的家被太平军焚为灰烬。第二年,刚刚调任吏部右侍郎的王茂荫千里迢迢赶回故里为继母奔丧,面对满目疮痍的故园,王茂荫悲恸欲绝。在草草安葬继母之后,王茂荫举家迁往新安江畔的义城村。现在的这两间屋子,正是王茂荫此次回徽州为他的家人购买的。当68岁的王茂荫安顿好这一切后,自己也抵挡不住病魔的袭击,不久,王茂荫病逝于义城村。

王茂荫1798年出身于歙县城杞梓里村一个徽商家庭。少年入私塾,曾就读于歙县城紫阳书院。在科举中了举人进士之后,一直在户部任职,直到50岁以后才擢升为户部右侍郎兼管钱法堂事务,成为清廷主管财政货币事务的官员之一。王茂荫任京官前后达30年,历道光、咸丰、同治三朝,不携眷属随任,一人独居京都的歙县会馆,以两袖清风,直言敢谏闻名。这一点,可以从王茂荫所买的这几间屋子可以看出,在当时,这几间屋子只能算是小康人家。

王茂荫的出名是因为《资本论》。在《资本论》第一卷第一篇第三章的一个附注中,马克思提到了王茂荫的名字——"清朝的户部右侍郎王茂荫向天子上了一个奏折,主张暗将宝票宝钞改为兑现的钞票。在 1854 年 4 月的大臣审议报告中,他受到了严厉申饬。他是否因此受到笞刑,不得而知。审议报告最后说:'臣等详阅所奏……所论专利商而不便于国。'"

关于这次著名的上书,还得原原本本从头说起——咸丰元年(1851 年)九月,太平天国起事,清政府的财政、货币危机进一步加剧。由于从云南到京城的交通受阻,从云南铜矿运至京城的青铜跟不上,由于原料的缺乏,朝廷无法铸成铜钱,一时形成了货币运行的紧张。在当时的情形下,只有两种解决办法:一种是铸大钱,减少货币的流通量;二是发行纸币,以纸币来代替铜钱。这时,王茂荫在陕西道监察御史任内给咸丰上了《条议钞法折》,正式提出了改革币制、缓和危机的主张:旗帜鲜明地反对铸大钱,主张有限制地发行可兑换的纸币。与当朝很多科举官吏不一样,对于国家经济,王茂荫是有理解的,在那一次奏折中,王茂荫阐述了发行纸币的重要性,也强调了发行纸币的注意事项。王茂荫阐述道,发行纸币有两种可能的出发点:一种是从财政需要出发,滥发纸币,掠夺民间财富,增加国家财政收入;另一种则是从经济角度出发,以发行纸币来改善货币流通的状况,便利社会经济生活的正常进行。王茂荫企图把这两种出发点结合起来,他为自己发钞主张提出的原则是:既要"有利于国",又要"无累于民"。从"有利于国"出发,他企图用发行纸币来增加国家的财政收入,缓和财政危机。王茂荫反对铸大钱,因为铸大钱同样可以造成流通的不便,并可能造成通货膨胀。

与此同时,王茂荫还强调在行钞中一定要防止通货膨胀,建议发行的丝织钞币可由银号出资代行政府兑现责任,这样就可以防止通货膨胀。

但咸丰显然没有理解王茂荫的全部思路,他只是一厢情愿地听从了发纸币,忽略了王茂荫关于防止通货膨胀的建议。咸丰的出发点一开始就是错误的,他根本不想从国库里拿出钱来承担这个风险,而是想借机从发行钱币中悄无声息地从民间捞上一把。不过从那一次当中,咸丰记住了王茂荫的名字,他还特意打听了一下王茂荫的出身,当咸丰得知王茂荫是徽商的后裔时,不由得点点头,毕竟是经商世家啊,对经济的运作还是相当熟稔的,这样有想法有才干的人还是可用的。

咸丰三年(1853年),清政府发行了不兑现的"户部官票",同年底发行了不兑现的"大清宝钞"和各类大钱。由于在这样的过程中清政府完全没有听从王茂荫要求的注意事项,纸币发行之后,造成了大面积的通货膨胀,当时北京城的物价飞涨,民怨鼎沸,有人甚至闹起事来。目睹这种局面,王茂荫焦虑不安,咸丰四年(1854年)春天,王茂荫只好再次上书。

这篇名为《再议钞法折》的奏折不同凡响,这是王茂荫针对通货膨胀向咸丰皇帝所呈交的关于改革币制、缓和危机的第二方案。情况紧急,这个方案集中到一点,就是力主朝廷承担起责任,将不兑现的官票、宝钞改为可兑现的钞票,继续反对铸造当百当千的大钱。很明显,王茂荫是试图用兑现的办法来刹住继续增发不兑现纸币的势头,制止通货膨胀,以挽回纸币的信用。

也就是这样的事情,竟然被地球那边的一个伟人知道了。如果没有马克思,真不知道这个叫作王茂荫的徽州人,会不会青史留名?

马克思博士在那段时间对于中国的事情一直非常关注。在王茂荫上书之前,马克思已经知晓了太平天国运动。当咸丰三年太平天国林凤祥和李开芳带领北伐军从扬州出发,一路北上所向披靡并直抵天津郊外的时候,正在伦敦大英博物馆里埋头读书的马克思当时就写道:

> 最近东方邮电告诉我们:中国皇帝因预料到北京快要失陷,已经诏谕各省巡抚将皇帝的收入送到其老祖宗的封地和现在的行宫所在地热河,该地距万里长城东北约 80 英里。

很明显,马克思是从英国当地的报纸上得知这一消息的。但英国报纸显然将太平天国北伐军的形势乐观化了。咸丰并没有像马克思所预料的那样收拾财富逃到热河,而是派出僧格林沁的部队将这个单骑突进的北伐军歼灭。随后,形势逐渐趋于稳定,正是在这样的情形下,王茂荫向咸丰上书一封。

马克思之所以知道并在《资本论》中提及这件事,按照一般的说法,是因为这件事曾被当时驻北京的帝俄使节写进了《帝俄驻北京公使馆关于中国的著述》一书中。1858年该书又被德国人卡·阿伯尔和弗·阿·梅克伦堡译成德文版发行,而后来,马克思在写作《资本论》过程中看到了这本书。但根据上述的情况来看,由于马克思一直对当时中国的形势极为关心,于是他很可能在当时的英国报纸上对此事就有一个大概的了解,而在几年之后,由于他对这一段历史的关心,使得他对这一段历史有了新的重温和研究。显然,马克思对王茂荫的货币观点是赞同的,他在《1857~1858年经济学手稿》中就这样说过:"如果纸币以金银命名,这就说明它应该能换成它所代表的金银的数量,不管它在法律上是否可以兑现。一旦纸币不再是这样,它就会贬值。"他甚至说:"只要纸币以某种金属(一般是一种)本位命名,纸币的兑现就成为经济规律。"

王茂荫是倔强的。这从他数次大胆上书阐述同一个主张就可以看出。这也是徽州人的普遍性格,也是一种入仕的理想和追求,"不求富贵终生,但求兼济天下",当初王茂荫中了进士,离开歙县上京城去户部就职的时候,家乡人对于他是寄予很大希望的。70多岁的老祖母当时就拉着王茂荫的手说:"孙儿啊,我们不指望你发家致富,我们只想你能为朝廷多分点忧,为老百姓多分点忧,做一个好官就行了。"当王茂荫拿着咸丰驳回来的奏折时,他只有一声长叹。毕竟,这是皇帝的家天下啊,想为老百姓做点事,该是难乎其难的吧!

一个平庸的时代是做不成什么大事的,而英才的可惜就在于他偏偏处于一个平庸的时代。面对这样的情景,倔强的王茂荫只有仰天长叹。但王茂荫仍是幸运的,幸运的他走进了一本不朽的恢宏巨著。这样的结局,对于王茂荫来说,也算是不幸中的万幸吧。

浦　口

渐江到了浦口,江面变得更加宽阔了。渐江从西北顺流而下,练江则从北面迤逦而来。她们就在这个地方融合了,平平静静,一点波澜都未起。沿江两岸,是肥沃的田畦,黄灿灿的油菜花像长疯了似的。金光四溢的反差下,浅绿色的新安江倒显得有点忧郁了。那些深藏在河水中的忧郁是一般人很难察觉的。实际上不止新安江,任何一条河流,在本质上都是忧郁的。因为河流承担的东西太多,隐藏的也太多。一个东西,如果承担太多、隐藏太多,那它必定不堪重负,心事重重。这一点就像时间,这一条无形且无限的河流也是忧郁的,虽然它看起来那样理智而无情,但在骨子里,它充满了慈悲心,忧郁而悲悯。时间一直看着人们无助,也瞅着人们自以为是、妄自尊大。它总是善意地提醒,但很少有人觉察到。一直到时间放下面孔,冷若冰霜地穿过生命时,人们才恍过神来——这些鼠目寸光的人啊!

浦口曾经是热闹的。在历史上，这里也曾是一个重要的码头。当年，从休宁、黟县、屯溪方向的商贩们沿渐江而下，与从练江方向来的绩溪、歙县等地的商贩在这里会合，然后，他们结伴而行，小船换成了大船，顺着江水继续东行。同样，沿着新安江逆流而上的船只在这里换成小船，分道而行，各回自己的家园。

下新安，一般都是在黎明或者傍晚，小舟缓缓地撑离码头，天际一弯不甚明澈的月亮，除了橹声，几乎就没有其他声音，偶尔有小鸟飞来驻足船头兀自啾鸣。船尾摇橹的艄公往往蓑衣竹笠，消消停停，有一搭无一搭地跟船舱里的旅人说着话。船舱里的人哪有心思回答啊！此时此刻，即将离家远行的游子们早已失魂落魄。

第四乐章

练江：古村九歌

四水归一

练江应该说是新安江一条非常重要的支流。这条河从歙县县城穿行而过,徽州府所在地的歙县历来都是徽州政治、文化、经济中心。如果把练江称为新安江二级支流的话,那么四条从不同方向流入练江的河算是新安江的三级支流,这四条河同样可以说是徽州很重要的河流,她们分别是:丰乐河、富资水、布射水以及扬之水(大源河、登源河)。丰乐河是从黄山山脉南部流下的,她流经过去歙县的西北部,即现在黄山市徽州区一带,在她的流域内,有很多著名的村落,比如说灵山、呈坎、潜口、西溪南、岩寺、棠樾以及歙县的郑村等,这一带在历史上一直是徽州的富庶之地,当年众多的徽商就集中在这一片。富资水两岸比较重要的村落有许村、富碣等。至于布射水,她的流域内最重要的村落就是大谷运和江村了,大谷运是重要的茶叶生产基地,自古以来就是徽州茶叶品质最好的地方之一;而旌德江村当年是一个非常重要的大村落,据说康乾时代扬州盐商总领江春就是江村人。从东北方向来的扬之水也是一条重要的支流,扬之水的支流繁多,其中一条支流大源河发源于绩溪、歙县、旌德三县交界处,在她的北边,是隶属旌德的著名村落江村;河流的源头附近,是著名的上庄,也是新文化运动的领袖之一、文学家、思想家胡适的生长地。胡适3岁时跟随母亲回到上庄,一直到14岁去上海,一共在这里生活了11年。1917年,胡适又奉命回故里成亲,娶了山那边旌德江村的姑娘江冬秀。可以说,上庄给这位大师的一生留下了不可磨灭的印象。扬之水的另一条支流登源河,更具有特别的意义,她的源头是绩溪县的伏岭镇。伏岭,被称为徽菜发源地。伏岭往东,过了被称为徽商故道的"江南第一关"后,就是浙江境内。从伏岭沿河而下,有一个叫"龙川"的大村落,在村落中,矗立着"江南第一祠"胡氏宗祠;在河流两旁,还有一些重要村落,比如仁里、湖里、临溪等。湖里是"红顶巨贾"胡雪岩的家乡,临溪在历史上是一个重要码头,也是徽州当年的"四大名镇"之一。

  只要有水的地方,就会有村落,有历史,也有传说。当然,还有人物,那些像鱼一样游弋在时光里的人物。这些人物或轻舞飞扬,或循规蹈矩、亦步亦趋。在历史之中,他们有的成为不朽,有的只是一股轻烟,消散在厚厚的族谱中。

  世界上也许再也没有一个民族,像中华民族这样热爱和寄情山水的了。山水一直是中国人重要的精神支柱,它是中国文化的安乐窝,也是中国文化的救心丸。在中国文化里,人与山水是可以共融的,山水不仅能消解人世烦恼,还有助于人精神境界的提升。在这方面,徽州人不仅是这种传统思想的信奉者,还是这种理想的身体力行者。

丰乐河上游的灵山村,就是一个顺山势建立起来的村落。这样的村落,在徽州,同样具有典型性。从地理位置上说,当年的灵山是很偏僻的,它居于徽州北部的大山深处,交通非常不便。1000多年前,就是在这样的山巅之上,方姓人氏建立了自己的家园。灵山村坐落在灵金山与丰山两山相连处,村庄沿丰乐河两岸建造,顺溪就势,处在两山夹一坞的山谷之中。溪水是从东向西流的,这是典型的东水西流。风水之说,"东水西流,富贵在两头"。灵山最好的地方是它的村口一带,也就是水口,苍苍古树下,天尊阁巍峨矗立;在溪水上,有凌空的灵阳桥、五福庙和高大古拙的"翰苑"坊。这样的残遗,明显可以看出当年灵山的辉煌与秀丽。

"灵山"的名字很有意蕴,它吸引着我想格外认真地看一看,看它的"灵"到底在哪里。灵山最独特的,是沿溪水而建的一条街。街叫"凤凰街",整条街道就地取材,用一色的粗麻花岗岩石条铺就。逆水而上,左边的街道较狭窄,进深只有一屋之地;右边地势稍微开阔,进深可达十丈。一幢幢古色古香的老屋子紧密相连。在溪水上,总共架有十几座石板桥。溪桥用三五块粗麻花岗岩石条架成,长八九尺。因为小溪落差太大,溪流上修建了许多梯级坝,用来缓冲水势并蓄积用水。这些都是当年村落建设时的匠心独运。值得注意的是,沿溪的石条都突出一两尺,悬空架在水面上,看起来别有风味。凤凰街还真不短,我们沿着街道往上走,一直走了几十分钟,才算到了尽头。这条街道,大约有好几里长吧。

灵山应该算是徽州一个居于偏僻之地的小村了。但即使是这样的弹丸小村,也有精致的生活理念,并且认真地按照理念进行构筑。在这种细致恬然的态度下,灵山更像是一个漂亮的盆景,树繁竹茂,山水满盈。

徽州的村落一直具有某种代表性,它不仅仅是徽州文化的体现,从其中更可以管窥中国古代生活的面貌。中国古代社会的原型在外面的世界已经变得支离破碎,只有在徽州,因为闭塞的地理位置以及浓郁的家族制度,这一套系统才保存得相对完好。但即使是这样,包括灵山在内的所有古村落,都像是一个空巢,那种农业社会繁荣茂盛的精灵,早已咿呀一声飞走了。

在灵山,我一直思考着中国文化的"灵异"之处。我在想,如果中国文化只是这个世界上唯一的文明系统的话,那么这种滋润了发达农耕经济的河流文明,自得其乐、孤芳自赏的思想态度以及呈现出的敦厚仁义的品质,还有讲究秩序、自我约束的方式,也许是一种并不坏的选择。那种以安身立命、坚毅忠诚、万古不移的形态所带来的稳固和定力也无可厚非,毕竟,物质并不是最重要的,人性的释放也并不是最重要的,重要的是人与人之间、人与地之间、人与天之间的相对和谐。但核心的问题是,这种温和简单的文明方式在遭遇到其他文明的干扰时,那种在竞争中所具有的弱点就会明显地表现出来。当蓝色的海洋文明呼啸而来,并且夹杂着一股野蛮的血腥气进入这片大陆时,亚洲东部这块古老的土地上,因黄河、长江,当然还有新安江所形成的河流文化,一下子变得孱弱无力了。那种千年不变的男耕女织、千年不变的春种秋收、千年不变的天朝上国,还有千年不变的"之乎者也"、礼义纲常,在挨过了青春期和中年期之后,终于走到枯槁的天涯尽头。由殖民地财富所产生的资本积累的巨大能量,以及工业革命的推波助澜,使得西方文明在各方面都得到高度发展,呈现出突飞猛进的势头。东方文明在遭遇到这种生机勃勃的异质文明时,就像马王堆汉墓中的秀丽锦帛,一旦暴露在新鲜空气下,顷刻间就破碎了一样,成为几缕令人惆怅的古典情怀。

而这时候,还能指望这种农耕文化显灵吗?

呈 坎

位于丰乐河源头的呈坎村在徽州一直是相当有名的村落,除了村落以八卦方式布局之外,呈坎村最有名的,就是罗氏宗祠了。

罗氏宗祠全称"贞靖罗东舒先生祠",它应该是徽州古祠中气势最为恢宏的一座。生于宋末元初的罗东舒,是一位经天纬地的奇才,但在乱世之中,清高耿介的罗东舒雄心和抱负无法实现,只好以陶渊明为榜样归隐田园,元朝廷多次聘请他为高官,都遭其拒绝。陶渊明自号"靖节",罗东舒就自号"贞靖",意思是决不与元朝合作,以维护自己的名声。

罗东舒不愿当官,就得找点事情做。他做的一件最重要的事,就是花了很长时间为呈坎罗氏宗族整理族谱。罗东舒怀着对祖先的恭敬和感恩,在做这些事情时,兢兢业业,认真精确,"凡先世茔墓逐一稽考"。因为罗东舒梳理了罗氏宗族的脉络,办了大事,所以呈坎罗姓一直对他感恩戴德。很多年过去了,人们依旧忘不了这个为家族做出很大贡献的大儒。有一年修祠堂,有长老提议,把罗氏祠堂命名为"贞靖罗东舒先生祠"。这样的建议,得到了呈坎罗姓的一致认可。

东舒祠陆续造了70年。在这70年中,呈坎罗氏的好几代人都在为家族的祠堂添砖加瓦。开头的是罗洁宗,这是1542年的事情;收工的则是罗应鹤。当祠堂勾勒完最后一笔图案时,已经是1617年的秋天了。新祠堂落成的那一天,全体罗氏家族的人都聚集在祠堂里,肃立,然后静穆地注视高悬着的"贞靖罗东舒先生祠"巨匾。家族祠堂之所以以罗东舒先生命名,就是想以高风亮节的罗东舒勉励后人:做人要讲道德,要有出息,同时做一个有境界的人,做一个对罗氏家族有贡献的人。

这个足足花了70年才建起的族祠的确值得罗氏人骄傲——高大门楼的雕刻以历史戏文和龙狮相舞为主体图案。祠堂占地5余亩,建筑面积达3000多平方米,北侧有厨房、杂院,南侧有女祠,整个祠堂一看就气势非凡、精雅恢宏,甚至直到今天还可以睥睨周围的其他建筑。

罗东舒祠在某种程度上更像是一座文庙,它的结构出现了只有孔庙才有的棂星门、拜台等,这些均为一般祠堂所没有。正厅的每根屋梁,两端皆为椭圆形梁托,梁托上雕刻着彩云、飘带,中间分别镂成麒麟和老虎,檩上镶嵌片片花雕,连梁钩也刻有蟠龙、孔雀、水仙花、鲤鱼吐水等图案,仰首凝望,玲珑别致。正厅两侧和上首的花雕更是精美。更令人称奇的是花中有物,物中有景。

荷花在池水中荡漾,或微波粼粼,或浪花朵朵,花群之中,有鸟翔蓝天、鱼潜水底、鸭戏碧波,还有蛙跃荷塘、鸳鸯交颈,整个荷群画面被描绘得生动逼真,妙趣横生……跟所有家族祠堂一样,罗东舒祠也有天井,寓意还是"四水归堂",但四水归堂在这里不仅仅象征着财源兴旺,还象征着人丁兴旺、家族源远如天水一样长流不息。

宗祠修好之后,每隔数十年,呈坎的长老们便聚集在祠堂里,要求重修家谱,并借此梳理整个家族的脉系。于是,在溯本求源的基础上,把村里的罗姓分为一甲、二甲、三甲……每甲设置一座祠堂,即一甲祠、二甲祠、三甲祠……每座支祠也设立一个族长,由各甲人员推选而成。族长对全甲人员的教育、伦理、生产、生活之事负责。在此之上又设立一个总族长,对各甲之间的事情进行协调和总管。每甲之间也有较分明的位置安排,各甲之间分别向纵深处扩散,不可以侵占别人的领地。

在呈坎长达千年的历史中,这样的盘整有很多次,而每一次家族之中的盘整动静都是巨大的。在一些经常性召开的家族会议中,呈坎进一步明确了村落和家族的规约,表彰一些节妇孝子,同时对一些言行不检点的家族人员进行训斥甚至惩罚。村里的布局也得到重申,各个家庭的基础设施,如下水道、救火用的土龙等也要严格配备。每个姓罗的官宦告老还乡之前,要为乡里乡亲做一点善事,诸如办学堂、建凉亭、修道路等。当然,与所有的家族一样,呈坎罗氏也有着严厉的处罚措施,有栅栏圈就的囚室、水牢等,族长可以下令处死某个触犯戒律的人……

呈坎村落的状况,实际上是徽州宗法制度的一个缩影。虽然家族与村落表面一派祥和,但在骨子里,它一直是紧张的,在它的内部,有一种阴郁的控制力无所不在。这种阴郁的控制力尽管残酷而狭隘,但它对于家族的稳定和凝聚,又起着不可或缺的作用。曾有人认为,汉民族在经历了很多次外族入侵之后,不仅没有分裂崩溃,而且从文化上化解了这种入侵,促进了民族的融合,在很大程度上,正是这种严谨而周密的宗法制度在起着关键的作用。它支撑着强大的信念力量,维系着社会的运营,推动着庞大的道德体系缓慢行进。

宗法制度的精神意义,在某种程度上,又相当于西方的宗教。徽州严谨的宗法制度往往会造成一种情境:当一个人走进徽州祠堂时,会感受到那种四面八方传递来的无形气韵,那样的气场给人以震撼,会让人谦逊而卑微,意识到自己的渺小,也意识到自己的血脉责任。身在这样的家族体系当中,立即会感到个体就如同一片叶子,与枝丫、与树干,都有着千丝万缕的联系。

当然,一切从外部看起来无可抗拒的力量,在里面,则是一种智慧的秩序。但问题的核心是,这样的秩序究竟包含什么样的智慧浓度,它的骨子里到底是怎样的思想成分?徽州的宗法制度是建立在程朱理学的思想基础之上的,由于程朱理学缺乏与上天的沟通,也缺乏对人性的挖掘,本身的哲学体系更像是悬空的楼阁。可想而知,在这种支离破碎、一知半解的意识形态下,那种形而下的操作方式,必定会简单粗暴、以偏概全。徽州的宗法制度,正是在这样的背景下误入了歧途,形成对人性的桎梏,并走向毁灭。可以说,缺乏深入而透彻的对于人性的理解、缺乏真正的宗教皈依感,是徽州乃至中国宗法制度最终走向没落的重要原因。

尽管这样,在徽州,那种宗法制度对于徽州的影响在很长时间里一直是巨大的。徽州的村落和家族,就是依靠这样无形的力量,盘整、喘息,然后向前运转。徽州的地域灵魂,也在这样强大的磁场中软弱而坚强地行进着。

西 溪 南

无论从哪个方向进入徽州,映入眼帘的都是一幅清新淡雅的水墨画长卷:青山逶迤,绿水蜿蜒,树影婆娑的水口,绰约峥嵘的牌坊,粉墙黛瓦的民居,钩心斗角的祠宇,桥吐新月,塔摩苍穹……在西溪南,更使我产生了这样的感受——绿色的背景下,黑白相间的民居是那样的纯粹、平易和自然,它们似乎就是从这片土地上长出来的,就像是树木结成的果实,譬如青色的栗树上结着一粒粒褐色的栗子,或者就如河边滋生的一片片灰色的蘑菇群。

西溪南,是坐落在丰乐河畔的一个古老村落。这个在徽州名气很大的村落可以说是徽州村落的典型代表,它的建造集中体现了中国农耕社会的田园理想。

西溪南因处于丰乐河(丰溪)南岸,亦称为"丰南村"。它背倚凤形山,面临丰乐水,画僧渐江当年在他的《江山无尽图》中,就曾描摹过自己最钟爱的丰溪风景。西溪南的主要村民姓吴,据说当年吴氏始祖在选择迁居地时,看到丰乐河南岸土地宽广,水流迂回,于是毫不犹豫地确定了这个地方。到了明清时期,西溪南成为徽州最富庶的村落之一。富庶的原因是从商,西溪南人的经商活动始于唐宋,鼎盛时期则起自明代中叶。那时候,吴氏家族在扬州从事盐业,在金陵开设典当铺,又在运河沿线从事米布贸易,很多人都发了大财。正是在这样的情况下,许多吴氏商人将财富转移回了西溪南村,村落也因此繁华了数百年。

从建筑学角度来看,西溪南村布局严谨而科学。整个村落坐北朝南,势如棋盘格局。在水势上,西溪南同样有一本《水经注》,它借助丰乐河,形成了村落的流水系统——在丰乐河上,设有三个石坝,河水顺势导入村中,形成溪流经过村落,然后,住宅建设在溪流的两边,这样,家家户户都可以方便取水。

明清时的西溪南村在江南一带非常有名。有名,是因为村落很大,不仅风景优美,而且极为富庶,有很多住宅都建有私家花园。据西溪南的村志——当地人吴吉祜所撰的《丰南志》记载:西溪南一村,共建有园林41处,其中,最有名的是"十二楼"园林和十大名园。其中"十二楼"为明末清初的徽商吴天行所建,现在还存有遗迹,当地村民已经将它们开发成一个旅游点。当年吴天行在发达之后,斥巨资从四方运来奇石无数,广建园林台榭,其间泉石幽深,美不胜收。不仅如此,吴天行还从各地搜罗了许多面容姣好的女子,蓄养于"十二楼"之中,据说达百人之多。她们当中,有的是民间丽人,有的则是吴天行花重金买来的青楼女子。一时间,"十二楼"在江南地区变得非常有名。关于"十二楼",清代诗人吴锡祺曾写诗曰:"仙人十二楼,缥缈望云头。丹梯浑可上,直达莲花游。"另一个侨居扬州的乡人吴绮,也作了一组《溪南集咏》,其中一首是咏"十二楼"的:"溪南好,十二有高楼,碧槛暗随朱阁转,红灯遥映绿窗幽,花底夜藏钩。"

吴天行如此花天酒地,当然与他的生活方式以及当时的社会风气有关。富庶一方的吴天行是想在经国大业中有一番作为的,但商人在当时的社会中,既没地位也报国无门。在这样的情形下,有钱的吴天行索性倚红偎翠,在脂香粉艳中寻求解脱,舞低杨柳楼心月,歌尽桃花扇底风。

正因如此,关于"十二楼"的传说颇多,其中最有名的,就是《金瓶梅》之谜了——有一种说法是:《金瓶梅》故事就是由"十二楼"而来,荒淫无度的西门庆的原型就是吴天行。至于署名兰陵笑笑生的《金瓶梅》作者,那是徽州人、曾任明代兵部左侍郎的汪道昆。《金瓶梅》成书的那几年,正是汪道昆官场失意隐居之时,汪道昆完全有动机、有时间、有才气来写作这样一部"讽世之作"。

持这种说法的是西溪南当地的民间学者潘志义,他还有一个笔名,叫"苟洞"。这样的笔名,有点自嘲的意味,大约是想表示自己的研究属于旁门左道吧。在西溪南一间老式住宅中,我们见到了原先是供销社职工的苟洞。老屋子的堂前,看起来就是苟洞研究《金瓶梅》的地方,他的书桌是一张四方台,上面堆有很多《金瓶梅》的研究资料。一谈及《金瓶梅》,苟洞便显得精神矍铄。苟洞说,从《金瓶梅》中涉及的建筑、物产、用具、方言、园林、盆景、戏曲、风俗、商帮、饮食、医学、画派等等来看,明显地都有徽州的影子,只要认真研读一下《金瓶梅》,就能发现该书的很多描写,都与徽州有着密切关联。尤其是语言,没在徽州生活过的人,就不可能有那样的语言风格。

对于《金瓶梅》,我没有深入研究过,对于这个民间学者大胆的定义,我也无法表示自己的判断。我感兴趣的只是西溪南当年的繁荣,从现在村落的布局可以看出,当年的西溪南无论是在规模上,还是在建设的精致程度上,在徽州,都可以说是首屈一指的。出于对浓郁文化气息和自然美的迷恋,当年的徽商很在意自身生活环境的营造,注重在家造轩、造楼、造书斋,同时也建造小花园。这些,都可以看作人们在骨子里对自然的亲近愿望。可以想象,对于在外奋斗得遍体鳞伤的徽州人来说,一旦回到山清水秀的家乡,环绕身边的是鲜花、小鸟、野草、池塘,这样的情景,将是怎样一种心花怒放、轻松愉快!在这里,疲惫和紧张消失了,健康和宁静重现了,道德和精神也随之回归。对于衣食无虞的徽商来说,生活在这样的环境当中,闲暇时观赏着夕阳的余晖,触摸着清晨的甘露,呼吸着青草与树木的气息,实在是人生的最大惬意。

西溪南正是中国传统人文理想的体现。在村子里,我们还参观了著名的"老屋阁"及其他一些民居。西溪南的民居仍是标准的徽州建筑,它的外墙都是用砖砌成的,表面涂抹白石灰,室内的间壁,大都以木板构成,整个房屋呈框架结构,坚硬、牢靠,从不给人以华丽之感;屋顶一概用小青瓦而从不用琉璃;勾栏也都保持青石、麻石等纯石质材料的质感而不施丹青;门楼和屋内的石、砖、木"三雕"精细、婉丽,不用五色勾画;隔扇、梁栋等也不施髹漆……从整体上来说,给人的感觉明快淡雅,幽静情趣,风格内敛而沉稳,精致中又不失大气。

西溪南同样体现了徽州乃至中国人山水共融的愿望。物由心生,徽州之所以呈现出宁静安谧的景象,那是因为徽州人蕴藏于胸的情感和美学追求。不仅仅是徽州人,在中国农业社会里,无论是从伦理上和心理上,人们都表现出了对于土地的根本性依恋。徽州文化从根本上来说,是儒的,那是一种积极入世的精神,执着而实在,低调而倔强。那种对于仕途的追求、对于成功的追求,以及为人处世的道德感和人情世故的平衡感,都体现得淋漓尽致。再加上商业文化对徽州影响很大,使得徽州人更理性务实,为人精明,工于算计,人生的负重较多。但所有的东西都不是单一的,徽州人在表面精进的同时,深埋在进取心之下的,应该还有另外一层思想,那就是与山水和谐的愿望。

郑 村

徽州一直有着近代博物馆之称,那是指徽州古迹遗留较多,在很大程度上可以管窥到中国古代,尤其是明清时代的社会风貌。在徽州文化乃至中国文化当中,确实有很多优秀而成熟的东西,但这么多年来,中国却因过度的自满、自享而自闭,对于世界屡有时空错觉,以至于找不到前行的道路。关于这一点,在徽州村落的发展中体现充分。我们沿途看到的那么多村庄,具有的一个共同性就是,当一个村庄变得相对完整,并且在管理、宗法制度等方面确立自己的系统之后,整个发展就变得停滞不前;然后,便是衰落,便是支离破碎,便是破败。这样的局面,几乎成为徽州村落史的一种共性了。

郑村是位居练江支流丰乐河下游的一个著名村庄。我曾经两次去过那里的黄宾虹纪念馆,也听黄山市著名作家李平易说,小时候他就是在郑村长大的。李平易的代表作《巨砚》,写的就是在郑村发生的故事。当年,因为跟徽州府相对邻近,郑村一度非常繁荣,也非常有名。这里不仅仅是著名画家黄宾虹的老家,还有闻名的郑氏宗祠。除此之外,近年来火速升温、被誉为"最后的贵族"的汪家老屋"和义堂""善述堂""善继堂""务本堂",也坐落在郑村。

一进郑村,迎面看到的,就是那个著名的"贞百里"牌坊。同行的鲍义来老师对郑村真是太熟悉了,当年鲍老师在歙县工作时,曾在郑村搞过一段时间工作组,所以一路走着都在跟当地的熟人打招呼。由鲍老师领着,我们很快找到老屋的地点。到了门口,我才发现,原来"和义堂""善述堂""善继堂""务本堂"是连在一起的。在外面,它们各有各的大门,但在内部,它们全是相通的。这四间屋子分别属于汪家的四个儿子,上辈给他们安排这样的结构,就是让他们在一起彼此照应,互助互爱。四个大屋连在一起,更显气势磅礴,难怪被称为"徽州最大的民居"了。

"和义堂"现在的主人,汪家第九十四代传人汪建平领着我们参观了整个大屋。一进客厅,我们就惊呆了,这座民居真称得上是规模宏大、气势非凡,内部由西至东一共三列,每列从南到北又分为前、中、后三进,房屋是群体结构,房连房,进连进,走入其中,就像进入一个很大的迷宫。据说至今都没人数得清这个大屋有多少扇门、多少座天井。各进、各列之间,设有封火墙、防火巷,还有完整的排水系统。汪建平介绍说,"和义堂"占地8000多平方米,为其先祖汪为炳所建,距今已有200余年,和原来的西溪汪氏宗祠相隔一巷。结构为九宫全封闭式,造型用料上沿用明清祠堂流派,既高大雄伟,又恢宏大方。前几年上海同济大学的师生曾专门来此,考察达半月之久。

在我看来,"汪家大屋"应该是徽州建筑的一个代表性作品,也是徽州民居的扛鼎之作。可以说,它集中体现了徽州民居的诸多特点,除了门楼上精致无比的砖雕之外,还有很多精致与宏伟都隐藏在屋子内部。屋子里的石雕、木雕和砖雕,其浮华和精细程度可以说是登峰造极。这样的精美物件,却一直"锁在深闺人未识"——如此鬼斧神工的建筑工艺,却只能让汪氏家族的人独美。这样的情形契合着徽州建筑上的大众心理——那些在外挣得盆满钵满的徽商,一旦潜入这样的深院大宅,就像是一只拖着战利品躲进山洞的野兽一样,对于周围,一直保持着提防。这样的心理状态,怎么说都有点狭隘而阴暗。

在"汪家大屋"附近,眼见的一片竹园和菜地,据说就是当年大名鼎鼎的"不疏园"。"不疏园"也是汪家祖上建造的,在徽州历史上曾经非常有名,后来,毁灭于咸丰年间的太平天国运动。清乾隆年间,郑村汪景晃在22岁那一年,弃文从商,从事卖布行业,几十年下来,赚了不少钱。到了他儿子汪泰安手上,财富得到进一步增加。汪泰安虽然身处商海,但特别喜欢文章之事,常常在处理完商务之后,开始读书,一直读到油灯耗尽为止。不仅如此,汪泰安还希望自己的儿子穷经研史,成为好学之士。出于这样的想法,汪泰安退田还园,修建了"不疏园"。之所以以"不疏园"命名,汪泰安的儿子汪梧凤在后来自己的一篇文章《勤思楼记》中阐述道:"先君子治田为园,园北有堂,颜之曰不疏,盖取陶诗'暂与田园疏'意而反之,亦欲使后之读书其中者,常守厥志,不致苟于利禄,而饕餮于宠荣也。"由此可见,"不疏"二字是要后人读书其中,时刻警觉,不可一味地追求功名利禄,疏远田园。一个人能有这样的想法,是因为对世事的洞察以及对土地的依恋吧。汪泰安所处的时代,正是康乾之后,政事暮气沉沉,虽然间或有雷霆风云,但落在地上的总是毛毛雨。数十年下来,汪泰安心灰意冷,显然,他对这样的政局早看透了,与其这样,还不如到书中寻找安慰和乐趣。

正因为这种特立独行的意旨,"不疏园"一度在徽州影响很大,也有很好的口碑。关于"不疏园"的面貌,汪泰安的孙子汪灼有一个好友姓吴名云的,曾为汪灼作过一幅《不疏园图》,完全地写实了全园的风貌,但现在只能读到汪灼的题诗,看不到吴云的画了。根据汪灼的《不疏园十二咏》一文,大略可以推断它的概貌:这是一座集别墅、园林、学馆为一体的园林,设计豪华精致,园中布有楼轩亭阁、书屋草堂、假山池沼,曲径通幽,竹树葱茏,花草扶疏。园中的题款也是一些大儒的墨迹:比如"六宜亭",由巴慰祖题;"松溪书屋",由程瑶田题;"半隐阁",由桐城刘大櫆题;等等。不仅如此,"不疏园"还有丰富的藏书,据说达数十万册之巨。

"不疏园"落成之后,当时徽州的一批大儒,比如说江永、戴震等都是这里的常客。"不疏园"曾经礼聘江永和戴震来这里担任教授，给汪家子孙上课；而戴震又借此地师从江永。除此之外，郑牧、汪肇龙、程瑶田、方矩、金榜等也经常来此，加上汪家子弟汪梧凤师从江永研习六经之学，以上七人被称为"江门七子"。郑村的好山、好水给了江永以很大灵感，江永在"不疏园"共住了7年之久，他的《算学》（原名《翼梅》）、《乡当图考》、《律吕阐微》和《古韵标准》4部重要著作都是在"不疏园"期间完成的。"不疏园"可以称为皖派经学的实际发祥地。汪梧凤之子汪灼在《四先生合传》中曾对戴震的功名这样评价："先生名成于征聘，而学之成源于两馆余家。"这样的记载颇有三分自得。的确，"不疏园"是值得自豪的，虽然在历史的长河中，"不疏园"不过是瞬间一现的昙花，但在徽州这块土地上，能有这样的昙花一现，毕竟是一件令人骄傲的事情。

"不疏园"最后的主人是汪宗沂，他是汪泰安的五世孙。汪宗沂同样也是一个才华横溢、胸有韬略的大儒。他是1880年的进士，也是王茂荫的女婿。汪宗沂父辈那一代，太平天国进军徽州，"不疏园"在战火中未能幸免。不仅仅如此，汪宗沂自己家住的老宅"善继堂"（也即当年四个老屋之一），因为靠近"不疏园"，也惨遭兵燹之难。汪宗沂考中进士之后，赐五品卿衔，曾任李鸿章幕僚。后来辞归，曾在安庆敬敷、芜湖中江、歙县紫阳书院主讲。回歙县后又一度重修"善继堂"。现在，"善继堂"一片坍墙残垣，连汪宗沂这个名字，也很少有人提及了，但人们都知道他的一个弟子黄宾虹。他还有一个儿子，也是著名画家，叫汪采白。

许 村

富资水,是流向练江的另一条支流,在上游的水边,虎踞龙盘着一个著名的大村落,那就是新近被国务院授予全国重点文物保护单位的"国宝"许村。

许村古称富资里、溪源、任公村。南朝梁时,时任新安太守的任昉爱好山水,有一天空闲之余到了许村所在地垂钓,面对青山绿水,西溪渔唱,任昉内心当中一块坚硬的东西软化了,他动了"采菊东篱"之念,不久即辞官归隐于此。唐朝末年,户部尚书许儒为避战乱,迁徙到此,嗣后该地人丁兴旺,并改名为"许村"。到了北宋时,许村变得相当兴盛了,修家谱时,许村人特意找到当时的文豪王安石,让他为《古歙许氏宗谱传》作序。明清时代,村中更是豪杰辈出,明代大学士许国、清朝末代翰林许承尧均是许村后裔。从现有资料来看,许村历史上共出进士48人,这样的数字,算是徽州古村落之最了。

许村的形状像一只临水的葫芦,这在徽州的村落中,算是一个比较奇妙的形状。葫芦的意义有两层:一方面,它是农产品,象征农业社会的丰衣足食;另一方面,它还是道家炼丹的工具,有着吉祥和神秘的意蕴。沿着富资水走进许村,迎面是一座跨溪而建的古桥,在桥上,有遮蔽风雨的走廊。这就是许村著名的"高阳桥"。说来也怪,似乎许姓家族一直偏爱这种结构的廊桥,我在同样为许姓村落的徽州区唐模也见到过一座,并且唐模的那一座桥,也叫"高阳桥"。除此之外,据说在江苏的宜兴,也有一座"高阳桥",同样是一座廊桥。为什么许姓村落喜欢建这样的廊桥,而且命名为"高阳桥"?这当中有什么渊源?到现在为止,我还不太懂得。

南宋以后,徽商崛起。由于许村地处安庆府和徽州府之间的交通要道,因而迅速繁荣起来。有一位许氏人物在宗谱的《序言》中很自豪地写道:"徽属六邑,而称富庶,歙为最。歙之名乡虑数十,溪为最,溪在城北四十里,平畴沃壤不啻数千亩,四山环合如城,宅第鳞次栉比,皆右族许氏之居焉。其人物衣冠甲于他族。"雄厚的经济实力使得许村出类拔萃,也因此留下了很多旧日的雄伟建筑。现在,在许村村口,有两座高大巍峨的牌坊。一座是建于明嘉靖年间的"薇省坊",该坊为嘉靖元年进士许琯所立,坊名"薇省"系沿袭旧典,是唐、宋时对中书省的雅称,暗指许琯曾官至湖广参政。关于这座牌坊,还有一个故事:传说许琯曾和严嵩同朝为官,"严党"猖獗之时,许深知严党专政必不长久,但同朝为官,不打交道不可能,弄不好还要招来杀身之祸,于是他就打制了许多金字落款,每每递交严嵩的文书,许琯就把金字落款嵌在后面。保存文书的下人,每次都因贪财把金字落款扣下来,结果许琯的文书便为无名无款。到了"严党"倒台后,朝廷抄出一批没落款的文件,一查,知是许琯所为,问了原委后,认为他有如此想法,肯定不会与严嵩同流合污,于是不但没治罪,反而下圣旨为其树牌坊,彰表其行。

这样的故事,听起来总像是嗅到一种尖酸的小聪明味。

村口另一个"三朝典翰坊"的传说听起来就更荒唐了。"三朝典翰坊"建于明崇祯年间,三间三楼,四柱冲天,是为明朝泰昌、天启、崇祯年间的中书舍人汪伯爵和他的父亲而立的。中书舍人为明朝宫中的书记官,雅称"典翰",他的父亲汪德章也得到和儿子一样的封赠,故称"奕世"。传说汪德章当年带家眷一行回乡省亲,回京路上,其继妻早产,延误了回京日期。崇祯皇帝怪罪下来后,汪德章如实禀告。皇帝不相信,叫他抱着儿子来看。汪德章回禀说:一介平民怎么可以面对皇上呢?崇祯当即说,若你带着儿子来,我封他为翰林。汪德章听后大喜,立刻抱着儿子去了金銮殿,崇祯只好封他儿子汪伯爵为翰林。故事荒诞不经,只能姑妄听之。很多时候,历史总是跟各种各样的谜团交织在一起,让人无法看清真实面目。

许村的有名,还在于历史上这里曾经出过好几个有名的徽商兼海盗,明朝时与"五峰船主"汪直并驾齐驱的许栋、许海等,都是许村人士。

关于许栋、许海等,现在的许村仍流传着有关他们的传说。从一些零星的记载看,许栋一开始是徽商,元末,他就活动在东南沿海一带了,也有了自己的武装力量,与元军经常发生冲突。明王朝建立之后,许栋一开始安分守己。海禁政策实施后,许栋一怒之下揭竿而起。一开始,许栋是"亦商亦盗"组织的首领,汪直也听命于他。他们一直在东南沿海一带,一边从事走私贸易,一边组织武装力量进行着抗争。可以说,他们是当时世界上最大的商人之一,也是当时世界上最有实力的海盗。他们把内地丝绸价格提高一倍进行收购,然后在南洋以十倍的价格售出;从日本买入大批倭刀,然后以十五倍的价格卖给内地。由于他们的贸易深受市场欢迎,许栋、汪直、许海也赚了不少钱。不久,许栋在与明朝军队的冲突中失踪,汪直接替了许栋的位置,与许海等一起,继续与明王朝抗争。许栋与许海,有人说是父子,有人说是兄弟,有人说是叔侄。后来,因为许海没有商业头脑,更喜欢劫掠,汪直将许海逐出。许海与汪直分手之后,变本加厉,烧杀抢掠。并且,在他的队伍中,混入了相当数量的倭人。许海本人也打扮成日本人的模样。据说,许海这样做,是为了万一自己有个三长两短,以免在许村的家人受牵连。一段时间之后,许海最先被胡宗宪的部队剿灭。

宋起凤《稗说》当中,倒是有一段故事,说的是许海及夫人王翠翘与胡宗宪之间的恩怨情仇。当然,在《稗说》中,"许海"是写官,不打交道不可能,弄不好还要招来杀身之祸,于是他就打制了许多金字落款,每每递交严嵩的文书,许琯就把金字落款嵌在后面。保存文书的下人,每次都因贪财把金字落款扣下来,结果许琯的文书便为无名无款。到了"严党"倒台后,朝廷抄出一批没有落款的文件,一查,知是许琯所为,问了原委后,认为他有如此想法,肯定不会与严嵩同流合污,于是不但没治罪,反而下圣旨为其树牌坊,彰表其行。

这样的故事,听起来总像是嗅到一种尖酸的小聪明味。

村口另一个"三朝典翰坊"的传说听起来就更荒唐了。"三朝典翰坊"建于明崇祯年间,三间三楼,四柱冲天,是为明朝泰昌、天启、崇祯年间的中书舍人汪伯爵和他的父亲而立的。中书舍人为明朝宫中的书记官,雅称"典翰",他的父亲汪德章也得到和儿子一样的封赠,故称"奕世"。传说汪德章当年带家眷一行回乡省亲,回京路上,其继妻早产,延误了回京日期。崇祯皇帝怪罪下来后,汪德章如实禀告。皇帝不相信,叫他抱着儿子来看。汪德章回禀说:一介平民怎么可以面对皇上呢?崇祯当即说,若你带着儿子来,我封他为翰林。汪德章听后大喜,立刻抱着儿子去了金銮殿,崇祯只好封他儿子汪伯爵为翰林。故事荒诞不经,只能姑妄听之。很多时候,历史总是跟各种各样的谜团交织在一起,让人无法看清真实面目。

许村的有名,还在于历史上这里曾经出过好几个有名的徽商兼海盗,明朝时与"五峰船主"汪直并驾齐驱的许栋、许海等,都是许村人士。

关于许栋、许海等,现在的许村仍流传着有关他们的传说。从一些零星的记载看,许栋一开始是徽商,元末,他就活动在东南沿海一带了,也有了自己的武装力量,与元军经常发生冲突。明王朝建立之后,许栋一开始安分守己。海禁政策实施后,许栋一怒之下揭竿而起。一开始,许栋是"亦商亦盗"组织的首领,汪直也听命于他。他们一直在东南沿海一带,一边从事走私贸易,一边组织武装力量进行着抗争。可以说,他们是当时世界上最大的商人之一,也是当时世界上最有实力的海盗。他们把内地丝绸价格提高一倍进行收购,然后在南洋以十倍的价格售出;从日本买入大批倭刀,然后以十五倍的价格卖给内地。由于他们的贸易深受市场欢迎,许栋、汪直、许海也赚了不少钱。不久,许栋在与明朝军队的冲突中失踪,汪直接替了许栋的位置,与许海等一起,继续与明王朝抗争。许栋与许海,有人说是父子,有人说是兄弟,有人说是叔侄。后来,因为许海没有商业头脑,更喜欢劫掠,汪直将许海逐出。许海与汪直分手之后,变本加厉,烧杀抢掠。并且,在他的队伍中,混入了相当数量的倭人。许海本人也打扮成日本人的模样。据说,许海这样做,是为了万一自己有个三长两短,以免在许村的家人受牵连。一段时间之后,许海最先被胡宗宪的部队剿灭。

宋起凤《稗说》当中,倒是有一段故事,说的是许海及夫人王翠翘与胡宗宪之间的恩怨情仇。当然,在《稗说》中,"许海"是写

作"徐海"的。

当初,胡宗宪与才子徐渭游西湖时,曾经见到另一艘船上有一位绝色女子,惊为天人。这位女子,就是当时名满江南的名妓王翠翘。

王翠翘此时正与许海倾心相爱。当时,许海在江浙一带做生意。在许海造反之后,遂将王翠翘掠到自己身边当压寨夫人,对她极好。

胡宗宪在招降汪直、许海的过程中,了解到此情由后,派人馈以重金,以国家大义劝导王翠翘,并保证:如果许海接受招安,其官爵富贵包在自己身上。在这双重激励之下,许海终于被王翠翘说服,决定接受招安。

胡宗宪的初衷在上面没有获得通过,当时监军的钦差大臣赵文华坚决主张要将许海等消灭。在这种情况下,胡宗宪只得派兵围剿许海。

许海没有防备,全军溃败,许海在绝望中自杀,王翠翘被官兵们活捉。

在庆功宴上,胡宗宪将王翠翘召来,当众对王翠翘说:"如果不是因为您,现在大家根本得不到安宁,您的功劳不亚于古代那些和亲的公主。"口气甚是恳切。并且,胡宗宪希望王翠翘能嫁给大才子徐渭。

王翠翘拒绝了,她说:"我是个薄命的女子,承蒙您看得起,让我为国家的大事出力。我感谢您把我当作知己,所以,不敢把自己的私情放在公家的大事之上。许海待我情深义重,如今,为我之故而死,那么多的兄弟也死了。您是好意,让我嫁给名流,我要是厚着脸皮再结新欢,就不仅仅是对不起许海了,那对他是太大的侮辱。您要是真的可怜我,就请借我一只船,让我拜祭一下他吧。"

于是,王翠翘乘舟设祭于江中,她盛装浓抹,明艳如仙,令人不敢正视。王翠翘泪流满面地拜祭完后,又操琴弹奏了一曲许海生前最喜爱的乐曲,然后,摔碎琵琶,纵身一跃,跳入大江……

到了汪直被杀于杭州之后,"倭寇"之乱并没有平息,而是余波不断。一直到嘉靖帝驾崩,隆庆即位,采纳大学士徐阶的进谏,撤回40年前颁布的"禁商泛海"的诏令,海运复苏,矛盾缓和,东南沿海才算真正地安定下来;并且,自嘉靖后期出现的银两短缺、经济凋敝的状态也有所改善。经过数十年惨烈的对抗,生灵涂炭,明朝政治集团与民间经济集团两败俱伤。这样的悲剧,完全是理解力和世界观的薄弱造成的。形成对照的是,当年英吉利海峡也有一个大海盗弗朗西斯·德雷克,他的情况与许栋、汪直差不多,亦商亦盗。但英国皇室对德雷克采取怀柔政策,并且借助他的力量进行海外扩张,德雷克后来成为英国政府开拓海外市场的"急先锋",为英国的全球扩张立下了汗马功劳。

当然,历史是不能假设的,也难以进行考问。但直到今天,一些史学家还在为此叹息:如果明朝政府像英国皇室对待英国海盗一样对待中国的海商集团,那么中国的海军就会早早地诞生,而中国海军的第一批将领就将是从徽州出来的。也就是说,中国历史本是可以在许栋、汪直这里改写的!它完全可以通向一种好的方向,在自由和开放中进入一个新的阶段。

值得一提的是,在汪直与明王朝争斗最激烈的时候,西方的大航海运动正进行得如火如荼,并且很快呈现出巨大的效益和改变。1553年,在大航海时代获得巨大成功的葡萄牙租借了澳门,并以此为根据地开展了对中国的贸易。而明王朝出台的海禁政策,明显是自缚手脚,与全球化潮流相悖,将国家和民族引入一个死胡同。历史学家黄仁宇曾经感叹说:"将一个农业国家蜕变而为一个工商业国家并不是一件容易的事,我常用的一个隐喻——就等于一只走兽蜕化而为飞禽。"汪直的失败,证明了在那个时代里,一只走兽是很难生存的,更谈不上长出翅膀了。

汪直事件无疑是明朝历史上的一个重大事件。而徽商,在汪直被处死之后,遭遇到致命打击。这不仅指财富的消耗,更重要的是好不容易培养出的一种观念和价值取向遭到根本性的颠覆。巨大的阴影总是让徽州人感到战栗。徽商变得越来越小心翼翼、勤俭节约,变得知书达理、精于算计,变得韬光养晦、沉默低调。他们一日一日地夹着尾巴做人,在辛辛苦苦地赚了一点钱后,就将自己幽闭在空洞洞的大屋子里。徽商的困境同样也是所有中国新兴资本的困境——财富在积累之后的走投无路,这可以说是汪直事件留给这个东方大国的黑色叹息。

不管怎么说,当年这些来自徽州的商人集团,联合起来反抗明王朝的行为,算得上一次壮举。毕竟,他们的行为更接近市场贸易和自由竞争,因而更代表历史的方向。而许村,至少在这样的历史中,浓墨重彩地写上了一笔。它说明这个地方曾经有过的繁荣,也说明这个地方的不同凡响。

龙　川

位于登源河上游的绩溪县龙川村一直像是一个卧虎藏龙之地。

从风水堪舆的角度来看,村庄所在地异常开阔,群山环绕之中,一马平川,毫不局促,异常大气。整个村庄"东耸龙峰,西峙鸡冠,南有天马,北绕长溪"。村前,一条完整的龙脉逶迤而行;村后,凤山云腾雾绕,犹如十八只金龟上水;村子的侧面,与徽州"汪公大帝"汪华的老家汪村相毗邻,徐徐而来的登源河水,如白练飘逸,聚起万山精气。龙川一直有"十景"之说,它们是:龙台瀑布、凤山春晓、中桥望月、山岱晚钟、水浮石印、天马南旋、美女分秀、仙洞吕居、金杯承露、龙壁醴泉。这样的"十景",果然不同凡响。

当年选址于此的,是东晋时代的官宦胡焱。胡焱原籍山东,公元318年,领兵镇守歙州。由于安民有功,被东晋成帝司马衍赐以田宅。胡焱原先一直住在华阳镇,一个偶然的机会,他游历了龙川。当胡焱置身这一片龙盘虎踞之地时,他简直有点目瞪口呆——这样的山旮旯里,还有这等风水宝地！胡焱立即向晋成帝奏明,请求将这块土地封赐给自己。在晋成帝恩准之后,胡焱做出了举家定居龙川的决定,并自命为"龙川胡"。在此之后漫长的岁月中,"龙川胡"一直兴旺发达,繁衍生长并向周边扩散,成了徽州胡姓当中很重要的一支。

地灵方能人杰,胡宗宪,无疑是龙川历史上的杰出人物。

胡宗宪出生于龙川,也在龙川长大。一直到27岁考中进士,胡宗宪才算是真正离开了家乡,并且,在以后的岁月里,胡宗宪一直与龙川有着紧密的联系。龙川的胡氏宗祠,就是在胡宗宪手上大兴土木重修的。除此之外,在胡氏宗祠的对面,还建有那个称为"奕世尚书坊"的牌坊。当年,胡宗宪一度八面威风,位居浙江巡抚兼浙闽等七省总督,在率领俞大猷、戚继光等将领平定倭寇后,即被册封为太子少保,胡宗宪衣锦还乡回到了龙川,在乡邻一片赞誉声中,胡宗宪开始重修建于宋代的胡氏宗祠。

现在看来,这个被龙川人称为"江南第一祠"的宗族祠堂既是宏大的,又是精致的;既是美丽的,又是饶有意味的。当年处事小心谨慎的胡宗宪出面建造这样铺张的祠堂,肯定出于浓郁的家乡情结。征战多年的胡宗宪回到家乡后,受乡情的感染,自然想为家乡做点什么。当父老乡亲向他提及重修宗祠时,胡宗宪立即爽快地应允下来。作为胡姓子弟,对于家族宗祠的承建,当然负有义不容辞的责任。

胡宗宪立马行动起来。作为一个七省总督,只要他有积极的态度,资金自然不成问题。很快,不仅仅是胡姓徽商,其他江南富商也纷纷捐款。精心的设计加上严格的监工,一幢富有徽派特色的大祠堂很快拔地而起,巍然耸立在青山绿水之中。

当胡宗宪将胡氏宗祠运作得差不多时,便踌躇满志地离开了龙川。不久,胡宗宪从浙江调赴京城,他的官越做越大,很快到了兵部尚书的位置,并且被皇帝册封为太子太保,权倾一时。

但一切都是泰极否来。在专制制度之中,官员的升迁和命运就如同中彩票一样布满了不可知的因素。1563年春天,由于严嵩案的牵涉,胡宗宪差点身首异处。一番曲折之后,年过半百的胡宗宪被发配原籍绩溪。当胡宗宪再一次踏上龙川土地时,当年的风光早已不再,此时的胡宗宪只是一介布衣。长年官场的尔虞我诈、提心吊胆耗尽了他的心思,一旦松懈下来,胡宗宪感到整个身心都显得精疲力竭。虽然有失意的郁闷,但置身家乡的锦绣山水中,胡宗宪还是得到不少安慰。每天早晨,胡宗宪总早早地起来,在自家的小花园里活动一番。上午,胡宗宪照例是要读一会《资治通鉴》。现实如史,胡宗宪总想在这样的阅读中,寻找关于现实的启迪。有时候胡宗宪也会读一读《论语》,这本书,他已读过很多遍了,但每次读,都会有新的心得。黄昏的时候,胡宗宪习惯在登源河畔散散步,百鸟啁啾,晚霞如缎,这样的情景让胡宗宪觉得惬意放松。胡宗宪还算是一个随和的人,有时候碰到乡里乡亲,胡宗宪会主动跟他们打招呼。

胡宗宪的快乐毕竟是短暂的。乡野的生活虽然平淡悠闲,但胡宗宪还是有点放不下,他总觉得内心有点失落。乡亲们大约也听到了一些风言风语吧,见到他总有点躲躲闪闪,目光也游离不定。胡宗宪十分委屈,很想借助点什么来表明自己的"正身"。从性格上来说,胡宗宪除了极爱面子之外,也是一个闲不住的人,多年的戎马倥偬,使得他很难适应无所事事的日子。后来胡宗宪想:还是造一座牌坊吧,我胡宗宪,毕竟是堂堂正正的朝廷命官。于是胡宗宪再次召集工匠,在龙川宗祠的对岸大兴土木。等到牌坊快完工之时,胡宗宪突然又有点担心,担心自己官场失势后的大兴土木招人非议。于是,胡宗宪灵机一动,在旌表自己的同时,把同宗本家的胡富也捎带进来。胡富也是龙川人,曾是1478年的进士,后来担任过朝廷的户部尚书。胡宗宪本人则是1538年的进士。胡宗宪给这个牌坊命名为"奕世尚书坊"。"奕世"取自《国语·周语》中的一句话:"奕世载德,不忝前人。"意思是在盛世推行道德,没有辱没前人。这样的初衷,正是胡宗宪想表达的。牌坊的大中额枋间的花板上,刻有"太子太保胡富""太子太保胡宗宪"。牌坊上一手漂亮的书法是胡宗宪请当朝著名的书法家文徵明所写。

牌坊很快就落成了,那天是一个阳光灿烂的日子,胡宗宪在乡亲父老的一片赞叹声中,亲自为牌坊揭牌,虽然胡宗宪在讲话中一口一个"前德大贤",但他在心里还是有抑制不住的得意。毕竟,自己是这块土地上诞生的最佳人物。胡宗宪一辈子都是一个很在乎别人品藻的人。其实又何止是他呢？徽州文化乃至中国文化熏陶出来的每一个人，都很在乎父老乡亲的评价。

很快，一年过去了，春天又来了，阳光明媚，胡宗宪带着几个随从攀登了不远处的大屏山。很长时间没有这样运动了，尽管年过半百的胡宗宪爬得气喘吁吁，但他还是在随从的帮助下登临了山顶。站在大屏山上，极目远眺，清风拂面，胡宗宪感到从未有过的快慰和兴奋，他感到自己的思想天马行空，神游八极，甚至连久违了的诗情也蓬勃出来。

回到家中，虽然已经很疲惫，胡宗宪还是兴奋得睡不着，他让人拿来笔墨纸砚，夜深人静时，赋成诗一首：

> 春晴无日不登山，曲径崎岖费跻攀。
> 馥馥岩花迎我笑，欣欣壁草为谁颜？
> 金山半出青霄上，乳水中流白石间。
> 落日半烟清兴杳，沉吟此地不知还。

平心而论，胡宗宪这首诗写得很一般。但看得出来，这位昔日的朝廷重臣在回到故乡之后，沉郁的心情也像春天的天气一样慢慢回暖了。这一天，算是胡宗宪最开心的日子了。

天有不测风云。虽然胡宗宪退出了政治舞台，但他在龙川所做的一切，无不在朝廷的掌控之中。在胡宗宪回到龙川老家不长的一年多时间里，发生了一件事情，可以说直接导致了胡宗宪的毁灭。这件事，也就是胡宗宪在龙川附近的汪村所建造的"金銮殿"事件。

关于胡宗宪偷造"金銮殿"的事情，当地有很多传说。这同样也是一宗历史的谜案。现在，当年胡宗宪建造的"金銮殿"早已被洪水冲得片砖不存，所以，关于胡宗宪回到故里之后私自建造的这幢豪华庙宇，现在已无从稽考。传说是这样的——胡宗宪在平定了倭寇之后，皇帝批准他回家探望年迈的母亲。胡宗宪在见到母亲之后，出于虚荣，大夸北京金銮殿的富丽堂皇，引得母亲心旌摇荡，非要胡宗宪造个"金銮殿"给她看看。于是胡宗宪便瞒着朝廷，借总督七省漕运的机会，调拨军粮作为费用，并让徽州木工胡三化假扮其公子，携其进宫，偷偷地考察了金銮殿的建造工艺。万事俱备之后，胡宗宪开始大兴土木了，在离龙川不远的瀛洲汪村登源河畔，建造了一座有九十九根木柱、九十九级台阶、九进厅院、九间门楼的"金銮殿"。待到"金銮殿"落成的那一天，胡宗宪派人用轿子抬着母亲前去参观。这样的行为真是兴师动众了。胡宗宪造"金銮殿"之事被绩溪县令知道，他赶紧向上反映，说胡宗宪挪用军饷，图谋不轨。胡宗宪得知这一消息后，大惊失色，忙将汪华之像请进"宫殿"。朝廷很快派人来调查，胡宗宪母亲把责任全部揽在自己身上后服毒自尽，胡宗宪被押解回京，接受朝廷的进一步调查。

胡宗宪究竟有没有建造"金銮殿"，这已成历史悬案了。这样的行为存有诸多疑问，疑问在于，对于胡宗宪这样一个饱读诗书、谨慎小心、极富心机的人,怎么会一时糊涂授人以柄去建造这样一座宫殿呢?建牌坊那是可能的,毕竟是衣锦还乡,胡宗宪想光宗耀祖。至于"金銮殿",聪明的胡宗宪绝不可能做这样的糊涂事。最接近的情况是,胡宗宪很有可能让一帮人帮助汪村建造一个气派非凡的"汪公大庙",因为汪华毕竟是徽州的土地神,胡宗宪想祭奠一下这位了不起的先人,这样的做法也情有可原。但胡宗宪造庙的事情以讹传讹出去,在经过政敌们"翻手为云,覆手为雨"后,便变成胡宗宪在建造"金銮殿"——一种不健康的政体,往往会使很多事情扭曲变形,莫名其妙的悲剧与莫名其妙的成功总是机会均等,出人意料地降落在人身上。

让人叹息的是,作为一个曾经权倾一时,但此时却已被贬成一介布衣的百姓,胡宗宪终究没能逃脱这样的毁灭方式。明清的"血滴子"真是无孔不入。

京城的钦差像鹰隼一样飞来了,黑云蔽日。胡宗宪不得不踏上了去京城的漫漫长路。胡宗宪走的那一天,龙川几乎所有的乡亲都来送行。胡宗宪什么话也没有说,只是向乡亲们拱拱手,然后便跟着钦差走了。一大群胡氏族人在村口呆呆站立,一直到小队人马消失在山路的尽头。

胡宗宪进京之后,才知道事情远没有想象得那么简单。与金銮殿事件叠加在一起的,还有另外一件事:那就是汪汝正上交的胡宗宪在被弹劾期间写给罗龙文贿求严世蕃作为内援的信件,信中还附有自拟圣旨一道。数罪并罚,胡宗宪被关进了大牢。在狱中,胡宗宪写下洋洋万言的《辩诬疏》,为自己进行辩解。可是《辩诬疏》递交上去,石沉大海迟迟没有结果。胡宗宪彻底绝望了,阴森的大牢中,54岁的胡宗宪长吟"宝剑埋冤狱,忠魂绕白云",一声长叹,魂归故里。

一直到25年之后,胡宗宪才算得到平反昭雪。年轻的明神宗亲颁《祭文》和《谥文》,天啊地啊的,悼念这位前朝重臣。其实昭雪又能说明什么呢?这样的"冤案"和"昭雪"一直是专制制度本身的一部分,悲剧本来就是专制社会的伴生之物,制度本身的扭曲,当然会造成很多事件的扭曲,也造成人的扭曲。历史终于判定胡宗宪是一个"忠臣"了。在生命的自然意义消失之后,这种以道德判断为标准所产生的崇高又有什么意义呢?况且,"忠臣"或者"奸臣"的定义本身就是幼稚的,人性的多变、势力的多端、动机的不一,都能决定一个人的行为方式。这样的行为,又怎能简单化地跟道德与品行相对应呢?人性从本质上说是相同的,区别并不大,重要的是表达,是表达的土壤和制约。非白即黑的划分,显然将所有的事情简单化了。这样的定义,最根本的弱点是对人性缺乏深入的认识,理解还停留在"性善"或者"性恶"的浅层次上。在知识层次上和哲学体系上也是不成熟的。一种缺乏深厚根基的判断,不能说明人,也不能说明历史。

仁　里

仁里算是练江支流登源河上的一个文化名镇了。

仁里的出名,是因为苏州才子沈三白的《浮生六记》。在那本书中,沈三白记述了一段在绩溪的经历——沈三白在绩溪时,正赶上12个村自发组织的一年一轮值的花果会,当年举办花果会的就是离县城十来里路的仁里村。听到这个消息之后,沈三白兴奋异常,但苦无轿马,最后还是让人断竹为杠,缚椅为轿,雇人肩之而去。

沈三白看到些什么呢?一进村口,他就看到有一座大庙,不知道供什么神的,庙前空旷的地方搭起了戏台,浓墨重彩,极其漂亮。走近一看,那是用纸扎的彩画,并抹以油漆。锣声忽至,四个人抬着像断柱一样粗细的蜡烛进来,后面跟着八个人抬着一个牯牛大的猪。猪是当场杀的,杀完之后便在庙中上了供。进庙之后,但见到里面都是盆景,大半都是由黄山松做成的。这时候外面人声鼎沸锣鼓喧天——戏开场了,四方八邻如潮水一样涌过来。

沈三白所见唱大戏的情景,在徽州,再正常不过。明朝之后,观戏听曲已成为徽州百姓重要的生活内容。出钱的,当然是各个村的富商。有时候戏班子会在村中连唱个三五天,甚至七八天半个月。那往往是全本的《目连救母》。戏接近于傩戏,主要叙述目连成佛之后,拯救他下地狱的母亲——目连的母亲是一个心若毒蝎的女人,在阳间做尽恶事,在阴间受尽地狱之苦。目连救母主要阐述善有善报、恶有恶报的主题。戏冗长曲折。明代张岱的《陶庵梦忆》卷六曾有《目连戏》一节,正可以用来叙述一下唱目连的情景:"搬演目连,凡三日三夜,四围女台百什座,戏子献技台上,如度索舞桓、翻桌翻梯、斗蜻蜓、蹬坛蹬臼、跳索跳圈、窜火窜剑之类,大非情理。凡天神地、牛头马面、鬼母丧门、夜叉罗刹、锯磨鼎镬、刀山寒冰、剑树森罗、铁城血解,一似吴道子《地狱变相》,为之费纸札者万钱,人心惴惴,灯下面皆鬼色。戏中套数,如《招五方恶鬼》《刘氏逃棚》等剧,万余人齐声呐喊。"

仁里原是绩溪耿姓的发源地。据《鱼川耿氏宗谱》载,南朝梁工部尚书耿源进慕新安山水,与弟耿汝进游历绩溪,见此地山环水抱,风光旖旎,于是全家迁至这里。因耿源进熟读《论语》,便取"里仁为美",将这个地方命名为"仁里"了。更确切的意思是:里者,民之所居,居于仁者之里,是为美。

后来,仁里成为程姓的所在地,篁墩"忠壮公"程灵洗的十八世孙程药一曾经被唐朝选送至金乡县当县尹,回乡时到绩溪游玩,看中仁里这个地方,便带着一大帮程姓家族的人来此定居。

当年仁里村的整个布局像一条鲤鱼,可能是坐落在登源河畔吧！这样的设计,是为了附会"鲤鱼跳龙门"的吉祥。现在,村中的古迹已然不多,只有一条东西走向的古街,街上有杂货店、药店、肉店、裁缝店等,古风依存。两座颇有气势的宗祠,坐落在村中央。自唐朝迁来的程姓祠堂为上祠堂,称"叙伦堂",在新中国成立后改为供销社；自宋朝迁来的程姓祠堂为下祠堂,称"世忠堂",现已破旧不堪。上祠堂前的西向街巷上,存有一座上部残缺的明代世肖石坊,雕刻古朴精美。这是村里人为明成化十三年(1477年)举人程溥所立,程溥曾任浙江新昌县令,著有《绩溪志书》等著作。

离牌坊不远,还留有程姓一世祖的墓道坊,横额上刻有"唐金乡尹药公墓道"。这是绩溪现存唯一一座文字完整的墓道坊,也是年代最为久远的牌坊。村中有一株老槐树,相传就是这位程姓一世祖所栽,距今已有近千年,仍是枝繁叶茂。

当年仁里村在徽州颇有名气,是因为村落有一股浓郁的文化氛围。除了当年沈三白所看到的花果会外,仁里还经常举行其他聚会,比如盆景展示等。仁里文风兴盛,大约跟与绩溪县城相对较近有关系。仁里的教育在历史上也颇为兴盛,元代就有程燧创办翠阳书院,明清两朝又建多所书院。值得一提的是,在清末废除科举过程中,村中还建有徽州第一所洋学堂——思诚学堂,以及绩溪最早的女子学校——端本女校。

思诚小学堂建于 1904 年春,至今已有百余年了。清末废科举,倡办新学堂,仁里开明的富商程序东、程松堂兄弟四人,认识到近代化的意义,不惜巨资率先创建了由中国人自己开办的安徽第一所洋式小学堂,学制 9 年。程氏兄弟的祖辈曾经在通州即现在的南通从事典当业。为了办教育,程氏兄弟聘请了著名教育家胡晋接担任堂长并掌管教务,教授国文,又邀请当时留学日本的休宁人程宗沂、婺源人江鹏莹教授数学和英语、歙县人毕醉春教授国文。程氏兄弟开的工资很高,与同时期国立大学堂教授同等俸禄,年薪 400 银圆。

当年的"思诚小学堂"占地 5 亩,主楼为 3 层,学堂完全按照新式学堂的模式建设,建有图书馆、阅览室、乒乓球室、学生宿舍、男女厕所等。为了新式学堂,程氏兄弟倾其所有,自己甘居祖宅陋室,粗茶淡饭,并且将家中能用的东西全部搬到学堂。程序东甚至将自己从南通典当行带回的名贵盆景古木都移栽至学堂之内。当年的学堂内,有 5 棵名贵的古柏被视为镇校之宝,它们各有名称,分别是:"苍龙出海""一缕青烟""丹凤朝阳""祥云捧月"等。

在思诚学堂的感召下,至 1910 年,绩溪县兴办了新学堂 24 所,为安徽省各县之冠。岁月沧桑,一个世纪过去了,现在的思诚小学堂已改为"希望小学",当年的校舍与主楼已荡然无存,名贵树木也不知去向,校园只遗有唯一的桂花古树,向人们昭示着那段旧学改新学的历史。

湖 里

1836年，当14岁的绩溪县湖里村少年胡雪岩乘船沿着村边的登源河一路下新安时，他就下定决心要在山外的世界出人头地。

这个乡村少年一直是有抱负的。他聪明、伶俐、豪爽，富有才华和想象力，有着很好的审时度势的直觉。这种不同一般的底质为他以后的成功打下了基础。关于胡雪岩的具体身世，现在似乎说不出个道道来，按照湖里村的说法是：胡雪岩3岁丧父，只是靠母亲给别人做针线糊口。6岁时，胡雪岩就替人放牛了。13岁那一年，胡雪岩放牛时在一个凉亭里捡到一个蓝布小包，里面有一张300两的银票和一些碎银子。胡雪岩便把小包藏好，在那里等待失主来寻。一直到日落西山，失主，一个外出做生意的米商来了，胡雪岩如数归还——这个乡下少年的行为感动了失主，于是米商在征求胡雪岩母亲的同意之后，带着胡雪岩来到了杭州。

故事带有明显的传奇色彩。民间的想象力永远那么雷同,是那种丰富中的雷同。但可以肯定的是,胡雪岩很小的时候就单独出门做学徒了。这个精明的绩溪少年,从登源河到达临溪,又从临溪转道新安江,然后顺着新安江来到了杭州。目前可以得到佐证的是,胡雪岩在杭州打了一段时间的短工之后,来到了一家钱庄当学徒,因为勤奋,肯吃苦,慢慢地被擢升为"跑街",并深得店主器重。胡雪岩是一个有着很高智商的人,这是肯定的。尽管他书读得不是很多,但胡雪岩天生就有一种良好的洞察力和大局观,也有着相当的胆略和处世能力。

关于胡雪岩的第一桶金,现在公认的说法是胡雪岩与王有龄的相识。有一则故事是这样描述的:胡雪岩到了杭州之后,一直在一家钱庄做伙计。有一天,胡雪岩看到一个穷困潦倒的书生在店里转悠。胡雪岩便上去跟他闲聊,一聊之下,胡雪岩发现这个书生虽然生活窘迫,但才华出众、抱负过人,只是缺乏进京赶考的盘缠。胡雪岩想了一想,便偷偷地借出了钱庄的500两银子。钱庄老板回来后,一听胡雪岩竟将这么多钱借给一个穷酸书生,大发雷霆,当时就让胡雪岩走人。胡雪岩无奈离开了钱庄。两年后王有龄中了进士被封官回来的时候,胡雪岩正在街头流浪。当王有龄听说胡雪岩是因为这件事受累,发誓要帮助胡雪岩致富。靠着王有龄的资助,胡雪岩很快在杭州开了属于自己的钱庄。

胡雪岩和王有龄的故事几乎在任何一本有关胡雪岩的介绍中都有。但我一直对于这样的故事存有疑问,原因在于作为钱庄的一个小伙计,胡雪岩能在老板不知情的情况下,一下子从柜台中拿出500两银子吗?要知道,500两白银在当时绝不是一个小数字,而这样由小伙计随意处理的方式显然缺乏合理性。这样的故事一听起来似乎更像是小说中的情节。所以就胡雪岩和王有龄的关系来说,我更愿意相信在他们之间,应该有着别的因素。而他们所谓的情缘,在很大程度上,则是后人的臆度。以这样的故事来探讨他们之间的关系,未免过于简单。但可以肯定的一点是,胡雪岩是有相当的眼光的,他不仅对于生意之事有敏锐的判断力,并且对于左右生意的其他社会因素也有着准确的认识。

不管真实情况如何,胡雪岩与王有龄的关系之紧密确实是不可回避的事实。其实就当时的状况而言,政治与经济就像一根绳上的两股线一样不可分割。纵观胡雪岩的经营和人生之路,有两个人对于胡雪岩至关重要:一个是王有龄,胡雪岩就是在王有龄的支持下淘得第一桶金的,并且在王有龄担任浙江巡抚时,胡雪岩甚至获得了以他的钱庄代理浙江省藩库的支持,这样,地方政府的银库直接成了胡雪岩的资金周转站。而另外一个人,则是官居更高位的左宗棠。在王有龄死于太平军刀剑之下后,胡雪岩又适时地联系上了左宗棠。当胡雪岩与更具势力的左宗棠形成了铁杆关系之后,胡雪岩更是长袖善舞,左右逢源,他先是为左宗棠办理粮草与太平军作战,然后帮助左宗棠与法国组织"常捷军"。1866年,胡雪岩又协助左宗棠创办了福州船政局,为左宗棠办理采借之事,并为左宗棠借了内外债1200多万两。在此之后,胡雪岩的生意越做越大,行业扩展到粮食、房地产甚至军火。他的钱庄也借助于湘军的力量,在全国遍地开花。胡雪岩与政治的结合越来越紧密,到了1878年,因为赞助支持左宗棠平定新疆有功,胡雪岩受到朝廷的嘉奖,被封为布政使,赐红顶戴,紫禁城骑马,赏穿黄马褂。

这个成功的红顶商人在很长一段时间里一直是徽州人的楷模和榜样。"生子当如胡宗宪,从商要学胡雪岩。"对于徽州人来说,他们对于财富的认同在某种程度上与儒学也有密切的关系,因为儒学最根本处在于济世情怀,而济世除了以"仕"作为手段,通过权力实现抱负之外,同样可以通过从商,以金钱的方式来实现。在徽州人的眼中,如果两条道路能得到统一,那将是一件非常完美的事情。正是因为这样的思想背景,胡雪岩格外受到徽州人的推崇,在徽州人看来,只有胡雪岩的人生才是最完美的,算是真正值得效仿的目标。

胡雪岩的确是一个聪明人。除了具备徽商的共性特点之外,胡雪岩最大的长处还在于,他还是一个自我宣传及自我推销的高手。在胡庆馀堂,店堂内高高悬挂着两块巨大的金匾,一为对外的宣言:"真不二价";另一为对内的警戒:"戒欺"。旁有跋云:凡百贸易,均着不得欺字;药业关系性命,尤为万不可欺。余存心济世,誓不以劣品弋取厚利。唯愿诸君心余之心,采办务真,修制务精,不至欺予,以欺世人,是则造福冥冥,谓诸君之善为余谋也可。"采办务真,修制务精"正是胡雪岩的办店宗旨。关于胡庆馀堂的由来也有一则故事：先前胡雪岩并没有开药店，而是开钱庄和做丝绸等买卖的，只是有一次胡雪岩生病，吃到假药，并差一点死掉，这样的经历让胡雪岩感到，假药的危害太大了，他痛下决心，要开一个名副其实的药店。

据说胡雪岩在办药店之前，贴出了一个告示，重金聘请一个药店经理。经过层层选拔之后，最后剩下三个人。胡雪岩接见了他们，想通过面试的方式选取他们中的优秀者。第一个人是非常精明的人，他在测算了药堂的规模和营业额之后，称如果让他来经营的话，可以为胡雪岩每天带来10万两白银的利润。胡雪岩微笑地拒绝了他。第二个人主张头两年少赚钱，然后再赚大钱。胡雪岩同样拒绝了他。第三位，就是当时松江县余天成药号的经理余修初，余修初提出的建议是，要使胡庆馀堂成为天下首屈一指的大药房，就要敢于亏本三年，等牌子响亮了再大干。胡雪岩一听，正中下怀，立即聘任了余修初担任胡庆馀堂的总经理。

胡雪岩的想法是有原因的，出发点的不同，目的的不同，当然有着不同的运作方法。也许，对他而言，他当时所考虑的，就是如何从战略上去形成一种态势。在当时商品经济不发达的情况下，道德与政治的力量显得尤其重要，政治可以带来丰厚的收入，同样，道德也可以带来丰厚的回报。而胡雪岩在充分利用政治的力量打开阿里巴巴的大门后，现在，他也想玩转一下道德的回报了。

正是在这样的背景下，胡庆馀堂轰轰烈烈地开业了，从开业的第一天起，胡雪岩就对外宣称，胡庆馀堂最大的特色就是"真"

"精"二字:店里的药材,驴皮必购自河北辛集、山东濮县,山药、生地、牛膝、金银花非淮河流域不取,当归、党参、黄芪必定去往秦陇办理,麝香、川贝必定是来自云南和四川……开张之初,胡雪岩头戴花翎,胸挂朝珠,身穿官服,站在大门口亲自接待络绎不绝的顾客。这样打造品牌的方式实际上也是一种经营理念,是诚信的一种延伸,更是能够通向金钱的桥梁。

胡雪岩成功了。在将政治与生意玩转得炉火纯青的同时,他的道德游戏同样也玩得非常成功。胡庆馀堂从一开始就红红火火,人们纷纷拥至胡庆馀堂买药。当地其他药店无奈只好压低价格。面对这样的竞争,胡庆馀堂却拒绝相应降价,"真不二价"四个字掷地有声!既然货真价实,为什么要贱卖自己的药呢?胡雪岩来了个逆向思维,这样的逆向思维同样获得了成功。我不知道胡雪岩在表达这样态度时到底有多少诚信的成分,但显然,他以坚决的态度标榜了这种诚信。

"为人不可贪,为商不可奸,经商重信义,无德不从商。"这样的话从胡雪岩的嘴里说出来,一字一句,铿锵有声。我宁愿相信胡雪岩的诚心和真实。这样的性格极像一个徽州绩溪人。在徽州,绩溪人一直有着"绩溪牛"的说法,那是说绩溪人耿直倔强,能吃苦耐劳。在某种程度上,胡雪岩真是有着这样的品性和底质。

但这个在故乡一直被奉为楷模和典范的人物,他的命运同样以一种悲剧的结局收场。依附政治起家的胡雪岩,同样也因政治斗争的错综复杂遭遇了覆灭。在与洋人丝绸竞争失败之后,胡雪岩的连锁钱庄一下变得岌岌可危。在这关键时刻,时局动荡,关于他的谣言风生水起。倒霉的事也接踵而至,胡雪岩所开的阜康银号与好几家钱庄一下子出现了挤兑风潮,数十年苦心经营的商业金字塔,一夜之间彻底倾覆。脆弱的朝廷看到胡雪岩已没有利用价值了,也开始落井下石。与此同时,胡雪岩的政治靠山左宗棠也在福州病逝。萧瑟风雨中,胡雪岩感到自己如一件精致的薄胎瓷一样,跌在地上,摔得粉身碎骨。所有的财富和荣誉都如同一场春梦一样烟消云散。1885年12月6日,胡雪岩散尽了自己的钱财,遣散了妻妾,带着"钦犯"头衔郁郁而终。而当逮捕胡雪岩的圣旨到达浙江巡抚刘秉璋处时,胡雪岩早已人亡楼空。

西子湖畔,杨柳岸,晓风残月。胡雪岩,就像划过徽州与杭州上空的一颗流星。昔日杨柳依依,今朝雨雪霏霏。

徽 城 镇

一路走来,感觉最陌生的地方,反而是歙县县城徽城镇。

很小的时候,我就经常来这里,那时我外婆家就住在斗山街的老房子里。我经常在这些迷宫似的古巷中穿行玩耍,我的周围,随处都是碧苔碎瓦,荒地古树。每次上街,我都要穿过那座高大精致的许国八角牌坊。每当我从它的脚下经过时,总会想:这样一个精致的石头盒子是做什么用的呢?那时我全然不懂皇帝、大臣什么的,也不懂得历史。历史对我来说,就像很远处的山峦一样,只是模糊一片,而我从不愿多看它们一眼。大多时候,我们都会去太平桥下面游泳,去练江的碎月滩捡石子、打水漂,然后,就是提着弹弓去附近的徽州师范或者西干山、太白楼一带打鸟。有时候走得远一点,我们就骑车去十几里外的岩寺,逛逛老街,爬一爬那个 7 层的文峰塔。那时候我们的眼中尽是旧景旧物,以至于我徒生厌烦心。在那个鄙夷历史的年代里,徽城镇给我最简单明了的印象就是:乱哄哄的老街,老房子阴森恐怖,外婆的五香蛋烧得真好,还有,就是我的每一个舅舅都能烧一手正宗的徽菜。

追忆和怀念是需要距离感的,也许,我们现在所感受到的轻松和优雅,在当时而言,却是一种沉重和压抑。毕竟,那是一个沉重的时代,也是一段混沌未醒的岁月。直到工作之后,我才感受到徽城镇沉甸甸的分量,感受到一种珍贵的苍凉在无可奈何地渐渐远去。伟大显示于空间的,是气势;表现于时间的,是韵味,而这些气势和韵味,都慢慢变得依稀。

现在,徽城镇的夜晚显得古老而苍凉。练江静默地掩映在夜色之中,灯光忽明忽灭,传送着历史的浩茫和空寂。沿着练江两旁,泾渭分明的,是歙县的老城和新城。当我沿着河边的林荫道行走的时候,我在想的是:也许,对于人类的发展来说,那种认识模糊的初级阶段反而是最值得留恋的,人类只在那样的阶段里,才显得率性而本真、单纯而浪漫,而这时候表达出的情感才是不染纤尘的。文化如千年琥珀,既晶莹可鉴而又不能全然透明,一定的沉淀、积郁,一定的浑浊度,反而是它的品性所在,如果太为清晰,反而会变得无所适从。同样,时代也是如此,一个时代如果过于强调自己站在前人肩膀上的功绩,没有沉淀、没有积郁、没有浑浊,就那么赤裸分明,那必定是单薄和招人厌烦的。这样的情况,同样适用于人类自身。就像高度现代化背景下的新新人类,在他们的身上,无处不在的,是电子化和工业化的影子,他们成为物质和流行的表象。一个人也好,一个社会也好,如果没有古代文明作为基础和积累,如果没有那种历史行进而来的纵深感,那么都将是空中楼阁。那种单薄和刻板,仿佛随意一阵风就能将它吹得七零八落。

那一天夜晚,我走在歙县古城的石板路上,一直听到自己的鞋跟敲击石板的声音。古城似乎已经睡去了,只有路灯闪亮着昏暗的光芒。我想,任何一种文化都有它的长处和软肋,如果一定要列举中国文化一个致命的弱点,我想,那肯定是对人本身的轻视和忽略了。中国文化一向缺少的是真正的人本精神,它的人格总是习惯性地湮没在山水中,湮没在官场上,湮没在繁复无比的人伦关系中,甚至湮没在乏味而无用的知识之中。徽州文化在很大程度上体现了这种人格的消失。在徽州,我们所看到的,无论是建筑、村落、风水,还是牌坊、科举、宗族,它们都可以说是一个又一个符号。在这些强大的符号中,我们很难感受到那种生动的灵魂气息,很难看到那种独立而坚强的人格。所见到的,只是自然中的人、社会中的人,以及道德中的人,而那种真正具有整体宇宙意识,拥有伟大的济世情怀,无私而无畏的性灵者,却是很少能够见到。就亦儒亦道的中国文化来说,理学将人格缩小成社会的人,而道家则力图将人变成自然意义上的人。这两条道路,不客气地说,都是人类众多的歧途之一。

我一直在想的一个问题是,就人与社会的关系而言,什么样的状态才是它好的存在呢?对于人类无法回避的政治与文化来说,除了富裕和幸福,人性的回归应该是优先选择,而这三者,应该是一个统一体。至于其他,都是辅助和次要的。而在社会与人性的关系上,一直存在着诸多的矛盾,一个表面平静的社会很可能是以善恶的混淆作为背景,一种严格的秩序很可能是以精神的麻木为代价。为了避免这种矛盾的副作用,首先应该做的是反对谎言,谎言是一切邪恶的共同基础,它是万恶之源。阴谋从来就不应该是政治,一个健康社会就是要让人们真实地生活、自由地表达……也许,对于中国文化来说,这一切都差得很多,还需要来一次更广泛的文艺复兴,呼唤人性的回归,呼唤真正的自由。社会的进步,最终目的应该是人的进步,让人格本身随着社会的进步变得健康、理性、负责、诚恳、宽容……

徽州,如果从严格的意义上来说,在它已有的历史中,还是缺少很多东西的,也有着很多薄弱之处。徽州只是一个缩影,一个中世纪的中国文化与社会的缩影,尽管它在一定程度上表现出山清水秀、富庶自得,但它远没有现在想象得那样完美。

真正的美景还在未来。

渔　梁

渔梁,离歙县县城三里,它是练江边的一座小镇。

老街是一如既往地寂静,半华里长的古街,青石的路面。街道的两旁,一色的粉墙矗立,一色的鸳瓦鳞鳞。

河的中央,就是那座著名的渔梁坝。不知是地方因坝而得名,还是坝因地方而得名。坝横亘在练江之中,虽说是青石筑成,但现在已呈黑色了,那是一种岁月的底色。渔梁坝建于宋朝,当年,它就是练江上一个重要的水利工程,不仅能保持练江的航运,而且可以引江水灌溉附近农田,对于洪水防范也起到一定作用。渔梁坝构建之精巧,让人匪夷所思。清人吴苑在《重建渔梁坝记》上说,徽州民间"相传(渔梁)水厚则徽盛,水浅则徽耗"。因此,渔梁坝似乎一直具有特别的意义。坝的存在给渔梁增添了一道美丽的景观,斜阳西照渔舟唱晚时,这坝看起来有一种别具一格的美,古朴有力,富有质感。实际上不仅仅是古坝,渔梁的一切都给人这样的感觉。尤其是这里的老人,他们态度安详、举止沉静,那是岁月磨砺的结果,当然,岁月也磨砺出了他们的麻木,他们的知天认命,他们的屈辱和隐忍。这些都是人生无是无非的馈赠。

当年,渔梁曾是新安江水路一个重要的码头,是徽州通往江浙一带的货物集散地,桅樯如林,川流不息。据说,当年渔梁的街道长达二里路,远远长于现在的小街,当年的街道也十分热闹,街道两旁都是酒店、客栈、商店,徽商等往来的客人云集于此,妓女在街边招徕,一派繁华兴旺的景象。当年徽州有八景,"渔梁送别"就曾被列为一景,但它指的不是当地的兴旺情景,而是指在渔梁送别自己的亲人的悲壮场面。时人有诗描绘道:"欲落不落晚日黄,归雁写遍遥天长。数声渔笛起何处,孤舟下濑如龙骧。漠漠烟横溪万顷,鸦背斜阳驻余景。扣舷歌断频花风,残酒半销幽梦醒。"

这样的诗是有着丰富意象的。晚日、归雁、渔笛、孤舟、漠漠云烟、鸦背、斜阳、残酒、幽梦等,无一不是在诉说着离别的伤感。毕竟,在当时,从商不是阳关道,只是背井离乡的"奈何桥"。

当年徽州人下江浙,既是谋生,同时也是被主流思想抛弃,一切都有悲壮的意味。这样的状况有点像是"背水一战"。徽州人走出去的时候,都是身背干粮,虽然没有"壮士一去兮不复还"的决然,但身负亲友的嘱托,也背负着家族的希冀,压力之大是可以想象的。

关于徽商以及徽州创造的辉煌,在这里我就不表述了。无数书籍和文章提及了这样的过去。在徽州,可以这样说:有路的地方,就有村落;有村落的地方,就有徽商。徽商就是这样倾其所有,努力地建造自己的家园。可以说,在徽州的任何一个地方,都有着徽商的影子。而徽州的建筑、徽州的文化、徽州所有的一切,都与徽商有着不可分割的联系。假如没有徽商,徽州文化就不可能这样兴旺发达。

对于徽商,相对于它的兴起,我更感兴趣的是它的没落。实际上关于徽商起起伏伏的过程有太多的东西值得追寻和探索,而这样的探索和追寻往往会涉及中国文化深层次的结构。在这方面,一直翳云重重,甚至,我们自己的研究远不如别人来得深入而准确。别人的手术刀一直是"狠"与"准",而我们呢,总是对自己的身体充满忌惮和胆怯。美国学者罗兹·墨菲在那本著名的《亚洲史》当中这样写道:"中国仍在发展的经济商业化和城市商人的崛起,并未伴随着欧洲发生同类社会变革时产生的那些新事物。个人或家庭的财产中,来自生产增长的部分,不及通过官方关系或管理国家垄断事业而从原已存在的财富攫取较大份额来得多。商人和他们的工会从未成为独立的企业家群体,也从未像欧洲商人那样寻求对体制进行有利于自己的改革。依中国人的观念,他们只能在现有制度下争取繁荣,根本没有试图改变它的动力。对于较长期的投资,土地是优先选择,因为它比较安全而且带来社会声望。贸易中赚得的资本转向了购置土地和高利贷(这几乎总是资本短缺的征兆),或者挥霍于奢侈生活,资金极少投向可能提高生产效率的事业,比如制度业或者开发新技术。"

德国哲学家马克斯·韦伯在认真比较了古埃及、古巴比伦、古印度和古中国之后,曾经有过一段非常精辟的论述,他认为西方文明是一系列来自希腊、罗马,成熟于市场经济的精神和方法,像理性观念、公民观念、专业观念,像社会结构意识、自由劳动意识、海上贸易意识,像系统方法、实验方法、数学方法、化学方法……组织在一起才是西方文明。西方文明是一个系统,在它的方法论之后,最重要的,是它的精神实质。而对于古埃及等国的东方文明来说,这当中有很多步骤,其实都曾走过,但由于精神走向的不同、观念的差异、运作方法有别,所以最终结果与西方文明南辕北辙。正因为西方文明在精神与方法上涵盖的东西更多,所以它变得更茁壮,异军突起,成为世界文化的中坚。

在韦伯另一本书籍《新教伦理与资本主义精神》中,韦伯更是仔细分析了中国未能进入资本主义的诸多原因,例如:没有官职保障的财富无法成为社会荣誉的基础,没有法律地位的企业难以成为城市的主角,没有经济代价的国家义务取消了自由市场,没有宪章契约的同业行会怎敢进入自由的竞争,等等。他还精细地发现,在古代中国,皇权虽重,家族的实际权力却超过了国家的行政权力;工艺虽精,人们对人际关系的兴趣却超过了对产品的兴趣。而且这一切,最后都成为一种最具有惰性的全民性精神气质,即使是局部改良也很难有整体突破。

韦伯对中国古代经济发展的剖析,自然有他的道理。有时候,一个局外人的目光反而是最清晰的,因为他没有固定的思维模式,具有思维的敏锐性和穿透力。显然,韦伯所指的,是中国文化当中的那种负效应。这种负效应,如果认真地分析起来,远远不是如韦伯所说的那样具有定性,而是纷纭复杂,莫衷一是。但起码,韦伯给我们带来的,是一种方法和途径,那就是,世界上所有的东西都是有着负效应的,最核心的问题在于,如何去看待,如何去运用,又如何去规避。

——当年的徽州,有一首《水程捷要歌》广为流传,它描述了沿着渔梁下新安去杭州的情况:

> 一自渔梁坝,百里至街口。
> 八十淳安县,茶园六十有。
> 九十严州府,钓台桐庐守。
> 橦梓关富阳,三浙垅江口。
> 徽郡至杭州,水程六百走。

当小船驶离渔梁后,新安江变得开阔了,两岸不断变换巨幅的风景画,炊烟袅娜,莺飞蝶舞。一阵春雨飘来,便能看到湿漉漉的青石板路和石拱桥,能看到划入梦境的乌篷船,能听到雨打在油伞上极富有音乐美的节奏……这样的幻觉,在那种凄凉的氛围中,让人略感欣慰。

第五乐章

新安江：山水画廊

一江春水

从浦口之下，新安江就在两岸的翠绿中娉婷流过。从浦口到街口，算是新安江最漂亮的一段了。这是一条梦境之旅，昔时所说的新安江"山水画廊"，也就是指的这个地方。因为这里有水、有诗、有画，也经常能看到清丽的女子。好的地方总是与某种阴性品质联系在一起的。因为山好水美，自古以来，肯定会和诗情画意联系在一起。最早的，是谢灵运的诗，他写道："江山共开旷，云日相照媚。景夕群物清，对玩咸可憙。"诗与景相比，可谓一般。在此之后，沈约来过，李白来过，有一首诗据说是李白写的："闻说金华渡，东连五百滩。他年一携手，摇桨入新安。"宋以后，文人雅士们来得更多了，范成大来过，苏辙、杨万里、汤显祖也来过，范成大的诗写得稍好一点："宿云埋树黑，奔溪转山怒。东风劲光影，晃晃金钲吐。"比较而言，这样的诗才像是空谷幽兰，散发着浓郁的芳馥。

20世纪五六十年代新安江水库建成之前,这一段江面还有许多浅滩,那些浅滩一直是"下新安"的鬼门关。新安江水库建成之后,这一带的河流变得深邃起来,水流也变得缓慢了。水柔软绵长,一如徽州人的性格,看起来是温婉温顺,但在骨子里,却是倔强而有主见。这一段江面原先一直过尽千帆,现在只是偶尔才有一叶孤舟划过,纯属展示水上的风景。当孤舟轻妙划过江水泛起涟漪之时,人们不禁会为如此美妙的景致惊叹。新安江的确是太美了。这是一条诗意的河流,会让人忘掉它所有的功能和意义,只单纯地迷恋于它的美。

我们来得正是时候。春天里,新安江的江面上总有一团浓浓淡淡的雾气,即使是阳光灿烂的时候,那一团覆盖于江面的雾气仍久久不散。这样的场景,使得河流上的木排、船只,以及船的帆影,常常有一种梦幻般的感觉,仿佛它们不是漂浮在水面上,而是飘浮在云彩之上,并且将驶向的,是一个神秘的天堂之地。这时候站在无人的岸边仔细听,仿佛能听到江面上传来的隐约箫声。徽州的高人隐士总是很多,他们喜欢在独自一人的时候,吹起竹箫。那箫声凄清幽静,似乎骨子里就有悲天悯人的成分,它就是用来警醒或者使人升华的。徽商在下新安的时候,也会带上箫或者竹笛,落寞的时候,就会取出来吹上一两曲。江边还会传来啼声,啼声在幽秘中,更显孤单悠长,给人一种撕心裂肺的感觉。当然,这都是过去的岁月了,假如时间的相对性是因为时空的转换而形成的,那么,过去的一切其实并没有真正消失,它只是换了一个地方,我们完全可以根据自己的感觉去触摸它——这样,想象就不是一种臆度,而是真实。过去确确实实地存在着,只不过,它转移到了别处,只能借助于我们的感受而存在。

在江边,除了大片油菜花开得疯狂无比外,还有很多古树葳蕤茂盛。很多年前开始,它们就一直伫立在这里,目睹着落花流水春去也。老树都是成了精的,天地万物,它们只要瞄上一眼,就知道最终的结果,它们知道世情冷暖、人力无奈,但它们一直保持着缄默,保持着木讷。它们从不想自作聪明地发表议论,最多是在夜深人静时,悄悄地面对似水年华,掷下几声重重的喟叹。

一江春水,就这样迤逦着,向东边流去。

石　潭

　　风景优美的石潭村位于新安江支流昌源河的上游。当车从北岸到老坑的公路拐入一条小道之后,一转弯,远远地,就能看到一座濒水的小村掩映在绿色之中。石潭村在桥的那边,不通车,只有一座桥连接着对岸。从桥上看,昌源河清澈见底,水面有浣衣的女子。这样的小桥流水是一个村庄最好的引子,就像一篇好文章,肯定会有一个不俗的开头。

　　石潭是一座不大的山村,只有近百户人家。我们很轻易地就把它走了个遍,与其他地方相比,石潭更加原汁原味,那条古街上还残留着两座祠堂,因为多年未修,已变得相当破败了。祠堂的大门紧锁着,我也懒得进去了。石潭之所以著名,是因为攀上村后的山头,可以远眺新安江的美景,尤其是春天,漫山遍野的油菜花疯狂地长着,从高处往下看去,河流如练,蜿蜒流向远方;而在河流的两岸,村庄如黛;有时候碰到雨后初晴,在山顶上,身前左右云腾雾绕,远山近山,如同仙境。

正因为石潭有如此胜景,所以近年来这个小山村变得非常著名,春节过后,每天都有上千摄影爱好者纷至沓来,到这里捕捉新安江的春光。

我们的摄影师在山顶乐此不疲。在这里,似乎每一处都是拍摄的最佳角度,前后左右都是大片大片仿佛可以点燃的油菜花。新安江这一带由于耕地面积相对较少,种植也是见缝插针,很多油菜都长在山上。这就形成了一种奇特的现象——很多地方,油菜花竟沿着山坡一直长到山顶,远远看过去,山也成了名副其实的"花山"了!

中午,我们在村口的"摄影之家"饭店吃饭,这是真正的农家乐餐馆,只不过,在饭店的墙上,贴着很多照片,那都是全国各地的摄影爱好者拍摄的,都拍得非常漂亮。因为爬山很累,一大碗饭让我吃得喷香。这的确是正宗的徽菜,在徽州的任何一个地方,都能将饭菜做得活色生香。据饭店老板吴朱康介绍,"摄影之家"是20世纪90年代初开的,到现在已有十几年历史了,曾接待了来自包括日本、东南亚、中国香港等地的摄影爱好者两万多人。他们把石潭的美景传播到全世界,也使得小小的石潭村在摄影界有着相当的名气。

石潭一日,是我新安江之行最轻松的一天。这也难怪,那一天,我更多的是与自然在一起。在油菜花开得无比灿烂的山顶上,迎迓着和煦的春风,神清气爽。在沿着新安江行走、领会、思考、写作的过程中,我的身体与思想负重太多。我突然想到,其实对于徽州来说,那些破旧、潦倒的昔日场景似乎再正常不过,历史太长,家业太老,角落太多,徽州的管家人当然不会永远那么上心。毕竟,对于居住者来说,在某些时刻,那种沉重的文化是可有可无的。人总不可能永远生活在过去的时光里,从生存的意义上来说,人需要文化来滋润自己的生活,但不能让文化自缚手脚,将自己掷入一个不见天日的枯井。

昌　溪

　　一路看来,濒临昌源河的昌溪古村算是新安江边一个很重要的村庄了。它的重要性在于:第一,这是一个千年古村落,它的历史相对较长;第二,昌溪的面积较大,人口众多,在歙县南部,它一直占据很重要的地位,被称为"歙南第一村",即使是现在,昌溪也有三四千人;第三,昌溪古村落相对来说保存较好,村落的水口以及古建筑都比较有特色,开阔而大气。正因如此,我们特地选择在昌溪仔细盘桓。

　　从地形上看,昌溪村坐落在一个袋形盆地之中,四周高山叠嶂,昌源河从村旁蜿蜒流过。整个村落像一只迎风飞舞的蝴蝶。这样的结构,是由它的对称性形成的:蝴蝶的头部,是昌溪引以为荣的水口,水口正好处于村落的中心位置。在水口一带,生长着两株高大的"千年龙凤樟",就像是蝴蝶的两根触须。这两株古樟树树径粗大,树干直入云霄;枝叶如冠,像两把巨大的伞,罩地近千平方米,夏能遮阴避暑,冬可挡风御寒。一年四季都有村民在树荫下悠然憩息,沉浸于日出而作、日落而息的宁静生活。

这样的村落看起来颇具农耕社会的典范意义。不仅如此,由于一直交通不便,昌溪村现在还遗留很多古建筑,真可以称得上是一个古建筑博物馆。对村里最熟悉的,算是村干部郑万林了,老郑带着我们从村口一路看去,很详细地给我们做介绍。昌溪村可真大,要不是老郑带着我们一路走一路看,我们真会迷失在这个偌大的村落中找不到回头路。村落自明代所建的西静庵起,到村北海瑞手书的"务本堂"界止,形成一条长达3公里的古建筑群,据说共有各具特色的旧式民居800余幢、宏伟壮观的古祠16座、工艺精湛的社庙5座,除此之外,还有寺庵3座以及书院、学校和护城墙等。

昌溪人一直对自己的村落感到自豪,他们说,西递宏村算什么,比起昌溪来,只能算是一个小小的集市。似乎的确是这样,昌溪不仅仅大,还有恢宏的历史。现在的昌溪,还留有当年朱元璋留下的大匾,上有朱元璋亲自题写的大字:第一世家。据说,皇帝为家族所题写的牌匾,仅此一个。这个牌匾是有来历的——朱元璋起兵后,南下浙江,在杭州一带败给了元兵,便沿着新安江退到昌溪休整。

当地居民对朱元璋的抗元义军给予了很大的支持。朱元璋在这里整肃军队之后,重新向浙江进发,结果打了一个大胜仗,收复了浙江一带。正因如此,朱元璋对昌溪百姓异常感激,他当上皇帝之后,昌溪吴氏家族去金陵找他,朱元璋想起了那一段最困苦的时光,百感交集,欣然为吴氏宗祠题匾一块。

一个村落的恢宏,主要是看村里祠堂的规模。从这点来说,昌溪还真的不同凡响。光是古祠,就有三处独具特色,它们分别是元末的"太湖祠"、明代的"六顺堂"以及清代的"寿乐堂"。其中,"太湖祠"是为纪念昌溪吴氏始祖而建的。相传昌溪吴氏是南宋末年从浙江溯江而上的,到了昌溪一带后,觉得此地风光优美,古树林立,非常适宜居家,于是吴姓人氏便在此地安居下来。始祖去世之后,后人把他安葬在"太湖丘"旁,到了元朝末年,兴旺发达的吴氏为了纪念这个泽被后世的始祖,便在这里建造了雄伟的"太湖祠"。

太湖祠是典型的元代建筑,这在以明清建筑为主的徽州,似乎并不多见。它昂首向天,十分孤傲。祠前的广场很大,可以容纳六七千人,祠外主墙角高高崛起,8只大鳄昂首凌空。祠分三进二门堂、五间六厢,为砖木结构,其中梁坊、柱础、斗拱、雀替、博风、屋面上皆有精致的雕刻,最难得的是后进梁拱上雕饰的《百兽图》,百兽的形态各异,栩栩如生。

"寿乐堂"建筑较晚,其工艺、选料、造型更为讲究,从各方面说,它都堪称经典,曾作为代表性的江南祠堂收录进《中国建筑史》。该祠堂整体结构分为前后三进,在祠前,有一座木质牌坊,这在徽州的牌坊中,并不多见。《中国建筑史》评价说:"造型布局之合理,雕刻技艺之精湛,保护如此完好的木牌坊,在全国也仅此一处。"木牌坊全由楠木制成,四柱为木质,用抱鼓石支撑,上部也是木质,架置重檐木坊,八角翘起,甚是雄伟。

昌溪的古风遗韵,总体上说,给人的印象是太浓太美,浓得像一壶优质的乌龙茶,古得像一坛陈年醇酒。但在表面的秩序与美的后面,也有着深层次的冲突。毕竟,用宗法制度进行管理的方法并不是最科学的,那种表面的和谐之中,往往隐藏着很多不可告人的血腥和压制。

在昌溪,我听到一个"血衣"的故事,这个故事在昌溪流传甚广,几乎每一个土生土长的昌溪人都听说过,它就像一片铅云,沉沉地压在每一个昌溪人的心头——

昌溪吴氏宗祠到了明朝之后,分支为太湖、庠里两大祠堂,以庙坦坑为界。两祠一直不甚融洽,但共用村中的庙坦祠作为宗族仪式之地。两祠立下了族规:庠里祠农历正月十五在庙坦嬉灯,太湖祠的人不得上庙坦观瞻;农历正月十八,太湖祠在此嬉龙,庠里祠的人也不得上庙坦凑热闹。

明代末年的一个元宵节,即庠里祠在庙坦举行灯会的日子,太湖祠有个顽皮青年出于好奇,央求庠里祠一个好友带其前往庙坦观灯。朋友让他事先躲在菩萨的案桌底下,外有布帘遮蔽。灯会开始之后,躲在暗处的太湖祠青年被发觉了。站在一旁的侍卫手持竹叶枪,透过布帘,朝案桌底下刺去,当即刺中了这个青年的腹部,并倒钩出肠子。太湖祠青年忍住疼痛,一手扶着腹部从案桌底下冲出,另一只手随手抱了一个在场的庠里祠小孩,一口气飞奔到了太湖祠地界。等他奄奄一息地向族人讲完事情经过之后,气绝身亡。太湖祠人被激怒了,他们召集了族人,在河滩上燃起了大火堆,将青年抱回的庠里祠小孩投入火堆,以示报复。

两祠械斗,出了人命,官司打到徽州府。两祠长老们对簿公堂,唇枪舌剑。庠里祠认为:太湖祠青年犯了"族规",死得活该,而太湖祠人烧死小孩,理当治罪;太湖祠辩解道,本族青年只是出于好奇,庠里祠夺人性命,太不应该,而且烧死小孩之事,明显缺乏证据。最后徽州府知府作出判决:若太湖祠交不出小孩,则由庠里祠从太湖祠任挑18名青壮年砍头;若太湖祠交出小孩,则由太湖祠从庠里祠任挑18名青壮年砍头。宣判结束,太湖祠却交出了小孩,庠里祠输了官司。原来,当时太湖祠巧用一计,拿一只小猪用衣服裹了投入火堆焚烧,而那个抢回的小孩却安然无恙。

依据判决,太湖祠从庠里祠精挑细选了18名青壮年男子,那都是专拣独苗,然后开刀问斩。这就是昌溪历史"十八条好汉"惨案。据说庠里祠因此绝后上百户,一时衰落不振。又据说,一直到"文革"前,庠里祠的后人仍保存着这"十八条好汉"的血衣,伺机报仇雪恨。

我不知道昌溪历史上是否真的发生过这样的事。但徽州在宗法制度之下,血腥事件时有发生,出现类似的惨案并不意外。在任何一个古村落中,都会有经常性的惩戒,将人沉塘或者处死,等等。这样的事情,与村口美丽的风景相比,更像是暗流涌动。由宗法制度管理下的社会,哪会有真正的和谐呢?有的,只是河流表面的平静,而在深处,压抑人性的,却是刻板的道德和暴力。在这个世界上,真正的和谐之道总是充分尊重人和人性的,并且是科学合理的,一个扭曲压抑人性的社会,呈现的所谓和谐,只会是浮光掠影,镜花水月。

北　岸

新安江流域的村落,和中国东南部所有汉姓居民村落一样,几乎都是血缘关系的聚集,一村一个姓氏、一个宗族。这样的结构,也算是一种基层的政权组织。

费正清在谈及中国历史与中国文化时,曾经有一个观点,中国政权的架构,看起来是皇权大似天,皇权在起决定性的作用,其实并不是这样。在中国封建社会中,对于社会运转起着至关重要作用的,实际上是无所不在的宗法制度。

在北岸,同样,我们也可以看到这一点。北岸现存的著名古迹,除了那个非常著名的廊桥之外,便是它遗存的两个祠堂——吴家祠堂和潘家祠堂。这两个祠堂从建筑上来说,宏大精美,各具特色。它们分属北岸村的吴姓以及离北岸村不远的大阜潘姓。宗族在徽州乃至中国所起的作用,从这两个庞大的祠堂,同样可以管窥一斑。

北岸最著名的,算是吴氏宗祠了。吴氏宗祠的正面墙体呈"八"字形状,两边檐角如飞翔的翅膀,迎面墙体上装饰着奇花异草、八仙宝器等图样的砖雕木刻,虽经风雨剥蚀,仍旧精致华美。从结构上看,吴氏宗祠是典型的徽派祠堂,它分为门厅、享堂和寝殿三进。穿过厚实的大门,两旁是精刻细镂的厢房。厢房是筹备祭祀仪式的地方,在这里,预备着祭祀的各式供品。拾级而上,是能容纳千余人的享堂,吴氏宗祠的享堂名为"叙伦堂",堂上两排十余根屋柱每根均需两人方能合抱,梁架勾勒迂回,气势端庄。享堂之后,石阶天井之上,是安息吴姓列祖列宗灵位的寝殿。即使是在灵位席上,先祖们也有如生前般严格的等级辈分。

据村里吴姓介绍,每年冬至,是北岸村吴姓祭祀之日,天刚刚放亮,吴姓的男女老少就在锣声的招引下,齐聚在宗祠前的广场上,广场插满旗杆,每一根旗杆,都是为了纪念吴姓人氏当中出类拔萃的人物。时间一到,鼓乐齐鸣,祠堂大门庄严打开,人们在族长的引领下,秩序井然地进入享堂。钟、磬合击三下之后,主祭宣布祭礼开始。其后依次是歃毛血、降神、参神鞠躬拜、读祝、化财、望燎……这都是礼仪的程序,复杂繁缛,进行得一丝不苟。其间,猪、羊、鸡、鱼、馔、帛等祭礼一字排列在祖宗的牌位之前,焚烧的烟火在祠堂里弥漫缭绕。然后,便是朗读明太祖朱元璋的《圣训》:"孝顺父母,恭敬长上,和睦乡里,教训子孙,各安生理,毋作非为。"接着朗读宋儒陈古灵的《劝谕文》:"为吾民者,父义母慈,兄友弟恭,子孝妇顺;夫妇有恩,男女有别,子弟有学,乡间有礼;

贫穷患难,亲戚相救,婚姻死丧,邻保相助。毋惰农业,毋作盗贼,毋学赌博,毋好争讼,毋以强凌弱,毋以恶凌善,毋以富骄贫;行者让路;耕者让畔,斑白者不负载于道路,则为礼义之俗矣!"

除了每年的冬至祭礼之外,吴氏宗祠大门开启之时,往往是族中发生或即将发生大事之日。享堂上有八把又高又大的木椅,是族长和执事们议决村中事务的座位。在这里,族中长老们通常会对吴姓家族的一些重要事宜进行议政,比如说鳏寡孤独需要捐助,亭榭路桥、农田水利需要修缮,等等;而一旦族中子弟有"作奸犯科,败先人之成业,辱父母之家声"的行为,则被"众执于祠",甚至可以施以剁指、剜目等残酷刑罚。

这边是吴家祠堂。而一水相隔的大阜村潘家祠堂里,进行的几乎也是同样的内容。

潘家祠堂始建于明朝万历年间,清咸丰年间毁于兵燹,同治年间潘氏族人集资重修。潘氏是徽州的大姓,而它的"根据地",就是大阜村。潘氏同样也有着来历,据说唐代的一位刺史,原来生活在福建一带,后来曾在徽州为官,因为黄巢起义,无法还乡,便在北岸附近的大阜定居下来。在大阜,我们见到了现在的村长,他替我们打开了祠堂。潘家祠堂最独特的地方在于中进大厅的雀替之处,雕有百匹形态各异的骏马,精美异常,俗称"百马图"。在徽州祠堂中,木梁、雀替上雕刻马的形状比较少见。可能是因为潘家早年的祖先属马吧,或者是潘家对马特别有感情。

数百年来,大阜潘家有许多人侨居异地他乡,并且在当地落户生根。这些侨居他乡的潘家人,有很多能记得自己的来历,他们时常回到大阜潘家总祠祭祖。清光绪九年(1883年),侨居苏州的潘介福在回到大阜的潘家祠堂祭祖后,曾经作有《癸未省墓日记》,在日记中,潘介福详细地描述了祭祖的过程,这对了解过去的风俗和宗法制度有着参考价值:

> 八月十四日……晚诣宗祠。明日秋祭,敬观陈设:中堂设香案,陈纸瓶中。问之,曰祭瓶。一香案,陈祭器数盘……
>
> 十五日,四五人起,肃衣冠,诣宗祠。有顷,奏乐、参神、迎神三匝。主祭一人,副主祭一人,分献四人,执事八人,分立堂左右,行三献礼。由堂下至内寝,乐人随同升降,共十余次。祭时天色已明,行阖门礼……

祭祖仪式烦琐无比。但在宗族看来,如果没有这样的烦琐,就不足以表达后辈的静穆和谦恭。

在这里,有必要对中国的宗法制度进行一点简单的剖析——

当一个新王朝历经战乱登上历史舞台之后,最迫切想解决的问题一般有两个:一是上层权力的架构和分配,二是最基层的组织方式和道德方式。尤其是后者,关系到社会的稳定。赵姓的宋朝是这样,朱家的明朝也是这样。中国的宗族制度从宋开始兴旺,到了明朝,算是登峰造极。宋初,从汉代起沿袭将近一千年的门阀制度彻底消失,这时候,宗族制度取而代之,成为社会的中坚力量。在这个过程当中,北宋初期的理学兴旺起到了至关重要的作用,除了理论阐述之外,在实际操作过程中,当时很多大儒都身体力行、推波助澜。范仲淹、欧阳询和苏轼等,都曾大力提倡宗族的作用。北宋理学家吕大钧就曾在陕西蓝田推行宗族制的《乡约》,"关中风俗为之一变"。

到了南宋,朱熹在构架成理论体系之后,立即在南方倡导"吕氏乡约"。而徽州,则是朱熹竭力推崇的地方。朱熹后来数次来徽州并在紫阳书院等地讲学,用意也在于此。明朝建立,面对的是道德和基层组织架构的废墟。在这样的背景之下,朱氏王朝同样也想在最基层建立一种稳固的组织和道德架构。于是朱熹的思想被推到了"神"的地位。从朝廷到地方,颁行了很多《族范》,完备地确立了家族的组织结构和各种职能。到了清代,雍正皇帝在《圣谕广训》当中对于宗族的任务有更为明确的规定:"立家庙以荐蒸尝,设家塾以课子弟,置义祠田以赡贫乏,修族谱以联疏远。"正是在这样一波又一波的号召与推动中,宗族组织实际上成为管理农村一切社会事务、触及乡民生活各个方面主要和潜在的力量。从敬宗睦族、伦理教化、社会治安、农田水利、抚老恤幼、赈灾济贫、审理争端,直到干涉寡妇再嫁、兄弟析产、组织打扫卫生等小事,都由宗族来安排。并且,宗族还拥有公田、义田、祭田等大量公产,用于祭祀和公益事业。

离北岸不远处,就是新安江了。与曾经沉重的徽州不一样,新安江一直是轻松的,是愉快的,她能将所有的沉重化于无形,超脱于一切情感之上,也超越一切道德之上。她一如既往,不以物喜,不以己悲。她就这样不怨不嗔,缓慢而优雅地流动。"无边落木萧萧下,不尽长江滚滚来。"在她的两岸,徽州的历史如水般流动,它与新安江一并东去,飞溅起万朵浪花;这样的浪花,又会在激起惊涛骇浪之后,重归于平静。从本质的意义上来说,所有的河流都有着起点的意义,它既是空间上的起点、时间上的起点,同时也是思想的起点,以及才情的起点。

三 潭

沿着新安江往下走,一过南源口,就进入著名的"三潭"了。"三潭",是三个地名瀹潭、漳潭、绵潭的简称,这一带是著名的"三潭枇杷"产区。三潭枇杷自古有名,宋罗愿所撰的《新安志》上就有记载。这一带新安江边的地形,山坡低缓,红白沙土,水雾缭绕,温度、湿度和土质都非常适宜枇杷生长,所产的枇杷果大肉厚、香甜爽口、细嫩多汁,闻名天下。

三潭,不仅仅是枇杷有名,景色也很迷人。新安江山水画廊中,最有名的,就数这一带。新安江在这一带更加深邃,两岸的山上,密密地长满枇杷树。倘若到了 5 月底,枇杷成熟之际,两边数十公里的山上,挂满黄澄澄的枇杷,如星斗闪烁,如玛瑙灼灼。当代诗人流沙河曾经激情四溢地写道:"浔阳琵琶三弹,歙县三潭枇杷……琵琶、枇杷,流连难返,主人忘归客不发。"

新安江在三潭一带,水流变得更加缱绻,也变得更加温柔。

两岸是密不透风的绿色。沿江两岸,芦苇、蒿草、刺槐和一丛丛灌木交织在一起,它们一直试图用生命的本色来补偿巨大的寂寞,而野花,也不甘寂寞地开放了。旷野里有了牛羊和炊烟的影子,那些白墙黛瓦的房子隔江相望,面面相觑。人也好,牛也好,往往在一愣神间,新安江就慢悠悠地滑过了,只剩下满江的惆怅在江面上如烟一样,缕缕不散。

当然,最好的感觉是有雨的日子了,要是有雨,一把油纸伞撑起一方诗意的空间,四周都是绸缎一样的雨帘,那么,在氤氲的雾气中朦胧恍惚,人在新安江边,真有点不知今夕是何年的感觉了。

在这样美丽的风景中,古迹自然退居其后了。"三潭"并不是没有古迹,但凡来这里的人,都是来看美丽的风景,懒得去追旧怀古了。三潭的古迹因此也很少被人提及。值得一提的是,三潭一带的古树。车在公路上行驶的时候,会在路边或者村落中看到一簇郁郁葱葱的老树,那些老树似乎都在数百年以上,树干遒劲、枝叶茂盛。从品种上说,这些古树有樟树、银杏、槐树、柳树、黄檀等。老树的存在,让人们情不自禁地变得庄重起来,内心收敛起狂妄。那些老树,绝对是有着神灵意义的,它们不仅仅有阅历,有思想,更有难以诠释的神秘。尤其是漳潭所在地的一棵古樟,堪称"徽树之王"——这棵古樟历时已有数千年了,至今仍生机蓬勃,它树干粗硕,枝叶繁茂,蟠如伞盖,树干高达 36 米,冠阴盖地达 1800 多平方米,围长 9.5 米,需 12 个小学生手拉手才能合抱;4 根主干如 4 条蛟龙一样在空中腾舞,周围的建筑全都匍匐其下。

这样的奇景,曾令前来考察的全国林业专家也赞叹不已。

  这就是"三潭",是没有时间概念的"三潭"。当年下新安的徽州人每每在雨季穿行其间时,经常会产生一种幻觉。歙县籍诗人汪洪度写道:"渔火半明灭,海月上山背。家乡送别人,已隔青峰外。"这样的诗,说的就是这种感觉。当然,有时候,船也会停下来,下新安的那些徽商会在这里买上一点枇杷带着。他们把家乡的水果揣到包裹里,一直带到目的地,不到万不得已,他们真舍不得吃。三潭的枇杷味道真好啊,哪怕只吃一个,就会满嘴生津。更何况,枇杷里还有家乡的味道,当嘴唇沾上这样的滋味时,家乡的人与景就会扑面而来,甚至时空也会变得扑朔迷离——烟雨迷蒙中,有莺飞鱼跃;云卷云舒中,看满江美景。恍兮惚兮,梦里不知身是客。

深　渡

初春的日子里,深渡码头并没有我想象的那样热闹。中午的码头像是也在午休似的,很长一段时间,都没有看到游轮进出。码头的尽头,可以清楚地看到江水的流向,新安江是从右手方向流过来的,而昌源河则在左手方向,它们就在深渡合而为一,然后,静静地流向千岛湖。

尽管天热之后游轮众多,但现在的深渡,显然已无法跟数百年前的深渡相比。当年的深渡一派熙熙攘攘的景象,一艘艘商船扬起风帆,一方方浮排架起长橹,如影随形,顺着新安江排挞而下。

《四库全书》编纂、戴震弟子、歙县人凌廷堪曾有诗,以《深渡》为题,叙述当年下新安的情景:

客子溪头晚放船,缓摇双桨下长川。一湾流水清见底,两岸乱峰高刺天。饷妇携筐迥旧袖,村翁赛社敛青钱。香醪莫惜频沽满,今夜篷窗起醉眠。

实际上当年的深渡远没有诗中描述的那样浪漫,除了游山玩水的文人骚客之外,凡是徽州人下新安,都视深渡为"鬼门关"。当年徽州人离开深渡,最忌讳带两样东西,一是茴香,茴香即"回乡"的谐音,在外不能出人头地,哪有颜面回故里? 另外一件东西,就是萝卜了,萝卜又是"落泊"的谐音,飘零在外,落泊无为,无异于自掘坟墓。作为新安江在徽州的最后一个渡口,对于下新安的断肠人来说,深渡显然具有特别的意义———一旦富裕,深渡便是荣归故里的凯旋门;而对于落泊异乡,甚至客死他乡的新安人来说,深渡便是一面永远飘摇的招魂幡。

徽商,就这样告别深渡这个最后的关口走向了江浙。然后,他们就像滚雪球一样,在外面滚起了一个世界。在灯红酒绿的扬州城,在月白风清的淮安关厢,侨居异乡的徽商们对权贵飞觞传茗、暗送秋波;在莺声浪语的秦淮河,在轻歌曼舞的上海滩,徽商们在青楼里一掷千金;滨海泻卤的两淮盐场,不绝如缕的大运河边,徽商们督课煎丁,催征船户;巍峨的秦岭古道,偏僻西南边陲,徽商们到处奔波,风餐露宿;而在大江南北,在长城内外,他们囤积居奇、锱铢必较……徽商,就是在那样的时代里,演绎着丰富多彩的情景剧。如果没有徽商,很难想象会有徽州文化的繁荣——是徽商,把纯粹是乡土菜肴的徽州菜肴光大到大江南北,并让徽菜成为"八大菜系"之一;是徽商,把江南水乡的秀丽与山区人文情态相结合,创造了韵味独特的徽派建筑;是徽商,把生活的考究和审美爱好综合在一起,形成了蜚声海外的"三雕"艺术;是徽商,把山村小戏与昆腔发扬光大,创立了魅力无穷的徽剧,而后又包装戏班进京,促进了京剧的诞生;同样,是徽商,促进了新安理学、新安医学以及新安画派的繁荣……

没有徽商,就不会有徽州的一切。然而,没有新安江,哪里会有名噪天下的徽商呢?

波光桨声中,船只已悠然远去,连那送别的目光和想象,也一并融入了如梦的烟雨之中……从深渡再往下走,就是百里外的街口,街口过去,就是浙江地域了,是淳安县,是严子陵钓鱼台,是桐庐,是梓关和富阳……然后,就是杭州,就是苏州、扬州和上海……水就是绳索,而村落,就是绳索上的结。生生死死,命运未卜……这辛酸的600里地啊,让徽州人走了千百年。

千岛湖

新安江在千岛湖这里慢慢变得温柔了。当然,这是现在的景致,当千岛湖还不是千岛湖的时候,这一带,江水一直如少女一样难以捉摸。而现在,当千岛湖因为新安江水库建成之后,新安江已由一个少女慢慢变成了母亲,河流在这里慢慢消失,她先是变得幽深,变得沉静,然后,她变得更加宽阔。这一路的经历,慢慢地,都化成一种哲学和宗教汇聚在她生命的意识之中。这时候的新安江看起来如母亲一样沉静,也如老者一样智慧。透过时间,我们能感受到生命的苍古和强健,仿佛新安江不是在徽州的土地上旅行,而是徽州在新安江的浩浩荡荡中摇曳生姿。

与河流相比,湖泊更具母性。虽然千岛湖只是一个人工水库,但所有湖泊拥有的它都应有尽有。它同样具有湖泊的那种沉静、博大和宽容。从街口以下,河流自然而然地变成湖泊了,一点波动都没有,就像"一"融化在无穷大之中,像一束光融化在空气里。而此时,广渺的水面宁静而幽远,水鸟低翔着箭一样划过。这样的景色,有点像老杜的诗,沉雄且流丽,一点火气都没有,但在骨子里,却有着百分百的历练和成熟。它的魅力就在于这种看似苍古的风尘气息。也的确是这样,这一带的水,这一带的山,什么没有看到过啊,它们目睹了昨天的历史,也看到了今天的历史。历史冥然老去,而它们却依然年轻。

终于到达千岛湖了。春天里,燕子已从南方回归了。它们开始变得无所不在,它们就是新安江美丽的细节之一。在汪洋中体形庞大的苍鹭站在那些水中树的丛林下,每一只都是忧郁而孤独的。细长的鹤也在树下栖居,远远看去,就像赤裸无叶的白玉兰。比较活泼的是那种叫不出名字的水鸟,宝石一般的颜色,会突然打破一片沉寂,低低地掠过水面,翅膀和尖嘴闪烁着光芒。

在新安江的尽头,千岛湖展开了自己的身姿,常青的风景线铺开了原野般的美丽,那里,是一条河的尽头,也是另一条河的开始。

尾声　奔向大海

北纬30°,东经120°——杭州钱塘江出海口。

涛声从四面八方传过来,隐隐如九天罡风,咆哮如荒原巨兽。天空湛蓝,潮头如野马群一样,巨大的浪潮在层层推进中起伏奔腾。慢慢地,浪潮越来越大,像无数条巨龙游走于惊涛巨浪之中。旌旗蔽天,白色的铠甲在阳光下反射光芒,仿佛数百万军队在进行厮杀。山峦似的巨浪终于接近海堤,如千军万马攻上了城墙,又如巨兽般高高跃起,然后,雷霆般的重重一击——随着一声巨响,巨涛被炸成碎片,幻化出七彩光芒,然后,又是第二拨、第三拨……

这就是钱塘潮。是新安江流淌了整整一生后,奔向大海的狂欢庆典。虽然现在不是钱塘潮最猛烈的时候,但此情此景,仍可以看出河与海拥抱时的壮观。河与海,在这样的撞击中,完成了彻底的交汇。这是一种真正意义上的消融,也是一次彻底的凤凰涅槃。河流同时间一样,是可以吞没和消解一切的。而她与海的拥抱,也是一种吞没与消解的过程。

一元复始,万物归一。在江海交汇之处,新安江完成了她生命中的一次大循环。这是地理意义上的、是文化意义上的,更是哲学意义上的。新安江不仅是一条有生命的河流,而且在她整个生命过程中,她还创造着生命、哺育着生命。河水一路向前,两岸繁花似锦,这就是新安江创造和哺育的生命;人们在水上航行,在两边的陌上行走,这就是路。

河流是人类文明的摇篮,是人类生存的动脉;而文明,同样具有河流般的意义。

在休宁县采访的时候,我们与记者出身的县委书记胡宁进行了详谈。对于徽州文化,对于新安江,胡宁似乎有很多话要说。在谈话中,胡宁提及最多的一个问题就是河流文化与海洋文化的关系。对于海洋文化来说,她的宽广度,她的深厚性,都是要远远超过河流文化的。百川归海,在现代化的背景之下,河流文化如何应对海洋文化的冲击,又如何融入和补充海洋文化,是摆在当代中国人面前的一个问题。身为内陆山区的县委书记,胡宁对于这两种文化撞击过程中所表现出的林林总总,看得很多,感受很深,也有着独特而深邃的见解。20世纪90年代末,休宁县曾将原先黄村的一幢普通旧式徽州民宅"荫馀堂"迁徙到美国波士顿塞勒姆市,架起了中美文化合作交流的桥梁,引起轰动的程度不亚于大熊猫的赴美。2003年,就职县委书记的胡宁曾专程赶到美国,参加美国波士顿皮博迪·埃塞克斯博物馆中国馆这幢徽州民居的落成典礼,并发表演讲。那一天,中国驻美大使和世界级华人大提琴家马友友也专程赶到波士顿,参加这一落成仪式。无数美国人正是通过这样一幢徽州民居,认识了中国,认识了中国文化,也认识到中国古代的高度文明。但这样的举动同样引起了诸多争论。争论的实质在于,我们该如何对待自己的历史,又该如何对待自己的文化遗产。

关于河流文化以及海洋文化,80多年前,梁启超在阐述中国历史时,曾经有一个观点,他认为中国历史可分为三大段落:一是"中国之中国",即从与古埃及文明同时的黄帝时代到秦始皇统一中国,完成了中国的自我认定;二是"亚洲之中国",从秦朝到乾隆末年,即18世纪结束,中国与外部的征战和沟通基本上局限于亚洲,中国领悟了亚洲范围内的自己;三是19世纪至20世纪,以被动受辱为起点,渐渐知道了世界,以及中国在世界的地位。这样的说法,应该是很正确的。确切的情况是,在前两个阶段,中国文化尚未显示出自己的短处,并且还有一定的优势;而在后一个阶段,那种在发展以及文化中的软肋完全显现出来。这样的情景,使得中国在很长一段时间心浮意乱,无所适从。

客观地说,与浩瀚的海洋文化相比,黄河文明所代表的中华文化,是具有很多优点的。最起码,五千年的历史证明了我们的河流文化禁得起时间考验。当然,中华文明与世界上所有的文化一样,也存在着诸多方面的弱点,其中最根本的,是数千年封建专制社会对文化挤压所造成的双重性：一方面,中国文化崇尚平和、崇敬自然、热爱生活,单纯而简单;另一方面,中国文化"明儒暗道"的特征又非常明显,阴谋的成分非常多,工于心计,表里不一。它在很大程度上充满矛盾和扭曲。除此之外,中国文化还具有一些其他特质,比如说模糊而迂回、虚玄而实利……正是因为这种先天性的"贫血",使得我们孱弱地生长,在很多事情上疑神疑鬼,神经过敏,极度自大而又极端自卑。

而西方文化,主要是基督教的背景、希腊的理性思维、罗马的法律思想以及德国近代辩证法的结合。尤其是当西方文化从中世纪漫漫长夜中破晓而出后,那种由阵痛而造成的质变使得它豁朗而智慧,也直接造就了坚定的理性方式和探索精神。并且,由于文艺复兴和启蒙运动,西方文化凸显了对于人自身的尊重,对于创造力的提倡,对于自然规律和社会规律的探寻……而这些,直接促进了社会的进步。当然,对于西方文化来说,在它的发展中,同样也存在一个进步、提高以及完善的过程。

历史总是无情的。在河流文化与海洋文化的撞击过程中,肯定会付出相应的代价——原来的文化必定在某种程度上遭受抛弃和冷落,间或掺杂着暴力和掠夺。人类文明的历史,一直就是在不断超越之中获得进步,在残酷无情中获得升华。这一点就像孵小鸡,小鸡要成长,就必须破壳而出;也像蚕,最后一定有一个化蛹为蝶的过程。与此同时,在这种规律性的文化转移下,昔日良好的心态被打破,人们同文化一道开始迷失——一个钟鸣鼎食的望族,往往会堕落成破落子弟;而当年文化的出发点和根据地,很可能成为一个无人理会的废墟。

令人欣慰的是,工业革命带来了生产力的突飞猛进,也因此,现代社会积累了巨大的财富,让人变得衣食无虞。在这一点上,是河流文明在牺牲过程中最大的欣慰。在沿着新安江顺流而下的过程中,我感受最深的是,越到下游,财富的积累就越多。尤其是到了富春江和钱塘江一带,我们可以清晰地感受到社会发展的日新月异,感到财富的滚滚热浪。在这一带,可以说,整个发展状况几近发达国家了。发达国家需要数百年所完成的积累,我们只用了短短几十年。无论从哪个角度来说,财富的积累对人类的发展都算是一件好事,假如没有财富的积累,所有的世外桃源都会是一句空话。空空的楼阁中是建立不了一个和谐社会的,和谐社会必须建立在物质极大丰富的基础上。只有人人拥有财富,才会拥有人与人之间的松弛与和谐。

但社会的发展同样会带来某种负效应,按照现在社会的发展趋势,我们又极可能陷入另一种困境——文化源头越来越渺茫,古典精神荡然无存,人们像无根之树一样随风摇摆。物质和欲望侵蚀着人的灵魂,人们变得越来越愚钝;金钱如洪水一样,没过人的头顶……这样的结果本身就是一个深刻的悖论,也形成了一种倒转——人类是为了逃离荒昧和野蛮走向文明,但在文明的过程当中,那种扑面而来的现代之风却在更多的时候将人们异化,让人们成为钢筋水泥似的冷血动物,成为某一种电脑般的程序或芯片。现实无疑是残酷的,并且更为残酷的是,这个世界从此将没有回头路了——我们不可能回到过去,那些诗情画意的岁月,连同那些莽荒的岁月一样,早就弃我们而去。就如同现在的徽州,不可能回到过去的徽州一样。我们只能向前,只能硬着头皮向前。

现在,我们仍漫步在新安江岸边。从钱塘江逆流而上回到徽州,我们又有一种回归源头的快乐和惬意。离开城市,清澈的江水以及两岸秀丽的田园风光让我们重新变得放松。回过头来看,我们又觉得徽州文化乃至中华文明还是有相当的韧性和智慧的,也有很大的可取之处,它最强大的力量在于它的普及以及深入人心。这种广阔的内在力量使得它在暂处衰势时会隐匿自保、清高自慰,而一旦云开日出,便会变得百川连注、气吞万里。千百年来,中国文化给这个民族的科学、文化、观念形态、行为模式带来了很多正面和负面的影响,也一直在迅速变动的近代生活和科学道路上行进着,蹒跚而艰难。正因如此,更有必要向中国文化的血管里注入新的东西,在保存自己文化优点的同时,如何认真研究和注意吸取像德国抽象思辨那种惊人的深刻力量、英美经验论传统中的知性清晰和不惑精神、俄罗斯民族忧郁深沉的超越要求等,使中国文化在更高的层次上重新构建,是一件极有意义的事情。一个国家的真正崛起,最终还是建立在这个民族性格和心智上升与拓展的前提下。

"一切将再次变得宏大而强盛,大海涌起波纹,陆地平展开阔,树大高耸,墙篱低矮……"在行走新安江的过程中,不知怎的,让我想起了里尔克的一首诗。也许,用里尔克的这些诗句来形容这个时代的任重道远是最为贴切的了。迎迓着从远古吹来的清新之风,在新安江边,我的思绪有时候会豁然洞开,从来文明是不能割裂的,也无法蹚出一条新路来,它必须建立在前人努力的基础上,假如历史上那些先贤大哲能够苏醒过来并且莅临现代社会,或许,他们会对社会和人类的走向有一些感慨和喟叹。毕竟,社会的发展是无是无非的,现在社会的发展,早已超越了他们的理想和期盼。在这样的情形下,一种借助于自然和社会规律,凭着自己的内在精神和公正之心所进行的力所能及的判断,是极其有意义的。

耶稣会说:上帝保佑所在这个世界的人。子在川上曰:我历来主张有节制的愉悦,人的快乐,在于与天与地的和谐。佛陀会说:消除人的欲望,人们就会变得很幸福。柏拉图则一针见血地指出:没有别的理想国,制度与法律才是人类的理想国。微笑不语的是老子和庄子,他们似乎早就预见了一切,他们一直懒得开口,他们消失在自然当中的背影就说明,比较起强大的物质生活,他们更喜欢美丽的自然……

大江东去,带走的是历史和时间。在这个世界上,人类一直清醒而混沌地生活着。就现实而言,人类文明史远没有达到爽然解读并且有确切答案的程度。也因此,所有的文化都可以说是在时间河流岸边的徒叹和点缀。从根本的意义上来说,所有的文明形式都是没有隔阂的,中华文明能不能在 21 世纪复兴,关键点在于能不能借助于他山之石,修复并且完善自己。也就是说,中华文化留给自己的空间有多大,"容"有多大,它给世界的惊喜就有多大。

也许,这样的结论,就是我们行走新安江所写就的最大的问号和惊叹。

后　记

2007年金秋10月,我去浙江慈溪参加《十月》杂志组织的一个作家论坛。同行有很多全国著名的作家和学者,会议的主题是讨论新形势下的散文创作。对于此类话题,我一直心有余悸。毕竟,这一类的话题空泛而虚无,没有实质性意义。对于散文来说,它不像小说或者诗歌那样,可以用加法定义,它只能用减法,那就是,所有的文字体例,减去小说、诗歌、戏剧等,就等于散文——散文就是所有文章形式中相连的那一部分,既是广阔领域,也是中间的缝隙。散文是难以把握的,在更多时候,它的写作就像金庸武侠小说《天龙八部》中段誉使用的"六脉神剑",有时候可以发出功来,有时候则只是一个招式,是莫名其妙的"四不像"。

散文怎么写?不好说。在我看来,所有的定式都是错的,所有的口号也都是哗众取宠。我的基本看法是,对于散文写作来说,写散文就是写自己,散文就像一面镜子,它照出的是一个人的真实影像,从散文中,能看出一个人的人格、气质、思想、人品、志向等。散文写作暴露的不仅是文章本身,而是个人的很多东西。一个散文作者,最重要的是冶炼自己、丰富自己,直至找到自己。只有内心拓展了、内心博大了,风轻云淡、神清气爽,文章才会好起来。这一点毋庸置疑。

就散文写作者来说,同样也有一个比喻,那就是"刺猬"和"狐狸"的比喻。比较而言,我是喜欢"狐狸"风格的文章的,因为"狐狸"文章通达而讲理,有一种阅读快感;不像那些"刺猬"文章,锋芒毕露,大刀阔斧,咄咄逼人。还有一些文章,粗暴而武断,可以说,不仅仅是"刺猬",简直就是"野猪"了。在我看来,那些所谓的"新散文",在极具才华的同时,也是具有某种"野猪"特性的。

前几天读《收获》杂志中余秋雨先生的文章《历史的母本》,颇有启发。余先生说,散文什么都可以写,但最高境界,一定与历史有关。这是因为历史本身太像散文了,"历史没有韵脚,没有虚构,没有开头和结尾;但是历史有气象,有情节,有收纵,有因果,有大量需要边走边叹、夹叙夹议的自由空间,有无数不必刻意串络却总在四处闪烁的明亮碎片"。在余先生看来,《史记》才是最伟大的,这种散文格局如云似海,相比之下,连唐宋八大家的文章也显得剪裁过度、意图过甚、未免小气。我同意余先生的观点。好文章总是有着纵深感的,它风轻云淡,也生动有趣。它就如同一个悟彻天地的人一样,看尽落花流水,看尽风云变幻,然后,悲愤和悲悯交织,一切了然于心,并且,也隐藏着一种内在和谐,与历史相通,与人性相通,与音乐相通,与流水相通,与天地相通,也与"神"相通。人对于文字,实际上是具有某种天生的判断力的。一个最基本的原则是,如果一篇文章,让人读起来很舒服,让人气脉顺畅的话,那么,它肯定算是一篇好文章了。

最后说一说《行走新安江》。可以说,这本书的诞生是一个偶然。本来,我接连写完《思想徽州》以及《徽州梦忆》之后,很想远离一段时间徽州,以积蓄新的能量和底气。2007年初,安徽电视台的制片人程力找到我,问我对行走新安江有没有兴趣,他们想拍一个系列文化专题片。这样的设想让人怦然心动。在很长时间里,我都是在时间和历史的意义上探寻徽州、诠释徽州,而在地理上,在地理与文化的结合上,我却是比较陌生的。这无疑是一个新的角度,也是一种新的尝试。我无法拒绝这样的提议。于是,2007年春节刚过,我们便开始沿着新安江行走。那时蜡梅还没有谢,山野里尽管有野樱桃花绽放,但新一轮春色还没透出来。在行走过程中,我一直坚持记笔记。《行走新安江》这本书的相当一部分,就是我在行走过程中的见闻和随想。在这种情形下,我心无旁骛,那段时间几乎谢绝了一切业余社交活动,全身心地投入发现与写作中。

在春天里诞生的这些文章,也让我在这一年的秋天有了收获。作为一个徽州人,能为我的故乡做一点事,内心总是充满着快乐和欣慰的。感谢我上述提到和未提到的所有的人,也感谢徽州。我要再说一遍,我得到的所有恩赐都来自徽州——是徽州,给了我生命,给了我一种活法;并且,在这个世界上,给了我温暖的记忆,也使我的想象插上了超越时空的翅膀。

徽之味

序

我外公在去世前的很长一段时间里,生活得很简朴,牙口也不太好,他总是喜欢呆呆地坐在八仙椅上,一边嚼着馒头喝着稀饭,一边极慢地呷着从街上打来的山芋干酒,沉默不语。这个时候的外公,已拿不动锅铲烧菜烧饭了。在此之前,外公的菜一直烧得很好。徽州人烧菜似乎是无师自通的,不仅仅是外公,还有我的外婆,我的几个舅舅,包括我母亲在内,几乎都能烧得一手好菜。

印象当中外公的菜烧得真好,虽然徽州男人一家之主的意识很强,但很多都是能里能外的。外出经商的外公自金华铩羽归来后,只要有空,就会承担起家里的烧菜任务,不时变换着口味,认真调理着大家庭的生活,将自己在外用不上的烹饪手艺悉数发挥,小日子也算过得和和美美。但到了20世纪50年代中期,由于家里不断地添丁增口,家境不断滑落。也不知从什么时候开始,外公似乎再也没有机会展示他的徽菜技艺了。在绝大多数的时间里,如何简单而有效地喂饱那些胃口越来越大、生龙活虎的舅舅,成了每天必须面对的难题。

外公的徽菜手艺就这样荒废了几十年。在这几十年中,外婆变得越来越乖戾,而外公的言语则越来越少,微笑越来越多,脾气也变得越来越好。20世纪70年代末,外公当上了县政协委员。到了后来,不知不觉的,每天讪讪笑着的外公有了一个公认的绰号:汪老好。不中用的人才老好啊!——外婆经常一针见血地抨击着外公,丝毫也不留数十年的夫妻情面。

一直到勉强将舅舅们喂大并离家之后,生活才变得有了点阳光。这时候,外公也年过花甲了,步履蹒跚,动作也迟缓了不少。到了20世纪90年代之后,外公曾经在我们团圆的时候试图重新尝试着烹制些老徽菜让我们尝尝,也炫耀一下自己的技艺,但每一次他的尝试都让我们深深失望,不是盐分过重,就是火候过头。菜的材料与味道之间,总有一种无法调理的焦灼。我们童年时代的记忆彻底地破碎了,这个时候,我们会想,到底是因为我们童年时代过于饥饿,还是因为外公已经垂垂老矣。可能,两者都是重要原因吧。

但外公仍不放弃他的理想,无事的时候,他总是喃喃自语。他说,徽菜极有名的当数"沙里马蹄鳖""雪天牛尾狸",那鳖是从清水河畔的沙滩里捕来的,"水清见沙白,腹白无淤泥",对品质的要求很高;牛尾狸也要求是冬天的,因为这个季节的动物肉质嫩、脂肪多，红烧之后有嚼头，有胶质。他还说，臭鳜鱼其实并不简单呢，最好是长江沿岸的鳜鱼，因为水清，没有泥腥气；在做之前，要先腌制一下，放一放，有的还要放在卤水里卤一下，这样的鱼肉出来成块，口感好，筷子一夹，一张嘴，就滑入腹中了。

外公还喃喃地说，老徽菜重油、重色、重火功，那是由徽州的地情和人情决定的。比如"金银蹄鸡"，是要用木炭小火久炖，炖到汤浓似乳、蹄（骨）玉白（银色）、鸡色奶黄（金色），才算是火候到家了。徽州人重油，那是因为徽州人长期生活在山里，肚子里油水不足，饮水中碱的含量多，身体对油荤有着要求。至于重色，倒不一定是多放酱油，而是重烹调之本色，徽州菜之本料如火腿、木耳、黄花菜等，都是颜色很重的山货，所以徽菜之色重，也就不足为奇了。外公在说这些话的时候，我感到他不仅仅会烧菜，而且，还是一位哲学家，一位会烧菜的哲学家。

外公的手艺还是有后来人的。我的几个舅舅都能烧得一手活色生香的徽州菜。我大舅能烧一手地道的笋干烧肉，蓬松可口，虽不是入口即化，但也口感极嫩。这一道菜的最绝之处在于泡发笋干，我也不知道他是怎么泡发那些笋干的，那些笋干在他手下，仿佛着了魔似的返老还童。大舅的饼子做得也不错，皮薄馅多，不露也不透，并且面揉得嚼劲十足。他的手擀面做得也好，力道好，配以各式各样的浇头，吃起来让人交口称赞。我的五舅，虽然看起来阳刚气十足，但也做得一手地道的徽菜，浓油赤色，好吃开胃。给我印象至深的是他的炒面，那已不是面，而是荤、素、面的盛宴,是多种调料的"团体操"。至于我六舅,年轻时像一个不懂事不成器的浑球,没想到菜烧起来也有模有样的……平时在家里,烹饪的事都是他们动手,我的几个舅母倒都乐得清闲。就我的评价,我母亲菜肴烧得也不算差,可舅舅们每次到我家,都会瞅着母亲做的菜肴不屑地哼哼几句:清水煮白肉,切!那是对母亲的咸笋排骨汤不屑一顾。每次去徽州,我总乐得大快朵颐,那可是地道的老徽州菜——干笋烧五花肉、干马齿苋烧甲鱼、一品锅……当然,我也能烧一手说得过去的徽菜,我能把鳜鱼烧得活色生香,让路人嗅着我家窗口飘出的火腿煨冬笋的香味彷徨迷离。对于现在大城市里的徽菜馆,我的舅舅们往往不屑一顾:那是什么徽菜呀?瞎叫!有在饭店里吃到正宗的徽菜吗?他们的反诘似乎有点清高,但我认为他们清高得相当有道理。大隐隐于市,居家方男儿;不怕不识货,就怕货比货。

　　从时间上来说,我从9岁时,就开始在家烧饭烧菜了。我父亲是江北人,在吃的方面极其马虎,味觉也极迟钝,好像从来品不出烹饪的好坏。北方人总是比南方人多大男子汉的架子,父亲也不例外,除了不烧饭烧菜之外,几乎从不做家务。至于母亲,作为小学老师的她因为长期在城郊小学教书,经常有课不能及时赶回家,所以从很小的时候开始,我就学会分担家务活了。起先是学会用柴火烧饭,先用火柴点着木头刨花,然后将小引柴火点着,再加入劈好的柴火或柴桩。烧柴一定要彼此之间架空,使柴发火。铁锅中的米煮开后,要先揭开锅盖,待米汤快干后,盖上锅,在灶台下添几把火,待火由旺转暗后用暗火焖饭锅。这样,等父母亲回来,一锅香喷喷的带有锅巴的米饭就做好了。

先是学做饭,然后就是学做菜。我陆陆续续地学会了做小白菜蛋汤、炒豇豆、西红柿炒鸡蛋,然后陆续跟着母亲学和面,学会做馒头、发包子、炕饼子、包粽子什么的。荤菜是后来学的,先学会烧肉、烧鱼,然后就是野味,以及各式各样的菜肴。不过小时候荤菜显得金贵,一般情况下,母亲都不让我上手,好菜要等她亲自掌勺。总而言之,在上大学离开家之前,我只是充当了一个临时厨师的角色,而且那时候太穷,人们几乎没有选择口味的机会和可能。那时候都是吃饭,哪有想法去吃好呢?我听说有很多家庭,还故意把菜烧得难吃,因为一好吃,就要吃得更多,就更得不偿失了。况且对于饥饿的人们来说,吃什么都是好吃的……后来,我大学毕业了,工作了也成家了,人们也慢慢变得富裕起来,开始不愁吃不愁穿,对吃也开始讲究了。这时候,我已顺理成章地开始在自己的小家庭掌勺了。我摸索着学会了做很多菜,无论是工作忙还是工作闲,做菜似乎成了我生活中一件必须要做的事情了。我每天的工作,就是在工作、读书、写作之后,步行或骑自行车去菜市买菜,然后回来洗、切、做。我做菜做得认真、尽心,这可能起源于我身上徽州人的血缘。做菜不仅使我有了闲情逸致,也可以说改变了我急躁的性格,让我变得沉稳,变得有条有理有板有眼,变得能静下心来在复杂的事情中寻找着解决问题的路径;做饭做菜也练就了我的平常心,让我知道这个世界上生活是最基本的事情,所有的人都是平常人,所有的事都是平常事;做菜还让我真正地领会了老子"治大国若烹小鲜"的道理,任何事情,可以说是容易的,也可以说是复杂的,这就跟做鱼的道理一样……关于我的烹饪手艺,记得我女儿曾经的小保姆丽华慢条斯理地评价过:大哥的菜烧得不仅好吃,还有文化味。这小丫头片子竟然讲出如此惊世骇俗的话,不禁让我刮目相看。后来丽华和她的丈夫在老家县城开了一家小饭店,说开店的灵感就来自我烧的菜。我有时自鸣得意地说:我的做菜排第一,小说排第二,散文排第三。我这么说,其实是我对生活的一种理解,凡是你必须做的,或者是机缘让你做的,你尽量去做,用心去做,把它做好,它同时也会给你很多东西。

徽菜是日常生活,它是空气阳光、土地山川、河湖沟渠、猪马牛羊,身边的动植物,以及所有的一切与人发生的关系;徽菜是自然本身,它是土地里的新鲜菜,山里的野菜,各种各样的绿色食品,徽菜最重视的是清爽、本真、本色,求鲜、求质,求山里才有的清香;徽菜是一种体验,是舌尖的味道,是鼻子嗅到的气息,是唇齿之间的摩擦,是牙龈挤压的快感;徽菜是一种文化,是徽州文化的一部分,徽州文化渊博而正大,重中庸而讲仁,徽菜同样也味正平和,有味使之出,无味使之入,异味使之去,味极取之中,从风格上是一致的;徽菜是一种传统,是一种延续,如果这块土地有什么东西至今依旧的话,那么菜肴是超过建筑和文化之外的首选,你可想象的是,至今徽州人面前的一盘菜肴,也许跟一千年以前的徽州人面前的菜肴一模一样,散发着同样的味道。徽菜更是血液里残存的记忆,它不仅是徽州人的肠胃习惯,是眼睛所感到的色与相,是味蕾的怀念与想象,是细胞的舞蹈与飞翔,是人本身对自然的怀念,而且是每个人与土地与自然的肌肤相亲……没有一种历史记忆,能如此完整地保存和延续下来,矢志不渝,难以改变。相对于人的思想和记忆,味觉是最不理性的一种东西,它不受人自身的控制,反而能控制人本身,这一点就像神机莫测的命运。一个人与地域饮食的关系,就像与生俱来的捆绑,就像前世与今生的命运,或者上帝对人的主宰。没有谁会有意识地去对抗,在它面前,所能保持的姿态只有臣服、遵从和怀念。

烹饪是道,它的后面是"神"。徽菜不是恩赐,它就是徽州本身,是上天神奇的"金手指"。

第一辑 菜味

徽州的年

徽州的雪是静谧的,它总是悄无声息地到来——进入深秋之后,往往上午还是阳光灿烂,中午天便突然阴下来,然后,就开始飘雪了。先是如细细的绒毛一样,之后便如纸屑,最后,便成了鹅毛大雪。大雪有时候一下就是三天三夜,雪淹没了路,封了山,让徽州的每一个村落都成了独立的童话王国。龟缩在老房子的天井里看雪,那可真叫一个苍茫啊——仿佛全世界的雪,都会从这个入口中落下来,填满整个屋子。好在那些雪花进了屋子之后,在触及冰冷的花岗岩之后,有的便融化了,有的则堆积得老高。在很多时候,雪让徽州的一切变得至简,成为只有黑白色的世界。冬天简化了徽州的颜色,将徽州的五彩斑斓幻变成深褐色,而雪,又让深褐色变成了彻底的黑。除了白就是黑,这样的感觉至纯至简,如新安画派的笔法,如黄宾虹的画,也如刀刻出的版画。

雪天里格外受到垂青的,是火。凡有火的地方,皆有温暖;有温暖的地方,皆有人群。一直到现在,徽州乡野里仍留存着很多传统的取暖工具:火桶、火箕、火篮……火篮是可以随身带的,外面是精致的竹编,里面是铁皮做的盛火的"碗",炭火上是一层浅浅的灰。我小时候就是带着这样的火篮上学的,现在的徽州山里孩子仍是这样,做作业的时候放在脚下,听课的时候,便拿上来烘烘手。闲暇了,还可以摸出点黄豆和花生,放在"百雀灵"的空铁盒中,埋进炭火里。过一段时间后打开,那花生和黄豆真是一个香啊!能弥漫在整个糊着塑料膜的教室,弄得老师和学生一个个心神不定心猿意马。

  雪来了,年就来了。伴随年来的,是一系列年货的准备。割糖,也就是做糖点,是每家每户必备的。糖点的种类挺多,有炒米糖、花生糖、芝麻糖、稻花糖等。我们家通常是母亲将做糖的原料冻米(由糯米蒸制而成)、花生、芝麻、白糖等准备好,然后由父亲挑到做糖的人家,称一称,排上队,然后交上加工费。年前割糖人家往往是通宵达旦替人加工,炒花生的炒花生,轧糖的轧糖。这当中最有意思的工序就是熬糖稀了——用一口很大的锅将白糖什么的倒进去,然后咕咕嘟嘟地熬成稠稠的糖稀,又加入干桂花什么的。糖作坊里诱惑地散发着一种甜香味,悠悠扬扬地飘得很远,仿佛从古老岁月一直延续到未来似的。炒米糖、芝麻糖什么的做完之后,一般是先晾干,然后整齐地放在特制的铁皮箱中,盖严实,不走气。这样,不仅是整个春节期间的零食和点心都准备好了,而且徽州人甚至连整个春夏都把这个当作最重要的零食了。

徽州年货中还有特色的是腊八豆腐。腊八豆腐的制作很有意思,在老豆腐上直接抹上盐,然后放在太阳下暴晒。一直晒到豆腐至少缩小一半,也变得黑黑硬硬为止。腊八豆腐这时候的感觉有点像豆干,但比豆干更天然,口味也更好。干了的腊八豆腐用水泡软之后,用刀切成丝,跟火腿丝、香菇丝、木耳丝放在一起炒,那是绝味。年糕也是家家户户必备的冬令粮食——先将糯米蒸熟后,放在石具中打成稀烂,然后用各种各样的楠木模具做成型。这个模具本身就是艺术,上面精细地刻着各种各样的图案,有"福禄寿"的字样,有戏文图案,属于"徽州三雕"中的木雕。在模具上刻上图案后,放在蒸笼里,下面加上柴根烧,因为柴根烧起来火旺,蒸年糕与煮粽子一样,需要大火和烈火。对于年糕,从小到大我一直不感兴趣,徽州的年糕太糯,在我的感觉里,它不仅粘我的上下牙齿,似乎连眼皮也无形粘上了,我一吃年糕就变得昏昏欲睡。除了腊八豆腐、年糕什么的之外,徽州人的圆子和五香茶叶蛋什么的,也颇有特色:徽州曾经殷富,尽管后来破落,不过贵族气犹存,徽州人家端出来的基本都是肉圆子,很少像江淮之间流行糯米圆子、藕圆子之类。那样的圆子,让徽州人十分瞧不上呢!哪有圆子如此假冒伪劣的呢?圆圆满满,非得货真价实才是!至于五香茶叶蛋,似乎是老人煮起来才好吃,一凭耐心,二凭寂寞,三凭工夫——老宅微暗的火光之中,一坛茶叶蛋能煮个三天三夜,幽影般的老人伫立在炭火边上,安静肃穆,像魔法师一样神秘幽远,仿佛能将岁月的味道和人生的惆怅一并填了进去。印象至深的是我外婆煮的茶叶蛋,剥开后放入口中,鲜美生动得能直接激起肠胃的欲望,像足球一样快速滚进球门。我童年时不知控制,有一次硬是吃这样的五香蛋吃伤,夜晚发烧,竟大声嚷道:"刘少奇来了!"我那时尚小,对于刘少奇根本也不了解,可能是"文革"中高音喇叭灌输的影响。

徽菜是中国历史上的八大菜系之一,以重油、重色、重火功为特色。不过,我觉得徽菜最适合的,就是冬天吃了,尤其是下雪天吃:陈年火腿煨冬笋,那是冬天的绝唱,像交响乐的第三乐章,高潮时的"云蒸霞蔚";炒三冬,将冬笋、冬菇、冬木耳放在一起,像是田园风格的奏鸣曲;至于当家菜炭火煨鸡汤,则带点中国戏剧意味,就像是"贵妃出浴"的粗俗版——肥硕的母鸡就是杨贵妃,淹没在金黄的汤池里,上面漂一层金灿灿的黄油,就像是洗浴的菊花瓣。喝鸡汤之前,用筷子头掀开油皮,就像掀开贵妃的浴巾,有一种腾云驾雾的感觉。想吃野味怎么办?很简单,雪天里到处都是仓皇的野兔们。带上猎枪更好,如果没有猎枪,邀些人在山坡的雪地里围个圈,突发一声大喊,野兔们便吓得没命地跑。野兔腿脚前短后长,擅长爬山,上坡是跑不过它的,要顺着山往下撵。一撵,野兔急了就抱着头石头一般往下滚,然后摔得头晕目眩,只要对着它脑袋来上一棒就可以拎回家剥皮烹饪。烧野味最好是用咸菜,用咸菜红烧野兔,那叫一个香啊,能让天上的灶王爷流下口水。当然,要说堂皇壮观的徽菜,肯定数"胡适一品锅"了。这是真正的徽州火锅,只是因为名人胡适爱吃,所以就以"胡适"命名了。火锅不是一般的锅,而是又大又深的生铁锅,下面放着炭炉。铁锅底最下面铺一层干豇豆;再上面,是泡得很嫩的干毛竹笋;然后,是一层又一层——一层豆腐果、一层蛋饺、一层冬笋……而最上面,是一层五花肉以及肉圆子。"一品锅"的层次,可以酌情而定,一般是七层,有的甚至一直可以放到十八层。等到生铁锅文火煨三四个小时香气四溢之后,连炉子带锅一并端上来。然后,搓着手掌掀开重重的木头锅盖,只见雾霭重重金花四溢——这是十八层地狱吗?不,这是十八层美食天堂!

雪中的徽州就是这样富有生趣。当然,让人眼睛一亮的是春联,红色映衬中,都是一笔好字啊!徽州上千年的古风,都在这一笔春联字上了。这哪里是春联,分明就是书法大赛,是魏碑、柳体、欧体、王体、米体、赵体、苏体、黄体联展。远看近看,上看下看,那些春联都隐隐地有着五个字——无梦到徽州。

不可食无竹

苏东坡说过一句脍炙人口的话:"宁可食无肉,不可居无竹。"我不知这句话的背景。我倒是觉得"宁可食无肉,不可食无竹"。这个"竹",不是"大竹子",而是"小竹子",也就是"竹笋"。在我看来,天下最好吃的,就是竹笋了,并且,以我个人的观点来看,要数皖南的笋最好——我在云南吃过笋,应该是凤尾竹之类的笋,味道比较淡,清香气不够。我也吃过武夷山的笋,同样觉得味道要弱一些。笋的味道,其实就是土地的味道,我觉得皖南的笋好,可能是因为我对皖南比较亲切,笋直接携带的地气,正好对应了我骨子里的气味。

我吃笋子如熊猫吃竹一样,一年四季。春天,春笋只要一上市,我就会挑那些大毛竹笋子尝新鲜。大毛竹笋一般都是煨,也就是炖汤,先将陈年火腿煨得七八成熟了,然后放入笋块,再煨上个把小时,煨出来的汤,如奶一样白白的,吃起来有一股自然的清香。大毛竹笋块煨汤最佳,炒肉丝和红烧也算是不错,其中用土猪肉红烧起来更好,不过最好要放大片的肥肉,否则吃多了容易闹心。春天的毛竹笋有一些涩味,吃前最好用开水焯一下。不过就笋而言,毛竹笋实在算不了上品,味道好的,都是野笋,像雷竹笋、剑竹笋、水竹笋等。在皖南山区,野笋一般要4月以后才破土,拇指粗的麻壳笋嫩且鲜,炒、烧、炖都是上品,尤其是竹笋炒咸肉或者火腿,可谓是上品中的上品——将火腿或咸肉切成丝,半瘦半肥,放在铁锅里用姜丝爆炒,倒入黄酒,再倒入拍扁了的野笋,放入点干辣椒,盛起来,色香味俱全,可谓是绝佳的山野之灵。

吃鲜笋的时间毕竟是短的,天气稍热之后,地里的笋就长成竹子了,必须将笋拔出剥开烤晒一番,做成笋干。笋干一般都是先用水煮熟,然后,放在炭火上烤或者放在阳光下晒。当然,最好的办法是将笋放在铁锅里焙,要两面经常翻来翻去,慢慢焙去水分——因为这样的制作方式跟炒茶相似,所以制作出来的干笋也叫作"茶笋"。用炭火铁锅焙出来的"茶笋",味道要比晒出来的笋鲜美得多,一烧味道都能出来,不仅香,甚至还带有一点甜味。皖南的笋干一般分为两种:一种是大片的毛竹笋干,吃之前最好用淘米水煮开,浸泡几天直到松软之后,切成丝或者切成片——笋丝可用来炒肉丝,笋片加以五花肉红烧。红烧笋干,是皖南山区的一道家常菜肴,至于炒野笋丝,冬天里会炒上一大盆,有菜无菜时都会夹一些出来下饭。逢到炒或烧时,仍是把它们放在锅里用水煮开,然后,等浸泡软了,再去掉一些老根,最好是将笋干撕开,撕成细细的笋丝。相比较而言,野笋的味道要更好一些。野笋丝炒肉,或者只是用来炒辣椒,味道和口感都非常好,也嫩。野笋炒肉丝还能做盖浇面的浇头,先将面入锅,做好汤,将面捞出后装入碗中,再放入浇头,这就是地道的"徽面"。徽面非常有名,当年在上海,徽面馆常常座无虚席。这种干笋肉丝与面条夹在一起,加以浓汤酱油,口感舒服,吃得不小心,会把舌头也一起吞下去。

以上都是笋干,还有一种保存笋子的办法,就是用分量很重的盐水煮过后晒干。这就是咸笋了。咸笋的特色在于可以保鲜,笋子的嫩鲜感还在。咸笋泡过以后,撕成丝,夏天炒辣椒是一道比较爽口的菜。此外,它的主要用途就是做汤:吃之前将笋泡一下,泡尽里面的盐,然后撕成细细的丝,切成段,放入锅中,加入西红柿,然后将蛋花打入,盛出时,撒点小葱在上面。这样的鸡蛋汤红、黄、绿色都有了,味道也非常鲜美。当然,最好的是咸笋做配料煨老鸭汤。将适量的咸笋跟老鸭放在砂锅里一起炖,等到老鸭烂了,鸭的味道和笋的味道全都进入汤中。当然,咸笋也可以用来炖老母鸡汤。笋不像香菇,它绝不做喧宾夺主的事,甘当配角,锦上添花。与咸笋在一起,鸡和鸭会变得很"幸福",最后出来的汤更鲜美,浓郁的油香的主旋律中,又有一丝山野的清气相伴,好似大提琴声中隐约有些长笛的袅娜。

夏天的时候笋子都长得高高大大成为竹子了,这时候只能吃干笋、咸笋,鲜笋是吃不到了。不过,这时候皖南的山野里却有一盘上等的好菜,那就是笋鞭煨火腿:将那些深埋在地下的竹根也叫"笋鞭"挖出,寻那些嫩尖子用刀割下,洗净之后加火腿用文火慢煨。这种吃法,似乎有些残酷了,很容易损伤竹子。比较起冬笋和春笋,笋鞭很难得,但它稍嫌老,只有尖可以咽下,其他的地方嚼起来会很困难。不过,对于"食笋族"来说,燥热无比的夏日,能喝一口鲜美清新的笋鞭汤,物以稀为贵,算是"穷凶极恶"过"笋瘾"吧。

霜降之后,在皖南的山区里,就可以挖冬笋了。明代小品大家张大复说:"冻笋出土中,味醇而滑,肥而不淬,盖所谓纯气之守也。"这是说冬笋好吃,有纯气。我30多岁以前生活在皖南,吃的是皖南的冬笋,后来生活在合肥,吃的大多是皖西的冬笋。我发现皖南的冬笋比皖西的冬笋要高一个档次。可能是土质的原因吧,皖南的土壤是以红黄沙土为主,因而产的冬笋比皖西的更加鲜嫩。尤其是歙县问政山的冬笋,呈象牙色,嫩得从手中跌下地,会摔成几瓣。这就是真嫩了。也难怪问政山笋甲天下,当年成为朝廷的贡品。徽商在江浙一带经商,嗜食此笋,每年开春都要家人挖笋送去。徽商吃笋心急,打招呼让人将笋切块与火腿同时放入砂锅,在船上加入猪油用炭炉火清炖,昼夜兼程,船至笋熟,打开砂锅迫不及待即吃,这一口的滋味,会吃得眼泪都流下来。冬天最佳菜肴是冬笋煨陈年火腿:用陈年火腿煨冬笋,可以降服笋子的涩和青,汤汁也好看,金黄金黄的,一掀盖,芳香扑鼻。如果在楼上煨这一道菜,芳香会飘到楼前屋后,数十米外的邻居都会

"惦记"。陈年火腿就像一个中年男子,物老成精,人老成妖,冬笋跟陈年火腿在一起,颇有点"老夫少妻"的如胶似漆,那一份浓情和服帖,全在谦和和包容中,这一点鲜肉根本比不上,鲜肉只是个后生,根本降服不了冬笋。跟冬笋一样好吃的,还有雷笋,雷笋本来是春天打雷时破土的,但现在运用竹叶覆盖技术,使得雷笋春节前即可上市。雷笋经人工催熟,味道稍淡,根部较长,但总体上味道也不错。雷笋煨火腿也可,可最适宜雷笋的,还是"油焖":用瘦肉末加入上好酱油,加入点白糖,焖上锅盖烧上一会,然后加入零星雪菜翻炒后装盘,是一道很不错的冬季菜肴。

笋不仅有"色、香、味",更诱人的,还有"形"——笋如美女,一袭青衣,亭亭玉立。细细的野笋似青春靓丽的少女,漫山遍野随处可闻欢歌笑语;毛竹笋似少妇般富有风韵,举手投足落落大方。手剥笋衣也是一种享受,像是在给美女宽衣解带,最后露出漂亮的胴体:白白的,嫩嫩的,性感绰约,不由得流着口水,恨不得囫囵吞下去。

采蕨南山下

童年时记忆犹新的是有一次跟着父母去华坦乡马家的山上采蕨。那是深山里的一座山峦,风景不错,植被也很好,更令人欣喜的是山上的蕨菜真多,仿佛身体的前后左右,除了蕨菜还是蕨菜,你只要左手一把右手一把地抓就成了。若干年后,读《诗经·采薇》中"采薇采薇,薇亦刚止",就有这样的感觉。《诗经》中的"薇"是北方的野菜,显然不是蕨菜,可能是指豌豆苗之类的,比起蕨菜要逊色不少。那一次,我们从上午采到傍晚,兴奋得连中饭都不想吃了。我们一共采了好几大竹篮蕨菜,装了一麻袋扛回家。回家后就有事干了,烧了一锅一锅的开水,然后将蕨菜放进大铁锅里焯一下,留一小部分炒着现吃,一大部分放在簸箕里晒干。

在那个饥饿的年代里,春天里徽州的人们会因为有蕨菜和春笋变得容光焕发。对于我的童年来说,采蕨与拔笋,仿佛是春天里必须上演的两个固定节目,那是非得要进行的。如果哪一年没有这样的经历,就如同春天没到来似的。它不单单是尝鲜的需要,更是零距离接触大自然,甚至是某种心理的暗示。采蕨的最佳时节是清明前后,最佳天气是雨后初晴,最佳地点是那些靠着水边的丘陵,最佳伴侣自然是一个清秀、伶俐、娇憨的少女。在这情境下,你缓缓地迈动着步伐,满目绿色之下,只要稍稍留神,就可见从土里探出的蕨菜头,羞羞赧赧地露出来。这时候你需要淡定,用食指和中指夹住后掐断,然后装进篮筐即可。一段时间后,如果你觉得有些乏有些困了,便可以席地坐在草地上,随处一瞄周围的情景,你就会发现,眼前这座叫得出或者叫不出名字的山别有一番滋味。晴空中有鸟飞过,万物俱寂,无论是树木花草还是动物,都会以一种脉脉的目光看着你,不只含情,更是慈悲。一切都是新绿,都是别意,有一种清新的味道弥漫于身前身后,那种只有春天才有的气息会悠悠地钻入你的身体乃至你的灵魂。这时候你会感到你就是陶渊明或者王维。王维吟诵的"行到水穷处,坐看云起时",你可能还没有感觉,但是你真能找到陶渊明的"采菊东篱下,悠然见南山"的乐趣。对于你来说,只不过这里不是"菊",而是"蕨",是"采蕨东篱下,悠然见南山"。

有一段时间,我在宣城工作。每到春天,我也会尽量利用周末的时间,带一家人到附近的敬亭山下去采蕨菜。那个时候,正好是敬亭山的梨园开花的时候,大片大片的梨花如雪一样开放;在密林的间夹处,还有映山红的花团锦簇。我们一般会选择一块松林之处采蕨，山峰斜阳，绿叶暖风，我们采得一把又一把的蕨。采得乏了之后，我们会找一块平地铺上塑料布，一边吃着带来的干粮，一边欣赏着敬亭山的风景。在宣城待了八年，几乎每一个春天，我和家人都会选择在敬亭山度过几日美好的春光。

　　吃蕨得先焯水，然后放入大蒜，用肥瘦相间的咸肉或者火腿丝爆炒，这是最佳选择。像蕨这样富有山野气息、有着浓烈地气的野菜，一般来说，配咸肉或者火腿，方能降服它的桀骜之气，催出它的三昧。如果在起锅时放上点韭菜或者蒜叶，增添点蕨菜的芬芳就更好。除清香味外，蕨的好，还在于它那种轻微的苦涩，苦与涩，无论是物还是人，都是极纯粹才具有的。有着涩味的植物一般来自山野；有着羞涩气味的人，一般都是处子，或者是一个青涩少年。

　　我们寻常所吃的，是山蕨菜。山蕨菜很多地方都有，不过以我的感觉，皖南的蕨菜似乎要比皖西的味道好，纤维也细致滑嫩一些，这可能跟土质、气温和生长期有关。皖南的蕨菜一般都粗粗短短的，不像皖西的蕨菜，瘦硬瘦硬的多一些。除了寻常的山蕨菜，还有一种长在水边的水蕨菜，颜色要绿一些，也要细一些。水蕨菜比山蕨菜味道重，吃起来也比较涩，一定得放咸肉或火腿才能降服它的苦味和涩味。水蕨菜吃惯了也好吃，如水芹菜，有一种独特的香味。还有一种是虎皮蕨，比一般的蕨菜粗，多茸毛，据说营养价值比一般蕨菜高得多。虎皮蕨一般不太好找，多长在荆棘的边上，因为看起来"毛毛"生威，所以当地居民倒是吃得少了。

蕨菜好吃,就是季节太短,一般是从 3 月中旬吃到 5 月下旬。不过也没关系,蕨菜晒干后更别有一番味道。干蕨菜得先放在水里煮开,等全部泡发后,搭配烧五花肉是一个不错的选择,或者也可以直接放点猪油炒青辣椒。青辣椒、干蕨菜和拍碎了的蒜瓣炒在一块,黑中带绿又有白,不仅装盘好看,吃起来也清香。有一年,我在婺源采风,进入一个老房子,看见天井的竹匾中晒着细细的干蕨菜,抓一把放在鼻下闻,觉得芳香袭人。在我央求下,老太太将蕨菜卖给了我。我捧着这个宝贝带回家后,兴冲冲将它泡水发开,不加肉丝,就放大蒜、辣椒炒,吃起来细嫩无比、口齿留香。那是我一辈子当中吃的最好吃的干蕨菜。只是这样的干蕨菜现今已是难觅了,现在市场上所见的干蕨菜都是人工养殖后的产品,凡是人工痕迹重的东西,就很难有那种直入肺腑的真味了。

蕨真是一个好东西,不仅仅是好吃,吃起来富有诗意,还仿佛有濯洗的功能,可以清洗人类在现代社会染上的浊气——只有那种最古老的植物,才带着上古以来的清新气息。这种气息,连空气中也藏匿不住,只能藏匿在诸如蕨这样最古老的植物之中。我小时候一再听到这样的说法:日本会经常从中国进口蕨菜,因为蕨菜不仅可口,而且有抗癌、治癌、防癌的功效。这个传言不知真假,不过以蕨菜的天然和绿色,是一个好东西那肯定是毋庸置疑的。你想想蕨的生长史吧,在人类还没有胚胎的时候,蕨就确切地存在了。这是一种经历过数亿年的植物,它的体内,有数亿年的生命能量。

写到这里,正好去参加金满楼"春天最好吃的十道菜"活动,推荐的十道菜中,正好有一道是蕨菜炒鱿鱼丝。以蕨菜来炒鱿鱼丝,或者炒银鱼,都不失为创新。只可惜的是这一道菜油放得太少,吃起来稍嫌苦涩。山里生长的东西都极耗油,只有大油伺候,山珍方能绚丽灿烂。就像极雅的东西,配一点俗物也无伤大雅;就像呷猴魁啃猪手,看起来风马牛,其实就肠胃来说,倒真是金风玉露的相逢。

徽州的鲜

徽菜以烹饪山珍为主,至于"鲜",也就是河鲜,大多隐藏在山珍之后作为帮衬。仔细琢磨下,其实徽州的"鲜",也是值得书写一番的。

现在徽州"鲜"里最有名气的是臭鳜鱼。关于臭鳜鱼的出处,是退隐徽州的富商大贾想吃长江里的鳜鱼,便让人去江边买来挑回。因为路途遥远,鳜鱼又属离水即死的野鱼,所以每每鳜鱼到了徽州后都发臭变腐了。可即使发臭变腐了,徽州人也不舍得扔掉,便以重色重油重味烹饪,没想到烹饪出来的鳜鱼别有一番风味。于是,臭鳜鱼这一道菜应运而生。臭鳜鱼的好,在于鱼肉紧实口感好,还在于鳜鱼经腌过后,味道变得格外鲜,还隐约透着一股木桶的香气。这当中的原因可能在于微生物,很多东西霉变之后,仿佛脱胎换骨,变得格外鲜美,比如黄酒,比如酱油,等等。臭鳜鱼应该有着同样道理。这样一来,盛夏之中往徽州挑鱼便变得无所顾忌了,那些挑夫喜欢用木质水桶挑鱼,放一层鳜鱼,码一层盐,然后在赤日炎炎下上路。到徽州正好三四天时间,鲜鳜鱼变成了臭鳜鱼,正好让那些老饕解馋了。后来,人们开始尝试做臭鳜鱼,方法有二:一是用水法腌制,方法是将鳜鱼一层层放于木桶中,按"斤水钱盐",也即一斤水一钱盐的比例倒入配制好的淡盐水,以将鱼完全浸没为度,上面再压一些石块,每天将桶中的鱼翻动一次。冬天,需浸上二十天到一个月;夏天,浸五六天即可出桶。二是将粗盐拌花椒炒熟后,擦抹每条鱼的鱼身和两鳃,上面再压一些石块,每天将鱼翻动一次,腌制时间同样是冬长夏短。无论是水腌或干腌,都以出桶的鱼鳃色变红,鱼鳞未脱为标准。至于臭鳜鱼的烧制方式,跟烧其他鱼并无太大区别。

凡水好处,皆有好鱼。徽州的水好,的确是其他地方难以望其项背的。水至清则无鱼,这是说清水中鱼难长,但长出来的,必定肉嫩味美。徽州的河流中,一般都有大大小小的石头,这些石头的下面,通常都躲藏着甲鱼,因为水质清澈,流速也快,河流中的甲鱼很难长得很大,通常只能长到碗口或马蹄般大小。我小时候知道县里的三溪乡有一个人异常会抓老鳖——家里来客人了,他先是招呼客人坐下,泡上茶,然后便提着一根小铁叉去河滩抓老鳖去了。他的方法很简单,沿着河水浅处的沙滩往上走,若见到细沙地里有两处向外冒着水泡,咕咕嘟嘟的,那便是老鳖了——老鳖狡猾地把自己埋在沙里,两个鼻孔却向外透着气。他便从容走过去,用铁叉对着冒气的地方叉下,或者干脆不用铁叉,只用两个手指死死摁住,扳过来,便见到肉嘟嘟的白肚皮了。也不多抓,提着一两只甲鱼回来招待客人就行。徽州有一道著名的菜肴,叫"清炖马蹄鳖",用的就是产自清水河的甲鱼,这甲鱼大小似马蹄,腹底无淤泥,剖开无积油,肉厚香浓无腥味,长得也秀秀气气的,远胜那些产自池塘的丑家伙。具体烹饪法:用鸡汤做佐汤,用砂锅盛装,将甲鱼放入其中,再加入带骨头的火腿肉,先用大火烧开,然后小火煨个把小时。值得一提的是,这一道清炖马蹄鳖除了加入少量的姜、葱、黄酒、盐,以及少量冰糖提鲜,不放任何佐料。这样的鲜,是一种上等的原汁原味,不带任何人工修饰,带有自然和山水的灵性和真味的。

徽州甲鱼好吃,徽州山涧溪流里的石鸡比甲鱼还好吃。石鸡不是鸡也不是鱼,是一种蛙类,体型较牛蛙小,跟青蛙差不多,只是表皮颜色较深,呈深褐色,嘴巴也较青蛙和牛蛙尖,呈三角形。因为长在山涧的冷水之中,吃虫和小鱼小虾长大,所以石鸡的味道比青蛙更细嫩鲜美。逮石鸡一般是在夏天的夜晚,赤着脚穿着草鞋,背着竹篓,一手执长柄的丝编网罩,一手执强光手电筒,顺着山涧涉水而上。夏夜的月色之下,石鸡喜欢伏在山涧的石头上纳凉,见到强光射来,往往会伏身一动不动。你只要蹑手蹑脚上前,尽量不发出大响动,用手或者网罩将它捉住即可。当然,如果涉水的声音过大,电筒偏移了目标,石鸡也会恍过神来扑通一声弹进水里。我老家的好朋友朱先明就是逮石鸡的高手。那些年的夏天,他隔三岔五就去大山深处的山涧之中捉石鸡。在他看来,捉石鸡与其说是技术,不如说是考验胆量。试想,独自一人半夜三更进入大山深处,跋山涉水,那真是,非得胆量过人才行。捉石鸡最要紧的是防蛇,石鸡与蛇是好"基友",很多石鸡都跟蛇住在一个洞穴里,捉石鸡时,一定要警惕蛇的突然袭击。朱先明真是捉石鸡的高手,他一般一晚可以捉个三五斤,有时候还能更多。当然,这都是很多年前的事了,现在的石鸡越来越少,即使是最热的夏天,夜晚出来晒月光的石鸡也所剩无几了。现在很多石鸡都是养殖的,不过即使是养殖的,味道也比牛蛙之类的好很多。石鸡可以清蒸,可以红烧,也可以加入几片火腿炖汤。石鸡就是典型的怎么烧都好吃的东西,肉吃起来又鲜又嫩,纤维很细,并且有弹性,骨节呈白色的球状。烧石鸡千万不要加乱七八糟的佐料,佐以姜两片、蒜若干、外加火腿两片、黄酒一樽,锅中爆炒一下即可。好的食材,一般不需要加高汤或者其他佐料,否则纯属暴殄天物。李渔曾说:"从来至美之物,皆利于孤行。"就是这个意思。

徽州山涧和小溪中还有一种石斑鱼,味道也极鲜美。这种鱼不大,只有食指般粗细长短,身体两边各有几道褐色的斑纹。石斑鱼浮沉于山涧的沙石中,饮着矿泉水,吃着浮游生物,生长缓慢。石斑鱼无论是红烧、清蒸、油炸还是做汤,都不失为一道佳肴。夏日的午后,纳凉于院落的大樟树之下,伴着头顶上的蝉鸣,如果来上一盘红烧石斑鱼,呷上二两白酒,慢慢地剔着骨头,细细地咂摸品味,回忆着陈年往事,那真是神仙般的生活。除了石斑鱼,徽州的小河小溪里还有一些好吃的鱼,比如说柳条鱼,又比如鲳鱼等。以前徽州的鲫鱼,一般都是半斤以下,很少有现在菜市经常买到的那种一斤甚至一斤多的鲫鱼。现在的鲫鱼哪里像鲫鱼,都越来越像鲤鱼了。我们少年时都把鲫鱼叫作"鲫鱼壳",可能是指鲫鱼只是一个架子,味鲜但肉少。不过,清水的鲫鱼颜色白,味美肉嫩,虽然刺多肉少,也不失为一道鲜味。鲫鱼的吃法有很多,常将小鲫鱼用葱、姜、盐、醋、酱稍腌下,下油锅炸酥,晾凉后连刺带肉一起嚼,是一道下酒的好菜。小鲫鱼煨汤,也是常见的吃法:先将小鲫鱼两边煎黄,加入水和盐,稍稍放点猪油,或者放入点萝卜丝进去,煨出的汤奶白奶白的,最后撒上点葱花,算是荤汤中的上品。俗话说:冬鲫夏鲤,意思是冬天要吃鲫鱼,夏天要吃鲤鱼。这是有道理的,冬天的鲫鱼肉紧,尤其是脊背一带的肉,厚实有形,筷子一夹成块状,口感非常好。至于"夏鲤",是指夏初的鲤鱼正值产卵期,体内积蓄了很多营养成分,身体肥硕而结实,肉的味道也鲜美,其中以婺源当地产的荷包红鲤鱼最为著名。这种鱼色泽鲜红、头小尾短、身高体宽、腹圆肥厚,形似荷包。婺源有一道名菜,叫"清焖荷包鲤",具体做法很简单:用重一公斤左右的荷包红鲤鱼一尾,留鳞剖腹洗净后,两侧切柳叶花刀,用盐润身,加荤油、米酒、姜片少许,放香菇几朵,在锅中焖,焖熟后起锅,加葱花上席。这种不烧不熘不烤而以焖的方式来烹制,的确很是别致。清焖后的荷包鲤鱼色红醇香、肉嫩汤鲜,的确不同凡响。江河的各种鱼虾都是不一样的,做河鲜,最不能大蒸大煮,而是要根据各自的特点"量身打造",把它们的鲜味慢慢调出来。要不怎么说"治大国如烹小鲜"呢？必得顺其自然,才能寻到烹鲜正道。

徽州的鲜美还有冷水鱼。所谓"冷水鱼",就是生长在冷水中的鱼,指的是长年长在山涧溪水、河流深潭中的鱼。这些鱼冬吃雪花夏饮冰泉,不知有汉无论魏晋,是那种特别能耐得住饥饿和寂寞,因而是生命力极其旺盛的鱼。当然,纯粹的冷水野生大鱼现在已很少了,现在新安江的源头六股尖一带,有人以源头的溪水导入,掘深潭放入鱼苗养殖。由于这地方的水温长年在10℃以下,有的甚至达到5℃左右,生长在如此冷水中的鱼,长得特别缓慢。据说冷水鱼一年只能长到半斤左右,只是一般鱼生长的三分之一;鱼的特征也明显:脊背漆黑,游起水来安静有力,像潜水艇沉浮于水中。水至清,鱼又长得慢,可以想象冷水鱼味道的鲜美了。冷水鱼下锅之后,肉呈黑灰色,吃起来肉之中有大量胶质,细腻腴滑有嚼劲,香味极其浓郁;若是煮汤,鱼肉爽嫩润口,汤汁也呈奶白色,稍沾舌尖,便觉得口齿芬芳,腋下生风,手臂仿佛要变成翅膀。

有人说冷水鱼吃多了,不用学就会游泳,而且游得飞快。我喜欢这样的玩笑话:幽默、风趣、乐观,又有想象力。

徽州的小鲜

隐居在徽州西溪南古村落的"西溪南居士"前两天发了一则微博,秀了他炒的一盘螺蛳。那螺蛳小小巧巧,壳薄而金黄,用葱、蒜、姜、红辣椒一衬托,非常漂亮。我看得差点将口水落下,一下子沉浸于对徽州小鲜的思念中去了。

徽州的河流里也生长一些小河虾。与长江一带的虾不一样,徽州的河虾一般呈褐色,壳稍硬,下锅后的颜色会变得血红。徽州虾的特点不是嫩,而是鲜,一盘虾会让人鲜得不知猴年马月。徽州虾最上品的吃法,是吃醉虾。因为徽州河流的水好,水质接近矿泉水,以矿泉水所养的虾,完全可以想象出它的味道了。在透明的器皿中放入葱、蒜、姜,放入黄酒和醋,再倒入一杯上好的高度白酒,最后倾入活虾。一刹那间,器皿中上映的,是百分百的最后疯狂,仿佛世界末日大灾难到来似的。除醉虾外,春天里的虾炒韭菜,以及虾子酱之类的,也不失为徽州的一道好菜。徽州人还喜欢将虾米放在豆腐干之中,不仅能增鲜,还可以丰富口感,增添牙齿的欢乐。

徽州的小鲜还有蚬子、河蚌、螺蛳这些东西,不过以前的河蚌主要是用来喂鸭子的。夏天里,人们去河边或者水田里去踩蚌,踩着踩着,就会碰到硬硬的东西,好的蚌是鼓起的那一头向上,坏的蚌则是锋利的那一头在外,异常硌脚。逢到好蚌时,只要弯下腰或者潜水下去,就能捞出大大的蚌。河蚌做菜,是近年的事,用河蚌里挑出来的肉,炒青辣椒,是一道口感极好的菜;并且,用河蚌肉煨火腿,也能熬出极鲜美的浓汤。"腥"与"鲜",一般都是二位一体的,"腥"的东西转化得好,就变成了"鲜";"鲜"的基础,一般都是"腥",像螃蟹,就是最好的证明——哪有东西比螃蟹更腥呢?又哪有东西比螃蟹更鲜呢?河蚌煨汤,最重要的是去腥,多放姜,多放黄酒,多放醋,最后放入点菜薹或者鸡毛菜,临上桌时再撒点白胡椒粉。如此这般的浓汤,味道是带点微辣的鲜,颜色红、黄、绿交织,煞是漂亮。做河蚌,需谨记的是,一定要用木棒敲,不能用任何金属器具,用铁器敲出来的蚌肉,不仅煮不烂,而且味道很难闻。至于蚬子,徽州人似乎不常吃,不过蚬子用来炒韭菜,或是雪里蕻,也是下酒的好菜。类似的小鲜,一定得配味重或者猛辣的东西,去掉它的腥气,中和它的邪气,才能变得主流和讨喜。

徽州最具市井意味的鲜,要算是螺蛳了。新安江边的螺蛳由于水质好,不仅卫生,而且格外鲜美,这是很多污染之地生长的螺蛳所不能相比的。我从皖南来到合肥后,就不再敢吃螺蛳了,因为合肥一带的螺蛳大多长在泥地里,吃起来有一股浓重的泥腥气;除此之外,合肥周围包括巢湖的污染太严重,总让人不敢放心去吃。徽州的螺蛳很早就出名了,我曾在《上海滩野史》一书中看到:很多年前的上海徽菜馆也卖螺蛳,打出的广告竟然是"本店的螺蛳采自徽州"!这广告一打,上海滩的那些"老克勒"都纷至沓来了。这是什么时候的事?新中国成立前!

从立春到清明之前的一段时间,是吃螺蛳的最佳季节。徽州的螺蛳分为大田螺和小螺蛳,比较起长在泥地里带有土腥气的大田螺,小螺蛳更香更鲜口感更好。徽州的螺蛳大多是生在浅河水里,河水清澈见底,河床的沙地里,能捡到漂亮的鹅卵石,也能拾到拇指大的螺蛳。早春之时,水还有些凉,这时候只要脱下鞋,在浅水处随便走一走,只要半个小时,就可以拾到一小筐螺蛳。把鲜活的螺蛳养在清水里,滴几滴菜油,让它们吐尽泥沙,排净污秽,用钳子剪掉螺蛳尾巴,放清水里再洗一洗。将铁锅烧热,倒入菜油,加上姜、蒜、辣椒爆炒,等到香气扑鼻,再倒入螺蛳,加入黄酒,随便掷一两块糟头肉进锅里,这是为螺蛳增油的;再放入酱汁爆炒;三五分钟后螺蛳起锅,撒一些青绿绿的葱末在上面。这样,一碗乌光锃亮、香烫热辣的炒螺蛳便让人胃口大开了。吃螺蛳这件事,最具吸引力的环节是嘬,嘬既是技术又是艺术,食客们将嘴唇对着小小的螺蛳壳嗞嗞地嘬着,姿态有点像松鼠吃食,轻巧巧地不仅能嘬出弹牙的螺蛳肉,也能嘬出鲜浓的螺蛳原汁。虽说嘬螺蛳的样子不好看,发出的声音更不雅,但正是这上不了台面的"小动作",成就了食小鲜的偷着乐,以及市井生活的怡然自得。这是有生活况味的——既有心灵手巧的精明,也有志得意满的偷着乐。

除炒带壳的螺蛳外,春天的螺蛳肉炒韭菜也不失为一道美妙的菜:早春的头刀韭菜嫩而香,堪为一绝;早春的螺蛳嫩而软,同样堪为一绝。这两种分属荤素的细枝嫩芽,金风玉露一相逢,便胜却人间无数。头刀韭菜与螺蛳的"嫩鲜香",搭配在一起,颇有"绝代双骄"的意味,吃得满嘴早春二月的味道。清明之后,由于大螺蛳进入生育期,口感便不那么好了,吃着吃着,就会咬到一嘴的螺蛳壳。不过,盛夏到来后,又是吃螺蛳的时节了,徽州的人们尤其喜欢在这个季节里的夜晚就着啤酒吃着螺蛳,吃出特有的凉意和爽悦。现在的屯溪、歙县、休宁等地,春夏秋季节夜宵必上的,就是炒螺蛳了,就跟合肥人喜欢吃小龙虾一样。人们喝着啤酒,嘬着螺蛳,沐浴着新安江清凉的风,欣赏着两岸的美景。那样的惬意,既能踏实地接上地气,又有超凡脱俗的仙气。

好像徽州也有小龙虾。我童年的时候在徽州的农田里,有时候也能看见这种丑陋的虾。不过,当地人好像从来就不吃这个东西。以前的徽州人既不吃小龙虾,也不吃乌龟,更不吃知了、蚂蚱以及其他丑陋的东西。不吃就是不吃,徽州的山野和河渠中好吃的东西多着呢,干吗吃这么难看的东西?除习惯外,可能还有文化传统的关系,那时的徽州人原则和禁忌较多,有礼仪上的原则,有文化上的原则,也有饮食上的原则——徽州是程朱理学的故乡,在道德上"非礼勿视""非礼勿听",在饮食方面,自然也就"非礼勿吃"了。

火腿举起大王旗

中国习惯于以淮河分南北界,如果以饮食来区分,腌咸肉的为北方,腌火腿的为南方;吃咸肉的为北方,吃火腿的为南方。咸肉腿和火腿,代表了南北文化和习俗的某种风格。在我看来,火腿出现之前,南北的饮食不分伯仲,难说好坏;一旦火腿出现,南方的烹饪便举起了大王旗,南北饮食差距明显就拉开了一个档次。

火腿的起源,应该跟中国历史上最富庶的年代南宋有关:说是抗金名将宗泽有一次打败金兵后,宋钦宗赐他回家乡金华探亲。老家的百姓听说功臣回乡,自发送来很多猪腿肉以表慰问。宗泽想把这些鲜猪腿带回开封犒劳将士,便派人准备数只大船,把堆积如山的猪腿肉置入船舱,在肉上撒上大量盐和香料防腐。船只到达开封,在吃到这种经过处理的猪肉后,将士们欢呼雀跃,他们从未吃过如此美味的猪肉。消息传到宗泽的老家,金华一带的百姓开始有意识地腌制猪腿,火腿就这样诞生了,宗泽也被拜为腌制火腿的开山祖师。接着,火腿制作的技艺和习惯由金华扩散到附近的义乌、盘安、东阳,再扩散到杭州湾一带以及长江中下游地区。慢慢地,火腿堂而皇之地进入了菜谱,并成为其中的主力和干将。清朝袁枚所著《随园食单》,里面素菜荤烧的,十有八九都要放火腿,由此可见火腿的重要性。

徽州有做火腿的风俗。春天外墙上晒着的火腿,夏天屋内的阁楼上挂着的一排排火腿,一直算是徽州独特的景致。徽州的风俗和浙西南相近,徽州的火腿一点不比金华的差,只是大多自家享用,在外形上不如金华火腿那样考究精致,属于"下里巴人"罢了。徽州农村有"小雪腌菜,大雪腌肉"的说法,指立冬之后是腌菜和腌肉的时节。大寒来临,山坳里的人家杀猪准备过年之时,会选择猪的后腿,除去残毛、脂肪、污物等,将腿面稍稍修理,将粗盐、茴香、花椒等和在一起,用力搓揉猪腿的外部。火腿制作的关键在于发酵熟化:猪腿码上佐料之后,先放入大缸,缸底用木架间空,让大盐行卤后的汁水流到缸底,以免影响肉的品质,随后,在猪腿上压上大麻石。八到十周后,移出大麻石,给猪腿再加盐一次,分量要比第一次用盐减半;过十天,再进行一次补盐。至此,前期工作宣告结束。古法说:好的火腿得跟狗腿放一起腌,一层猪腿的上面码一层狗腿,可以保证狗腿能取到猪腿的油,猪腿能取到狗腿的香,缺遗补拾,各取所需。现在一些地方,的确有这样的做法。一个月后,当猪腿变得坚硬结实,颜色由暗红转为鲜红时,表明猪腿已腌好,火腿的雏形形成。此时,已春意盎然,人们会选择一个阳光灿烂的晴天,将腌猪腿一只只取出,放在大木盆中用河水或井水浸泡个把小时,轻轻抹去上面的盐卤杂质,悬挂在院落里的竹竿上。待晒到猪腿表皮干爽,毛孔收缩时,将火腿收进屋里,悬挂于室内通风良好的地方。徽派建筑室内空间大通风好,可谓是发酵过的火腿通风阴干的最佳场所,从四面八方来的山风穿堂而过,滋润着堂前高悬的火腿——冬天的冷风会使火腿中的水分迅速收干;春天的风会带来山野里青草、树木和花的气味,它们吹拂着火腿,将美妙的味道渗入火腿中;夏天,是火腿的躁动时期,火腿内部一直在发酵,外表不时渗出很多"汗",不过盐分和香料会阻止细菌生长,在它内部完成脱胎换骨的转化;秋风起时,火腿又会收干变得更坚实……如此两三个轮回,山野里的空气、阳光和风,让火腿中一半的脂肪消失得无影无踪,火腿每天在清风明月的滋润下,一点点幻变,一点点增味,就像一个传说,在岁月的口舌相传中变成不朽的童话。等到火腿的肉面逐渐长出绿、白、黑、黄的真菌时,发酵完成,一只真正的火腿便诞生了。一只火腿从生产到最终完成,至少得整整一年。当然,火腿最是陈年香,如果一只火腿能特立独行远离尘世高悬梁上超过三年,那么这一只火腿就会成"精"。火腿是一只猪的"圆满",也是岁月静好的象征。

　　徽州生产的火腿,一般呈蜡黄色,形如琵琶或竹叶,腿脚弯曲如鸭头,腿形笔直而饱满,皮薄骨细,肉质丰满。若要鉴别,可以将竹签分别插入火腿的上、中、下三个部位,拔出来嗅一嗅即可——好火腿闻起来有一股清纯的香味,若用舌头稍舔一下,会带点甜,不咸不淡,余味清醇。在徽州的山旮旯里面,经常有目不识丁的农妇,能腌得一手好火腿,切开后如红宝石一样鲜艳,有大理石般的肌理纹,吃起来醇厚细腻,甚至能将火腿切片蘸着黄酒生吃。有时候一不留神,还能在徽州人家中发现十多年的火腿,这哪里是火腿,分明就是宝贝,是和上了十年茅台酒一样稀罕的宝贝。

　　火腿可以做主菜,也可以做辅料;可以用来煨汤,也可以用来炒、烩、蒸。按部位,火腿由上至下可分别称为:火爪、火踵、上方、中方和滴油五部分。上方是火腿的主要部分,肌肉纤维均匀密致,肉质细腻,用来切片蒸吃最好;火踵就是蹄,适合整料炖;火爪和滴油,多是火腿皮和骨头,一般炖成高汤提味增香;至于中方,是火腿中最好的部位,有一道名菜叫作"蜜汁火方",就是用中方做的经典菜肴。将火腿精华中方切成方块,去掉肥肉和皮,横三刀竖四刀,切成十二等份的骨牌状,但不完全切断。将洗好的大干贝铺底,置汤碗中,加水、黄酒、冰糖反复蒸制数小时,中间分两遍去除汤水;同时将适量蜂蜜、冰糖按3∶7比例调匀后,上锅蒸;待火腿蒸至八成熟时,将备用的蜜汁浇上火腿,再蒸十分钟后出锅,佐以莲子、青梅、樱桃等勾芡,浇于中方之上——一道色香味俱全的"蜜汁火方"便做成了。这一道菜肴的特点是色彩艳丽、醇香扑鼻、入口酥烂、甜咸鲜美。火腿的美味,不仅倾倒了南方,也倾倒了北方——一辈子未跨过长江,在饮食上丝毫不讲究的袁世凯,一生中最喜欢吃的,就是南方的火腿。袁世凯是个"土老帽",他的口味也土,南方人喜欢火腿煨冬笋,他却喜爱火腿熬白菜墩,可真是够独特的。民国时期,京城最著名的谭家菜,如果细细品尝回味,菜肴中到处都是火腿在提鲜和提香。谭家菜没有什么秘密,它的高汤是火腿和老母鸡同煨,直至煨得肉烂在汤里,变得又稠又鲜——离开了火腿,谭家菜也就不为谭家菜了。

现代文人中,有很多人都是"火腿控"。像胡适、鲁迅、林语堂、梁实秋、蔡元培、徐志摩等,这大约跟他们是东南人士有关。吃惯了火腿的人,如果一段时间吃不上,会很怀念——到了台湾之后,让梁实秋感到最难受的,是一直吃不到正宗的火腿,在文章中,他怀念数十年前在南京吃到的"蜜汁火方",埋怨台湾火腿一味"死咸"。梁实秋以哀怨的笔调念叨着火腿:"从前北方人不懂吃火腿,嫌火腿有一股陈腐的油腻涩味,也许是不善处理,把'滴油'一部分未加削裁就吃下去了,当然会吃得舌矫不能下,好像舌头要粘住上膛一样。"南方人对火腿的"馋",北方人是难以理解的,他们只是把火腿当作贮藏的咸肉——咸肉哪里能跟火腿相比呢?在经过发酵幻变之后,火腿与肉的关系,更像是葡萄酒与葡萄,或者白酒与粮食,或者妖精和女人的关系……用一个不太恰当的比喻来说,火腿就像是诗歌和音乐;而咸肉,更像是无聊的现实,或是干巴巴的历史教科书。

徽州的面条

前些日,由商务部、中国饭店协会首次评选的"中国十大名面条"出炉:武汉热干面、北京炸酱面、山西刀削面、河南萧记烩面、兰州拉面、杭州片儿川、昆山奥灶面、镇江锅盖面、四川担担面、吉林延吉冷面。消息公布后,一片哗然。人们竞相攻击这项结果,我觉得也是,每个人都有自己喜爱的面条,何必强求"十大名面条"一说呢?就像我,虽然吃过很多牛肉面、拉面、热干面什么的,不过让我真正感到亲切的味道,还是徽州的面条,以及面条上的浇头。徽州面条曾有过异常红火的一页:邵仁卿曾在《徽馆琐忆》当中回忆起当年上海老西门徽州丹凤楼面馆的情况:"以当时拥有三层六间门面的上海老西门徽州丹凤楼面馆为例,千余只座席常常爆满,每天烹制徽面用的面粉十五六袋,做菜肴的猪三四头、羊两三只、火腿七八只、鱼百余斤。夜间为次日生意所做的准备工作,从打烊起要忙到东方发白,店伙晚上只能睡两三个钟头。

为此,灶间不得不常备一大壶西洋参供店伙饮用。其他徽馆也同样开得火红,徽面馆长经历数十年而不衰。"能在上海滩保持十年红火,也是可以称为"十大名面条"的。

徽州面的好首先在于浇头——客人们进店之后,一般是直接进厨房,看着大盆里装着的各种各样的浇头,随意点上一二。有琳琅满目的浇头,就有丰富多彩的各式面条:红烧大排面、糖醋小排面、冬笋排骨面、笋干木耳肉丝面、辣椒肉丝面、红烧猪蹄面、红烧牛肉面、韭黄鳝丝面、熏鱼面、雪里蕻大肠面、腰花面、羊肉面……一个像样的面馆,浇头少说也要有十种左右,还有酱油泡荷包蛋以及茶叶蛋等佐料。有人说千面一味,区别的关键在于浇头——只要浇头好,面就成功了百分之九十。这话有几分道理,浇头的作用,不仅在于点缀和增味,还在于调节口感——如果碗里只是面条,人们会觉得乏味。吃的快感应由两方面组成:一种是味蕾的快感,主要满足舌头;另一种是咀嚼的快感,主要满足牙齿。因此,好的食物除味道外,一定要有韧劲,那种咀嚼食物时带来的牙齿和牙龈的快感,是味道所不能代替的。实际上烹饪的艺术,可以分为物理、化学和生物三个部分,化学的部分是味道,是食物本身的部分,而物理的部分,则是咀嚼以及身体本身产生的快感,来自人的生物本身。

去掉浇头的面,就是阳春面了——所谓"阳春面",就是不放浇头,下好的面加入汤中,稍加一点青菜,撒一撮香葱即可。阳春面分硬面、软面、烂面三种,硬面是一入水即捞起,面芯子还是硬白硬白的,有人就图的这种嚼劲。吃软面和烂面的,一般都是老人。汤呢,则有宽汤、紧汤之分,所谓"宽汤",就是汤一定要没过面条;"紧汤",就是稍稍有些汤;还有就是干拌面,一点汤也不放。阳春面好吃的要素有三点:一是一定要放上好的猪油,最好是肥肉炼成的猪油,有猪油的面条吃起来香,也弥补了阳春面油水不足的弊端;二是小葱要好,要那种纤细的小葱,切碎以后特别香;三是酱油,好酱油色泽清亮,又能提鲜。再一点就是,吃阳春面要"三热",即筷子热、碗热、面热。无论寒暑冷热,有这三点要素,一碗阳春面就算成功了。

如果说阳春面是属于穷人的美食,那么"三虾面"就是徽州的富人吃的。所谓"三虾",是虾仁、虾脑和虾壳——这一道功夫浇头要先剔虾子,将河虾断头,挤出虾仁,再从虾头里剥出深橘红色的小块虾脑;接着将剩下的虾壳与虾头同熬鲜汤,待鲜汤熬好之后,将小支面条下熟过水,连同虾子与虾脑,一并放入虾汤,用小火煨煮,让"三虾"的浓鲜味渗入面中。"三虾面"的关键是要将面煮得软,不是吃硬的口感,而是吃软的口感;得用小碗盛,汤要没过面条,起碗时撒一点小葱花——这样的吃法,不是为了吃饱,而是为了吃好,是为了吃个情调,吃出面的贵族气来。

面要好吃,除浇头外,制作工艺也非常重要。用手工擀出来的面条筋骨好,耐嚼劲道足。手擀面的步骤要"一和、二坐、三切细":面要和得透,坯要坐得结,条要切得细。面要前一天和好,摺上一夜,然后得用力揉两个小时以上。做面条前,要先将擀面杖在面团上多压几次,有"压三筒""横三破""直三破"的说法,即第一次擀压成大面皮后,经三次转筒三次擀压,面皮三次三折后,以面棍三次横压,然后将面皮对折后以面棍三次直压,直至将面皮压得发亮,压出"面油"来。先做成面皮,来回折叠后,用快刀切成佛香般粗细即可。徽式汤面的煮制方法也很讲究:一初煮,锅里的水沸腾后将面条撒开下锅烧煮,边煮边用长筷轻轻拨动面条,防止面条粘连;煮沸后泼一次冷水,再覆上锅盖将面汤煮沸。煮制时,还要不停地用马扎(铁勺)捞去白沫,以防面锅发煳。每锅面条起锅时要捞清,防止面头粘锅,形成面锅巴,影响下一锅面条的质量。二回锅,熟面条回锅,是上等徽式汤面烹饪中的关键一步:汤面煮熟捞起后盛入一只铜质锅内复煮,铜锅俗称"冲锅",单柄,直径尺许,冲锅中每次只能烹制一碗面条。面条捞入冲锅时,锅内先放有按顾客需要兑入的汤卤。回锅后的面条在汤卤中煮至沸腾,锅面中出现铜板大小的沸涡时,便可捞起盛入碗中,放入事前调好的高汤。这高汤也是事先准备好的,一般都是用猪的筒子骨熬个一天一夜,或者,加一只老母鸡扔在大锅里,直至熬个稀巴烂。汤中可以放点木耳,然后再加入点酱油调色。面条汤加入酱油才算是好看,汤呈深色,白色的面条或隐或现,会让人有吃的欲望。待汤没过面条之后,再加入浇头,撒上葱花,端上来,便成一碗色香味俱佳的面条了。

  徽州还有炒面和焖面。其实炒面和焖面的区别并不是很大,只是说法不同而已。炒面和焖面,都得是先将面在水里焯一下,或者放在蒸笼里蒸个八成熟,然后再放进锅里炒。只是相对炒面来说,焖面要稍软一些。不过这当中最重要的,还是配料,春季要用竹笋炒,夏季习惯用刀豆、豆角炒,秋季用青菜、茭白炒,冬季用冬笋、冬菇炒。炒面最重要的,是炒的功夫,除锅铲外,在很多时候是用两双筷子,左右手各执一双,将面条在锅里不断撩起放下,将味道和佐料翻得均匀,也让面条不至于粘在一起。炒面的好,在于色泽圆润,略带脆硬,味道深入,形状饱满;辅材颜色鲜艳,衬托出面条的金黄。这当中最重要的,是油荤,以炒面的要求,得稍稍地油荤重一些,吃起来不至于难咽,会滑滑溜溜从嗓子眼一带顺顺畅畅地下到肚里去。

徽州雅致而有文化意味的,是"蝴蝶面"。这名称,据说是胡适之取的,我一直没有考证出具体出处——说是胡适在抗战后有一次到南京,和朋友去一家徽菜馆吃饭,最后主食上的是"面皮"。客人觉得好吃,问胡适这叫什么。胡适本来脱口而出绩溪方言"螺蛳块",但一想不雅,急中生智说是"蝴蝶面"——以意大利"蝴蝶面"命名了家乡面皮。市井的面皮有了这等雅名,便摇身一变登堂入室了。蝴蝶面制作起来也简单:将面坯擀成铜板厚的大面皮,用刀直接在上面划成长条,将长条扯成一段段,或用刀划成菱形下锅。锅中直接放青菜,或干笋丝、蕨菜等,加入调味品即可。我小时候经常吃这蝴蝶面,父母亲觉得没菜了,便做面皮对付我们。父亲虽不会做家务,擀面皮之类的力气活却会做。我们也乐意吃这个,觉得比面条好吃,更有嚼头也更过瘾一些。当然,那时候我不知道这就叫蝴蝶面,也没人敢提胡适之。

徽商与狮子头

2001年，我曾经参加一个"重走徽商路"的活动，沿着当年徽州人下新安的路径，从新安江顺江而下，一路经过浙江金华、杭州，又北上至上海、苏州、扬州，探寻徽商的旧迹和遗址。在扬州，我穿行于古巷之中，寻觅徽商当年的足迹和气息。当年的扬州见证了徽商的辉煌，徽商的最高成就，即是在明清两朝的扬州。陈去病在《五石脂》一书中说："徽州人在扬州最早，考其年代，当在明中叶，故扬州之盛，实徽商开之，扬州盖徽商殖民地也。故徽郡大姓，扬州莫不有之。"

当年的徽商在扬州都做了些什么呢？其实无非两件事：一是赚钱，二是消费。扬州是因为大运河而成为东南经济中心的，两淮盐场是中国产盐的最大基地，管理两淮盐政的最高机构两淮都转运盐使司也设在这里。这样，全国各地的盐商都驻扎在这里，徽商也不例外。徽州人携老扶幼一路吃着霉干菜烧饼黄豆饼到了这里之后,通过乡里乡亲的关系,获得了盐引,也就是拿得了盐业许可证,然后把盐运到全国各地去卖。在扬州,兢兢业业的徽商很快就赚了个盆满钵满。清乾隆年间,徽商在中国达到了顶峰,有人估计扬州徽商的资本为七八千万两,相当于当时的国库存银。

日子一晃就过去了,到了扬州之后,经过一段时间的打拼,那些慢慢变得富足的徽州人开始不愿意再吃那些烧饼豆饼了,他们更乐意融入当地的饮食文化,"早晨皮包水,晚上水包皮",一个个"食不厌精,脍不厌细"。《扬州画舫录》中记述了扬州一些好吃的东西:田雁门的走炸鸡,江郑堂的十样猪头,施胖子的梨丝炒肉,汪南溪的拌鲟鳇,汪银山的没骨鱼,管大的紫鱼糊涂和骨董汤,小山和尚的马鞍桥,张四回子的全羊等。这些特色菜肴,都是在扬州的徽商经常光顾的。当然,徽州人最喜欢的就是"扬州三头"了,也就是清蒸蟹粉狮子头、扒烧整猪头、拆烩鲢鱼头。这其中最出名的是蟹黄狮子头。什么是"蟹黄狮子头",其实就是大肉圆子加蟹黄。这一道菜做法极精细:将猪的肋条肉斜切成细丝,再切成细丁,继而分别粗剁成石榴米状,再混到一起剁匀;随后,将蟹中的肉挑出,放入猪肉中;加入剁细的姜葱及盐、糖、酱油、味精、料酒、胡椒粉、鸡蛋、生粉等各种调料,在钵中搅拌,直至"上劲"为止。然后,就搓成大肉圆子在油锅里煎,不能让肉圆散碎,圆子圆子,唯求圆满,哪怕裂了一点缝也不行。大肉圆子煎至金黄色时捞出,放入碟内,若是螃蟹上市之时,将蟹黄擭至狮子头顶端,加酱油、料酒、上汤、姜、葱,隔水蒸约一小时。然后,加入伴菜,可以是菜心,也可以是河蚌;可以是芽笋,也可以是回鱼。至于"拆烩鲢子头",一般要取八斤以上的大鲢鱼,这样斤两的鱼,唇边的肉比甲鱼的"裙边"还要肥嫩,鱼脑及骨髓肥而不腻,口感极其浓郁。至于扒烧猪头,主要是以冰糖为佐料,讲究火功慢炖,能将猪头炖得酥烂脱骨不失形。据说当年扬州烧"扒烧猪头"最好的,是五亭桥边法海寺的和尚。法海寺的和尚烧猪头肉也怪:将猪头肉切成东坡肉一样大小的肉块,放进口小聚气的尿壶里,加进各种佐料和适量的水,用木塞将壶口塞紧,然后用铁丝将尿壶吊起来,下面用蜡烛燃起火慢慢地焖。这样的情景,分明是和尚"偷着吃肉"场景的再现,"赏着吃"不如"偷着吃",看来的确如此。"扬州八怪"之一的歙县籍画家罗聘,在吃了法海寺老和尚烧的猪头肉后提笔写道:"初打春雷第一声,雨后春笋玉淋淋。买来配烧花猪头,不问厨娘问老僧。"朱自清在《扬州的夏日》一文中,对夏天在法海寺挥汗吃猪头肉这事也是难以忘怀。

比较起江湖河鲜,徽州人对于肉食更钟爱一些。徽州山中之水矿物质多,碱性成分大,这使得徽州人腹中少油,也更讲究饮食上的实惠。《扬州画舫录》中记载了一个故事:一个穷书生与一个徽商家的丫鬟好上了。有一天,徽商不在家,丫鬟便将书生私自带到主人家,给这个书生炒了一盘徽商经常吃的菜,名字叫作"韭黄炒肉丝"。这肉丝选的是十头猪的面首肉,也即是猪下巴上的肉,又嫩又鲜。书生从没有吃过这么美妙的菜肴,结果将自己的舌头都吞进去了。这个故事虽有杜撰的嫌疑,不过从故事中可以看到当年徽商的挥金如土。扬州盐商包括徽商的生活奢侈到了什么程度,后来,曾国藩的弟子薛福城在《庸庵笔记》里是这样说的:"凡饮食、衣服、车马、玩好之类,莫不斗奇竞巧,务极奢侈。即以宴席言之,一豆腐者,而有二十余种;一猪肉也,而有五十余种。"有一个故事说,有一次,有个盐商举办家宴,中间上了一盘猪肉,众客尝了以后,无不惊叹那肉非常好吃。席间,一个客人吃过以后起身去上厕所,忽见数十头死猪放在那里,独脊梁上那一块肉不见了,被割了。一问厨子,才知道刚才所吃的那碗猪肉,就是从这数十头猪的脊梁上割下来的。其方法,是先把猪关在室内,派人用竹竿不停地打,猪嚎叫奔走,以致死,立即取其背部肉一片,数十头猪,仅供一席之宴,真是奢侈浪费到了极致。此外,还有食鹅掌法、食驼峰法、食猴脑法,都极其新鲜而残忍。这些盐商哪里是在吃东西啊,分明是在找刺激,吃黄金和白银。吴敬梓在《儒林外史》中写到的扬州大盐商万雪斋勤劳致富后,开始过起了奢侈生活:讨了很多小老婆,将冬虫夏草当作菜来吃。有一次,万雪斋的第七个小老婆生病,万雪斋花了三百两银子买了一味中药雪蛤蟆给小老婆吃。

  扬州的个园,是在盐商黄竹筠手上修建的,这个黄竹筠,祖籍也是徽州的。黄竹筠有钱,对生活也讲究,他吃的蛋炒饭,庖人开价每份五十两纹银,其饭粒颗颗完整,蛋黄均匀地包裹米粒,称为"金裹银"。他还喜欢吃鱼汤,这鱼汤,不是一般的鱼汤,取鲫鱼舌、鲢鱼脑、鲤鱼白、斑鱼肝、黄鱼膘、鲨鱼翅、鳖鱼裙、鳝鱼血、乌鱼片和鳊鱼鳍共同熬成,美其名曰"百鱼汤"。黄应泰还喜欢吃老家的竹笋,喜欢吃竹笋烧肉。竹笋一般地方的可不行啊,必须得黄山的竹笋烧肉最鲜美,但是竹笋必须就地掘取,随时煮食才行,稍为延误便失去真味。黄家于是专门制作了一种炊具,形如担子,两端各置锅炉,从黄山到扬州,沿途十里一站,令夫役守候。事先派专人到黄山,掘笋切肉,置于闷钵中,下面燃烧炭基,由夫役担于肩上,快步如飞,十里一换,等到了扬州,笋肉已熟。从这点看,你说盐商生活得讲究不讲究,那是真讲究,近乎病态了。有钱没地方用,只好"烧包"了。

徽商不仅讲究正餐,对面点和小吃也异常讲究。扬州有一个"八珍面",这面条非常讲究,用农家土鸡、长江里的刀鱼、太湖的白虾这三种主料去皮剁成碎糜,在日光下晒干,再加上鲜笋、香蕈、芝麻、花椒这四样辅料,也同样捣成碎末,然后一起放进面粉中,再加上和面用的鲜汁,凑起来正好是八种。八珍面的要求很高:"鸡鱼之肉,务取其精,稍带肥腻者弗用,以面性见油即散,擀不成片,切不成丝故也。鲜汁不用煮肉之汤,而用笋、蕈、虾汁之者,亦以忌油故也。"这样高质量高标准做出的面条味道,当然可想而知。《扬州画舫录》这样说:"城内食肆我附于面馆,面有大连、中碗、重二之分。冬用满汤,谓之大连;夏用半汤,谓之过桥。面有浇头,以长鱼、鸡、猪为三鲜。"徽商想吃好的,扬州人民就给他做好的,蟹黄包子、蟹黄干丝等也应运而生。不仅如此,由于徽商的喜好,徽州还有很多风味食品融入了扬州的街市:扬州的小吃中,还有一种叫作"徽州饼",这饼用面粉揉出来做成的馅饼,馅心有干菜、韭菜、萝卜丝、南瓜、果仁、火腿、肉丝等,不是油煎出来的,而是炕出来的。这个煎和炕还真不一样,煎的东西放的油多,出来比较硬,炕的东西则软,还香,所以更好吃。乾隆初年,徽州人于河在扬州下街卖松毛包子,名"徽包店"。店主人仿照徽州岩寺镇徐履安鱼排面的做法,以鲭鱼做浇头……扬州一带的淮扬菜,在很多方面与徽菜是相似的,比如说它的选料严格、主料突出、注重本味、讲究火功等,重火候、重油色、不甜不腻等等,似乎与徽菜有几分相似,又与邻近苏沪菜不同。这样的结果,同样可以从中看出徽商的影子。

徽菜那些事

徽菜的好,首先在于原料。徽州森林茂盛,自然条件优越,盛产珍稀名物,有着得天独厚的资源,一些土特产品如山核桃、香榧、竹笋、桂花、香菇、石耳,都可以说是品质极佳的。比如说竹笋,《安徽通志》中有记载:"笋出徽州六邑,以问政山者味尤佳,箨红肉白,堕地能碎。"笋到了落地即碎的程度,完全可以想象它的脆嫩了。至于"沙地马蹄鳖""雪天牛尾狸""黄山炖鸽""清蒸石鸡""火烤鳜鱼""双爆串飞"之类,听起来有些传奇,但也不奇怪。传奇的地方,有各种各样的传奇,烹饪的传奇,自然不在话下。

徽菜的好,其次在于烧法。徽菜以重油、重色、重火功而成特色。重油,是因徽州地处山区,溪水河流矿物质多,进入人的肠胃后,极其刮油,同时当地居民常年饮茶,更需肠胃补油。在烹饪方法上,徽菜以烧、炖、蒸为主,辅之以炒、煮、炸等,其中以红烧最为见长,尤其是烧鱼和烧肉别具一格。徽式烧鱼仅用少许油滑锅后,直接加调味品以旺火急烧五六分钟即成,既不失鱼肉水分,又保持着鲜嫩。重色是徽菜的一大特点,徽州有着悠久的制酱历史,品质极佳,如屯溪程德馨酱园,以"三伏酱油"闻名。所谓"三伏酱油",是指制作酱油要经过三个伏天,头年做酱,第二年出酱油,第三年将半成品在伏天烈日下暴晒,并经过夜露滋润,这样制成的酱油,色泽深红,无须像别家那样加入糖稀做色。徽菜中放入此种酱油,遂变得色重好看,味道鲜美。徽菜还喜欢"炖",以文火慢炖为主,比如"青螺炖笋鞭""石耳炖鸡"等,都是用陶器放在木炭火上,炖两小时以上,这样炖出来的食材原形不变、透烂无渣,汤汁厚汁不耗、原味不失,开盖香气扑鼻。

徽州还出大厨。徽州的大厨以绩溪最为有名,凡徽州厨子,十有七八为绩溪籍;在绩溪籍的厨子中,又有十之七八为伏岭人。伏岭是绩溪的一条大山脉,也称徽岭,有一种说法是徽州的名称由来即得于徽岭,先有徽岭,再有徽州。毛泽东畅游长江,吃的"武昌鱼"就是徽厨制作的佳肴。这位徽厨是用烹饪鳜鱼的方式来烧武昌鱼,结果一烧之后,让武昌鱼天下闻名。徽州六邑的菜基本上都做得很好吃,不过做得最好的,在外形成口碑的,是绩溪县的厨师,而绩溪又以伏岭村的厨师最为有名。于是,绩溪就有了"徽厨"之称。起初,徽菜馆较为集中的地方是苏州,绩溪邵村人邵之曜、邵寿根、邵之望、邵灶家等人相继来苏州开设了丹凤楼、六宜楼、怡和园、畅乐园、添新楼等数家徽菜馆,生意很是兴隆。上海徽菜馆的始祖是小东门的大铺楼。此馆是1885年绩溪上庄村的胡善增领头所办,采取集资入股的办法,每股收银一百元开设而成。据说,胡适的父亲胡铁花也参与入股。大铺楼开张后一举成功,菜馆以红烧见长,其名菜有方块肉、仔鸡、蹄髈、鳜鱼、火龙锅等。由于食客很多,大铺楼很快增开了"东大铺楼"和"南大铺楼"2家分店。在上海的其他徽州人一看开饭馆很赚钱,也纷纷开起了餐馆,上海的徽菜馆最多时竟达130家。上海名记者曹聚仁在其《上海春秋》中说:"本来独霸上海吃食业的,既不是北方馆,也不是苏锡馆子,更不是四川馆子,而是徽菜馆子,人们且看近百年笔记小说,就会明白长江流域的市场,包括苏、杭、扬、宁、汉、赣在内,茶叶、漆、典当都是徽州人天下,所谓徽州人识宝,因此,饮食买卖,也是徽菜馆独霸天下。"1901年,在苏州开徽菜馆的邵家烈、邵之望等人也来到上海,在大东门外和城隍庙口分别开设了新开福园和九华园,并在盆汤弄合股开办了鼎丰园。到了1912年,又有绩溪伏岭人邵运家的丹凤楼、邵家烈的鼎兴楼、邵金生的复兴园、邵在渊的聚乐园、如华瑞的聚和园、如仲义的同义园、邵在湖的鸿运老富贵酒楼、邵在雄的民乐园等十几家徽菜馆先后开业。最大的是伏岭一个罗姓人氏于1920年从宁波人手里盘下的开设于四马路(今福州路)的第一春菜馆,有16间门面,百余只餐桌,全套红木家具,清一色太湖石台面。夜市筵席常有十几把胡琴唱堂会,每夜清理店堂时,仅电车票就能扫起一畚箕。1920年至抗战前,是徽菜馆在上海的鼎盛时期,最多时上海有徽菜馆500余家,其中绩溪人开的占一半,从业人员逾3000人,较著名的有恺自迩路(今金陵中路)上的八仙楼、胜乐春,公馆马路(今金陵东路)上的华庆园,北四川路上的沪江春、申江楼,河南路上的聚华楼,南市的老醉白园、大富贵。这当中最有名的,属大富贵酒楼,该店位于南市区老西门,前身为开设于清末的老徽菜馆丹凤楼(原址小东门),1920年始迁现址,并改此名。此馆规模宏大,建筑气派雅致,有三个营业大厅。大富贵酒楼的著名菜肴是全家福、凤还巢、沙地鲫鱼、红烧划水等;东长冶路大嘉福的著名菜肴为清炒鳝糊、鸳鸯冬菇、菊花锅;宝山路大中华的红烧头尾、腐乳炸肉、大血汤;三角街三星楼的红烧肚裆、走油蹄和天津路鼎兴楼的三虾面等,则让老上海人津津乐道。

  武汉也是徽菜馆众多的一个城市。武汉徽菜馆业比较有名的,有伏岭下村人邵盛木的新兴楼、邵在寿的大中华酒店以及醉月楼等。最具盛名的,当属胡桂森,他是绩溪胡家村人,少年时离家四处学做面食手艺,20岁时来到汉口大中华酒店当伙计,因为武功惊人,吓退了前来捣乱的地痞,保全了酒店,得到了老板邵在寿的大力资助,后来在汉口五街开设了胡庆园菜馆,单立门户。由于菜肴优良,服务优良,胡桂森扩张得很快,不久又在武汉开了6家酒楼,其中有胡庆和菜馆、大和酒楼、望江酒楼、徽州同庆楼、大中酒楼等。在胡桂森所经营的徽菜馆中,同庆楼名气最大。从清末至21世纪30年代,在武昌流传着这样一句话:"登黄鹤楼,不到同庆楼,等于'黄鹤'没有游。"同庆楼位于武昌斗极营,楼系三层,古色古香,临江面对黄鹤楼。登楼凭栏远眺,楚天空阔,烟波千里,晴川阁历历在目,鹦鹉洲隐约可见。楼厅里挂有名人字画,楹联条幅。同乡人胡适书赠的对联"种豆得豆,种瓜得瓜;跟好学好,跟差学差",尤其风趣。同庆楼的菜肴,以特有的徽菜风味著称。其中"红烧鲜鲤"最为脍炙人口。它专取两三斤重的江中活鲤,用尾部活肉及部分鱼块,加佐料精心烹调,使之味鲜而肉嫩,卤汁烧融,鱼身晶亮,置于盘中,鱼尾似在戏水。凡来黄鹤楼的游客,无不以登临同庆楼,一尝徽菜风味为乐事。同庆楼名噪武汉三镇,抗战前开有子店、分号 10 多家。胡桂森除了开徽菜馆之外,还兼营茶庄,生意火爆,有"胡桂森武汉半边红"的说法,曾任武汉总商会会长长达 20 年之久。当年宋子文来武汉,也专门慕名拜访;胡适也与他结拜兄弟。胡桂森的同庆楼不仅在武汉有名,在全国各地也有名。在芜湖,胡桂森有一个徒弟叫程裕有,原先开了一个酒店叫"同鑫楼",在征得师父的同意下,把"同鑫楼"改为"徽州同庆楼"。芜湖"徽州同庆楼"菜馆门面虽不大,但酒楼分前楼、后厅,气派不凡。前楼供应蟹黄汤包、长鱼面、肴肉大面等各色小吃,后厅设有黄山厅,请来名厨高手专门开办高档筵席。由于菜烧得好,同时店址临陶塘(今镜湖)风景区,十里长街上的巨商大贾,名人雅士,纷纷前来聚合就餐。芜湖同庆楼的名声便随之传开,生意越发兴旺。这样,同庆楼的品牌一直保存了下来,至今仍是徽菜馆的著名品牌。抗日战争爆发后,上海大部分徽菜馆被迫停业,小部分经营者西撤至武汉三镇,只有极少数仍坚持营业。在日军占领上海后,徽菜馆处境十分艰难,如大嘉福酒菜馆开业不到半年,就遭日军炮火,8间店房被炸毁3间,剩下的5间被日本海军陆战队强占,办成了养鸡场。武汉的徽菜馆也难继续做生意。如伏岭下村人邵华泽、邵之琪、邵培柱等先后在汉口、武昌创办了新上海、大上海,但好景不长,1938年秋,日军逼近武汉,徽菜馆业主们又被迫内迁,一路西去重庆、宜昌,南下衡阳、柳州、桂林,先后在这些地方开设了乐露春、松鹤楼、大都会、鸿运楼、新苏、大中华、大上海等徽菜馆。其中邵天民在衡阳、柳州、桂林、宜山、独山等地创办或合办徽菜馆20余家,亲任13家徽菜馆的总经理,成为享誉西南的徽菜馆大王。抗日时期的临时首都重庆也成了徽菜馆集中之地,共有三四十家,其中以乐露春名气最大。此店为1941年重庆大轰炸之后,绩溪人许桓甫、高广荫所开,恰好与陶行知所创办的育才学校相邻。陶行知常常在闲暇之时来馆中小坐,会晤同乡。一天,店里的老板请他为家乡菜馆留一墨宝,陶行知略一思忖,写下了他的名作《自立》诗:"滴自己的汗,吃自己的饭,自己的事自己干,靠人靠天靠祖上,不算是好汉!"陶行知的诗真是质朴,一点花架子都没有,就像是一个农民写的一样。值得一提的是,武汉的大中酒楼,新中国成立后,该店更名为"武昌酒楼",成为武汉最大的酒菜馆,仍保留了同庆楼的徽菜特色,尤以清蒸鳊鱼(武昌鱼)出名,鱼肉肥腴细嫩,色香味形俱佳。20世纪50年代,毛泽东视察武汉,该店厨师邵在维、邵观茂精心制作了包括清蒸鳊鱼在内的10道菜肴。毛泽东尝后,大加赞赏,吟咏出"才饮长沙水,又食武昌鱼"的诗句,一时使得武昌鱼名声大噪。不过很少有人知道,烹饪这一盘菜的两位厨师,都是绩溪人。是徽州人,让武昌鱼名声大噪。

徽菜之所以成为八大菜系之一,与徽商的影响力有着十分密切的关系。在外的徽商富裕了,自然会想起家乡菜,不仅自己喜欢吃徽州菜,请客也摆徽州菜,别人请吃饭也主随客意去徽菜馆——不知不觉的,徽州菜就变得兴旺发达了。随着徽州人的越走越远,各地也应运而生了很多徽菜馆。总而言之,有钱就是硬道理,要是徽州人当年没钱,徽菜无论如何也成不了"八大"之一。

面点、干粮和小吃

现在徽州的面点,最出名的,应该是黄山烧饼了吧?屯溪老街上到处都有的卖,在外地人看来,黄山烧饼跟一般的烧饼不太一样,它小巧精致,金黄香脆,表面像刷了一层油似的;尤其是加了肥肉末的霉干菜在烤过以后,鲜美入味,会让人一口气吃上好几个。黄山烧饼还便于携带,不会变质,即使是大热天放几个月也不会变质。难怪当年的徽商在离开徽州时会带上它们。好吃和便携,可以说是徽州面点的两大特点。

与黄山烧饼同样具有两重属性的还有徽州的面饼。面饼,徽州当地话叫"拓粿",也就是装了馅烙熟的面饼。徽州面饼的特点在于"烙",即用少许的菜油过一下锅底,再用火将它们炕熟。不像有的地方,完全是用油把饼煎熟;用油煎出来的饼,吃起来比较硬,也过于油腻,工艺上逊色不少。做烙饼的前期工艺像包包子,将馅包进面里,然后逐步摊开。好的烙饼是薄薄的皮,严严实实地包裹着馅,没有一处厚薄不均,也没有一处会让馅露在外面。这当中的功夫在于擀时的劲道,这样的功夫,非得练个三五年不可。烙饼常见的有笋干馅、南瓜馅和豇豆馅,难得的是,南瓜馅豇豆馅之类做馅的饼,由于是新鲜蔬菜,含水分多,包起来很容易让外面的表皮融化,用擀面杖时用力要特别注意。"烙"也是讲究技术的,以前没有煤气液化气什么的,烙饼一般都是用干茅草之类的燃料,先点燃一把大火,然后,盖上盖焖一会,再掀开盖,看情况添几把小火;用柴烙的学问就更深了,要一会添柴一会撤柴,以保持一会大火一会小火,火过了,饼会炕焦,火小了,里面的馅会不熟。只有火候把握好的饼,才算是色味俱佳。

徽州面饼中最有特色的,是黄豆饼也叫作石头饼。石头饼是将炒熟了的黄豆磨成粉,放上油渣做馅。炒熟了的黄豆粉本身就香,再加上猪油渣,就变得香上加香了。石头饼之所以叫石头饼,是因为它的炕法和做法跟一般的饼有些区别:是用炭火在锅下慢烧,在饼上用一块很重的石头压住。石头往往也是专用,雕花刻字,刻着吉祥图案和一些"福""禄""寿"的字,徽州人对生活艺术美的追求可见一斑。因为压得很紧,又是慢火烤就,烙好的黄豆饼显得很薄,就作业本般厚,吃起来也比较脆。石头饼最大的好处是好带,几十张黄豆饼叠加起来,用蓝花布一裹系好,可以随身携带;吃起来也方便,不油手。与黄豆饼功效相同的,还有玉米饼,玉米饼是用玉米面做的,里面放点咸菜和肥肉,吃起来虽然有点糙,味道却特别香。为什么徽州的黄豆饼和玉米饼的味道那么香呢？除了徽州的黄豆玉米长在山上，很少受到污染之外，还在于徽州的黄豆粉和玉米粉，很多都是用石碾子磨出来的，在磨的过程中，黄豆与石头摩擦，被碾压的黄豆粉、玉米粉自然带有徽州青石的味道。这种真正的徽州味，夹杂在黄豆、玉米之中，当然有着上等的香味。这些，又岂是那些用机器磨出的东西所能替代的？也难怪徽州的石头饼会让人口齿留香了，不仅耐饿，而且好吃，能像机油一样，给发条上劲。旧时徽州人跋山涉水走向全国各地，继而很多人通过奋斗成为富甲天下的徽商，这当中谁的功劳最大？烧饼、黄豆饼、玉米饼居功至伟。

旧时徽州的早点和面食，除了烙饼和烧饼之外，还有汤包、油条、馒头、包子、稀饭以及豆浆、豆腐脑等。比较起长江沿岸城市的汤包，徽式汤包也有自己的特点。它以发面皮包裹鲜肉馅料制成，馅料中的鲜肉须取猪肉中的前夹肉，这一部分的肉质又松又嫩；制作汤包时，将前夹肉剁成肉泥，拌入冬菇、冬笋米、白芝麻粉及皮冻等佐料，加入调味品制成汤包馅料；用发面皮入馅料，做成圆形，顶端捏合成褶皱封口，即成汤包；汤包的大小一般以二两面粉十只为标准；汤包入笼屉蒸熟后，每四只为一客。汤包上桌时，外加一碗清汤，清汤一般以猪肉筒子骨煨成，放入蛋丝、葱花等佐料；如果以牛肉为馅料做汤包，上席时须外加一碗淡淡的牛肉汤。徽州人还喜欢吃粢饭，也就是蒸米饭包油条：将糯米和粳米按一定比例配好，淘洗干净，浸泡一夜后放在木桶中隔水蒸，待蒸熟之后，舀二两左右平摊在白纱布上，在上面放一根油条，用白纱布一裹一捏就好了。包粢饭手势要快,因为它讲究的是一个"烫"字,热的糯米软黏,冷了就回生了。粢饭非常经饿,适合体力劳动者。对于一般人来说,豆浆油条是最好的选择。徽州人把油条叫作"油炸鬼",跟浙江人的读法基本相同,据传说与宋代秦桧谋害岳飞父子有关,"桧"与"鬼"谐音,人们以油炸"桧",表达对奸臣害忠良的愤恨。徽州的水好,豆浆自然也好,一碗热豆浆豆香扑鼻,以前两三分钱就能买一碗。徽州人吃豆腐脑一般是放咸菜、虾皮、酱油、辣椒酱和葱花,很少有吃甜的。徽州人还偏爱吃毛豆腐,以前徽州府歙县城里的毛豆腐摊点很多,一只炉子、一个平锅,就在街头炕毛豆腐;煎好后,加上点辣椒酱,就坐在街边吃得像神仙。徽州的早点还有玉米糊,玉米糊跟稀饭的价格一样,玉米糊盛入碗里后,会吃的人会用筷子从中间挑着吃,这样一碗玉米糊吃完,碗仍是干干净净不留一点渍印,连碗也不用洗的。徽州街头也有那种寻常吃的烧饼,圆圆扁扁的,大饼师傅往往身穿圆领老头衫,额头上汗涔涔,面团在他手里翻来覆去,啪啪地发出声音,最后唰唰唰地刷上油,然后,手一抖,一把香葱天女散花般均匀落下;又一抖,芝麻落下,然后,将沾上芝麻和香葱的烧饼贴在炭火的炉子里,烤上几分钟,最后用铁钳夹出。徽州烧饼最大的特点是香,我小时候最怕排队买烧饼,一边排,一边吞着口水,等买到烧饼时,早已变得唇干舌燥了。

徽州还有一种早点,叫油炸墩子,很好吃,就是将面粉和得很稀,将南瓜、辣椒、萝卜等切成丝,放入面饼大的铁容器中,倒入和得很稀的面粉泥中,放入油锅中炸。炸到一定程度,将油炸墩子从容器中倒出,再炸一会,放在锅上面的铁丝架上去沥油,就可以用纸包着一边走一边吃了。好像男人和孩子都喜欢吃油炸墩子,女人们不服气,说破鞋放在油锅里炸男人们都喜欢吃。女人们一般不喜欢吃油炸的东西,女人们爱吃的是桂花赤豆汤、桂花薄荷绿豆汤,以及桂花山芋汤、桂花白糖莲心粥等。

  徽州的油渣馄饨也是一绝。徽州的馄饨分为两种,一种是类似江浙云吞之类的东西,徽州叫作"包袱",是用薄面皮制作的,馅往往荤素相搭;另一种,就是小馄饨了,馅很少,皮很薄:用纯猪肉剁成泥状,左手持皮,右手用筷子尖在肉泥上蘸一点,在面皮上一划,随即左手几个手指一捏,馄饨即成了。徽州卖馄饨跟卖毛豆腐一样,一般是流动的,肩挑担子,手敲竹筒,随意行走在街头巷尾。馄饨担子的形状像一座小巧的拱桥,一头是锅灶,永远燃着炭火;另一头则放了事先准备好的馄饨皮、肉馅以及猪油、麻油、佐料什么的,将一格格抽屉塞得满满。馄饨挑子也很讲究,若是竹编的,一般极细致,有的还有彩;若是木制的,有的有精致的木雕点缀,有的地方是施了金彩和漆。竹筒声里,有人要买了吃,就卸下担子,一边掷柴生火烧水,一边开始包馄饨下锅。碗是现成的,加好葱花、猪油、虾皮等佐料后,馄饨也熟了,用笊篱捞起,放入清汤之中,仿佛一条条小金鱼游入碗里;再撒上切碎的油渣,一碗白的白、黄的黄、绿的绿的馄饨便做好了。只要一碗馄饨下肚,食客便会抖擞精神一变,由寒碜的孔乙己,变成乐呵呵的幸福王大民。

红烧肉的故事

前一段时间网上吆喝着"国民菜谱",有人列举酸辣土豆丝,有人列举青椒炒豆干,有人列举西红柿蛋汤。这些,都可以说是中国人最家常的菜。在我看来,中国幅员辽阔,口味的差别很大,不过在宴席上,却有一道菜各个地方都有,那就是红烧肉。红烧肉不仅各个地方都有,各个场合也都有,它雅俗共赏,婚礼上上得,葬礼上上得,来雅客时上得,来俗客时同样上得,在外吃饭上得,家常菜也上得。真可以称得"百菜数第一,唯有红烧肉"。

徽州当然有红烧肉,不仅有,而且味道特别好。就像粽子分为两种,一种是咸粽,另一种是甜粽一样,红烧肉也分两种,一种是"综合性烧肉",即不光是肉,还有辅材,比如说春笋烧肉、笋干烧肉、霉干菜烧肉、豇豆干烧肉等;另一种,就是不放任何辅材,纯红烧肉,也叫"肉烧肉"。对于老饕们来说,这才是真正的红烧肉,只有这种吃法,才可以大呼过瘾。

红烧肉的做法各地大同小异,有的是先将肉蒸熟,有的是先将肉煮烂;有的直接下锅干烧,有的则先用酱油和黄油腌一下。而制作红烧肉的步骤和方法各地又不太一样,也属正常,无论怎样烧法,好吃才是硬道理。就我的口味以及烹饪的体会,红烧肉的关键在于选料和入味:一是选肉要精,要当天宰杀的鲜猪肉,最好是生长十八个月也即一年半的猪,肉不老也不嫩。比较起猪的后腿肉,前夹肉也就是前腿肉要松软一些,也因此,红烧肉最好选用前夹肉,肥四瘦六宽三指。也有人喜欢吃偏肥的,会选肥肉多一点的五花肉。肉选好之后,一般要先放入加入了姜片、大葱、黄酒的温水里过一下,煮个三五分钟,这一道程序,也叫"飞水",即去掉肉的血腥气。将肉从水里捞出之后,要先将捞起的肉放在冷水里浸一下,趁外冷内热时,切成小方块,然后倒入黄酒、酱油、冰糖以及姜片腌一下。值得一提的是,放糖宜放冰糖而不是白糖,因为冰糖能提鲜,放冰糖的红烧肉有一种特有的甘味。有的地方烧红烧肉还会多出一道工序,叫"过油",即用细竹签对着飞过水的肥肉频繁插入拔出,让肉中的脂肪流出;待肉冷却之后,再焯一次水,这一次的时间,要稍比第一次长一些,以五至八分钟为好。两次焯水会让肉溢出很多脂肪,这是以现代健康学的理念来烹饪的。前期准备工作做完之后,可以入锅烧制了——在热锅中加入菜籽油,烧至七八成熟之后,将切好的猪肉倒入锅中,加入适当的豆瓣酱、冰糖熬炒,让豆瓣酱和冰糖的味道深入肉中。然后,就是适时地放入适量的上等的黄酒或者啤酒。一般不要放水,尤其是冷水,掺水不仅会让肉变"老",而且会使肉的纤维变硬,因此口感变得粗糙。红烧肉放红方汁也是一种选择,放了红方汁的红烧肉,相当入味,有一种不同于放入酱油的别味。

20世纪90代末的一个冬天,我到绩溪勘头采访。中午临近,我们早早地来到勘头街上的古听泉楼对面的一家饭店。我们在门口慵懒地晒着太阳,看着不远处云川河水哗哗流淌。一切都显得缓慢而有古意,仿佛时间也静止着享受着这份悠闲。饭店不远处,正好有人在杀猪,猪是当地的黑毛猪,被五花大绑地捆在案上,一群孩子在兴高采烈地围观。我们呷着茶,远远地瞅着这极富农家生活气息的场景。我后来读书,看到张爱玲曾在《异乡记》对杀猪有过详细的描述,情景与我所看到的极其相似,我这里照实搬来:"忽然,它大叫起来了——有人去拉它的后腿。叫着叫着,越发多两个人去拉了。它一直用同样的声调继续嘶鸣,比马撕鸣难听一点,而更没有表情,永远是平平的。它被掀翻在木架上,一个人握住它的前腿后腿,另一个人俯身去拿刀。有一只篮子,装着尖刀和各种器具。篮子编完了还剩下尺来长一条篾片,并没有截去,翘得高高的,像人家画的兰花叶子,长长的一撇,天然姿媚。屠夫的一支旱烟管,也插在篮子柄的旁边。尖刀戳入猪的咽喉,它的叫声也并没有改变,只是一声声地叫下去。直到最后,它短短地咕噜了一声,像是老年人的叹息,表示这班人是无理可喻的。从此沉默了。已经死了,嘴里还冒着水蒸气的白烟。天气实在冷。"

这是杀猪,在此之后,是去除猪毛了,张爱玲同样也写得好:"家里的一个女佣挑了两桶滚水出来,倾在个大木桶里。猪坐了进去,人把它的头极力捺入水中,那颗头再度出现的时候,毛发蓬松像个洗澡的小孩子。替它挖耳朵。这想必也是它生平的第一次的经验。然后用一把两头向里卷的大剃刀,在它身上成团地刮下毛来。屠夫把猪蹄的指甲一剔就剔掉了。雪白的腿腕,红红的攒聚的脚心,很像从前女人的小脚。从猪蹄上吹气,把整个的一个猪吹得膨胀起来,使拔毛要容易得多。屠夫把嘴去衔着猪脚之前,也略微顿了一顿,可见他虽然习惯于这一切,也还是照样起反感的……猪毛有些地方不易刮去,先由女佣从灶上提了水来,就用那冲茶的粉紫洋瓷水壶,壶嘴紧挨在猪身上,往上面浇。浑身都剃光了,单剩下头顶心与脑后的一摊黑毛最后剃。一个雪白滚壮的猪扑翻在桶边上,这时候真有点像个人。但是最可憎可怕的是后来,完全去了毛的猪脸,整个地露出来,竟是笑嘻嘻的,小眼睛眯成一线,极度愉快似的。"

猪很快就杀完了,人也散去了,一切恢复了宁静,小镇上又只剩下了哗哗的溪水声。到下午1点左右,一盘红烧肉端了上来,那份扑面而来的香气,那种让人垂涎三尺的色泽,那种入口即化的美味。老板介绍说,这就是刚杀的那头猪,你们吃着怎么样,香吧?我们忙不迭地点着头,接二连三地将肉块塞进"五脏庙"。吃得腹肚浑圆后,我问厨子,你怎么可以把肉烧这么好呢?主人回答说:就是随随便便烧的呀!不是烧得好,是养的猪好!那些猪吃的都是粮食和猪草,喝的也是"泉水",这样的肉,或许生吃都是喷香喷香的。的确是这样,这样的猪肉,那是怎么烧都好吃的。当城市里供应的猪一个个靠着"瘦肉精"喂大,越长越变得无猪味的时候,只有徽州乡野里的猪,还散发着猪自身的"芬芳"。况且,一个人从喧嚣的城市来到这静谧的山野,身上所有的毛孔都放大,所有的感官细胞,包括味蕾、嗅觉都因为松弛而变得异常灵敏。那种菜肴之味与人的身、心、神的吻合,真可以说是无比的和谐——在这种状态下吃东西,吃啥不是"神仙宴"呢?

关于红烧肉,历史由来已久。苏东坡在发配黄州时,曾写了一首《猪肉颂》,特别有意思:"净洗铛,少著水,柴头罨烟焰不起。待他自熟莫催他,火候足时他自美。黄州好猪肉,价贱如泥土。贵者不肯吃,贫者不解煮。早晨起来打两碗,饱得自家君莫管。"少水、微火、慢炖,这是公认的红烧肉的做法,只不过东坡居士并没有注明放酱油。酱油的产生应该是明朝中期以后的事,苏东坡时代的肉,应是白烧的可能性更大。明朝中期以后,烧肉开始放酱油了,"白烧肉"变成了"红烧肉"。清初袁枚在《随园食单》中写道:"或用甜酱,或用秋油,或意不用秋油、甜酱。每肉一斤,用盐三钱,纯酒煨之;亦有用水者,但须熬干水气。三种治法皆红如琉璃,不可加糖炒色。"这算是红烧肉的主流烧法。红烧肉在技法上并无出奇之处,属于家常菜。不过各地的做法却不太一样,分几大流派:北派依然汤汤水水,属于白煮肉;湖北、江西的红烧肉里喜欢放辣椒;杭州的红烧肉改头换面,以"东坡肉"自立门户,先烧后蒸;江南红烧肉以上海为代表,基本上沿袭袁枚时代的经典套路,成为红烧肉中的"高大上"。

红烧肉什么样的烧法不重要,重要的是"肉"——肉好怎么烧都好吃,肉不好,吃的就不是肉,而是酱油和糖。

买肉买到外婆桥

有很多食物是味随世变。比如说猪肉,现在的猪肉吃起来怎么也不是 20 世纪 80 年代以前的味道了。20 世纪 80 年代的猪肉味道是什么?是香、鲜、韧,并且稍微有点甘,这是不假的,那时的猪肉就是吃了老半天后还有着口齿生香的甘甜。

先说一则有关猪肉的故事。故事是有"徽州通"之称的摄影家张建平先生说的:他小的时候,家里很苦,基本没有肉吃。越没的吃就越想吃,他也不例外。从小就特别喜欢吃肉,属于看到肉就不能自控,然后口水哗哗流得像瀑布,脚也走不动路的那种。童年的时候,他非常痛苦,经常是深更半夜睡不着,举头看明月,低头想肉吃。当时村里最富庶的人,是一个解甲归田的"老革命",带薪退休,无妻无子无女,也没有什么爱好,就喜欢跑到供销社称斤把肉,然后放点酱油肥肉烧瘦肉地烧红烧肉吃。"老革命"烧红烧肉的时候,整个村子里的人都屏住呼吸,拼命地吮吸着空气中芬芳的味道,直吸得前胸贴后背没晕死才算恍过神来。

他那时还很小,六七岁吧。不谙世事的他仗着自己年纪小,便倚小卖小耍无赖。每次闻到香味之后,他便踩着小步来到"老革命"家门口,站在门边上不走,眼睛一眨不眨地盯着桌子上的红烧肉。老革命看着他的眼神,不免心一软,用筷子夹着一块肉,送到张建平嘴前。他像鳄鱼一样一口咬住,囫囵吞下,然后又直直地盯着桌子上的红烧肉。"老革命"没办法,叹口气,只好又送上一块。他又如鸭子一样吞下,然后又直直地盯着肉。"老革命"一般会在送上两三块之后,心一横,死活不理睬小家伙了。他也不作声,也不央求,只是眼巴巴地盯着那碗里的肉越变越少,直至消失。

这种伴随着快乐而痛苦的"嗟来之肉",一直持续了很长时间。

有一天,他又闻到了肉香,连忙撒开蹄子快步向"老革命"家奔去。"老革命"这一次破例买了二斤五花肉,正在灶台上烧,见张建平来了,突然起了无名火:这孩子是馋鬼投胎吧,怎么没完没了了!于是,"老革命"盛了满满一海碗红烧肉,对他说:"我们来说个条件,这一碗肉,如果你能全部吃完,下次你来,我还给你吃;如果你吃不完,下次就别来了!怎么样?"

张建平点点头,抢过碗,就用筷子夹着肉块,忙不迭地送进嘴巴,大嚼着咽下去。一会儿工夫,碗里的肉只剩下一半。不过,这时候他似乎已感觉饱了,吃的速度开始变慢。又过了一会,他感到肚子已撑大了,胀胀的,似乎再也塞不下了。不过,他仍清醒,看着碗里快要见底的肉,想着"老革命"开出的条件,仍是拼命地往嘴里塞着肉。当张建平把碗里最后一块肉塞进嘴里时,终于,在"老革命"目瞪口呆的注视中,他哇的一声喷了出来。

张建平说他从此之后,有5年光阴,再也不吃肉了,并且一看见肉,胃里就直冒酸水,就情不自禁地想吐。这就是"后遗症",是"穷凶极恶"不计后果的"后遗症",也是饥饿年代众多带有悲剧性的喜剧之一。

20世纪70年代,中国最吃香的职业是什么?是屠夫。这点是今天的"新新人类"们无论如何也想象不出的。当年屠夫走在街上都是一步三摇仿佛踩鼓点,而满眼看到的,都是笑脸和恭维。"人怕出名猪怕壮,凡人就爱卖肉郎。"

存在决定意识,不服不行啊!那时的中国是票据时代,什么都是定量供应的,有粮食票、布票、棉花票、煤油票等,居民的猪肉供应量是每月0.25斤,小孩必须达到一定年龄才有供应,并且视情况酌减。一般城镇居居每个月至多只能吃上两次肉,买到肉以及吃上肉的那一天往往就成了中国普通居民一个月的节日。当时还有一个专门的单位,就是管理那些卖肉的,叫食品公司。进食品公司的可不是一般人,那都是"根正苗红",最少也得是个中农。

买肉通常要起大早,凌晨2点起床,也不一定能排在最前面。我的家里,一般是前一天晚上,父亲和母亲把我们家中4个人的肉票集在一起,又摸出口袋里的块票和毛票,放进买肉的竹篮里。我和哥哥悄悄留心着父亲的举动,知道"解馋节"就要来到。我们能听到彼此咽口水的声音,那声音就像一颗石子从井口一直跌入幽暗的井中。一整晚我们都会翻来覆去,眼睛在黑夜里闪烁着饥饿的绿光。

排队一般是凌晨,等附近的公鸡开始第一次打鸣了,父亲就悄悄地起来了。因为全家人"蜗居"在一起,虽然父亲起来的动静不大,不想干扰我们,但我们因为兴奋,往往会醒得早,然后悄悄地睁着眼睛看着父亲起床后的一举一动:他先是稍洗漱一下,然后提着装着肉票和钱的竹篮,深一脚浅一脚地出去了。他得去排队,跟头顶上的星星一样,静静地等待,等到太阳出来了,食品公司的老爷小姐们上班了,排队的人才算是看到了希望。食品公司的卖肉地点是在市中心,因为人多,队伍往往一直要沿着街边排到数百米外的大桥边。这样的情景就叫"买肉买到外婆桥"。人们焦急地等待着,一寸一寸地挪动着脚步。往往是排在后面的人挪到摊点面前时,已是日头高悬了。到了窗口之后,照例是先干笑几声,递上一支烟,手指一下,颤颤地说一声:麻烦你给来点肥的。但卖肉的往往瞥也不瞥你一下,哼一声,锋利的刀一拐弯,一刀布满猪皮的褶皱肉用稻草一扎就扔过来了,或者是骨头占百分之八十以上的。你刚想表示点不同意见,后面排队的人就会嚷嚷起来,快走快走!买肉,跟卖肉的不熟,窝着火走人吧!

还有更离奇的事:1975 年,父亲的朋友姚叔叔有一回排了 5

个小时,好不容易到了窗口,里面扔出一堆肉,是冻的。鲜猪肉卖完了,便拿冻猪肉充数。好歹也算肉吧——姚叔叔只好拎回去了。没想到泡软之后仔细一看,肉片上还盖着印戳:"1964年战备。"——天哪,这是一块1964年的战备肉,也就是离买肉的那一年足足有11年哩!后来,姚叔叔描述说,这有着11年历史的猪肉纹理极糙,油性尽失,嚼起来像是干透了的稻草。这还不算,一家人吃完之后,晚上竟集体失声不语,全家人不约而同想起了《新闻简报》报道的长沙汉代马王堆女尸!

吃不到猪肉也想着猪啊!因为缺油水,人们似乎听到猪叫都感到亢奋,小时候,我最喜欢做的一件事就是看人杀猪。一帮人将猪死命地绑起来,一个大木桶放在一边。等猪被抬上案板时,杀猪的便将一把锋利的尖头刀磨磨,吹一口气,然后一下刺入猪的喉管。猪长啸一声,死命挣扎,然后声音渐弱,当血水渗满一个小木桶的时候,猪便安静地"睡着"了。我那时爱听猪叫的声音,就像听到美妙的女高音独唱。

那时候是没有注水肉的。猪放在桶中烫过之后,刮完了毛,便在猪脚上划下一个小口子。屠夫的肺活量真是好啊,死命咬着猪脚,几口大气,便能将猪吹得圆圆滚滚。我认识一个姓丁的屠夫,更有一手绝活,先是憋口气,然后一口长气能将一头200斤的大猪吹得胀大一倍。什么叫真功夫?这就是真功夫。

然后就是开膛破肚。把猪吊在木头架子上,一刀划下去,五脏六腑哗地一起落下来,像一座小山似的,热烘烘的气味极其难闻,屠夫就一块一块地把猪分割了。猪腰和猪心照例是撂在一边。等到所有的工作都忙完了,屠夫接过东家递过来的工钱,歇下来,抽会烟,然后提着猪心、猪腰什么的,或者是一对猪耳朵,地动山摇地走了。只剩下我们看着他的背影,暗嘘一口长气,没有什么其他的想法,羡慕呵,羡慕得连眼球都是红的。

剽悍,勇敢,风光,吃香的喝辣的。你知道我童年的理想是什么吗?就是当一个杀猪的屠夫。

豆腐的秘密

钱泳的《履园丛话》中记述:"凡治菜以烹庖得宜为第一义,不在山珍海味之多,鸡、猪、鱼、鸭之富也。"这句话的意思是说,凡是烹饪中,以山珍海味、鸡鸭鱼肉为食材的,不算本事,因为这些东西本身味道就比较鲜美。这是大实话,据说以前的烹饪比赛中,有一道菜厨师们必须得做,就是青菜豆腐汤或者青菜蛋汤,能把青菜豆腐汤做得色香味俱佳的,肯定是一位烹饪高手。

李约瑟说中国有四大发明,在我看来,豆腐应该是不输于四大发明的第五大发明,它的影响,某些方面不比四大发明小。不只是大陆,凡是有华人的地方,皆有豆腐。豆腐的制作与烹饪,可以说是中国文化的重要组成部分。豆腐何止是一种菜肴,它分明就是人们打开一个新世界的一扇门。在这个世界上,以豆腐为原料的菜肴,至少得上千种吧,而且都是美味佳肴。宋荦《西陂类稿》记述:"某日,传旨云:'朕有日用豆腐一品,与寻常不同,因巡抚是有年纪的人,可令御厨太监传授与巡抚厨子,为后半世受用。'"从文中看,康熙皇帝对部下多关心,特意让御厨教会巡抚厨子豆腐的做法以供其享受。皇帝不仅自己喜欢吃豆腐,而且认为宋荦喜欢吃豆腐。袁枚《随园诗话》记述:"蒋戟门观察招饮,珍馐罗列。忽问,曾吃我手制豆腐否?曰:未也。公即着犊鼻裙,亲赴厨下,良久,擎出,果一切盘餐尽废。"蒋戟门喜欢吃豆腐,认为其他人也喜欢吃豆腐,他的判断当然是对的。

好豆腐一般都有一个前提条件,凡成好豆腐,必有好水才是。做豆腐需要的水量很大,对水的要求也高,相比较而言,徽州的豆腐因为水质好,制作出来的豆腐自然味道鲜美、口感细腻。早年徽州的豆腐,都是用井水浸泡当地的黄豆,用石磨磨成浆,再倒入白粗布做的口袋,经白布口袋过滤出的汁,是豆浆,留在布袋里的,则是豆渣。生豆浆要倒进灶台的大铁锅烧煮,用棍子不停地搅动,稍一停,上面就会结成一层豆衣,用棍子一挑,一大块豆腐皮就出水了。豆腐皮也是一道佳肴,无论是打鸡蛋汤、蒸咸肉等放入,都能增味增色。好的豆浆颜色偏黄,浓郁清香。待豆浆煮好后,倒入木桶,点卤,或者放石膏,便成豆腐了。不过,这时候仍属于水豆腐,属半成品,要变成老豆腐、豆干、千张之类,还得继续深加工,再用白布包紧,上面放着木板,压上大石头沥水;待水沥到一定程度,就变成老豆腐了;再压,用酱油泡,就变成豆干……这当中的功夫,得一道一道程序地做,急不得,也慢不得。

因为豆好、水好、工艺好,徽州每个县都有较为著名的豆干,比如说歙县的茶干、开洋干,休宁县五城镇一带的豆腐干等,都非常有名。最好的豆干当然是手工做的,我小时候吃的就是这样的豆干。现在徽州纯手工做的豆干,已经很少了,不过现在的歙县城里还有一家,非常有名。我五舅有时回歙县,会给我带一大塑料袋。这豆干不用任何炒、煮、烧,就泡上一杯好茶,可以不停歇地吃上很多块。据说,做这豆干的老陈都是第一天晚上磨豆浆,煮过之后点卤,然后早晨起来做豆干,每天只做1000块,卖完后就关门,再多的人排队,也绝不开工。多年做豆干的过程中,老陈养成了他的人生哲学和做人做事的原则,这也是老徽州人的做派。"徽州通"摄影家张建平老师曾让我品尝过一种用黑豆做的豆干,颜色有点像臭干,味道细、鲜、甜,有嚼头,绝对是豆干中的上品。我在黟县的关麓村,还看到过一家做夹心豆干的豆腐坊,工艺其实并不复杂:用纱布包豆腐进行压制之前,将以虾米为主的馅夹在两块豆腐之中。一对夫妻把这个夹心豆干做得供不应求,连店面也不用,出来后就有人排队来买。至于五城豆腐干,现在的名气很大了,产量也大,有些质量也不如先前的了。我曾经几次去过五城,知道当年龙湾镇中制作豆腐干最负盛名的有两家,一家是五城中街黄惟明开设的"淇昌"酱园,它是用自己店中制作的豆汁原油卤成的;再一家就是古林桥头黄自振开设的"悦来"豆腐坊。这两家酱坊都是用当年新收的黄豆做豆腐,陈年老豆坚决不用;其他的诸如桂皮、茴香、丁香、冰糖、麻油等,都要精心挑选,难怪做出来的豆干特别好吃。徽州豆腐干总体上最大的特点是,不仅肉细鲜美,而且回味甘甜。我吃过安徽的很多干子,觉得徽州五城和歙县的茶干,比长江边上的"采石干""黄池干"要好得多,比淮南和合肥三河的豆干也好。徽州的茶干最大的特点在于细和甘,只有宣城水阳的干子可以一比,宣城水阳的干子也好,只是在嚼劲上,要比徽州干子稍稍地弱一些。

徽州还习惯将豆腐制作成豆腐果,其实就是将老豆腐切成片,放入油锅里炸,待豆腐片炸成表面黄色内部变空,也就成了豆腐果了。在菜市,人们经常见到由一根绿色的棕榈丝串起来卖的豆腐果。与外地豆腐果相比,徽州豆腐果最大的特点在于口感酥软,煮烧后松软。豆腐果的角色是一个"百搭",它能荤能素,能主能宾,无论是炒、焖、烧、炖都行,可以跟肉在一起红烧,可以切成丝炒辣椒,可以与火腿或咸肉、春笋配在一起做成"腌笃鲜"。什么是"腌笃鲜"?"腌",就是咸货;"鲜",是指新鲜的菜肴;"笃",应该是象声词吧,就是用小火焖炖。这一道菜,是咸货与新鲜菜肴混搭,口味咸鲜,汤白汁浓,肉质酥肥,笋清香脆嫩,豆腐果入味后格外好吃。豆腐果还有一种做法,就是当成盛器,用来装肉、香菇、蔬菜等制成的馅。我在少年时每每过年前,都要坐下来帮母亲做这一道菜,用剪刀将豆腐果剪一个小口,用筷子将做好的馅放进去,然后重新摆好,放在蒸笼里蒸熟。这一道菜可以放入鸡汤、肉汤中,也可以放在"一品锅"的最上一层密密地排好。吃这个东西要小心,得先咬一小口,吮出点汤汁,再试探着用牙咬,否则里面的汤汁溢出来,很容易将嘴巴烫伤。

除了做成豆腐果和千张外,徽州人吃豆腐最有特色的方式,就是做成腊八豆腐和毛豆腐。制作腊八豆腐要先将豆腐用包布做成圆形,中间按一凹陷,放入适量的食盐,撂在竹制的匾中,放在阳光地里暴晒一阵。盐逐渐渗入豆腐中,豆腐慢慢也变成黄色,如石头一般硬了。做腊八豆腐一般得在冬天,冬天气温低,豆腐晒干过程中不会变馊变坏。吃腊八豆腐先得用冷水发泡,待它松软后切成丝,无论是凉拌还是炒肉丝、辣椒丝都行,特点是嚼劲大,口感特别好,这也是盛夏时节的一道极下饭的菜。至于毛豆腐,做法就比较讲究了。必须以老豆腐为原料,最重要的步骤是发酵:需在室温12℃左右摆放一周,才能长出细软的茸茸白毛来;温度过低,长不出长毛,温度太高,毛豆腐又容易变质。夏天里是不能做毛豆腐的,温度太高,发酵容易失败。毛豆腐在慢慢发酵的过程中,由于温度、配料、发酵时间长短不同,出现白色、黄色和灰色等不同的茸毛,徽州人会根据不同的毛色,将毛豆腐分为兔皮毛、虎皮毛和猪皮毛几种。至于毛豆腐的吃法,一般是先煎得两面金黄后,蘸辣椒酱吃;也有"蛋炒毛豆腐",将毛豆腐煎炸到一定程度,叩入两枚鸡蛋,加入葱、姜、蒜同炒后起锅。以前,徽州卖毛豆腐的人挑着特制的担子,一头是多层的抽屉,里面装满长毛的豆腐,上面放着香油瓶、辣椒、酱油以及碟子、筷筒;另一头则是带柴炉的平底锅,可以随时取下来烧。卖毛豆腐的人一边喊着"毛豆腐",一边穿梭在徽州的大街小巷,若有人招呼,他便停下来,取下挂在扁担上的小长条凳让人坐下,然后,一边跟客人拉家常,一边点柴生火。只一会儿工夫,毛豆腐便煎得两面发黄,然后用碟子端上,上面浇点辣椒酱,就做成一道速成的"街头小吃"了。

值得一提的是,做豆腐的"废料"也就是豆腐渣,也算是一道不错的菜肴。我少年时家里隔三岔五会从附近的豆腐坊买来豆腐渣炒着吃。豆腐渣极便宜,两分钱可以买一大盆。张爱玲也是吃过豆腐渣的,张爱玲在《谈吃与画饼充饥》里写道:"譬如豆腐渣,浇上吃剩的红烧肉汤汁一炒,就是一碗好菜,可见它吸收肉味之敏感,累累结成细小的一球球,也比豆泥像碎肉。少掺上一点牛肉,至少是'花素汉堡'。"豆腐渣炒起来香,不过极耗油,炒起来一定要多放油,尤其是猪油,有条件的,干脆放点回锅肉进去,放了猪油的豆腐渣才会鲜、香;还要多放大葱、姜、蒜,最好再放点小虾,将红辣椒切成碎泥放进去,这样能让豆腐渣的颜色更为漂亮,红、黄、白、绿相间,再加几色,就七原色全了。"不过,三四十年前,家里哪有那么多的猪油放呢?豆腐渣会经常卡住嗓子,得把脖子伸得老长,经过一番"仰天长啸"才能咽下去。徽州那边还吃霉豆腐渣饼,春天时将新鲜的豆腐渣捏成饼,放在竹匾中,然后摆在露天处晾晒,待发霉后煎着吃,或者烧咸菜、烧肉,跟毛豆腐有异曲同工之妙。

河蚌嬉

我小时候是在农村长大的,几乎是在学会走路的同时,就学会了游泳。夏季是乡野孩子最开心的季节,等到蝉鸣之后,我们一天的大部分时间都会待在水边。要么在河边的柳树林里角力摔跤斗鸡,要么就是用弹弓打鸟,爬上大树端鸟窝等;或者站在河边,捡拾扁扁的石片打水漂,有时候水漂可以一直打到对岸去。岸上玩累了之后,下半场便是水中的嬉戏了,从石壁上跳入水中,扎猛子,打水仗,不亦乐乎。一个夏天下来,身上晒得同野人一样。在河边玩的另一大乐趣是捉鱼,在浅水区,用手轻轻揭开河里的卵石,总有一两个脑袋大大的、身体黑乎乎的小鱼静卧在那里。我们便蹑手蹑脚,轻轻地把手伸过去,但这鱼很灵敏,当你手快要接触到它身体的一刹那,只见那儿水一浑泛起一圈水晕,鱼儿便倏忽不见踪影了。

后来大了一点,我也学聪明了些,知道捉这"呆子鱼"往往会劳而无获,便想着办法抓别的鱼去了。夏日,蚕已成蛹,养蚕的"草龙"是很适合的捕鱼工具,一般有3丈多长,用草直直地缠起来。我和伙伴将"草龙"运到河边,往往是他拉这头,我拽那头,两人从浅水处一声呐喊,然后一起拖着往岸上跑。水被溅得乱飞,泥浆沾在身上也顾不上,心里却是极高兴,到了岸上,尽管呼哧呼哧喘着粗气,也互相乐着,咧开嘴直笑,赶忙拿开草龙,这时河滩上总有几条吓蒙的鱼儿在活蹦乱跳。

我少年时不喜欢钓鱼,喜欢用小竹条在前面缚上一米多长的渔线,用水中鹅卵石下的小虫子做诱饵,然后站在过膝深湍急的水中"拉鱼"。往往拉着拉着,只见水中鱼肚子一翻,便有鱼上钩了。以这种方式拉出的鱼,多为几寸长的长条。一个下午,往往能拉个斤把左右,回去稍稍挤去肚子里的东西,加入面粉、黄酒和盐,放在油里面炸一下,炸得酥了之后,连皮带刺,都可以一股脑儿咽下。我曾经差点捉到一条很奇怪的鱼,这条鱼漂亮而妖冶,它周身发蓝,翅鳍鲜红,有将近一尺长。我在河里拉到这条鱼的时候,只见红光一闪,我眼前一亮,以为是彩虹落在面前。我把这条鱼拉出水面之后,拎着它就往岸上跑,不过却很奇怪地看着它的背上竟有两扇翅膀,扑啦啦挣扎着想飞翔。我吓了一跳,又急又慌,一屁股坐倒在水里,手中的鱼竿也落在水里,很快被河水冲走了。我呆呆地坐在河岸上,半晌也没有反应过来,我不知道这是怎样的一条鱼。后来查所有的资料,我都没有搞清楚这到底是什么鱼。

那时,我们还采取过一些其他的办法,比如,先看好一处的地形,然后借助水里的大石头,筑起坝来,用脸盆把圈好的水域舀干,然后去抓里面的鱼虾。或者,采摘河边生长的野辣椒,用石头砸烂之后,放入水中。鱼被辣得吃不消了,就会晕头晕脑地浮在水面上。不过,这法子最是辛苦,舀水和砸野辣椒的工作量都不小,虽说捉的鱼、虾、蟹不少,却失去了嬉戏之乐,弄过几回后也就不干了。后来有人教了一招简便的方法,倒是挺管用的——夏日正午,阳光毒辣辣地压在大地上,我们带着一根大铁棍,走到浅水里,鱼也是极怕热的,纷纷躲在大一点的石头下纳凉。我们便蹑足走过去,举起铁棍,对着石头狠狠一击,咚的一声,尽管手常常被震得发麻,但也抑制不住快乐,搬开石头,好多鱼儿晕晕地浮上来——大多数是被这突如其来的一击震得失去知觉。我们便用纱布笼轻而易举地将它们拿获。

捉鱼是在夏秋之季,抓泥鳅倒可以随时随地。我小时候的徽州乡野,到处都是水田,只要有水田的地方,就有泥鳅。只要卷起裤角,站在水田之中,用手扒开稻田沟里的淤泥,便可以看到里面到处都是泥鳅了。抓泥鳅一般用三个手指,即用大拇指、食指和中指夹住泥鳅的颈部,夹住后,泥鳅就会发出吱吱的声音束手就擒了。那时,我们附近生产队还出了件奇事:有一天,我一同学的父亲挖泥地,忽然就挖出一个大洞来,但见里面有千万条泥鳅翻滚。同学父亲赶忙回去取来脸盆、箩筐来盛。足足地盛满两大箩筐,一称,竟有近200斤!好长一段时间,附近几个公社都在议论此事,说是不是这一带的泥鳅聚集于此开大会,否则哪来如此众多的泥鳅呢?直到现在,人们还是说不出个究竟来,自然界中许多事情,好像都是没有谜底的。泥鳅的烹饪方法有很多种,最简单的,当然是红烧了。至于其他,也有一些奇巧的做法:一是把泥鳅放到净水中养数日,让其吐尽肚中泥巴,然后打几个鸡蛋放在水中,饿极了的泥鳅自然猛吃一通,等吃完鸡蛋,就把它们提起来直接扔进油锅里炸,如此炸出来的泥鳅脆而鲜,有嚼头。泥鳅还有一种做法比较讲究,这就是"泥鳅钻豆腐":将养了 3 天吐净污物的泥鳅放入冷水锅中,再放一大块豆腐,逐渐加热,泥鳅怕热便纷纷钻入豆腐中,此时再以猛火烧开,加各种调料烹制,熟后将豆腐切厚片装盘,豆腐中夹着泥鳅段,荤素交融,妙不可言。泥鳅似乎对人类有百利而无一害,不过现在的水田里,已很少见到它们上吃泥淖下饮黄泉了。农田里都大量使用除草剂,市场上仍有泥鳅在卖,不过那大都是人工饲养的。泥鳅之根本,在于野、香、腥三味,缺此三味,泥鳅近于家鱼而又不及家鱼,于饮馔实在是可有可无了。

相比较抓泥鳅,抓黄鳝显然要复杂许多,得用一种篾编的竹笼,长长的,一头大一头小,大的一头是很容易钻入的进口,小的一头扎住口,晚上放在深深的水稻田里,用水将笼子淹没,然后第二天早晨去收。皖南的水田里有很多黄鳝,白天都钻进很深的泥地里,到了晚上,它们会出来活动觅食。这样,放在水里的笼子往往不会落空。不过,收黄鳝得注意一点,笼子位置放得不好,笼口没有完全埋进水中的话,极可能会有蛇钻进去,待收笼子时,会出危险。抓黄鳝这个活,一般得大人去做,得小心识别笼子里是不是蛇。另外,抓黄鳝得有点技术和气力,得用右手的大拇指、食指和中指将黄鳝的身体钳住,才能不让它逃脱。黄鳝的吃法一般是火腿烧鳝节,即把黄鳝斩成一节一节的,与火腿段同烧。如此烧出的黄鳝入味,鲜而香。姜炒鳝丝也是一道不错的菜肴:将黄鳝头往专用的木板钉上一挂,用带钩的锋利的刀从上到下一划,黄鳝的肚皮就开了;再用弯弯的刀尖一剜,先是剔去黄鳝的肠子,再剔去鳝骨;再用刀尖在去骨的黄鳝上多划几道,放在砧板上切一下,鳝丝就轻巧巧地形成了。炒鳝丝的要旨在于爆炒,用大火,加足葱、蒜、姜、黄酒和酱油。爆炒过的鳝丝又嫩又鲜,口感极好,是一道下酒下饭的好菜。

  不捉鱼的时候,我喜欢在徽水河边走。我喜欢看水,喜欢听水声,也喜欢光着脚蹚水的感觉。有一天黄昏,我看到有个人在河边上摸着什么。我走到他身边,他对我笑了笑,黝黑的脸上露出雪白的牙齿,然后,他递给我一只大河蚌。我接过蚌,左看右瞧不知如何打开它,"这里面有什么呢?""有珍珠。""还有呢?""还有鲜美的肉啊,炒菜很好吃的。""那……我怎么打开它呢?"那个人笑了笑,一本正经地说:"你怕痒痒吧?"我点点头,他便说:"蚌壳也怕痒,你给它抓痒,它就会笑得喘不过气来,把嘴张开的。"我那时真是傻,真信了他的话,便坐在河滩上,专心致志地给河蚌挠起痒来,想着法子逗着它张开嘴笑。那人看我很专心地坐在那儿,捂着嘴咯咯笑着走了。我一直坐在那儿,一边认真地挠痒,一边想象那蚌能笑着张开口,吐出几个硕大的珍珠,明晃晃亮闪闪的……就这样一直到了月亮升起来之后,我仍专注地在河边给河蚌挠痒痒,我的家人也找到河边来了。他们听了我的解释之后,一个个笑弯了腰。我是个傻孩子吗？不,我只是一个有着好奇心的执着的孩子而已。

山芋与葛根

女儿泠然长这么大了,还喜欢吃烤山芋。每次她剥开山芋皮,要让我尝一口的时候,我总是赶忙把头一偏,说:"我不吃这个,我实在是吃得太多了。"

我说的不是假话。相信不仅仅是我,我们这一茬20世纪60年代出生的人,山芋实在是吃得太多,简直吃撑了,吃噎了,哪里还会再想吃山芋啊!

我8岁以前,因为母亲在农村小学教书,一直在乡野里摸爬滚打。那时农村小学教师家家都辟有一块菜园地,平日里种一些南瓜、辣椒、茄子、丝瓜、番茄之类的。每天的菜肴,也是从园子里摘的,不是辣椒炒茄子,就是茄子炒辣椒,要么就是炒丝瓜或者丝瓜汤之类。南瓜可以从春天吃南瓜花开始,依次是吃青南瓜、中南瓜、老南瓜。20世纪70年代初,所有的东西都匮乏,鸡、蛋、肉等稍好一点的东西,都要定量供应,家里也没有钱,一个月能有一餐吃上肉就很不错了。所以，山芋就成了我们的主菜之一，甚至成了主食。一到吃饭，端上来的都有山芋。煮、烧、烤、炒、晒干、磨成粉……小小的山芋，硬是做成了大文章。父母亲因为忙，对生活也不讲究，于是在很多时候，山芋跟我们的结缘越发深入，也更加频繁——早餐是煮山芋；中午虽是米饭，锅头上也会蒸上几块山芋；晚饭，通常也是煮山芋汤或者是山芋稀饭。这样的伙食，持续了很多年，你完全可以想象我在咽食山芋时的痛苦表情。有时候，我闻着山芋的味道，几乎都能感受到死亡的腐朽气息。那时候的山芋，是一两分钱一斤，父母亲不仅买了大量山芋，有时候，还带我们到农户收获过的山芋地里再刨上一遍，有时候一下午，也能刨上百把斤。虽然有着收获的喜悦，但当我精疲力竭地看着家里随处可见的山芋、山芋干、山芋粉时，自己就像置身于山芋的汪洋大海中无法解脱。我心灰意冷，就差自己没变成个山芋了。

在一起上学玩耍的很多小朋友跟我的处境差不多。也可能，他们吃的山芋比我还要多。吃山芋麻烦的后遗症很多，最大的后遗症不是胃酸多、胃口不开，而是放屁。那时，我们几十个小家伙挤在一个小小的教室上课，完全可以想象出几十个生命旺盛的"屁虫"制造的空气污染。因为吃山芋的后果，教室里那种奇怪而幽默的声音接二连三，此起彼伏。每当有这种声音响起后，大家便会发出会心的笑。当然，有声音的还不怕，更怕的是那种悄无声息的臭气，就像一个阴谋家扔下一个毒气弹似的。有时候一阵毒气袭来,附近的人立即作鸟兽状四散分开,一边屏着呼吸,一边用手中的课本拼命地扇动。这情景让老师也看得啼笑皆非。有时候连老师也被熏得吃不消了,一边苦笑,一边命令学生们赶快把纸糊的窗子开开,然后张大嘴巴捂住鼻子像一个溺水上岸者一样拼命透气。现在想起来,老师也应该是放屁的,只不过他们往往会放得更阴险更狡猾更不动声色一点罢了。因为老师同样也是餐餐吃山芋,老师也会因此变成了制造毒气弹的机器。

那时候我们哪有零食啊,零食,也就是山芋干吧。相对而言,山芋干比较好吃一点,将山芋先煮熟,然后,切成条状,晒成干。快到过年时,拿出来,跟沙子一起爆炒。这个还可以吃。当然,靠山吃山,秋天的时候,山野里可以采摘到很多毛栗子,这也是零食之一。毛栗是好吃,但吃的时间太短。从秋天开始,一直吃到第二年早春的,是另外一种零食,就是葛根了。这是山区小孩最常吃的一种零食,也是比较好吃的一种——皖南山区的红沙土,适合生长品质优良的葛根,淀粉很多,很香。挖葛根,是很费事的,一般来说,要先在山坡荒野中找到葛藤,然后顺着藤摸到葛根所在的地方。用那种我们称之为"板锄"的大锄头在葛根的四周深挖,等葛根差不多露出面目了,就用结实的麻绳拴住葛根头后,系在锄头上将锄头一头抵着地,一头抬在肩上,用力一抬,葛根就完全出土了。待洗刷干净之后,放在大铁锅里,放上水,最好是用淘米水,用柴根使劲地煮上几个小时。然后,把起锅后的葛根切成一小段一小段的,撇去皮,嚼着吃,吃它的粉,然后吐掉粗纤维。

葛根的营养价值非常高,按照现在医学保健书上的解释,是真正的绿色食品,含有丰富的维生素和葡萄糖,可以降血压、降血脂,对痛风之类的疾病尤其有好处。葛根是好东西,不过对于当时的我们来说,吃葛根,纯粹就是为了解馋,就是为了打牙祭。除此之外,用葛根榨洗出来的葛粉,可以制成葛粉圆子,也非常好吃。不过,我那时候吃得不多,仅在父亲一个朋友家吃过一次,那嚼劲和味道,让我难以忘怀。

我8岁以后,就转到县城小学了。葛根,也很少有机会去挖了,因为离最近的山里,也要走很多路。不过,10多岁的时候,有一次跟父母到绩溪校头的大山里去玩,在一个朋友家住了几天,几乎天天去山里挖葛根。校头一带因是黄土,葛根尤其粗壮,含的淀粉也多。从校头回来时,我们驮了很多粗壮的葛根回来。当然,葛根从来就不是少见的,在我上学的县向阳小学门口,一年到头,都有几个小贩卖葛根。她们一般是将葛根齐整整地剖开,你付多少钱,她们即切多少块葛根给你,也不用秤称。一般在课间时,我们都会拥到校门口,买上个两分钱或者五分钱葛根,然后幸福地嚼着。给我印象较深的是一个卖葛根的老太太,整天穿着黑色的棉袄,腰前系一个围裙,她每天都要卖满满一竹篮葛根。她总是自己携带一个小板凳,我们上学时她就来了,一直到我们放学没人了,她才回家。她的面前放着一块砧板、一把刀,那把刀非常锋利。她的葛根一直最好,尽是粉葛,没有水葛,也没有柴葛。我经常是把早上买馒头的钱省下来,买葛根吃。有时候一下课,她的面前总会围着一大群学生,吵吵嚷嚷的,都是去买她的葛根,当然,其中也有一些人不规矩,浑水摸鱼。混乱之中,老太太往往会张开瘦小的胳膊,护住自己的葛根,大声地叫着:"不卖了,不卖了!"有的孩子会乘她不备,抓上几块葛根就跑。老太太会气愤地站起来,大声地斥骂。因为是个小脚,也没办法去追,只有跳上两跳,一边骂着,一边继续做她的生意。

在向阳小学里待了3年之后,我就去另一个地方读中学了。奇怪的是,在不大的县城里,后来竟一直没有再见到过她。买葛根的孩子也是一茬一茬的,不知她后来卖了多少年,反正,吃她卖的葛根长大的孩子,一定不会少。

相较于山芋,我一直喜欢吃葛根。山芋,我这一辈子是看都不要看了,"痛苦"的记忆太深了。但葛根,我一段时间吃不到,还会追忆。前几天老家的朋友给我带来了许多葛根,我把它分给同事和朋友吃,他们都大吃一惊,不知道是什么,也不知道怎么吃。我有点得意。毕竟这是好东西啊,我小时候,也是吃过好东西的。

酱坊与糖坊

从乡下搬到县城,我家一直住在文化馆里。文化馆的隔壁,是一个酱油坊,好像有上百年的历史,当时已属于集体。那时的徽州,每个城镇都有一两个大酱油坊,生产着酱油、豆酱、咸菜之类的东西。酱油是零卖的,县城里每个家庭的孩子,一般都是从打酱油开始劳动。只要会走路了,就得学会打酱油。大人做饭的时候,看到酱油瓶空了,便大喊一声:"快去打酱油!"于是,孩子小手握住酱油瓶,接过递过来的一两毛钱,飞跑着去酱油坊。到了酱油坊,得踮着脚向高高柜台递过去钱,然后,营业员放下手中的毛线,面无表情地从柜台里走出来,掀开酱油缸上的竹笠,将漏斗插入酱油瓶中,又从一排吊着的竹器当中,取出适合的竹筒舀出酱油倒入瓶中。竹筒体量不等,有 1 斤的,有半斤的,也有 2 两、1 两的。营业员狡猾得很,逢到心情不好气不顺时,手一抖,半两酱油就滴漏了。

酱油坊一般是前店后坊：前面的是店，卖盐、杂货、酱油和酱菜；后面的是坊，即生产酱油、酱菜的车间。酱是以黄豆为原料制成的：先将黄豆在大锅里煮熟，倒在竹匾上晒；几个日头之后，将七成干的豆豉放进半人多高的大缸里面，上面铺一层艾草，用竹编的大笠帽盖着。黄豆在缸中腐烂发酵，产生的液体就是酱油，剩下的就是酱板。我后来想，小时候的红烧肉为什么好吃呢？除了物以稀为贵、肉质本身较好之外，酱油的好，也是很重要的。现在都是化学制酱油，搞配方，哪里去寻那种散发着豆香的"土"酱油呢？

酱油坊的主产品是"香菜"：入冬之后，采购大批当地打过霜的"高脚白"，就是茎白长、叶子少的一种白菜，架竹竿上在阳光地里暴晒几天，待晒到八成干了，用刀切成2寸长短，倾入木盆之中，加盐、八角、辣椒粉等佐料，用手使劲地揉搓。这个揉搓过程很讲究，有些人手"鲜"，做出来的"香菜"好吃；有的人手"臭"，做出来的菜难吃，甚至还会腐烂。酱油坊每年招季节工，一般都会问一个问题：你的手喜欢不喜欢出汗？回答肯定的录取，回答否定的淘汰。菜秆揉搓一番后，一般是放入小瓮中，用洗净的石块压紧，搁置一个月后，开封就成"香菜"了。吃"香菜"最好倒入点麻油，或加点白糖拌一拌，绝对辣脆可口。除"香菜"外，酱坊里还生产腌萝卜、咸豆角、酱瓜、腌辣椒、腌大蒜、腌生姜之类。腌萝卜品种最多，分为咸萝卜、酱萝卜、萝卜块。咸萝卜直接用盐水泡，酱萝卜直接用酱油泡，皖南的沙地萝卜甜，水分也多，怎么做都好吃。至于萝卜块,做法跟香菜基本相同。好的萝卜块也叫"萝卜响",是指它嚼起来很脆,齿间能发出清脆的声响。

那时候的酱油坊,是我们经常玩耍的地方。我们经常在酱油坊里逮蟋蟀——也可能是吃了酱油的缘故,酱油坊里的蟋蟀特别多,一个个体大威猛,特别好斗。在酱油坊里躲猫猫,也是最适合的场所——有上百个半人高的大缸以及1米多直径的竹斗笠,随便往哪里一藏,都会让人找半天。有一次,一个小伙伴竟潜入半缸酱油的缸里,让我们找了半天才找到。这家伙在里面怡然自得,有滋有味地品尝着酱油,吃着萝卜块,不知有汉,无论魏晋。当然,躲猫猫只能在酱油坊上半年相对空闲的时候,到了下半年的收购季节,酱油坊大院人来人往,收购来的萝卜、白菜会堆得如小山一样,上百个大缸也塞得满满。有时候萝卜装不下,竟会晒到我们打弹子的操场上。旁边既然有能吃的,就容不得我们不客气了。往往是空闲无聊时,像小野兔一样跑到竹匾上抓一把萝卜啃着吃。吃萝卜不仅能缓解我们的饥渴,有时候还会放出黄鼠狼般的臭屁,扰乱对手的斗志和注意力,让对方的弹子偏离方向。那时候的日子是真无聊,有时候无聊至极,几个人会凑个毛把钱,派人跑到酱油坊买腌辣椒来比赛着吃。这种腌辣椒特辣,俗称"狗吊辣",我们就拼着看谁能一口气吃得更多——比赛的最终结果是伤人伤己,我们会辣得满操场转圈,眼神发直,眼冒金花,恨不得逮到什么都啃上几口。一场比拼下来,后果会持续很长时间,上面不感到辣了,下面还会感到辣,上课时也会如坐针毡。

我们的童年就是这样贫乏和寡淡。除了粗粝的古巴糖和县里自产的甘蔗和野果,我们甚至很少能吃到糖或者其他甜食。只有在年边上,父母亲才会挑着半担冻米,去糖坊里做一点算是甜食的冻米糖。割冻米糖是一个较大的工程:秋天时先将糯米蒸熟,放在阳光下暴晒,晒到半干时,将结块的糯米掰开,搓成一粒一粒的。到了快过年时,会将一年的糖票集在一起,买上斤把白糖,然后挑着冻米去糖坊里割糖。糖坊的人很多,空气中充满诱惑的甜香,我们吮吸着味道,仿佛吮吸着天堂的芬芳。割糖要先交加工费,随后,站在长长的队伍后面慢慢挪步。割糖的步骤并不复杂,先将冻米在锅里爆成米花,将白糖熬成糖稀,再将糖和米花搅拌,放入一个大木框中,用大石头压紧。待其基本冷却之后,用锋利的刀将之分割。在此之后要做的事就是把它一层层码进特制的白铁箱——这做好的冻米糖,就成为我们春节乃至大半年的零食。

我是不喜欢吃冻米糖的,因为吃得太多——年年吃,月月吃,天天吃……再好吃的东西,当不想吃也得吃时,就会变得让人生厌了。我喜欢吃的,是稻花糖和花生酥——稻花糖是用稻谷爆成的稻花做的;花生酥是将花生炒熟,倒入糖稀后放在石臼里用木头击打出的。这两种糖好吃,成本也高,像花生酥,那时候我们吃花生都难,哪能找来10多斤的花生来做花生酥呢?所以,我们家吃的,只能是便宜的冻米糖。有时候瞅着别人家割花生酥、稻花糖,只能咽着口水悻悻地回家,接着吃自家的冻米糖,吃得满嘴燥热喉咙发痒,吃得情绪沮丧满怀忧伤……到了后来,我再也不想碰那个干燥的、散发着一股异味的东西……终于有一年,在上一年的冻米糖大批存积的情况下,父母终于决定不再割新冻米糖了。我悄悄地长吁一口气,如释重负,终于可以摆脱冻米糖的羁绊和阴影了——那个时代的很多东西,都像冻米糖,看起来甜蜜而快乐,本质上却是简单的淳朴,还有乏味。

徽州的野菜

我童年的时候生长在皖南的乡村,从三四岁起,就与村中的孩子们一起,在山野河流边四处晃悠着边玩耍边觅食。我们采山里的野果,偷地里的萝卜和山芋,用弹弓打天上的麻雀和黄莺。我们吃山里的野兔,吃蛇,吃山里的野果,"贼大胆"般地尝遍田野里的百草、百虫。那时候真是个"饥饿年代",小伙伴之中难得见到一个胖子,我们都挺着一个青筋暴出的大肚子,小腿细得如柴棒,脑袋大得出奇,活像一群在田野上跳跃的饥饿的蚂蚱。

野菜,是我们在乡野里离不了的东西。与平原相比,山区最为丰富的,就是各种各样的野菜了。皖南好吃且最有名的,自然数春天里的蕨菜了。蕨菜有一种山野的清香,无论是清炒还是凉拌,或者干脆就是晒干了烧肉吃,都别有一番滋味。蕨菜性凉,据说可以治癌,日本就专门从中国大量进口这种野菜。山区野地里雨后还会长出一些地肤,也就是地衣,青绿色的,把它捡拾起来,洗净,和大蒜、青椒一起清炒,极爽口;也有人用地衣来煮粥,味道清香,吃起来滑溜溜的。比较常见的是荠菜和马兰头:荠菜与豆干放一起清炒有山野的清香,也可以用来包饺子,做馅是首选,无论用大白菜还是韭菜,都远不如荠菜香。荠菜做圆子也很好吃,好的荠菜圆子分两层,内层以荠菜为主:将烫过的荠菜挤干水,剁碎,加入炒熟的肉丁和切碎的虾米、香菇、火腿、鲜笋,用湿淀粉拌匀,捏成乒乓球大小的馅;再将肥瘦各半的猪肉剁碎拌匀后加蛋黄等裹一层。最后把圆子下温油锅炸至金黄色浮起即可。荠菜圆子要趁热食用,咬开那酥松香脆的金黄色外壳,里面一团青绿冒着热气,让人想起春天的山野氤氲的雾霭。

  与荠菜如姐妹花般生长的是马兰头,早春的马兰头特别"蓬勃",小沟、小渠、小河边长得到处都是。春天里拎个篮子去乡野里采马兰头,用剪刀头插入根部,一剪一挑,一会儿篮子就满了。马兰头洗净后要用开水焯一下,加入麻油和糖,和臭干子、花生米一块凉拌,或者放在锅里炒一炒,吃起来,要的就是那种微苦微涩的清香。较高级的吃法是用马兰头炒猪肝,或者用马兰头炖猪头,猪头吃起来香,也不腥。马兰头还可以用来炖莲子,中医说是补气。气是什么?不知道。比马兰头更常见的是马齿苋,这种野菜在菜园的空地上随处可见,采摘马齿苋以棵小、稚嫩、叶多的为好。采摘后洗净,将鲜嫩茎叶用开水烫软,把汁液轻轻挤出,加食盐、米醋、生姜、大蒜、芝麻油等拌匀,吃起来有些酸酸的。马齿苋还可以用来炒鸡蛋、炒猪肝和猪腰,吃起来爽滑嫩鲜,味道稍酸。

马齿苋最适合的吃法是用草木灰搓揉,搓出浆水后晒干。晒干后的马齿苋烧五花肉很好吃,很香,口感也很好,跟干豇豆烧肉可以一拼。

春天里好吃的还有香椿,每到清明前后,人们都要用绑着镰刀的长竹竿去树上绞几枝香椿苗来炒土鸡蛋。香椿炒土鸡蛋,是春天里最好吃的菜之一,它还有个诗意的名字叫"吃春",能吃得五脏六腑都苏醒过来。香椿凉拌也很好吃:用开水烫软后,挤干水分,切碎后加入细盐、麻油、鸡精凉拌,再加入水豆腐或者豆腐皮,清新爽口滑肚肠。香椿还有一种较复杂的吃法:将蛋清和蛋黄分别下温油锅过成碎末状,将香椿芽末、蘑菇丁、肉丁、豆腐丁一同放在油锅里爆炒,最后勾薄芡出锅装盘,这便是很有名的"香椿赛蟹黄",黄、白、绿、红、褐五彩缤纷,色泽鲜艳,就像春天本身一样。皖南还有其他一些野菜,现在已不常吃了,比如说酸模,可以用来炒肉片、做汤,也可以采摘下来做咸菜。酸模吃起来有一种酸酸的味道,清新爽口,很是别致。

那时山野里还有百合,也是我们常去挖的。野百合与现在种植的百合是不一样的,现在的百合没有什么味道,寡淡无味。野百合在浓浓的药味之后有一股长久的甜味,袅袅娜娜能甜很长时间。野百合不太好找,在山上的乱草丛中,偶尔发现,我们会高兴得不行。野百合一般作为佐料煮稀饭吃,煮稀饭时药味没有了,只有一种浓郁的药香。野百合还可以用来炒肉片,用来烧鲤鱼——百合鲤鱼是一道传统的名菜,据说从春秋时就有了。"百合",百年好合,这个名字好听,与鲤鱼搭配起来,一切吉祥。与百合同样从地里挖出来的,还有黄精,黄精可以跟鸡、甲鱼一起煲汤,肉嫩汤美。黄精是滋阴壮阳的一种东西,还兼补气、润心肺什么的。我曾在九华山看见有人卖黄精,一斤要 200 元,真贵!

徽州山野里还有一些东西可以吃,不过因为不太好吃,到 20 世纪 70 年代的时候,人们已不太吃了。比如说苦菜,也就是蒲公英,开花之前的叶与茎,都是可以炒着吃的。传说不食周粟的伯夷、叔齐深居在首阳山里,就是以吃苦菜为生。他们就是要把自己整得很苦,以不忘记前朝的恩惠。水边的茅草根也是可以吃的,白色的茅草根带有甜味,可以嚼着吃,也可以洗净后放在火上烘,烘干后磨成粉,用水和成面状做茅草饼。不过,我从来没有吃过茅草饼。水边还有鱼腥草,既是治感冒的中药,也可以作为野菜吃。我在皖南没有吃过鱼腥草,倒是有一年在云南的餐桌上吃过,苦苦的,有一种浓烈的腥味。有人说吃了鱼腥草是三月不知药味,我第一次尝,差点翻江倒海。

徽州最好吃的是山野里各式各样的野蘑菇、野山覃,还有生长在榆、桑、槐、槠等朽木上的黑木耳。据说,绩溪大山深处的百丈崖,海拔 800 米以上的石壁上,有一种灰褐色的石耳,每三五年才能采摘一次,每次能收获石耳近千斤,味道特别好,有钱都买不到——都给首都的人买走了。这样的东西,已不是石耳,是"神耳"。不过,平常人也有平常人的珍馐,春、夏、秋各个季节,雨后山上的松林里,可以采到各种各样的松菇,其中以绿色松菇为多。

小时候雨后初晴,我经常会拎着竹篮,到附近的梓山上去采松菇。在寂静的松林里,我一边采着松菇,一边想着《格林童话》的故事,总是希望冷不丁能碰到个小矮人,或者碰到蘑菇精,可惜我一次也没碰到。松菇可以用来炒肉片,也可以用来做汤,虽然带一点土腥气,但鲜得让人犯结巴。这不是夸张,而是事实。我小时候家里来过一个北京的画家,吃了我妈烧的松菇汤之后,鲜得语无伦次,一时竟不会说话了,只能喃喃地手舞足蹈,像中了松菇的"毒"似的。第二天恢复后,他大为感叹,说:没什么东西能比松菇更鲜的了,它就是"天下第一鲜"。

徽州的野味

我在 40 岁时的那年元旦,烧了一桌让我记忆犹新的菜肴,主菜是麂肉山珍锅,是将风干的麂肉泡软,加入土猪的五花肉混烧,然后放入冬笋、干豇豆等。麂肉是野味中的上品,带点土腥气,又不是土腥气特别重的那种,处理得好,有着山野的清香。烧野味得放点五花肉,能除野味的焦涩味;为保持山珍的纯粹性,不加其他东西混杂,只加冬笋和干豇豆。冬笋味鲜,这是麂肉所缺的;而干豇豆正好扬麂肉的长处,增香又吸去多余的油。因为扬长避短,这一道菜又是文火慢烧,所以味道极其鲜美。野味毕竟是野味,它的味道是家养牲畜所无法代替的,是腥味,也是鲜味和香味。

我父亲 20 世纪 70 年代在旌德的乔亭乡搞工作组,认识当地一个猎人,极富有传奇性:他不种田,整天就是在深山里转悠,打豹子、梅花鹿、野猪、野狼什么的。这个猎人很神,他猎豹子,不是

用枪,而是用药——如果在一个地方发现了豹子的行踪,会用一只羊做诱饵,在羊身上涂上蜜糖和砒霜,捆在豹子活动区域的一棵树上。豹子嗅着味道过来后,先是埋伏在一边窥视,然后会扑向羊。吃了砒霜的豹子中毒后,会挣扎着去附近的池塘喝水。猎人就埋伏在池塘边上,对奄奄一息的豹子补上一枪或几刀,在原地肢解豹子:先开膛破肚割除豹子的胃埋掉,再剥掉豹子皮,将肉和骨头分开,骨头送至药店卖掉,皮留在家中晒干,肉则分送村民们吃。打野鹿,又是另外一种方式,往往是在发现鹿的踪迹后,根据鹿的粪便和脚印情况,分析出鹿的位置,拎着枪领着好几个助手拼命追。追鹿真辛苦啊,鹿跑得快,猎人的步伐也得快,有时候一追,就是好几百里,并且都在山野密林之中,根本没有路径,不能休息,有时候吃东西都得跑着吃。野鹿意识到后面有紧追的猎人,就拼命地跑,跑的过程中,血不断涌上头顶的鹿角。鹿在前面跑,人在后面追,一直追到鹿精疲力竭跑不动为止,猎人便用猎枪将鹿打死,割去鹿角。这时候收获的鹿茸是最好的,能见到一线线血丝。鹿血也是一种好东西,滋阴壮阳活血,猎人们会每人喝个饱,补充气力。鹿角一般会卖一部分给药店,自己留一部分,鹿肉会带回去,分给村里人吃,尤其是村里身体不好的人,会多分一点。

20 世纪 70 年代的中国还没有什么"自然保护"的概念,那时的野兽,好像是可以随便打的。猎人偶有收获,会请我父亲去他那享受一顿野味,有时候甚至捎上半斤八两的野味让父亲带回家。有一次,猎人还给了我父亲一块很大的豹骨头以及拇指般大小的一个豹爪子。我们兴高采烈地吃着鹿肉和豹肉,把豹骨头泡在烧酒里,把豹爪子做成项坠挂在脖子上。鹿肉带些土腥气,味道也较重,不过吃起来较香;豹肉的纤维很粗,土腥气重,一点也不好吃。至于豹骨酒,在泡了好多年后,我父亲用来送给那些患风湿病的朋友。他们喝了后,都说效果很好。

需要说明的是,当时的徽州,诸如豹子和野鹿之类,是很少的。猎人在正常情况下,只能靠打野猪、野兔、野鸡度日。野猪在皖南山区经常能吃到,我在宣城工作时,全区170多个乡镇,我几乎都到过。在很多乡镇吃饭,没有什么炒菜,端上来的都是火锅。这当中,大多是野猪锅、野兔锅、野鸡锅。野猪肉比家猪肉紧,脂肪不多,肉也更香,尤其是皮,软中带硬更有嚼头。野猪身上最好的东西是胃,这是一个"七把叉"的胃——野猪是乱吃一气的,有时候偷玉米,一口气能将数十斤的玉米连秆子一起吃下去;有时候饿了,会连石头都吞进去,吞进去也能消化掉。你说这胃好不好?中医里野猪的胃是一味上等的中药,对于人的各种胃病有很好的疗效,这也是中医"吃什么补什么"的医理延伸。这么厉害的东西自然要卖好价钱,也难怪野猪肚子现在1斤卖到500元以上!野鸡也是皖南山区到处都有的东西,有一次我开车到皖南,在黄山区至谭家桥的高速上,一只很大的长尾野鸡迎面撞上我开的车的挡风玻璃,咚的一声,把我惊出一身冷汗。那只鸡,我没有下车去捡,估计不死也晕了。皖南一带烧野鸡的方法一般是做火锅,将咸菜和鸡块一起放炭火上烧,或者是浓油赤酱红烧。广德县的一些地方喜欢用野鸡来炖汤,放很多黄酒,野鸡汤不腥,鲜得很,没有土腥气。当然,好喝的是蛇汤——蛇也是好东西,皖南人吃的一般是乌梢蛇和菜花蛇,加火腿、冬笋、木耳煨汤,也有的直接红烧。蛇肉并不是太好吃,肉少骨头多,只能吃出一点肉丝,不过汤却很鲜。对于蛇,我也并不陌生,小时候在乡野里玩耍时曾经跟小伙伴们打死过好几条蛇,打到的乌梢蛇和菜花蛇都是拿来煨汤,据说蛇肉汤清凉,夏天吃了不长疮,对皮肤特别好。我在宣城时,有一次外地来亲戚,我到菜市场买了土老母鸡,还特意买了一条乌梢蛇,准备做"龙凤呈祥"的大菜。卖蛇的人帮斩了头剖了腹剥了皮之后,将白惨惨的蛇身子塞进塑料袋让我带回家。我骑着自行车,前面篮筐放着蛇,后座上驮着鸡,走到一半时,篮筐里的蛇身突然动了起来,一扭一扭的,竟然从塑料袋里跑了出来。我冷汗直冒,差点没从自行车上跌下来!

我还烧过野羊。有一次,皖南的好友托人带东西给我,我去拿,捎带东西的人说是羊腿,我没有听清,也没追问。回家后稀里糊涂按照烧羊肉的方式烧了。哪晓得这一烧不要紧,屋子里到处散发着腥气和膻气,吃起来也不是个味道。我打电话一问,才知道是野羊。野味和家味是不一样的,野味很鲜也很腥,得剁成小块,用咸菜和辣椒使劲烧才是。我真是毁了这美味,把它彻底烧坏了。不过说实话,过了40以后,我也有点不愿意吃野味了,总觉得不太好吃,也不人道——人类以强凌弱,实在是胜之不武。

至于吃稀罕,"四十而不惑",见过的事也不少了,太阳底下,还会有什么稀罕的事呢?

老徽菜中有"红烧果子狸"这一道名菜,我没有吃过,这一道菜之所以出名,想必是因为果子狸脂肪厚,胶原蛋白多,烧起来香味四溢,吃起来肥而不腻。尤其是冬天,吃上这样高脂肪的东西,能充分抵御山区的寒冷。在徽州,"红烧果子狸"之所以成为极品菜肴,是因为山里的冬天天寒地冻、白雪皑皑,几个人坐于厅堂之上,慢吞吞地吃着果子狸火锅,能吃得浑身暖意。现在的徽州,哪里能看得到果子狸呢?我在徽州那么多年,几乎从未看到过果子狸,更谈不上吃这一道菜了。我只是有一次去加拿大,在温哥华斯坦利公园不远的跨海大桥边,看见两只大的一公一母的果子狸,带着三四只小果子狸悠闲地散步。它们看见我们一点也不躲避,大摇大摆走过去。我看得不住感叹,这要是早些年在徽州,人们肯定等不及,扑上前去就将这些果子狸逮住,然后给红烧了。

那些好吃的花儿

除了野菜,徽州很多野花,同样也是可以吃的。以花为菜,不仅吃的是味道,吃的是养生,而且可以吃出情趣,感觉到身心的超凡脱俗。

吃花的习俗自古有之,战国时屈原在《离骚》中就吟诵道:"朝饮木兰之坠露兮,食菊花之落英。"早上喝着木兰花瓣上滴下来的露水,晚上吃几瓣菊花,这样的生活,真是超尘脱俗。因为屈原喜食菊花,菊花自此也成为餐桌上的一道风尚,东汉时的医学专著《神农本草经》中有菊花"服之轻身耐老"的记述,可以说是食花的较早记录。魏文帝曹丕曾送给他的好友钟繇一束菊花,请他食用。东晋时,陶渊明所写"采菊东篱下,悠然见南山",应该是种菊以赏、以茶、以食。左思也有诗曰:"秋菊当糇粮。"糇粮者,干粮也。菊花既然可以当干粮,就肯定可以做菜肴了。至于"山中宰相"陶弘景,炼丹服丹之余喜欢食菊,已成为公开的秘密。在此之后,随着隐逸文化的发展,文人雅士对耕云种月田园风情的向往,鲜花菜肴越来越多地成了餐桌上的雅事,连不算浪漫的杜甫也曾吃过槐花,并且留有诗:"青青高槐叶,采掇付中厨。"苏东坡在《后杞菊赋》中也说自己"日与通守刘君廷,循古城废圃,求杞菊食之,扪腹而笑",并且,"以菊为粮,春食苗,夏食叶,秋食花而冬食根"。由此可见,菊花几乎每个部分都是可以食用的。花卉菜肴得到推广,宋代美食家林洪功不可没,他撰写了一本《山家清供》,意为隐居者的素食,把花馔列入饮食典籍,"金饭"卷载:"采紫茎黄色正菊英,以甘草汤和盐少许焯过,候粟饭少熟,投之同煮,久食可以明目延年。"这算是菊花正式入了食馔。《山家清供》还记载了其他10多种鲜花美食,比如梅花汤饼、广寒糕(桂花)、荼蘼粥、雪霞羹(芙蓉)、牡丹生菜等,杂花入食,五味芬芳。

到了明清时期,食花更是成为上层社会的一种风俗。明代王象晋深得三昧,他在《群芳谱》中甚至说:"凡杞菊诸品,为蔬,为粥,为脯,为粉,皆可充用,然须自种为妙。"清代顾仲曾撰写《养小录》特设"餐芳谱"一章,详尽记载了20多种鲜花美食的制作方法。徐珂的《清稗类钞》中也专门收录了10多种花馔。金庸武侠小说《书剑恩仇录》中,有一个美丽无比的女子,叫香香公主,全身散发着一种天然的异常,"一香倾城"是因为得了太多的天地灵气,吃了太多的鲜花之故。当然,《书剑恩仇录》是小说,小说中的说法,姑枉听之就是。

徽州不能算是一块浪漫之地,这里的民风、民俗中,功利成分较多。不过,徽州也有一些习俗与食花有关:徽州人食花主要是茉莉、桂花和菊花——徽州自古文风兴盛,凡读书人考中功名,都喜在村前屋后种株桂花以示留芳,初秋来临,徽州到处丹桂飘香;至于茉莉,新安江两岸一直有种植的传统,面积和产量都很大;徽菊曾是贡菊,生长环境海拔高,多雾气,质地绝佳。徽州人喜欢将茉莉用面粉拌过,在油锅里炸着吃,也有用开水焯一下茉莉,用糖拌后做冷盘上席,吃起来齿间有清香;桂花多在做糖藕时加入,或者加糖腌过,作为糖点、月饼和元宵的馅;至于菊花,入菜肴较多,其中有一道"菊花三鲜"久负盛名:将鸡脯肉剔去筋膜切成细丝,加入鸡蛋清、生粉、麻油拌匀;将菊花撕下花瓣,摘去瓣尖和根部,放入水中浸泡1小时(中间换水1次),除去苦味,捞起沥干;将香菇去表皮切成丝待用;将炒锅置中火上烧热,放入生油,烧至三成热时,下鸡丝滑熟,倒入漏勺沥去油;原锅留余油,放入香菇丝稍煸;再加入鸡丝、菊花瓣、泡发过的鱼翅、精盐、鸡清汤、白糖、味精等,最后用湿生粉勾芡,淋上熟油即可装盆上桌。这一道菜色泽美艳,吃起来清凉可口,堪称色与味的最佳组合。

徽菜中有一道"野菊花拌猪肚",雅俗混搭,各取所需;还有一道"鳜鱼菊花汤":待鳜鱼炖出奶白色的汤后,放入菊花,算是火性的鱼汤中,加入点清凉,既好看,又中和。菊花还能做火锅,既可以使汤锅增色,又能祛火驱燥,算是一举两得。徽州菊花火锅的做法据说来源于宫中,是御膳房掌案太监张兰德出宫后传到民间,再辗转进入徽州的。德龄公主在《御香缥缈录》中曾记载慈禧太后最喜欢吃菊花火锅:用铜火锅盛鸡汤或肉汤,以急火烧沸,再投入肉片,并杂以白菊花瓣,名曰"白菊乌鸡涮红锅"。除了菊花火锅,慈禧喜欢吃厚瓣白菊花和鸽子肉做的小元宝饺子。这老祖宗真是把自己当作"菊花仙子"了。以我的感受,尝菊花和茉莉,色香是主要的,味是次要的,我曾在云南蒙自吃过大碗菊花过桥米线,米线味道一般,倒是大盆里五彩缤纷的菊花瓣,让人大快朵颐。

徽州各种花卉当中,最好吃的要算黄花菜。徽州的黄花菜大都是野生的,盛夏季节,经常在荒山野地里开得满地金黄,采摘下洗净后蒸熟晒干,炒肉丝是最佳选择。徽州最好的黄花菜是产自绩溪歙县交界的清凉峰、野猪裆以及祁门的牯牛降,那里的黄花菜不是星星点点,而是郁郁葱葱如郁金香一样大片开放,场面尤其壮观。这些地方的高山黄花菜,味道鲜美,有机成分多,可以说是徽州的"天山雪莲"。同样好吃的还有槐花,槐花可以生吃,可以凉拌,可以作为饼馅,也可以炒着吃:有一道名菜叫"槐花鸭丁",先是将槐花在开水里焯一下,捞起来;将鸭丁、豌豆等放在锅里炒;待到八成熟的时候,加上熟火腿、鲜槐花和佐料,勾芡,起锅,吃起来鲜美无比。槐花还可以用面粉拖一下,放在油锅里炸,吃起来味道清香。同样可以炸着吃的还有南瓜花,用面粉拖过下油锅的南瓜花,吃起来有荷包蛋的滋味。

我少年时最常吃的花卉是杜鹃也就是映山红。每年春天,当映山红大片开放时,我们都要在山野里疯上一阵,憩歇下来无聊时,便一片片摘映山红的花瓣吃,吃得嘴唇血红血红的,杜鹃花有一种酸酸的甜味,我们总是互相提醒不要吃多,吃多了会流鼻血。我曾经在屯溪的一家菜馆里吃过一道"映山红苹果"的菜肴:将映山红花瓣放在开水里焯一下,然后加一点白醋和盐,去掉一些映山红的酸苦味,捞上来,跟青苹果片放在一起炒,沾锅即起,加入色拉。这种别开生面的吃法,极有情致,妙趣横生。当天的宴席上,我还吃到了一道叫作"茉莉花炒虾仁"的菜:先将茉莉花放在开水里浸泡20分钟,然后倒入爆过虾仁的锅里,放入佐料,再炒一下。这道菜非常漂亮,红白相间,爽心悦目,吃起来更是鲜美无比。这一道菜,与"芙蓉鸡片""桂花干贝""菊花鲈鱼"以及"玉兰饼"等一样,一开始不能算是徽菜,不过一段时间之后,也慢慢变成徽菜了。

人与人不一样,花与花也是不一样,据说是歙县籍的明代文人张潮在《幽梦影》中说:"梅令人高,兰令人幽,菊令人野,莲令人淡,春海棠令人艳,牡丹令人豪,蕉与竹令人韵,秋海棠令人媚,松令人逸,桐令人清,柳令人感。"这些话,当然指的不是吃,而是一种审美。至于吃和养生,菊花祛火,百合补气,桂花醒脾,玫瑰和肝,兰花润肺……知晓了这些,有的放矢地食花,便更是五味芬芳了。不过对于一般人来说,相比跟花的距离,人们对于肉还是更近一些,人不吃花可以,人不吃肉就不行了。人与肉、与花的距离,或许就是人与现实、与理想的距离。

清明粿、芙蓉糕及其他

中国古代的时候，每到春天，家家户户都有做青团吃青团的习俗，这个风俗，一直保存在徽州的乡野中，徽州把青团叫作"清明粿"，做的方法和配的馅料，也有些不太一样了。

徽州清明粿有白色，也有青色的：白色是用纯糯米粉做的，青色则是在糯米中加入了艾叶的汁。艾叶在徽州叫黄花艾，田埂野地里到处都有，草本植物，如菊花一样一叶分五叉，叶片毛茸茸的，呈淡绿色。揪断了叶片，可闻到一股稍带辛辣的清香。一般是采摘下较嫩的艾叶，在石臼中捣得稀烂，过滤成汁，加适量石灰水，使之更加鲜绿，兑入糯米粉中，就有艾草浓郁的清香。徽州清明粿的馅很丰富，有腌菜的，有芝麻白糖的，有豆沙的，有肉丁、笋丁、香菇丁的。包清明粿和包饺子有些相似，只是因为清明粿是用糯米做的，包起来难度更大一些，形状也多样一些，有圆形的，有花边的，有三角形的，甚至还有包成动物形状的。

跟清明粿异曲同工的是粽子。北方的粽子大多用苇叶包，徽州的粽子则是用箬叶包成的。箬是一种大叶竹，生长在山野里。采到箬叶后，一般挑选三四寸宽的在井水里泡几天，泡过井水的箬叶会变得柔软不易折断，也不太容易粘糯米。包粽子是一个大工程，先将上等的糯米淘过后，和上酱油，搁置在脸盆里；将上等的前夹肉切成长条状，用黄酒、酱油浸泡做馅；再准备一些板栗或红枣做辅馅。待这一切准备好，先将箬叶半卷，放一半糯米打底，再将肉条、板栗放入，上面再盖上一层糯米，之后将箬叶合上，用麻线打包缠紧即可。咸粽子的馅是新鲜酱肉加板栗，甜粽子则是豆沙加红枣。豆沙也是事先做好的——将红豆煮烂后，倒入干净的白布口袋，放在盛清水的盆中洗；然后将盆中的红豆水倒入更细一点的白布袋，将水挤出，白布袋里就剩下红豆沙了。红豆沙做粽馅前要先倒入猪油炒，炒得喷香拌匀，待冷却后搓成一个个小长条，再夹入粽子中。关于吃的，少年时我家一直没有什么值得炫耀的，唯有粽子，明显胜过当地白米粽一筹。徽州几个县当中，数歙县人对粽子最讲究，质量也最高，这大约跟歙县历史上徽商最多、最富庶有关。我少年时家穷，平时也节约，但在包粽子上，母亲却异常舍得，肉、板栗、豆沙和红枣"四大样"，一样都不能少。我母亲包的是很正宗的歙县粽子，长条形四角粽，异常紧实，大小模样像旧时代女人的小脚，所以也称"小脚粽"。

除了粽子，歙县的芙蓉糕也算是徽州点心中的上品。母亲自小跟着她奶奶长大，母亲的奶奶尽管很早就守寡，但以前家境还不错,母亲小时候最喜欢吃的,就是歙县的芙蓉糕了。歙县的芙蓉糕有一点像现在的沙琪玛,不过颜色呈白色,做法是将糯米面用鸡蛋和成面团,揉匀稍醒,之后用刀将糯米面切片,放入油锅,待糯米条炸至金黄时立刻取出;将糖均匀地撒在糯米条上,加入什锦果脯和青红丝,倒入备好的木框内,扒拉均匀,用木板或走槌压平;随后,将之放入烤箱,烤上15分钟左右取出,再切成4厘米左右的方块即可。芙蓉糕内部紧密并有匀称孔隙,食之松、软、甜、香。因为制作的工序相当繁杂,若非经验老到之厨师掌握,通常难以发掘其原味。50世纪五六十年代的徽州,只有歙县的个别老师傅能做。这种极其讲究的芙蓉糕,想必是回乡的徽商所带来的,它带有浓郁的贵族之气,非一般山野点心可比。母亲喜欢吃芙蓉糕,是因为她在童年时期曾有过一段幸福生活。

除了稍上等的芙蓉糕,徽州糕点还有芝麻糖、糖球、糖饼、酥糖、糖支杆、壳饼、火炙糕、交切、寸金、麻片、如意糖、绿豆糕、蜜粽糕等。我小时候上学时必经县食品厂,每次经过前,我都要提前准备,屏住呼吸,然后猛吸几口气,把袅娜出来的麻酥糖、芝麻球的香气拼命吸到肺里,好像因此占了老大便宜似的。旌德的麻酥糖是我小时候最喜欢吃的点心了,据说它的历史可以追溯到南宋,采用脱壳的白芝麻、白糖,用少量的面粉配米粉精制而成——外面红纸包裹,轻解红衣,里面是玉体横陈的饴糖,躲在香甜的芝麻粉中。抓起来填入嘴中,会觉得满嘴香甜,心中尽是喜庆。旌德酥糖的最大特点是饴糖成带,相对完整,吃起来口感极好。那时候,旌德有十几个上海小三线厂,来山里的上海人回上海探亲,就喜欢带旌德的酥糖,以至于旌德的"顶市酥"在上海滩变得小有名气。除麻酥糖外,徽州还有玉带糕、万字糕、蜜粽糕等,"糕"因为和"高"同音,可以理解为"步步高""节节高",便成了过节的好礼品,东家拎着送到西家,西家拎着送到南家,最后转来转去又到了东家。糕做得最好的地方不在徽州,而是在徽州边上的泾县茂林,茂林的麻烘糕、玉带糕和万字糕"三糕"久负盛名,可能跟茂林一带有很多大户有关。大户们有钱,吃东西也格外讲究,制作者就会格外尽心,产品的味道和质量自然会水涨船高了。茂林一带最有钱的,算是姓吴的家族了,作家吴组缃、画家吴作人都是泾县茂林人。当年吴家若没有钱,哪会将子弟培养得如此出息呢?想必吴组缃和吴作人小时候都是吃过糕的,吃了玉带糕,果然"步步高"。

徽州一带不光是节日吃"三糕",他们平时还吃发糕:籼米经水浸泡后,入石臼中舂细过筛,筛下来的细米粉与水调和成稀粉糊,加入适量酵母,再加入鲜肉泥、毛豆米、切碎的辣椒和豆干等;将加了料的粉糊用勺子舀入铺有蒸笼布的笼屉里,入锅蒸熟后,将蒸糕摊在干净的面板上,切成菱形或长方形,就是发糕了。与苏沪一带的蒸糕相比,徽州发糕较为松软,以咸为主,吃起来更轻松随意一些。北方人平时吃馒头,徽州人呢,则是吃发糕。发糕一方面好吃;另一方面叫起来也吉利,又"发"又"高"。这样的主食,谁会不爱呢?

徽州各地的"宝贝们"

我母亲1957年从徽州师范毕业时,还是一个十七八岁的小丫头,身高不足一米六,体重不过八十斤。学校让学生填写毕业分配的意向,母亲几乎是毫不犹豫地填下:旌德!母亲是歙县城里人,住徽师附近的斗山街,离师范步行不足10分钟,从未到过旌德。后来母亲告诉我们,去旌德有两点理由:一是旌德产大米,她喜欢吃大米,不喜欢吃杂粮尤其是玉米糊之类的东西;二是歙县南乡太穷,说话又听不懂,她不想去那个地方。结果,母亲如愿以偿地分配到了旌德,吃着旌德的大米,一直工作生活了数十年。

旌德不属于古徽州的"一府六县",不过自新中国成立起,就被划入徽州地区。同时划入徽州地区的,还有太平县和宁国县。旌德是个山区小县,人口只比黟县稍多一点,却有着"徽州乌克兰"的美誉——那是指旌德产大米,在粮食供应上自给自足,还产美味的花生和鲜甜的甘蔗。徽州地区行署所在地是屯溪,那时候地区经常下派工作组,行署干部下乡,凡征求意见,十有八九会说想去旌德。旌德物产丰富,相对富庶,交通方便,人又爽快,这是行署机关干部所喜欢的。20世纪70年代屯溪的知识青年下放,也是十有八九都会选择到旌德插队落户。旌德农村的工分价值高啊,一个工一般1块钱左右。不像歙县南乡,一个壮劳力一天累死累活,只能挣上八九分钱。

  那时外地人来旌德,一定要带回的东西必定是甘蔗和花生。旌德的甘蔗又甜又青又粗,不像歙县的甘蔗,又细又黄又长,吃起来还空心,像营养不良的黄毛丫头似的。至于花生,旌德县不仅产花生,乔亭乡一带还产小籽花生,小籽花生个头小,果实颗粒也小,炒熟后香中带甜。带甘蔗可以随便带,带花生就不行了——"文革"期间什么都要票,什么都限量供应,棉布要票,花生也要票,好像一个人一个月只能买半斤或者更少一些。自己都不够,怎么送客人呢?只好去乡下老百姓家收,偷偷摸摸地交易,不让村里和公社的干部知道。那时上面来人,单位是不接待的,就在私人家里吃饭。外县人来了,坐下来吃饭,什么都不要,要的就是菜油炒花生米。花生米一上桌,主人会夹着筷子连吃几粒,然后就着当地的山芋干酒,话匣子就打开了,能絮絮叨叨把积蓄一年半载的话说得一干二净。我记得那时徽州文化局创研室主任翁俊先生到我家吃饭,只要一上炒花生米,他就变得滔滔不绝,谈人生,谈文学,谈自己的"洗澡"身世,谈从《海军报》下放到皖南的经历。翁先生一句话让我至今记得——他说,有一次在外吃饭,一粒花生米掉到地下的鸡屎边上,他舍不得放弃,捡起后在水里洗一下,又塞进嘴里去了。翁先生为人耿直、坦诚,眼中不容沙子,他说最看不惯的事,是别人用勺子舀花生米吃,或者接二连三不歇气地吃花生米;他说自己见人吃花生米,只能"哆、咪、咪",也就是一口气三颗,若破此规,便是有失"吃德"了。该出手时就出手,翁先生会横眉冷对,伸出自己的筷子挡住对方的去路。这样的"花生米轶事",也算是饥饿时期的花絮吧!

旌德的特产是大米、甘蔗和花生。至于歙县,给我印象比较深的,是它们的虾米豆干、枇杷和蜜枣。我母亲爱吃枇杷,外公、外婆、舅舅每年会在5月枇杷上市时,托人带一两篓枇杷来旌德。歙县的"三潭枇杷",产自新安江沿岸漳潭、绵潭和瀹潭三个村,皮薄、肉厚、汁甜,堪称极品。我去过现在被称为"新安江山水画廊"畔的"三潭",那真是山环水绕、雨量充沛、云雾萦绕、空气洁净,这个地方生长的水果,肯定是"人参果"和"神仙果"!母亲每每吃到枇杷,就会复述一遍在徽师学习时的幸福生活:初夏的一天,学校里一下子开来好几辆卡车,满载着金光闪闪的枇杷。正当师生们感到诧异之时,校长在广播里宣布:为采集"三潭枇杷"种子加以推广,县政府决定让师范的同学们进行配合,各班级由班干部将卡车上的枇杷卸下来,搬进教室,分给同学们随便吃;要求是不能用嘴咬,只能用手剥着吃,因为枇杷籽一沾上口水就不能存活。两天时间内,同学们可以大吃特吃,能吃多少吃多少,吃得多的当先进,吃得少的要受批评……记忆如此甜美,当然值得复述。在我看来,这一段美好的经历,要算是母亲平凡生活中最不平凡的场景了。

歙县不光三潭枇杷好吃,好吃的还有三阳坑的金丝琥珀蜜枣和灯笼柿饼。这两者的产地,都是与浙江交界的三阳坑一带,海拔高,石头多。在石头山长出的水果,生命力会格外旺盛,肉厚味鲜也就很正常了。枣在经精选、发切、收切、锅煮、生焙、挤捏、老焙、分拣等八道工序后,金黄如琥珀,缕纹如金丝,光艳透明,口感软糯。我曾经在宣城待过一段时间,在我看来,宣城水东的蜜枣已算是很好了,声名远扬,但与歙县正宗的琥珀金丝枣相比,质地还是要逊色一些——三阳坑的金丝琥珀蜜枣更软、更细,核更小。据说当年扬州的徽商,点名要吃的,就是三阳坑的蜜枣,其他地方产的都看不中。三阳坑除枣子外,还产甜柿,几乎家家屋前屋后都种有柿子树,到了秋天,柿子红了,仿佛满天的灯笼落在人间。三阳坑的柿子不像其他地方柿子呈扁平状,而是皮薄肉厚像灯笼,颜色赤红如火焰。柿子吃不掉怎么办?采下来做成柿饼。三阳坑做柿饼的方式跟其他地方不同,不是放在屉子里,而是直接用棉线穿起,一串串地挂在太阳地里晒。一般的柿子哪能穿得起来呢?只有肉极厚极紧,才能不落下来。柿子翻晒过程中,得进行"捏饼",就是将晒得软的柿子慢慢捏成饼状。这一工序要穿插着进行好几遍,一次不能用力太猛,不能将柿子捏破。最后,是将晒得八成干已捏成饼状的柿饼,均匀地码入小缸中,封好缸口,盖上盖,让柿饼自然上霜即可。三阳坑的柿饼最大的特点是肉特别厚,咬上一口,像咬上极品鲍鱼,也像咬上大猩猩的嘴唇。你不要以为猩猩的嘴唇恶心,《吕氏春秋》中,它曾是极品珍馐。

现在的黄山市黄山区,也即当年的太平县,有两样东西相当出名:茶叶和茶笋。茶叶就不说了,太平的"黄山毛峰"和"太平猴魁"堪为徽州茶叶的"双绝"。至于"茶笋",是因为笋干带有茶叶的清香而得名。20世纪70年代,我五舅在黄山脚下插队落户,整日在莲花峰和天都峰的注视下干活。他来旌德探亲,经常给我们带黄山的笋干。那笋干是真嫩,泡发以后烧肉,嚼起来像吃老豆腐一样,不过味道比老豆腐鲜美多了。70年代的肉金贵吧,可是每次笋干烧肉,最先不见踪影的,竟然是笋干——筷子翻来翻去找不到笋干了,才无比遗憾地夹肉吃——由此可见,太平笋干的好吃。太平好吃的还有太平湖即陈村水库的鱼,那是真正的清水鱼,水美鱼也美,湖中的鲢鱼、白丝鱼、鳜鱼和"小快嘴"等,无论哪一种,放点盐白煮都好吃。有一次我们在太平湖的船上吃饭,叫了一份小鳜鱼火锅,里面是6条太平湖产的小鳜鱼。小鳜鱼肚皮下铺一层小茶笋,那真是一个鲜啊!仿佛鱼被吃完后,还能生龙活虎地在肚子里游来游去。"做人要做正直人,吃鱼要吃清水鱼。"我当时突发奇想,真想写一副这样的对联,挂在那条船上。

黟县休宁最出名的,是香榧。香榧是一种很好吃的干果,吃起来既脆又香,营养价值极高。香榧树不仅结美果,长得也好看,树干粗壮,树枝如冠,完全可以做景观树。我曾在新安江源头的右龙村,看到村前村后到处都是高大威猛的香榧树,一共有数百棵,树龄都在数百年以上,云笼雾绕,花团锦簇。与其他树不一样的是,香榧结果不定时,开花也不定时,一年四季都能开能结。这样的习性,很显其神秘,也难怪当地人在树下设灵牌祭拜土地公公之类。在徽州,香榧树似乎只产于黟县和休宁,好像邻近其他县都很少能看到。我怀疑香榧真是树中精灵,非得躲避于大山深处才是。同样奇怪的,还有山核桃,山核桃树只能在天目山脉生长,只产在宁国、绩溪以及歙县的很少一部分地方。像邻近的广德、旌德等地,看起来自然条件相似,相隔只十来里地,因不属于天目山脉,怎么也长不出山核桃树来。大自然的神秘,在于它有时候相当慷慨,有时候却又吝啬无比。这样的现象,还真是一件怪事。

山里的野果子

秋天到了,山里的野果子想必也红了,我在雾霾笼罩的合肥,想念着久未见面的它们——小时候,一到秋天,我们必定要去山上去采毛栗子。皖南的山区,漫山遍野到处都是毛栗,毛栗比板栗小,却有着板栗不具有的清香,也比板栗更甜。采毛栗要带三样东西:大竹篮、粗线手套和大剪刀。毛栗跟板栗一样,外部是一个刺球,得用剪刀连枝一块剪下来,先装到竹篮子里,等到竹篮子装满,找一个空地,将刺球倒在地上,剥出毛栗。剥毛栗是有技巧的:炸开口的毛栗,只要用鞋踩着,用剪刀将它们挑出即可;没有炸开的毛栗,用鞋踩着搓一搓,等毛栗刺球变烂炸口后,将毛栗挑出即可。毛栗的吃法,一般是用水煮,也可以炒。一般来说,当地人喜欢吃毛栗,不喜欢吃板栗,因为毛栗更甜,淀粉也要细一些,不像板栗,吃得猛了会噎住。当地人一般都是自己吃毛栗,把板栗卖给外地人。除了毛栗,徽州还有一种栗子,叫"珠栗子",它的形状圆圆的,像弹珠一样。珠栗子比板栗更香,属于野果,也是乡下孩子秋天里最好的零食。还有一种"板子",跟珠栗子很像,果实呈椭圆形或圆形,不能吃,却能用来做"板子豆腐"。将"板子"采回来晒干,先剥去外壳,在清水中漂上一整天,除去它的苦涩味,然后用石磨磨成粉浆,用白粗布袋将粉浆过滤,沥洗出粉液;粉液晒干之后,用冷水融化,慢慢倒入煮沸的开水中,不停地用锅铲搅拌,待锅里的水粉凝固成很稠的粉糊状即可,再将凝固成类似果冻的东西倒入放有冷水的大木盆,待冷却后,用刀划成豆腐块——这就是"板子豆腐"。板子豆腐呈深褐色,可用来凉拌,也可用来放大蒜叶清炒,吃起来有一股清香,稍有点涩嘴,却不失为一种独特的味道。

在山野里撞见山楂树是一件令人幸福的事,野山楂树一般都在半人高左右,上面会星星点点结满果子。每逢看到它们,我会欢天喜地地跑过去,将树上的山楂果全摘下来。恢复高考之前我经常去山野里砍柴,这是父母让我为以后的上山下乡做准备,少时长成豆芽菜般的人物,当然要积极锻炼了,炼强健身体,更要炼一颗红心。秋天的山野里,最多的就是野山楂了,我会将口袋装得满满,每当砍柴累了,就吃一颗山楂果。山楂的皮肉很甜,也有点酸,吃起来特别解渴。野山楂吃不完带回家,一家老小会用针和棉线把山楂一个个穿起来,穿成漂亮的项链模样挂在脖子上,没事就拽一个下来吃。街市上也经常碰见卖山楂串的乡下人,手握一大把山楂串卖,三五分钱一串。县城里的女孩子尤其爱买,买后就挂在脖上,她们不仅仅是爱吃,更是爱漂亮,喜欢那种戴项链的感觉。也难怪有那部电影《山楂树之恋》,县城里的小男生小女生,有时候的确是用漂亮的山楂来抒发某种朦胧的情感的。

山里还有很甜的野柿子,不过相比家柿子,野柿子太小,味道也比较涩,而且经常给鸟啄得不成样子。相比之下,野生猕猴桃倒是比较多,有时候运气好发现一株野生猕猴桃树,上面的果子可以采摘一竹篮。野生猕猴桃味道不错,不过刚摘下来的往往酸得厉害,先得放在米堆或者糠堆里焐一段时间才能软下来,吃起来才会甜。县城里的街上经常有野猕猴桃卖,很便宜,我们往往等不到它软下来那一天,便一边酸得龇牙咧嘴,一边吃得一干二净。山里还有野葡萄,不过颗粒没有家养的大,味道太酸,我们都不喜欢吃。山野里还有一种被称为"乌饭子"的蓝莹莹的果子,我们也经常吃。乌饭子似乎没野草莓那么好吃,只是微甜和微酸。我们后来才知道,乌饭子就是现在的时尚水果蓝莓的一种,不过较家种的蓝莓显得小。我们吃乌饭子可没吃蓝莓那么浪漫,每每看到乌饭子,只会贪婪而傻头傻脑地猛吃一气,直到把嘴唇吃得乌黑,手指也如乌鸡爪一样,有时候果汁沾到衣服上,回家洗不掉,还得挨一顿暴打。徽州乡下的乌饭米团就是用乌饭子来做的——春天,采摘较为鲜嫩的乌饭树叶,洗净沥后置于石臼里舂成叶泥,用粗纱布将叶泥过滤榨取其汁;将上等的糯米淘洗后浸泡在乌饭叶汁里,一天后,糯米便呈紫黑色;将备好的糯米粉和水揉成粉团,搓成一个个小团坯,做成石臼形加入馅料,馅料有甜有咸,甜有豆沙、芝麻粉和白糖,咸有肉丁、笋丁等;待糯米团包好馅搓成直径2寸左右的糯米粉圆子后,外面蘸上用乌饭汁浸泡过的糯米,入笼蒸熟,这就成乌饭团了。乌饭团主要是用来祭奠逝者的,说是阴间的鬼魅们不敢吃乌饭团,没有人跟死者抢,死者就高枕无忧地享用了。

山上灌木丛中还随处可见一种野果,带着刺,我一直以为是酸枣,其实不是,它的学名叫"金樱子",汁多,皮薄,里面有小籽,因含糖量高,也被称为"糖罐""蜜糖罐"。据说没有糖之前,山里人就以金樱子来熬糖。金樱子不仅果皮上带刺,藤上也到处是刺。可以将果子摘下后,踩在鞋下轻轻一搓,刺就掉了,拾起来稍洗下就可以吃了。金樱子没什么肉,不过味道很甜,籽很多,不厚的皮肉里面挤着一大堆籽,长长的,上面还长有毛。山野里还有一种拐枣,形似鸡爪,褐色,一串串长在树上,我们也把它叫作"鸡爪子",吃起来味甜,稍带涩味,熟透了会带有酒香,跟野梨子的味道差不多。拐枣一般在霜降前后成熟,霜打后的拐枣"果实"肉质鲜嫩,是农村孩子的好水果。秋天里常见村头村尾有小屁孩手里拿一串拐枣,像北方孩子手执糖葫芦似的。据说拐枣是世界上最古老的植物之一,它的历史比任何水果的历史都久,拐枣吃多了,会摇身变成山里的精灵。皖南的山野里,还有一系列可以吃,但谈不上多好吃的东西:有一种灌木结的野果,不大,比花生米稍小,水红水红的,上面有些白点,我们当地把它叫作"羊奶子"。我后来知道,这其实就是山茱萸果。山茱萸果吃起来味道还不错,甜甜酸酸的，不过吃多了嘴会涩。我后来知道山茱萸其实是一种中药，主治血压高、腰膝酸痛、眩晕耳鸣什么的，现在已有人专门种植了。还有一种草本植物结的果，叫"灯笼泡"，外面是一层薄薄的衣，里面是果，中间是空的。我后来知道，它的学名叫"酸浆"，吃时得选它的外皮变黄或变暗成熟时。不过它实在是谈不上好吃，只是说能吃，我们吃它，也就是因为无聊吃着玩。再就是"刺刺贵"了，这应该是一种荆棘，我们吃的，只是它的嫩芽，将它的最上一段掐下来，撕去外皮，哑巴着吃它的嫩茎。我小时候在山中游走，有时候口干，会找这种东西吃，嫩嫩的，有一股清香，也很甜。

　　山里的野果子大多属于秋天的，只有野草莓属于春天。野草莓是草本植物，有着蛋形的锯齿状绿叶，春天到了之后，先是抽出茎端，开出白色的小花，然后，会结出红色的果实，这就是野草莓了。野草莓的颜色很漂亮，是一种鲜艳的水红，充满着诱惑和幻想。春夏之际的山地上，往往有很多野草莓。野草莓是真好吃，它既甜又鲜，比现在种植的草莓要甜得多，并且有一种很清新的滋味。跟野草莓模样差不多的，还有一种叫蛇莓的东西，也是红红的颜色，只是稍深泛黑，有一种阴郁的感觉，并且果实较硬。大人们一直说蛇莓有毒，是蛇最喜欢吃的一种东西，所以每当看到蛇莓，我们总绕着走，脊背上会冒出一丝寒气。春天过后是夏天，跟野草莓一样好吃的，就是桑葚了。皖南山区是桑麻之乡，每到夏天，野孩子们就会手提小篮子，去桑园里采摘，一采就是一篮子,稍洗下便大吃大嚼。乡野的孩子们夏天是不需要买水果的,那些吃不尽的桑葚,就是最好的免费水果。

徽州的乡野里到处都是宝。除了上述的野果外,我们还经常吃一些其他东西,比如说春天吃茅草的芽。茅草泛青后,将它的芽抽出来吃,有一种别致的味道。这芽长开了就成茅草絮,长老了收割后可以扎扫帚。我们还吃一种叫"酸模"的植物,掐掉它的头与尾,吃它的茎部,酸却解渴……那可真是个饥饿的年代,我们在山野里游走,不知秦汉,无论魏晋,我们吞吐着天地的灵气,像一头头穷凶极恶的小兽。

第二辑 茶味

黄山的茶

童年里记忆最深的事之一就是爬黄山了。那还是20世纪70年代初期,我家在旌德,离黄山只有60公里。当时县城里的文化生活极其贫乏,除了看电影之外,似乎外出看风景的最佳去处就是黄山了。我第一次去黄山的时候只有7岁,那时的黄山还是"养在深闺人未识",人特别少,上山的路也特别难走。年幼的我走到一半就挪不动步了。父亲没有办法,只好背着我走台阶。好不容易到了云谷寺,我们实在走不动了,又饥又渴,只好向寺院的老和尚买水喝。现在想来,那一壶茶算是我这一生喝到的最好的茶了,茶色青青,如一条线一样落在腹中,落入了,灵魂也归来似的。然后,老和尚很耐心地向我们解释黄山的景点,说着"奇松、怪石、云海、温泉"什么的。那个老和尚瘦小,清癯,嗫嚅着一口很难懂的话。我父亲说他曾经是国民党部队的一个将军,后来起义了,再后来又出家了。也不知道真实情况究竟如何。他在半山寺里卖着茶水,好像要五毛钱一杯吧,在那个时候,这应该是一个很高的价格。我后来明白,我在半山寺喝的茶,一方面是茶好,产于黄山之中,几近于野生;另一方面是水好,那时没有自来水,只有黄山的山泉水。以这样的水泡这样的茶,焉能不让人口齿留香、肝脑清明?

但那时我已经注意到了黄山有一种独特的味道。是一种清香,好像是松树的清香,又好像不是,是黄山所有美景之香,弥漫在空气里。我后来想,以这样的澄明异香入茶,茶的味道,便怎么也差不了吧?

好山好水有好茶,这一句,可以说是茶中的至理。徽州地处北纬30°左右,山势巍峨矗立,水流蜿蜒,云雾缭绕,加上土质性酸,绝对是产茶的好地方。也因此,老徽州所属的六县一市,加上周边的泾县、宁国、旌德、石台等县(市),都产一些上等的好茶。尤其是黄山一带,得山水之至灵,方圆数十里的地方,更有多种好茶:太平猴魁、黄山毛峰、金山时雨、滴水香、天山真香等等。这些,都是上天赐给黄山的好礼。曾有专家论证道:黄山山脉、天目山脉和武夷山脉是中国三大茶叶产区。外国的贸易商人多年研究已经发现,凡是黄山山脉出的绿茶,第一泡泡沫都特别白,而且特别厚,这就是他们辨别黄山茶的方式。这个说法绝对有道理。

黄山一带名气最大的、跟黄山名字联系最紧的,无疑是黄山毛峰了。关于黄山毛峰最普遍的说法是,用烧开的黄山泉水倒进黄山毛峰,只见一团云雾缓缓上升,最上端会开出一朵莲花。《黄山志》记载:"莲花庵旁,就石缝养茶,多轻香冷韵,袭人断腭。"这记载的,应该是最早的黄山毛峰了吧? 黄山毛峰的产地在黄山以及附近一带,主要分布在桃花峰的云谷寺、松谷庵、吊桥庵、慈光阁及半山寺周围。这里山高林密,日照短,云雾多,自然条件十分优越,茶树得云雾之滋润,无寒暑之侵袭,蕴成良好的品质。一般采摘于清明之前,选摘肥壮嫩芽,用手工进行炒制,茶状酷似雀舌,绿中泛黄,银毫显露,带有金黄色鱼叶(俗称"黄金片")。20世纪70年代,诗人田间尚健在时,每年都要我父亲替他买几斤上等的黄山毛峰给寄去。我父亲便找当时黄山管理处的朋友,买来真正的毛峰,装在铁皮桶里寄去。有时候,我父亲会顺便买个半斤八两的自己尝尝。那个时候的毛峰真是好,茶叶放入杯中之后,开水一冲下,茶叶根根站立,举起"两刀一枪",杯口立即有一股清香氤氲而出,仿佛黄山云雾萦绕,茶的汤色也清碧微黄,极似青葱的黄山融入水中。黄山毛峰的好,在于茶叶中有一种清新脱俗的味道,近似于黄山松针,也近似于黄山雨雾,甚至近似于黄山的一草一木、一花一叶。茶叶是一个很神奇的东西,它最大的特点在于能吸附天地的灵气,吸附花草虫鱼的味道,包含其中,最后加以释放。它不仅有实的成分,还有虚的成分,仿佛山川神鬼附诸。对于黄山毛峰,明代的《随风录》中说:"松萝茶近称紫霞山者为佳,又有南源、北源名色,其松萝真品殊不易得。黄山绝顶有云雾茶,别有风味,超出松萝之外。"这云雾茶,应该是早期黄山毛峰中的极品。

相比黄山毛峰,我更喜欢的,是太平猴魁。这是因为太平猴魁更香,也更禁泡,尤对"中年茶鬼"的胃口。也的确这样,比较起黄山毛峰的清纯和淡雅,太平猴魁更像是久经历练的中年人。现在我从合肥回旌德老家,沿合屯黄高速到甘棠镇站下来,必定要经过太平猴魁的主产区新区乡。这一带山环水绕,云蒸雾绕,除了一条公路通向山外,极其封闭。每次我经过这里,都要想的是,这到底是怎么一个地方呢,竟产如此上品的茶叶!太平猴魁的生产地首先是土壤条件好,是风化的页岩,这也暗合了《茶经》里说的茶"上者生烂石、中者生砾壤、下者生黄土"的论断。茶园里除了成行的茶树,也有一些野生树木和野兰。茶园里植被形成小的生态环境的丰富度对茶的品质影响很大。在所有绿茶中,猴魁最奇怪——叶子奇长,采摘时间相对也晚,每年的4月20日前后才能开采,不仅长相古怪,而且产量稀少。并且,猴魁要生长在阴坡的山谷里才算好,而且要有一定海拔高度——但是又不能太高。重要的是,种植面积不能太大,周围要有松林、竹林为上,"那样猴魁独特的清气才能出现"。太平猴魁的工艺也很独特:它采摘的不是茶尖,而是5到10厘米的整个茶叶枝,采摘后一般用纱布裹着,一枝一枝地进行压迫,然后一根一根地排列整齐放进锅里烤。这样做出来的太平猴魁外形两叶抱芽,扁平挺直,自然舒展,白毫隐伏,有"猴魁两头尖,不散不翘不卷边"之称。据说最上等的猴魁一般能达到10厘米左右长短,每一根猴魁根部,能看到一根纤细的红线,具有很强的神秘性。又据说上等猴魁冲泡的最佳剂量是13枝,如此单位才显得不浓不淡,汤色清绿明澈,阴暗处看绿得发乌,阳光下更是绿得好看,绝无微黄的颜色。这一点,与毛峰等其他绿茶不一样。至于茶的滋味,太平猴魁虽然汤色醇郁,但绝不涩嘴,有一种很清新明朗的香气。它的香气和味道不是沉郁下降的,而是明朗高爽,甘甜久远。这一点,只要细细地品尝过几次之后,舌根中就能带有清晰的记忆。

除了黄山毛峰和太平猴魁之外,黄山方圆几十公里还有绩溪的金山时雨、歙县的滴水香以及旌德的天山真香等。旌德的天山真香也是毛峰做法,主产地在黄山脚下的旌德县祥云乡,这里距天都峰直径距离只在10公里之内。同样是山高水环,同样是云雾笼罩,茶树生长在海拔400至700米的深山幽谷之中。"天山真香"的外形挺直略扁,色泽翠绿,汤色浅绿清明,有一种独特浓郁的香气。虽然与黄山毛峰的产地接近,但绩溪的金山时雨做法与黄山毛峰却绝不相同。看起来,它更有一种手工茶的感觉,最大的特色,在于它被手工搓得如丝线一般纤细,开水一冲下去,杯口会有浓雾升腾。金山时雨产自绩溪上庄镇的金山,创名于清道光年间,原名"金山茗雾"。清代末年,时雨就由上海"汪裕泰茶庄"独家经销,据说当年的胡适,最喜爱喝的,就是这种绿茶。

黄山南麓的歙县大谷运,也是一个产好茶的地方。名噪一时的屯绿,当年集中的产区,就是歙县的大谷运区。徽州有不少资深的茶客,不喜欢喝毛尖的黄山毛峰,他们嫌茶味寡淡,不过瘾,对他们胃口的,就是产自大谷运的屯绿,手搓茶,味道重。大谷运的茶叶品牌,最著名的就是滴水香了,这是大谷运人汪自力到上海后创建的一个品牌,在全国销量很大。大谷运还生产另外一种独特的茶,叫"黄山绿牡丹",它是谷雨前采摘一芽二叶的壮实鲜叶,严格挑拣,经高温杀菌后,用消毒后的棉线串成花朵状。这工艺十分考究,每朵"茶花"约需60个长短匀齐一致的茶叶,要求每片茶叶无红梗红蒂、无爆点、无焦边茶条。泡茶时,只要将一朵茶簇放入茶杯,倒入开水,一两分钟后,茶盏中即有一朵盛开的"绿牡丹",芽叶完整,色泽翠绿,峰毫显露,香气清高持久。这"绿牡丹"不仅味道醇正、余味幽远,着实也有观赏的价值。

黄山还有野茶,《昭代丛书》中张潮云记载:"吾乡天都有抹山茶,茶生石间,非人力所能培植。味淡香清,足称仙品。采之甚难,不可多得。"这个抹山茶,说的就是黄山的野茶。因为野茶树有很多生长在悬崖峭壁上,似乎只有老鹰才能到达,所以当地人称"老鹰茶"。春夏相交的时候,也有当地人会攀缘而上采摘,然后制作成茶。我曾喝过这种野茶,茶味极重,较苦涩,有腥香。不过一口浓郁的苦涩下去,随之而来的,是源源不断的甘甜。野茶最大的特点在于它浑于天然,它的味道,着实就是天地的味道。

黄山一带的茶之所以堪称极品,应该跟黄山附近的土质有关,这一带土壤多为风化的砂石土,能促进茶树根须的生长。在这种状态下生长的茶树,树根极为遒劲,能扎得很深,能吸取土地中的精华以茂枝叶果实,至于长在岩石丛中的茶树,就更可想而知了。与此同理的,还有葡萄和咖啡,像波尔图葡萄的生长土壤,也是岩石和沙土。当然,黄山一带的海拔和纬度,以及仙境一般的植被和云雾,也是黄山茶能成超一流茶的充分条件。仙境一样的地方,自然有不同凡响的"仙草",这是毋庸置疑的。

徽州处处皆松萝

在我的感觉里,明代黄山的大方和尚,就像是茶圣陆羽的转世:这个来自苏州虎丘寺的高僧如闲云野鹤般行走四方,爱山,爱水,爱喝茶。徽州历史上曾有两种名茶与他有关:一种是产自歙县老竹铺的名茶"老竹大方",由大方和尚采摘山中野茶培植而成,做法接近于杭州龙井茶,呈扁平状,颜色为铁褐色;另一个,就是更有名的"松萝茶"了,以休宁松萝山一带的茶叶,用炒青做法加工而成,色重、香重、味重,有罕见的橄榄清香。

松萝在明清时期的地位,有点像现在的黄山毛峰或者太平猴魁。明代冯时可在《茶录》中称:"近出松萝最为时尚……是茶始于比丘大方,大方居虎丘最久,得采制法。其后于徽之松萝结庵,采诸山茶于庵焙制,远迩争市,价倏翔涌,人因称松萝茶。"《歙县志》也载:"明隆庆,僧大方住休之松萝山。制法精妙,群邑师其法。因称茶曰松萝。"明代的许次纾《茶疏》就记载道:"若歙之松萝、吴之虎丘、钱塘之龙井,香气浓郁。"徐渭在《刻徐文长先生秘集》中,曾将松萝茶列为当时三十种名茶之一,有"松萝香气盖龙井"之说。万历年间,在徽州任职的龙膺曾经将松萝的做法写进了《蒙史》:"予理新安时,入松萝,亲见之,为书茶僧卷。其制法是:将铛磨擦光净,以干松枝为薪,炊热候微炙手,将嫩茶一握置铛中,札札有声,急手炒匀,出之箕上。箕用细篾为之,薄摊箕内,用扇扇冷。略加揉捻,再略炒,另入文火铛焙干,色如翡翠。"崇祯年间,在另一本名为《茶笺》的书中,也提到了松萝的制法:"茶初摘时,须拣去枝梗老叶,惟取嫩叶,又须去尖与柄,恐其易焦,此松萝法也。炒时须一人从旁扇之,以怯热气,否则色香味俱减。予所亲试,扇者色翠,不扇色黄。炒起出铛时,置大瓷盘中,乃须急扇,令热气消退。以手重揉之,再散入铛,文火炒干入焙。盖揉则津上浮,点时香味易出。"清代郑板桥曾于某一天喝了某个徽商给他泡的徽州松萝,七窍顿开,兴奋异常,当即作诗一首以此抒怀:"不风不雨正晴和,翠竹亭亭好节柯。最爱晚凉佳客至,一壶新茗泡松萝。几枝新叶萧萧竹,数笔横皴淡淡山。正好清明连谷雨,一杯香茗坐其间。"

松萝声名鹊起,假冒伪劣也随之出现。明代吴从先在《茗说》中说:"松萝子土产也色如梨花,香如豆蕊,饮如嚼雪。种愈佳,则色愈白,即经宿无茶痕,固足美也。秋露白片子更轻清若空,但香大惹人,难久贮,非富家不能藏耳。真者其妙若此,略混他地一片,色遂作恶,不可观矣。然松萝地如掌,所产几许,而求者四方云至,安得不以他混耶。"不过以当时的认知水平,显然缺乏品牌的保护意识和经验,松萝茶遍布之后,徽州人没有想到打假,反而有点扬扬自得。《通志》说:"宁国府所属宣、泾、旌、太诸县,各山俱产松萝。"《歙县志》云:"茶概曰松萝。而歙产本轶松萝上者,亦袭其名,不知佳妙自擅地灵,若所谓紫霞、太函、幕山、金竺,岁产原不多得;其余若蒋村、径岭、北湾、茆舍、大庙、潘村、大塘诸种,皆谓之北源。北源自北源,又何必定署松萝也,然而称名者久矣。"类似记载《徽州府志》《黟县志》《婺源县志》等方志中都有。从茶叶品质上来说,徽州人的自得当然有道理,皖南山区自然条件大差不差,茶叶质地都属上乘,只要工艺不走形,所产茶叶都属好茶。再说,松萝松萝,不就是有着松针的清香吗?徽州茶园大多与松林相伴而生,杂树生花,哪一种茶叶中,不携有松针的清香呢?不过工艺毕竟是工艺,即使是品质优异,后期制作跟不上,茶的味道自然也会大打折扣,更何况再好的好西也架不住一哄而上泥沙俱下。松萝风行了上百年之后,因为处处皆松萝,松萝的品牌一下子演砸了——自清中叶之后,徽州已再无松萝茶了。

徽州处处皆松萝——我这已不是说的古代,而是当今;不是说茶的品牌,而是说茶的品质。近代和现代除了赫赫有名的太平猴魁、黄山毛峰和祁门红茶外,徽州和皖南遍布好茶:黟县有墨茶,休宁有白岳黄芽,旌德有天山真香,泾县有汀溪兰香、涌溪火青,宁国有黄花云尖,宣城有溪口高山茶,广德有瑞草魁等。在黄山山脉的延续,位于旌德、泾县、宁国、宣城四县区交界地带的那一片大山，更是好茶的聚集地。这一带海拔较高，水转山环，云雾缥缈，原始植被葳蕤生长。20世纪90年代的一个春天，由于要采访大山深处人家，我费尽周折进入泾县苏红乡大山深处。汽车在盘山道上蜗牛一样爬行，目光所及处，尽是满目苍翠，各种蕨类藤蔓植物拥簇着树冠如盖的树木，恣肆地四处蔓延。更让人惊叹的是，身前左右的大山上，漫山遍野开有大片映山红，绚丽得像一片片火烧云落在了地面上一样。穿行而过之时，竟发现那些蓬勃盛开的映山红树竟然有碗口粗细！山高水长，自然是产茶的绝好地方。那一次正是摘茶季节，采访过后，我在一农家憩息，主人端了一杯茶上来。我一掀杯盖，顿觉云蒸霞蔚，清香弥漫。我呆了半晌，呷了一口，记忆深处突现亮光，所有的感官都轰然打开。这真是好茶！我感觉好像置身云雾之中，又像身陷密林深处。以大山密林深处的水来泡高山野地里的茶，更何况茶叶枝头刚别离，正是生命力无比顽强之时！完全可以想象茶味的滋味和芬芳了。

  茶的味道，就是地方的洁净和芳香：像安吉的白茶，茶叶中，隐约就有竹林的清香；黄山毛峰，最为突出的，是黄山松针的味道袅娜……汀溪兰香也是这样，山野里的深谷幽兰，会不知不觉地渗入茶叶中。至于泾县的名茶涌溪火青，芳香复杂得难以分辨——它汤色清亮，色绿，香高，味浓，似乎不只是兰草香，又似乎不只是板栗花、野梨花、猕猴桃花等的香气，它还有整个山野和植物的气息，幽秘得就像萤火虫在静夜中的星星点点，也像黄昏阵雨前黑蜻蜓的贴地飞翔。涌溪火青的形状跟一般的皖南茶叶都有区别,颗如珠粒,落杯有声,入水即沉。它的做法有点像炒青,只是搓揉得更加圆润,关键步骤在于杀青之后的揉捻,得双手轻轻团揉,用力不宜过重,达到初步成条和挤出部分茶汁即可。在此之后,用手把茶叶放在大锅里压、挤、推、滚、翻、转、烚、炒,劲道要轻,以防止茸毛脱落。青类绿茶在烚、炒过程中温度之低、时间之长、投叶之多、速度之慢、动作之微妙,均为炒制其他茶叶所难以比拟的,可谓名副其实的"低温长烚"。如果说汀溪兰香像是山中美少女,那么,涌溪火青更像是绿茶中的雍容贵妇:那是深晓"人生三昧"的刚柔相济余韵流芳。

  对于涌溪茶,一直传有一句话:涌溪茶用涌溪水,出了涌溪就变鬼。不仅说的是涌溪茶要用涌溪水来泡味道才好,而且指涌溪茶出了涌溪之后,魂魄就会丢失,再也没有当时当下当地那种绝美味道了。人间的极品,一定是带有某种神秘性的,它们一直是活的生命,而不是死的物器。

水的味道

我一向对于精力旺盛者持有一种钦羡和敬畏之心,这起源于我并不强壮的身体。身体是革命的本钱啊,我总是由衷地羡慕那些精力充沛、不知疲倦、一生中能做很多事的人,比如丘吉尔,比如海明威,比如大仲马,比如毕加索,他们是如此的精力过人孔武有力,可以像秋风扫落叶一样"为所欲为"。

就拿大仲马来说吧,这个肥胖的家伙一生中竟然写作了上亿字,他的作品全集就达 303 卷,据说还远远不止这个数字,他自己对拿破仑说他的作品多达 1200 卷,这样的成就让人目瞪口呆。不仅如此,大仲马还并不因为写作而荒废了自己的生活,他的生活同样是放浪形骸活色生香,像一头浪漫的公牛一样雄踞在这个世界上。

食色,性也。大仲马也不例外,除了丰富得几近糜烂的生活之外,他还有着一张血盆大口,几乎吃尽了全法国乃至全欧洲最好的食品。不仅仅是能吃,而且大仲马还会吃,在吃上积累了很多经验和心得,并且能够品藻得头头是道。到了晚年,大仲马将自己吃的经历整理了一下,写出一部厚厚的《烹饪大辞典》。这是大仲马生前最后一部著作,在将所有的天才都交给了传奇小说之后,大仲马阐述了自己关于吃的一些故事和感受。大仲马写吃也写得好啊,一时让整个巴黎为之侧目,很多馆子都对大仲马毕恭毕敬战战兢兢。

大仲马谈吃的文笔自然是妙趣横生。这些姑且不说,奇怪的是大仲马这样的人物竟然在文中初露禅意。人到晚年了,聪明至极的人一般都会摇身一变,不是变成僧就是变成妖。大仲马也不例外,在吃了那么多好吃的东西之后,他忽然话锋一转,说他自己"已有五六十年只是饮水"。然后说,喝葡萄酒所体验的乐趣哪能敌得过从一杯沁凉的未被污染的纯净泉水中得到的乐趣呢!大仲马说:"一个真正的美食家,不在于对食物的品藻,而在于对水的鉴别,能够品得出水的滋味。"能说出这样的话需要何等的智慧啊!这一番话,可称石破天惊。

大仲马晚年才悟出这个道理,而中国文化在这方面的建树,已是颇有说法了。茶圣陆羽不仅对茶有着奇异的鉴赏力,对水也有很强的辨别能力。在《茶经》中,陆羽如此说水:"其水,用山水上、江水次、井水下。其山水,拣乳泉、石池慢流者上;其瀑涌湍漱,勿食之,久食令人有颈疾。又多别流于山谷者,澄浸不泄,自火天至霜郊之前,或潜龙蓄毒于其间,饮者可决之,以流其恶,使新泉涓涓然,酌之。其江水,取去人远者。井,取汲多者。"陆羽认为水中山泉水为上乘,其次是江水,再次是井水。山泉水中,以乳泉即钟乳石上滴下来的水为胜;石头中慢慢流出的泉水汇成池的,也不错。至于汹涌的山泉,就不能用来煮茶了,因为可能会诱发颈部的顽疾。山谷里的泉水在暑天至霜降的那一段时间里,积水中可能会有不好的东西,对人体有害。江水,要取人迹罕至地带的;而井水,是要取人常汲用地方的才好。

比陆羽更玄乎的,是唐人张又新,他所撰的《煎茶水记》,被认为是继《茶经》之后最重要的一部茶叶著作。在《煎茶水记》的自述中,张又新写道:元和九年春季,他和朋友们相约到长安城的荐福寺聚会。他和李德垂先到,在西厢房的玄鉴室休息时,遇到一个江南和尚,背着包袱,里面有几卷书。张抽出一卷浏览,见有一本"文细密皆杂记",卷末题为《煮茶记》,记载了一件逸事:唐代宗之时,湖州刺史李季卿路过扬州,遇见陆羽。李季卿认为,陆羽以善茶天下闻名,扬子南零水又殊绝,这是千载一遇的"二妙"归一。于是,李刺史命令军士到南岸去取南零水。水取回后,陆羽舀水煮茶,一喝之下,发现根本不是南零水,只是一般的长江水。李刺史便传取水的军士来问询,军士不承认,辩解道:"我划小船去取水,看见的有上百人,哪里敢说假话呢?"陆羽不再答话,只是把取来的水倒掉一半,再用勺舀出,说:"这才是南零水!"军士这下慌了神,跪地求饶说:"我取了南零水后,在归途中因小舟摇晃,到北岸时只剩下半缸,所以舀江水加满。不料被先生识破,先生真是神鉴也。"李刺史与宾客数十人都非常惊讶,请陆羽谈对天下各处水质的看法,陆曰:"楚水第一,晋水最下。"李因命笔,口授而次第之:"庐山康王谷水帘水第一;无锡县惠山寺石泉水第二;蕲州兰溪石上水第三;峡州扇子山下,有石突然,泄水独清冷,状如龟形,俗云虾蟆口水,第四;苏州虎丘寺石泉水第五;庐山招贤寺下方桥潭水第六;扬子江南零水第七;洪州西山西东瀑布水第八;唐州柏岩县淮水源第九,淮水亦佳;庐州龙池山岭水第十;丹阳县观音寺水第十一;扬州大明寺水第十二;汉江金州上游中零水第十三,水苦;归州玉虚洞下香溪水第十四;商州武关西洛水第十五,未尝泥;吴淞江水第十六;天台山西南峰千丈瀑布水第十七;郴州圆泉水第十八;桐庐严陵滩水第十九;雪水第二十,用雪不可太冷。此二十水,余尝试之,非系茶之精粗,过此不之知也。夫茶烹于所产处,无不佳也,盖水土之宜。离其处,水功其半,然善烹洁器,全其功也。李置诸笥焉,遇有言茶者,即示之。又新刺九江,有客李滂、门生刘鲁封,言尝见说茶,余醒然思往岁僧室获是书,因尽箧,书在焉。古人云:'泻水置瓶中,焉能辨淄渑。'此言必不可判也,力古以为信然,盖不疑矣。岂知天下之理,未可言至。古人研精,固有未尽,强学君子,孜孜不懈,岂止思齐而已哉。此言亦有裨于劝勉,故记之。"

张又新的《煎茶水记》,是假借陆羽来谈水。这个时候,已明显能看到文人在谈水中的虚玄了。到了宋朝,欧阳修著有《大明水记》,叶清臣著有《述煮茶小品》,说的也是水。明朝有徐献忠的

《水品》、田艺蘅的《煮泉小品》。田艺蘅在《煮泉小品》中颇有些诙谐地描述,"山厚者泉厚,山奇者泉奇,山清者泉清,山幽者泉幽,皆佳品也。不厚则薄,不奇则蠢,不清则拙,不幽则喧,必无佳泉"。又说"泉,不难于清而难于寒"。这些文章和书籍,写的都是水,各种水的故事。明代冯梦龙在《警世通言》中写了一个"王安石三难苏学士"的故事,很像是"陆羽鉴水"的改写版:说是王安石有一次生病,太医开方需用瞿塘中峡水烹阳羡茶,恰逢苏东坡因公过三峡,王安石便托他带一瓮中峡水回来。山峡风光优美,东坡目不暇接,把这事给忘得干干净净,船到下峡才想起取水一事,心想下峡的水,还不是从中峡流过来的?于是取了一瓮下峡水带回。王安石取水烹茶,一看汤色,便知不是中峡水,于是幽幽地说:"瞿塘水性,出于《水经补注》。上峡水性太急,下峡太缓,唯中峡缓急相半……此水烹阳羡茶,上峡味浓,下峡味淡,中峡浓淡之间。今见茶色半晌方见,故知是下峡。"这下轮到苏东坡心里发虚了,只好老老实实地把在下峡取水的事说出,连忙向王安石赔不是。到了清朝,汤蠹仙著有《泉谱》,对全国各地的泉水有着鉴别和品藻;深谙传统文化的乾隆对于鉴水,也有极大的兴趣,每到一处必命侍从汲当地名泉水,称其轻重,以此排出等级:钦定北京玉泉为第一,其次是塞上伊逊泉、济南珍珠泉、扬子金山泉……

除了泉水,古代还用雨水、冰水、露水、雪水等来煎茶,一是取其鲜活,利于养生;二是求其雅致和别致。宋人赵希鹄《调燮类编》以为"雪水甘寒……烹茶最佳",可收藏起来备后用。明朝罗廪《茶解》曰:"梅雨如膏,万物赖以滋养,其味独甘。"郑谷诗有"读《易》明高烛,煎茶取折冰"。文震亨《长物志》云:"雪为五谷之精,取以煎茶,最为幽况。"《红楼梦》写妙玉以雪水烹茶宴请宝钗、黛玉、宝玉一段,颇得古人之意。当黛玉问及"这也是旧年的雨水"时,妙玉冷笑道:"你这个人,竟是大俗人,连水也尝不出来。这是五年前我在玄墓蟠香寺住着,收的梅花上的雪,共得了那一鬼脸青的花瓮一瓮,总舍不得吃,埋在地下,今年夏天才开了……隔年蠲的雨水哪有这样轻淳,如何吃得?"

妙玉真有如此绝妙的鉴赏力吗?反正我这俗人是不信的。这个极聪明的"小蹄子"在耍什么鬼心眼,只有天知道了。聪明人容易变成妖,也容易聪明反被聪明误,自设圈套往里钻。中国文化就是这样,走着走着虚玄无比,雾霭重重,模糊一片,以致无法分清方向。余秋雨说中国文化一直缺乏"辨伪机制",是因为中国文化一直缺乏执着的科学和理性精神。我以为的确如此。王安石是真能琢磨出水的不同,还是故意诈了一下苏东坡?我想后者的可能性更大一些。以王安石一根筋似的粗糙和随意,以及他马马虎虎的生活态度,他真能分辨出水的味道?也许生性怪异的王安石故意在苏东坡身旁安置了一个耳目,以试探苏学士对自己的态度。这种可能性要大得多。至于水与茶的关系,还是明代张大复说得好:"茶性必发于水。八分之茶遇水十分,茶亦十分矣;八分之水试茶十分,茶只八分耳。"张大复说的不像陆羽说的那样虚玄,他只是强调水是重要的,这样的话,才是实在话。

绿衣仙子入凡尘

唐代之前,茶主要限于药用、解渴、解酒、祭祀、养生等功能。间或有当饮品的,都是乱喝一气,如牛饮般粗放。唐宋之后,茶正式成为饮品,有初定的茶道和规矩,不过制作以蒸烘为主,先制成片茶、团茶和饼茶,待饮用时,将固形茶碾成碎末,放于火上烘烤,再将细末放入釜中煮开,加入芝麻、黄豆、盐、香料等饮用。这样的方式,跟现在湘西的擂茶有些相似,与其说是喝茶,不如说是吃茶,像吃马奶子茶之类。宋时饮茶不再烘烤加料,是将团茶、饼茶碾成粉末置于碗中,注汤点饮,因而产生分茶、斗茶等技趣性的品鉴游戏。到了明清之后,茶叶的制作出现了"革命",茶叶采摘后直接烘烤,然后泡发饮用。茶不再是吃,是呷,以一种简单方便的方式延至今天。

以茶的习性和味道,自古以来,茶叶较少用来吃的,不过菜肴中会以一些茶叶做点缀,最典型的,算是杭帮菜"龙井虾仁"了:将泡开过的龙井少许,与剥过的虾仁一起爆炒,白色的虾仁上,搭配着少许绿色,如同美玉搭配翡翠。这道菜中,虾仁是主要的,龙井是帮衬,是清雅的点缀。杭州有西湖,也有龙井,当地人以西湖自豪,也以龙井自傲。因此,即使是生拉硬拽,也喜欢将龙井拉入菜肴之中。以龙井入菜的,还有"龙井茶熏河鳝""龙井蛤蜊汤"等。"龙井茶熏河鳝"的做法是:将新鲜的鳝鱼去骨,拌入生姜、葱、盐、糖、鸡精腌制五分钟后,加入龙井茶、米饭、香叶等,混在一起熏熟。这一道菜的特色在于有淡淡茶香,鳝鱼鲜嫩爽滑绝无腥气。至于"龙井蛤蜊汤",是先将蛤蜊煮到张开时,倒入事先泡好的茶汤,加适量盐、味精等调料即可。山珍海味一相逢,便胜却人间无数。我还吃过一道"龙井大排":将一汤匙龙井茶叶包在纱布里,放入锅中与大排骨一起焖烧,加入酱油、料酒、味精、白糖等调料,先大火后小火,一两个小时后,烧成的大排肉质酥松细嫩、异香四溢。茶叶与菜肴握手言欢,还有碧螺鱼片、旗枪鲍鱼、雀舌炒蛋、云雾石鸡、五香茶叶蛋等,不过这些菜肴,说是吃茶味,倒不如说是为沾龙井碧螺春的灵气,让菜肴本身更具趣味。

乌龙和铁观音系列,以茶入菜的典范是名菜"白毫猴头扣肉":将白毫乌龙茶叶用开水泡开,取茶汤备用;将素火腿、猴头菇分别煎至香味溢出,将素火腿摆放在碗中央,猴头菇排两旁;将霉干菜洗净、切碎、炒香,加入泡好的茶汤和酱油、糖、姜末,炒至入味,倒入碗中,上笼蒸四十分钟,取出扣入盘中;用炒锅把辣油、面粉炒香,加入剩下的茶汤和盐、白醋、糖、淀粉,勾兑成芡汁淋在盘中,青菜心烫好后围边即可。这道菜色香味俱全,乌龙茶的作用,就是为菜肴提香。另一道名菜"铁观音炖鸭",在此菜里茶的作用要大得多:用大茶壶放入铁观音茶叶,开水冲泡,滗去水后复加水,把浓郁的茶汁注入砂锅内;再将洗净的鸭子去头去足切成块后放入锅中,加入洗净去内皮的栗子仁,再加入佐料黑枣、冰糖、酱油及清水,上火慢炖,至鸭肉能用筷子轻松插入即可。起锅时,再撒些铁观音茶末以增加香气。"铁观音炖鸭"的特点是香气荤蔬相杂,如阴阳鱼一般盘旋缭绕。味道是勾心的,香气是勾魂的,以这样的香气盘旋,自然会让食客们心不在焉魂飞魄散。

红茶同样可以入菜。最有名的是"红茶蒸鲈鱼":先用花雕酒将鱼的全身涂抹后装盘,撒入上好的红茶末,再倒入调制好的美极鲜酱油、红椒丝、姜丝和葱段,用旺火蒸十分钟即可上桌。这道菜颜色唯美,鱼色泛红,蒸过的鲈鱼会像红色的鲤鱼一样充满喜庆,浓香诱人。

近年来讲究生态烹饪,因为用茶入菜格外雅致,越发变得时兴起来。比如大热天吃饭,会先上一道"青山绿水"做汤点:在煮好的冰糖水中放入新鲜的苦丁茶、杭白菊、枸杞子,再放入煮熟的汤圆,这一道与其说是菜,不如说是时尚的欢颜。如果嫌这样的开口汤太素,可以上一道"清茶功夫乳鸽汤":先将乳鸽炖好后,再将茶汤调入鸽汤中,做好后将它灌入放少量茶叶的紫砂壶中,分给每一个食客。这样的"开口汤",说是喝汤也行,说是喝茶也行,荤中有素,素中有荤。海宁是金庸先生的家乡,当地有人独创一道"洪七公猪尾"很有名:先将猪尾过油锅,然后将炸过的铁观音茶叶与猪尾一同入锅翻炒,以茶叶的清香来搭配猪尾的韧劲,一荤一素,自得其乐。洪七公是《射雕英雄传》中的人物,丐帮中的老大,别以为丐帮中的人物品位就差,他们吃千家饭万家菜,见多识广,对菜肴的好坏更有鉴别力。这一点就像济公,济公吃鸡,那是非得嫩酥无比才会吃的,一般的鸡,他都不会瞅上一瞅。

徽州和皖南也常以茶入菜,形式和内容大同小异,比较有名的,是"毛峰虾仁""金雀舌""顶谷鱼片""雀舌烤鸡""祁红甜豆"等。"金雀舌"的做法并不复杂:以黄山毛峰上品雀舌泡开后,立即捞起,裹鸡蛋糊,每两三片并在一起,掷入芝麻油锅炸至金黄色,撒入花椒盐拌一拌即可。这道菜色泽金黄,茶尖如雀舌,香酥咸鲜微涩。比较而言,当年宣州敬亭山宾馆有一道菜"敬亭绿雪",倒是有些名气:将敬亭绿雪茶叶泡开后,待其茶叶初展、翠绿显露时捞起沥干,用10克干淀粉撒拌均匀,下五成热的油锅里炸半分钟左右,见茶叶浮起呈暗绿色即迅速捞起控油,堆放在盘子中央;另取10个荸荠削皮切成细丝,拌少许干淀粉后下六成热的油锅里炸成嫩黄色同样沥油,然后围镶在茶叶周围;上桌之前,在茶松顶端摆绵白糖一勺,上桌后让客人自行将糖、茶松、荸荠丝拌和。菜成之后,白绿相间,香甜可口,有迥异于其他菜肴的"别味"。

金雀舌和敬亭绿雪都是皖南绿茶中的极品,以我的观点来看,以寻常的茶叶做菜肴也罢了,以这样的极品茶叶做菜肴,实在是"暴殄天物"。酒与菜,哪能与极品茶相比呢?美茶入菜,更像是"绿衣仙子"入凡尘,在胡吃海喝的宴席上强作欢颜,做着"三陪小姐"的营生。在皖南,对于这样的不知好歹,有一种谚语专门形容,叫"乌龟吃大麦"。

宋朝的徽茶

有一个说法很有意思,说宋徽宗赵佶实际上是南唐后主李煜投胎——李煜被宋太祖赵匡胤夺走江山,又被宋太宗赵光义毒死之后,怀着深仇大恨转世投胎赵家,当上了宋朝的皇帝,以骄奢淫逸断送赵家天下的方式来实现复仇。这种说法还真有点"靠谱",赵佶与李煜还真是有些相像:他们都是皇帝中的"文艺青年",英俊潇洒,风流倜傥,有艺术气质。相对于李煜的诗人气质,赵佶似乎艺术功力更为深厚,不仅通晓音律善于诗文,而且精于书画,一笔"瘦金体"更是君临天下。赵佶兴趣还特别广泛,对茶艺也颇感兴趣,曾著有一部《大观茶论》,共 20 篇,对北宋时期蒸青团茶的产地、采制、烹试、品质、斗茶风尚等均有详细记述。以皇帝的身份写作此类文章,可能古今中外,赵佶是第一人吧?

在《大观茶论》中,赵佶有滋有味地描述了点茶过程注汤击拂的 7 个层次:"点茶不一,而调膏继刻……妙于此者,量茶受汤,调如融胶。环注盏畔,勿使侵茶。势不欲猛,先须搅动茶膏,渐加击拂,手轻筅重,指绕腕旋,上下透彻,如酵蘗之起面,疏星皎月,灿然而生,则茶面根本立矣。第二汤自茶面注之,周回一线,急注急止,茶面不动,击拂既力,色泽渐开,珠玑磊落。"在宋人看来,茶饮如同药饮,煎的时间越长越好。宋人煎茶,是用炭火将茶叶水烧得沸腾之时,加入冷水点住;待茶叶再次沸腾,再加入冷水点住……如此三番五次,方可收到色香味俱佳的效果。赵佶又谈到茶叶的香:"茶有真香,非龙麝可拟。要须蒸及熟而压之,及干而研,研细而造,则和美具足。入盏则馨香四达,秋爽洒然。或蒸气如桃人夹杂,则其气酸烈而恶。"从文中看,赵佶对于茶的色香味和煮茶的技术,还真是熟稔,算是一位极内行的茶叶专家。

宋徽宗不仅写茶,而且还画茶。有一幅《文会图》据说是赵佶所绘,栩栩如生地描绘了当时文人聚会的场景:私家园林的大柳树下,一些人围坐在长方形的大桌前边吃边聊,桌上摆满了盛满菜肴的盘盏碗碟,也摆放着一些水果;旁边的小桌子上,摆放着各种茶具,几个人正准备着接下来的品茗谈欢。《文会图》所绘的,是当时的生活场景,在宋人看来,吃是次要的,茶,是必不可少的。宋人极爱茶饮的雅事,一般会选凉台静屋、明窗曲几的室内,或者干脆选择林竹之荫、泉石之间的野趣之地,或暮日春阳,或清风明月,动手烹茗,斗茶取乐。斗茶是各自携带自己专门的茶、水以及茶具,比拼着各自泡出来的茶的汤色和味道,以茶的汤色无色透明为上,青白、灰白次之,黄白乃至泛红为最下。这当中最为关键的因素,是茶叶的质量和水的质量。与赵佶同样痴于茶的,还有端明殿学士蔡襄,蔡襄不仅爱茶,还著有《茶录》一书,这也是继陆羽《茶经》后影响最大的一本论茶专著。到了晚年,蔡襄因年老有病常年服用草药,无法再饮茶,便每日烹茶,以嗅茶香自得其乐,由此可见他的痴迷程度。那个时代,已有"柴米油盐酱醋茶"的说法,意味着茶叶已进入普通人家。苏东坡有两句诗写的是:"酒困路长惟欲睡,日高人渴漫思茶。"酒醒的时候,第一个想到的是茶;茶清理了胃和大脑之后,又开始考虑喝酒。清茶一盏,薄酒一杯,酒茶互补,神清气爽。真可谓:有茶无酒可明道,有茶有酒小神仙。

宋时茶的兴盛,改变的不仅是人们的生活方式,还改变了人们的思维方式。茶的沉郁和幽远,不知不觉会让人安静下来,诱发着人们格物致知明心见性修禅悟道。徽州被称为"程朱故里",是指宋代"理学"的代表人程颢、程颐以及朱熹都是徽州人。程颢、程颐的祖先是从徽州来到河南的,"二程"或许是品呷着徽州茶,悟出了"天地万物与我一体"的道理。朱熹也是这样,中年之后的朱熹于武夷山隐屏峰设精舍,每时呷茶远眺,夜睹星象,思维豁然开朗,一下子悟出了天上人间的至理,也随之想到了"存天理,灭人欲"。北宋还有位林逋,由于痴迷梅花的暗香疏影,酷爱白鹤的仙姿绰约,便植梅养鹤,过起了"梅妻鹤子"的生活。林逋爱喝茶,在梅鹤相伴中喝出幽幽意境——石碾轻飞瑟瑟尘,乳香烹出建溪春;世间绝品人难识,闲对茶经忆古人……喝茶的确是能喝出很多东西的,不仅能喝出怀古的情致,还能喝出历史的纵深与世界的幽微,甚至能喝出"物我两忘"的禅意。宋朝之所以在智力上有着极大的开拓,在文化风格上有着整体的幽深和雅致,我认为是茶在起着无形的作用,是茶在释放着"三昧"。

赵佶、蔡襄、林逋等一干人喝的茶中,有一些就是徽州产的。从宋代开始,徽州就是一个产茶区。《宋史》说歙州等地产茶,"有仙芝、玉津、先春、绿芽之类二十六等",这是说当时徽州茶叶的品牌。至于徽州茶的产量,据李心传在《建炎以来朝野杂记》中记载,每年大约有210万斤,约占全国的二十四分之一。当然,宋时喝的应是饼茶,做法是将鲜叶经蒸气杀青后,烘干捣碎,碾成细末,再蒸软做成圆饼状,中间留一孔,烘干即可,跟现在的普洱茶有点相似。宋时的徽茶,歙人罗愿在《新安志》中有更详备的叙述:"茶则有胜金、嫩桑、仙芝、来泉、先春、运合、华英之品;又有不及者,是为片茶八种。其散者曰茗茶。"不过,那时茶叶的制作从总体上应比较粗放,销售也属专营,集中由官府统购统销,想必质量和味道要差很多。并且,既然是垄断和专营,就有可以钻的空子。当时朱熹的外祖父祝确富甲歙州,被称为"祝半州",或许是私底下经营茶叶赚钱。否则,居于偏僻、交通不便的徽州,哪能获得那么大的财富呢?

有宋一朝,真是一个有趣的年代,不仅经济发展、人民富庶,生活还特别悠闲,从皇帝到大臣到百姓,一个个都喜欢附庸风雅吟诗作画撰写文章。有人说宋之所以灭亡,跟皇帝大臣们的昏聩有关系,尤其是宋徽宗之流,天天琴棋书画不事稼穑,骄奢淫逸不理朝政,导致了国力衰败无心恋战。其实这两者哪有关系呢?热爱艺术和管理朝政事务在很多时候并不矛盾,热爱艺术的人,往往还有一颗敏感的心,特别能善解人意体恤民情。何况朝廷的"无为而治",对于经济发展有着极大好处。宋代打不过女真,也打不过蒙古,那是冷兵器时代没有办法的事情:瘦小而文弱的南方人,哪能打得过剽悍的北方游牧民族呢?不仅宋朝打不过,连国富民强横跨欧亚非大陆的古罗马帝国也打不过,同样让金戈铁马的北方蛮族给灭了。从这个角度来看,硬把"不爱江山爱美人"的屎盆子扣在赵佶身上,明显是有失公允的。

茶 与 禅

1689年冬天,年轻的僧人道悟由太平登黄山,半路上,下起了大雪。到达半山寺时,已是夜半时分,寺门紧闭,道悟在门前的空地上静静打坐,没去打扰寺里的僧人。第二天,早起的扫地僧发现了雪中有一个"树桩",再一看,"雪桩"抖落了身上的雪,变成了一个和尚。众人便戏称新来的和尚"雪桩",于是道悟和尚干脆改法号为"雪庄",从此归隐黄山,终日以笔画山。雪庄一生共画有《黄山图》42幅,黄山花卉120多种,是与黄山关系最为紧密的画僧。雪庄在黄山共32载,让他离不开的,不仅是黄山美丽的景色,更有黄山的云雾茶。

茶与禅,一直结合得如此紧密——古时一些名山大岳中的寺院附近,常常辟有茶园,最初的茶人,大多是僧人。很多名茶的出现,都与佛门有关,如有名的西湖龙井茶,陆羽《茶经》说:"杭州钱塘天竺、灵隐二寺产茶。"杭州灵隐寺佛茶是驰名江南的佛门名茶,这种茶叶是由寺院里僧尼亲自栽种、管理、采摘、炒制的。灵隐佛茶叶形扁平、光滑、翠绿、整齐,一经冲泡,汤水碧绿清爽,香气四溢,经久不散,而且具有清心寡欲、养气颐神、明目聪耳、沁人心肺之功能。西湖龙井茶,是南北朝诗人谢灵运在天竺寺翻译佛经时,从佛教天台宗的发祥地天台山带去的;四川雅安的蒙山茶,相传是西汉蒙山甘露寺禅师吴理直所栽,称为"仙茶";庐山云雾茶,是晋代名僧慧远在东林寺所植;江苏洞庭山碧螺春茶,是北宋洞庭山水月院山僧所植,它还有一个名称,叫作"水月茶"。除此之外,武夷山天心观的大龙袍、徽州的松萝茶、云南大理的感通茶、浙江普陀山的佛茶、天台山的罗汉供茶、雁荡山的毛峰茶等,都产于寺院。安溪铁观音"重如铁,美如观音",其名取自佛经,自然与佛教有着不可分割的联系;君山银针产于湖南岳阳君山,最初也由僧人种植;惠明茶因浙江惠明寺而得名……至于普陀佛茶,因产于普陀山,最初是僧侣献佛、待客用的,所以干脆以"佛"命名。

　　世界上第一部茶叶巨著《茶经》,就是由曾当过和尚的陆羽所著——相传陆羽出生后,因家境贫寒而被弃于河边,被一老和尚捡回,留在寺中抚养长大。从小对寺院生活耳濡目染的陆羽,对僧人种茶、制茶、烹茶、饮茶的生活经验进行了记载,就产生了这么一本书。在《茶经·七之事》中,陆羽记载了三位僧人的饮茶之事:其一是单道开,东晋人,他在临漳昭德寺修行时,常以饮茶来解困驱眠;其二是北魏名僧法瑶,长年住在吴兴武康的一座小山寺中，严守戒律，仅以蔬菜为食，用膳时也只饮茶；其三是昙济道人，也是位著名的高僧，避居于寿州附近的八公山中。南朝宋国新安王刘子鸾与兄弟豫章王刘子尚来拜访，昙济道人以茶茗招待。子尚品后，赞不绝口，说："这真是甘露啊，怎么能称它为茶呢！"

茶与禅，在更多时候，像是镜花水月的关系——唐代名僧皎然在《饮茶歌诮崔石使君》中写道："一饮涤昏寐，情来朗爽满天地；再饮清我神，忽如飞雨洒轻尘；三饮便得道，何须苦心破烦恼。此物清高世莫知，世人饮酒多自欺。"这是喝茶，更是悟道。茶诞生之后，被认为是有德之物，利于丛林修持，并且由"茶之德"生发出禅宗茶道。释氏学说传入中国，成为独具特色的禅宗，禅宗和尚、居士日常修持之法就是坐禅，要求静坐、敛心，达到身心"轻安"，观照"明净"。其姿势要头正背直，"不动不摇，不委不倚"，通常坐禅一坐就是很长时间，甚至可以达几个月。我国佛教僧侣修行的方式是"禅定"，即安静地沉思，只能静坐，不可卧床，又叫"坐禅"。茶叶中含有咖啡因，可以兴奋中枢神经，使肌肉的酸性物质得到中和，消除疲劳，提神益思，因此茶叶便驰名佛界。同时，佛家持淡泊的人生态度，抑欲忌荤，提倡素食，清淡茶汤无疑是最佳饮品；且茶性净洁，久饮助人寂静斯文，为佛教平添一层神秘色彩，茶与僧人结下不解之缘。

佛教对饮茶很讲究。寺院内设有"茶堂"，是禅僧讨论教义、招待施主和品茶之处；法堂内的"茶鼓"，是召集僧众饮茶所击之鼓;寺院有"茶头",负责煮茶、献茶;寺院前有数名"施茶僧",施惠茶水。佛寺里的茶叶被称作"寺院茶","寺院茶"按照佛教规制还有不少名目:每日在佛前、灵前供奉茶汤,称作"奠茶";按照受戒年限的先后饮茶,称作"普茶";化缘乞食的茶,称作"化茶"。而僧人最初吸取民间方法将茶叶、香料、果料同桂圆、姜等一起煮饮,则称为"茶苏"。到宋代,余杭径山还举行"茶宴"和"半茶"活动,并且发明把嫩芽茶研成粉末,用开水冲泡的"点茶"法,这对促进民间饮茶习俗普及有重大作用。据说,古代虔诚的佛教徒总是以鲜花一束、清茶一杯奉献于佛前,因而,逐渐在民间流传着"茶禅一体""茶佛一味"的说法,将茶、佛文化融为一体。明代乐纯著《雪庵清史》介绍居士"清课"包括焚香、煮茗、习静、寻僧、奉佛、参禅、说法、作(做)佛事、翻经、忏悔、放生等。"煮茗"居第二,竟列于"奉佛""参禅"之前,这足以证明"茶佛一味"的说法千真万确。

茶使人宁静、和谐。在精神层面上,茶道提倡的清雅、超脱、俭德、精行,正合禅僧体悟佛性的法门。在其他物质生活极为贫乏的时候,煎煮一杯香茗,观察水沸茶滚,茶香飘逸,思绪似乎走过千山万水、长长岁月,慢慢涤荡胸臆,最后归于心灵上从容、安寂,这与佛教所说的"戒、定、慧"具有相同的价值归宿。也因此,茶与禅在宋朝之后结合得更为紧密,有很多关于茶的公案,都是日常生活中的小事,但诙谐幽默,意味深长。《景德录》说及吃茶的地方竟有六七十处。《指月录》载:有僧到赵州从谂禅师处,师问,新近曾到此间吗?曰,曾到。师曰,吃茶去。又问僧,僧曰,不曾到。师曰,吃茶去。后院主问曰:为什么曾到也云吃茶去,不曾到也云吃茶去?师召院主,主应诺,师曰,吃茶去,院主当下大悟。这便是大家熟知的"吃茶去"公案,赵州从谂禅师三称"吃茶去",寓意何在?正在消除人的妄想。佛家历来主张"佛法但平常,莫作奇特想",一旦落入攀缘妄想,则与和性相去甚遥了。赵州大师正是巧借"吃茶去"这一机锋,令人省悟的。云岩昙晟禅师生病时,还以"煎茶给谁吃"为话头,点化道吾圆智,这种不计有无、不随生死的情怀,正是禅的至理所在。有偈子云:"青青翠竹皆是法身,郁郁黄花无非般若。"煎茶、饮茶这等事,在僧人眼里却同佛性打成一片,不分彼此,达到了"茶禅一味"的浑然境地。

说茶与禅,自然离不开日本。茶传到日本之后,规矩和程序就更多了。在日本,茶事被视为净心清欲的佛事,日本的茶道,更多地渗入了"和敬清寂""一期一会"以及"独坐观念",这些,都是"静与寂"的精神。它是想以茶叶带来的静思和冥想来消除人们心中的杂念和妄想,达到一种"无"的境界。比较起中国茶文化,日本的茶道似乎更纯粹,更洁净,也更少人气。日本的茶人也如在家的僧人,茶室更像是寺院的佛堂,仪式也更具有形式感。这样的方式,与其说变得更有禅意,还不如说让茶变得更无烟火气。奥修曾说佛教在印度是种子,在中国长成树,在日本开成花,就是说佛教的精神渗透了日本的国民生活当中。而茶呢,在我看来,茶同样在印度是种子,在中国长成树,也开成了花;而在日本呢,它只是一缕香气,袅娜在那个岛国之上,成为若隐若现的灵魂。

茶与虚玄

很久很久以前,人类尚在蒙昧中,"道"还只是有其形,未有其词的时候,茶树就已经遍布中国的南方森林。那时候的茶,只是被人们当作一种树。直到神农尝百草,人们才知道了这种树叶的解药性。《神农本草经》云:"神农尝百草,日遇七十二毒,得荼而解之。"从此以后,茶成为解百毒的一种药。五代十国蜀人毛文锡所撰的《茶谱》中记载:昔日有僧,久病不愈。一老翁告以蒙山顶上的茶能祛宿疾,僧遂于山上筑室采茶,"获一两余,服未竟而疾愈"。这同样说明了茶的治病功能。唐代著名诗人李白曾写过一首《答族侄僧中孚赠玉泉仙人掌茶并序》,诗序中云:"余闻荆州玉泉寺近清溪诸山,山洞往往有乳窟,窟中多玉泉……其水边有茗草(茶叶),灌生叶枝如碧,唯有玉泉真公常采而饮之,年已八十余岁,颜色如桃花,而此茗清香滑热,异于他者,所以能还童振枯,扶人寿也。"这是说茶具有养生之效。可见在唐朝之前,微苦的茶叶,只是一味不错的养生良剂。

到了唐朝,极可能从印度和西域传来的饮茶习惯,加上陆羽《茶经》的影响,慢慢地,由南至北,饮茶不仅成为一种习俗,也有了规矩。不过,那时的茶,尚没有一个"道",陆羽在《茶经》中只是提及了选茶、炙茶、碾末、取火、选水、煮茶、酌茶、传饮八个主要程序,对于"茶道",也就是饮茶的根本,似乎没有涉及。唐时基本上还属于大碗喝茶阶段,与饮酒区别不大,只是人们觉得挺好喝的。唐代白居易有诗:"食罢一觉睡,起来两瓯茶。举头望日影,已复西南斜。乐人惜日促,忧人厌年赊。无忧无乐者,长短任生涯。"说明茶已被越来越多的人喜爱,茶促进了人精神的自由,以及人与人的和谐。当然,在同期写到茶的诗文中,已有不少出现了对饮茶后产生虚玄之感的描写,比如唐人卢仝在《走笔谢孟谏议宪寄新茶》一诗中,有写一连痛饮七碗而后仙的描述:"一碗喉吻润,两碗破孤闷,三碗搜枯肠,唯有文字五千卷。四碗发轻汗,平生不平事,尽向毛孔散。五碗肌骨清,六碗通仙灵。七碗吃不得,唯觉两腋习习清风生。"

从诗中看,这是说的饮茶吗?分明就是喝酒,把茶当作还魂神仙草来喝。不过从诗中看,对于饮茶,已不同于大碗喝茶的感受,既然有"两腋习习清风生"之感,就有些偏向于虚玄了。比卢仝更过的,是陆羽的老友皎然,在《饮茶歌诮崔石使君》一诗中,皎然这样写道:"越人遗我剡溪茗,采得金芽烹金鼎。素瓷雪色飘沫香,何如诸仙琼蕊浆。一饮涤昏寐,情思朗爽满天地;再饮清我神,忽如飞雨洒轻尘;三饮便得道,何须苦心破烦恼。此物清高世莫如,世人饮酒多自欺。悉看毕卓瓮间夜,笑向陶潜篱下时。崔侯啜之意不已,狂歌一曲惊人耳。孰知茶道全而真,唯有丹丘得如此。"

　　诗人在饮用越人赠送的剡溪茶后,"三饮"便得道,何须苦心破烦恼,连"采菊东篱下,悠然见南山"的陶渊明都觉得可笑,言辞之外,只有天上的神仙,才能领悟自己的感受。皎然悟的是什么"道"?我认为他的"道"并不虚玄,只是茶与人的暗合之妙:比如茶的淡雅幽远,合于隐逸生活迎风踏月、抚山弄水的意趣;茶的苦中蕴甘,合于人们节衣简食、苦甘互济的心念……这样的暗合,使得人们每当仕途困顿或倦于俗务时,就会寄情于杯盏,借此来排遣心中的苦闷,并于清凉静谧中求得恬淡平和之心情。

　　明清时期,茶叶的制法和喝法焕然一新,此时人们将采摘后的茶叶搓、揉、炒、焙等工艺和今天类似,并且,确定了炒青制茶法,喝茶也随之变得越来越简便。与此同时,由于社会的专制高压,人们只能从静谧的生活中寻找安慰和自由,茶变得越来越让人钟情,茶与人们的生活,与文化和读书人的联系越来越紧密,有关"茶道"的要求也变得越来越精细,在饮茶时格外讲究空间,对人数、心情、氛围也设了很多要求,茶艺也变得越来越美观,越来越雅致,越来越严格。明代冯正卿有"十三宜"的说法,所谓"十三宜",系指饮茶时所宜者,共十三项:"一无事",即要有饮茶的闲暇工夫;"二佳客",饮茶的客人需高雅博学之辈,既能与主人交流感情,又能真正品玩茶道;"三幽座",品茗时,环境需清幽典雅;"四吟咏",饮者需以诗助兴,以诗唱和;"五挥翰",饮时需挥翰泼墨,吟诗作画;"六徜徉",饮茶可闲庭信步,时饮时啜,体验古之品茗者的闲情雅致广;"睡起",饮者小睡刚起,一酣清梦,饮尝香茗,则另有一番情趣;"八宿醒",饮者如宿睡未解,神志蒙眬,则稍饮香茗,定能破除睡意,神清气爽;"九清供",品茶时,需有清淡茶果佐饮;"十精舍",饮茶时宜有清幽而雅致的茶舍,则更能衬托和渲染出宁静高雅的气氛:"十一会心",品茗时,贵在饮者对饮茶艺术、茶的品位与茶道本身能心领神会;"十二赏鉴",饮者需有品玩和鉴赏茶道的修养,才能领悟茶道的艺术真谛;"十三文僮",饮茶时宜有聪慧文静的茶僮随侍身边。明代许次纾在《茶疏》里,还有诸如"饮茶二十四时宜"的说法。这"二十四时宜"包括:明窗净几、风日晴和、轻阴微雨、小桥画舫、茂林修竹、课花责鸟、荷亭避暑、小院焚香、酒阑人散、清幽寺院、名泉怪石等。

  与《茶疏》相类似的,还有当年江南才子徐渭的一篇文章《煎茶七类》:一、人品:煎茶虽微清小雅,然要须其人与茶品相得,故其法每传于高流大隐、云霞泉石之辈,鱼虾麋鹿之俦。二、品泉:山水为上,江水次之,井水又次之。井贵汲多,又贵旋汲,汲多则水活,味位清新;汲久贮存,味减鲜洌。三、烹点:用活火,候汤眼鳞鳞起,沫浡鼓泛,投茗器中。初入汤少许,俟汤茗相浃,却复满注。顷间,云脚渐开,乳花浮面,味奏,奏全功矣。盖古茶用碾屑团饼,味则易出。今味茶是尚,骤则味亏,过熟则昏底滞。四、尝茶:先涤漱,既乃徐啜,甘津潮舌,孤清自萦。设杂以他果,香味俱夺。五、茶宜:凉台静室,明窗曲几,僧寮道院,松风竹月,晏坐行吟,清谈把卷。六、茶侣:翰卿墨客,缁流羽士、逸老散人,或轩冕之徒超然世味者。七、茶勋:除烦雪滞,涤醒破睡,谈渴书倦,此际策勋,不减凌烟。徐文长说的是煎茶吗?表面说的是茶道,其实是茶与人共存时的一种和谐。

大道至简,大理若拙。茶道也是这样,在对茶叶的描述中,在对人的感受描述上,在对茶道的探索上,慢慢变得虚玄起来。在此之后,一些文章对茶的描述玄之又玄,到了后来,茶叶真成了神仙草,反而不知它本来的真面目了。茶叶在重蹈着武术的命运,变得更像传奇,也变得玄之又玄。中国文化就有这点本事,搞着搞着,就开始"腾云驾雾"了。——其实说白了,茶叶就是一种饮品,泡好一杯茶就是茶道。千利休说得好:"须知茶道之本不过是烧水点茶。""炭要放得利于烧水,茶要点得可口,这就是茶道的秘诀"。鲁迅先生在《喝茶》一文中曾这样写道:"喝好茶,是要用盖碗的。于是用盖碗。果然,泡了之后,色清而味甘,微香而小苦,确是好茶叶。"茶是来自乡野的,茶文化的本质,应是民间的朴拙,等同于儒家的"俭"以及道家的"拙"。在我看来,茶道的本质,在于欣赏茶、体会茶,交流心得与喜悦,放松自己,静纳万物,把身体的所有感觉打开,让茶的味道从身体中穿行而过。只有这样,才能品尝出真正的好。对于品茶,摒除虚玄,倒是有更为实在的辨别方式,那就是"三看三闻三品三回味","三看"为:头一看是看干茶的外观形状,即看其是芽茶,还是叶茶;是珠茶,还是条索茶,以及看干茶的色泽、质地、均匀度、紧结度、有无显毫,等等;二看是看茶汤的色泽,即看茶汤是否清澈鲜艳明亮,并具有该品种应有的色彩;三看叶底,即看冲泡后充分展开的叶片或叶芽是否细嫩、均齐、完整,有无花杂、焦斑、红筋、红梗等现象,乌龙茶还要看是否"绿叶红镶边"。"三闻"则是:干闻、热闻、冷闻。干闻是闻干茶的香型,以及有无陈味、霉味和吸附了其他的异味。热闻是指开泡后趁热闻茶的香味,茶香有甜香、火香、清香、花香、栗香、果香等不同的香型,每种香型又分为馥郁、清高、鲜灵、幽雅、辛锐、纯正、清淡、平和等表现形式。冷闻是指温度降低后再闻茶盖或杯底留香,这时可闻到在高温时,因茶叶芳香物大量挥发而掩盖了的其他气味。至于"三品",是指茶要细细品啜。第一品主要是品火功,春茶的加工工艺是老火、足火、生青。第二品是品滋味,这时应让茶汤在口腔内流动,与舌根、舌面、舌侧、舌端的味蕾充分接触,看茶味是浓烈、鲜爽、甜爽、醇厚、醇和,还是苦涩、淡薄或生涩。第三品是品茶的韵味。将茶汤含在口中,像含着一朵鲜花一样慢慢咀嚼,细细品味,吞下去时还要注意感受茶汤过喉时是否爽滑。至于"三回味",那是指人在品茶之后的感受。品了真正的好茶后,一是舌根回味甘甜,满口生津;二是齿颊回味甘醇,留香尽日;三是喉底回味甘爽,气脉畅通,五脏六腑如得滋润,使人心旷神怡,飘然欲仙。

我这样论茶道,又是否是一种无趣?

第三辑　皖味

李鸿章爱吃什么菜

我的朋友翁飞博士是专门研究清史的。前些年担任《李鸿章全集》主编时,他阅读了大量有关李鸿章的原始资料,突然在一堆书中发现几张李鸿章幕僚记录下的菜谱,有李鸿章家宴的,也有李鸿章宴请外宾的。翁博士如获至宝,偷偷藏匿,不予示人,只是在酒酣耳热之时,每每提起。有商家曾出重金想购得菜谱开发"李鸿章菜",但翁博士一直不愿示人。因此,李中堂究竟喜欢吃些什么菜,也只有翁博士知道了。

我的《晚清有个李鸿章》主要是从历史、政治和文化的角度去分析李鸿章,对于李鸿章的私生活,涉及很少。不过,在阅读大量李鸿章的资料中,对于李鸿章的性格、习性以及个人生活,也算是略知一二。闲着无事,也想推断一下李鸿章喜欢的菜肴,算是"山寨版"的"李鸿章菜谱"吧。

从小吃过苦的人一般都喜欢辣与咸。这一点,于李鸿章来说,也不例外,虽然李鸿章小时候不至于食不果腹,但在磨店那个野地,能吃得多么好,肯定也是谈不上的。可以断定,李中堂的口味肯定是很重的,嗜咸辣。这咸辣一旦嗜上,肯定就根深蒂固了。

"李府家宴"的招牌菜,很多人知道是"李鸿章大杂烩"。据说,那一年李鸿章出访欧美,一路上吃了两个多月的西餐,吃得肠胃都要造反了,一到美国,就让使馆安排中国菜宴请美国宾客。因中国菜可口美味,深受欢迎,不到一会,满桌的菜即被席卷一空。李鸿章命令厨师加菜,但正菜已上完,厨师只好将所剩海鲜如海参、鲍鱼等余料混合下锅,乱炖一气后端上桌子。客人尝鲜后赞不绝口,询问菜名,李中堂哪里答得出来呢?只好用合肥话回答了一句:杂烩。意思是乱七八糟地放在一起烧的。李中堂喜欢吃的菜,自然会有人模仿着去做。孰料后来李鸿章成为清廷签条约的首席谈判代表,不断地赔款割地,引得国人一片骂声,这一道菜也变得更有名了,"李鸿章大杂烩"变得一语双关,是菜名,也是痛斥李中堂的叫法了。

"李鸿章大杂烩"的特点是煮,也叫"水碗"。合肥人吃"水碗"由来已久,江淮地区人口味重,吃东西也不讲究,烧火的木柴也缺乏,做菜习惯于一锅煮,慢慢传下来,就成为地域特色了。"李鸿章大杂烩"就是一锅煮的产物,现在流行的做法是,将海参、鱼肚、玉兰片、腐竹、熟猪肚、火腿等先炒,然后放入老母鸡汤等一锅煮。这样的吃法,很符合老爷子的性格,好嚼好吸收,味道也不错。就"李府家宴"来说,"李鸿章大杂烩"应该是一道主菜,没有这一道菜,也就不成席了。

比较起"李鸿章大杂烩"这一道菜,也被说成是李鸿章爱吃的另一道菜"鲈鱼烩"似乎有点不靠谱。电视剧《走向共和》开头就有镜头:李鸿章一边优哉吃着鲈鱼,一边处理着事务,洒脱自如,游刃有余。第二集时,李鸿章觐见慈禧时,特意说:"臣于调养之术有三条心得,一是孔圣人说的'食不厌精',臣特别喜欢吃清蒸的淞口鲜鲈鱼,下面的人背地里叫臣'李鲈'。"《走向共和》如此的细节,出处是哪,我一直不太清楚。关于鲈鱼,比较有名的是西晋张翰借口思恋故乡莼鲈,辞去官职回到家乡,故有"张鲈"的说法,而"李鲈"的说法,似乎有点望文生义。李鸿章到底是否爱吃鲈鱼,当问翁飞兄才是。

"肥东到肥西,爱吃老母鸡",合肥话的发音有意思,"xī"和"jī"分别发作"sī"和"zī",读音相近,并且是短促的舌尖音。合肥人说"鸡"跟其他地方的人不一样,没来由就让合肥的老母鸡变得很有名了。这也算是一种阴差阳错吧?李鸿章当上大官后,每天都要喝点老母鸡汤,这也成为一种习惯了。"李府家宴"的这一道菜,断是少不了的,也算大菜。至于咸货,江淮之间,嗜咸喜辣,咸鸭、咸鹅、咸鱼之类的,都是盘中必有的。合肥一带的咸货一直很有名的,像吴山贡鹅,既嫩又肥,吃起来很是过瘾。咸鱼红烧放糖放酱油很是不错,能烧得赤红赤红的,口感好味道也足。咸鸭煨黄豆也是一道风景,将咸鸭斩好,连同黄豆一道,放入瓦罐,用文火慢慢煨上个五六小时,一掀盖子,云蒸霞蔚,满屋喷香。

合肥有名的,还有"糯米丸子"。这一道菜是李鸿章的家传,张爱玲的弟弟张子静曾有描述:"合肥丸子是合肥的家常菜,只有合肥来的老女仆做得好,做法也不难,先煮熟一锅糯米饭,再将调好的肉糜放进去捏拢好,大小和汤圆差不多,然后把糯米饭团放在蛋汁里滚一滚,投入油锅里煎熟。""合肥丸子"和扬州"狮子头"最大的区别是:"狮子头"是纯肉丸,"合肥丸子"是糯米丸。扬州一直富甲天下,那里的实力,毕竟不是江淮之间的庐州府所能比拟的。实力影响民俗,这也是常识了。

"李府家宴"自然得上几盘素炒:"面粉槐树花"应该也是有的,李鸿章在肥东磨店的老家,前后左右到处都是槐树,早春槐花开,芬芳诱人。槐树花用面粉拖一下,放在油锅里炸,吃起来有鲜鱼的味道。"凉拌马兰头"也应不错,二月里田间地头的马兰头,嫩得能掐出水,放开水里焯一下,放入香干,用小磨麻油拌一下,吃起来极爽口。再有的,就是香椿头炒土鸡蛋了,初春时的香椿头炒土鸡蛋,是全国各地餐桌上的一道名菜。李老爷子应该爱吃得很。

"李府家宴"还应有一些独特的菜:江淮之间的臭豆腐烧臭菜,一直很有名,雅名叫作"千里飘香"。"千里飘香"这一类的臭菜系列,不吃也罢,一吃就会上瘾,就如同吸大麻似的。李鸿章想必也会上瘾,他的餐桌上,时不时也会溜上这一类"不登大雅之堂"的菜肴。当然,招待外宾时是不能有这一道菜的,老外对于中国饮食,最怕的就是臭味,你再解释,老外也会皱起眉头。生在江淮之间的我父亲也喜欢吃这样的菜。有一回他从皖南去江北老家,老家亲戚没什么送他的,就送了他一坛"千里飘香"。我父亲带着它上了公共汽车,结果一车的人先是拼命吸鼻子,后来又拼命捂鼻子,全都变得神经兮兮不正常了。我父亲后来实在不好意思,只好让司机停车,忍痛割爱将那一坛"千里飘香"弃之路边。

"李府家宴"最后的主食,以"南瓜稀饭"最为合适。李鸿章晚年牙不太好,少吃多餐,南瓜稀饭便成了必不可少的主食。南瓜稀饭黄色配白色,颇有"金搭银"的风采。不过特别注明的是,稀饭应以干牛屎煨出的为最佳,因为干牛屎点着之后是文火,火势柔而软,煨出的稀饭应该有特别的青草味吧。昔日的江淮之间,农夫们专门会把路上的牛屎拾进筐子里,揉成泥,一大块一大块糊在自家的墙上晒。远远看去,就像墙上烙着一个个大饼似的,所以有"牛屎粑粑"之称。到冬天里,就拿出来煨稀饭,那稀饭煨出来,真叫一个香,灶王爷在天上嗅到了,口水都能流成雨。吃完稀饭后,李鸿章一般会啜一小杯以人参、黄芪等配制而成的补品。至此,"李府家宴",算是大功告成了。

比较起人的地位、思想和兴趣,一个人最难改变的,恐怕就是饮食的口味了。从肥东磨店到京城,从当年那个吟"丈夫只手把吴钩,意气高于百尺楼;一万年来谁著史?八千里外欲封侯"的穷酸书生李鸿章,到那位官至中堂的李中堂。李鸿章经历了很多,也改变了很多,唯独没有改变的,恐怕还是他的饮食习惯。俗语说"江山易改,本性难移",也许可以改为"江山易改,口味难移"。

"大关水碗"有意思

我曾经在一个名叫"大关水碗"的饭店里品尝过江北菜,印象很深。这个乡土气息浓郁的饭馆,上来的菜多是用碗盛的;菜不是蒸,就是煮,看起来白花花的很有特色。虽然看起来清淡,不过菜吃起来却别有风味,很鲜,很嫩,有本真味。我后来了解到"大关"是地名,是桐城的一个靠江边的小镇,以地方菜好吃为名。之所以叫"大关水碗",是因为菜大多是蒸或煮的,水多,不能用碟只能用碗,盛上来都是水汪汪的,不是汤就是水,很少有炒菜或者干锅,或者烧炒得红彤彤的那种。

"大关水碗"是安徽江北菜,这样的菜肴做法,一下子让我明白了山区菜与水乡菜的不同:皖南山区多以红烧和炒菜为主,皖西大别山区更很少有水煮或蒸菜,多以干锅为主,比如著名的金寨吊锅。而江北菜呢,都是以蒸和煮为主,很多菜不是蒸就是煮,南瓜也是煮,山芋也是煮,豆子也是蒸,茄子也是蒸;鲢鱼之类的,不是煮就是蒸,很少能看到炒或者熘的,更谈不上烤鱼之类。并且,"大关水碗"的菜还跟其他地方的不一样,其他地方是炖,也就是东西放入水中在火上直接烧;而江北不一样,它很多是放在笼中或大铁锅中蒸,比如现在江北的名菜山泉野山菌,就是用水发松茸菇、杏鲍菇、槐树菇、姬菇、滑子菇等,放入罐中,用鲜膜封口后盖上,上笼蒸几个小时,然后再端上来;另一道有名的菜滑氽仔排,也是先用小猪排裹上山芋粉,然后放在笼中蒸过,再放入炖盅内,加入清汤,盖上盖之后再蒸上个把小时。这就是蒸的功夫了。因为盖子紧闭,味道不易走失,入口也会更细腻润滑,并且清蒸既可以保持鲜鱼的原汁原味,又能保留鱼的色泽和形状,达到"色香味形"的和谐。具有同样做法的还有农家土菜鲊肉,以炒米粉、猪肉以及蚕豆酱等配料调制:先将大米与八角炒至颜色金黄、喷香,然后放在碓窝里舂成米粉;然后将土猪的五花肉切成块状,用自制的蚕豆酱或者黄豆酱捏一捏,随后在米粉里拌一下,使肉块外表均匀布满米粉,接着装碗放饭锅里蒸,煮饭至米汤蒸发、饭粒饱满干爽时,将肉均匀铺在米饭上,继续蒸三五分钟,肉香、米香熔为一炉时,便可起锅。至于鱼、虾之类,因为新鲜,也是蒸多于煮,取了现在时尚的菜名,称为"桑拿鱼""桑拿虾"的。蒸可以使鱼身丝毫不破,将鱼本身的鲜味拔出,然后用姜、葱、盐、醋及豆豉将味道逼进鱼身里,出来的肉嫩若凝脂,保持了食物的本色。

江北不仅是菜要蒸、河鲜要蒸,连主食包括米饭也要蒸。江北菜比较有名的金瓜腊鸭饭,就是蒸出来的——用泡过3小时的糯米和腊鸭胸脯肉放在一起,加入青豆、胡萝卜、香菇,再倒入一点黄酒,调匀后上蒸笼,熟透后打开香气扑鼻,一直可以钻到人的五脏六腑里去。同样集中体现蒸菜特色的,还有鲊肉,用猪五花肋条肉,也可选靠近脖颈的二刀肉,先用沸水烫去异味,再用上等黄酒、酱油、醋、糖、盐、葱、姜等拌腌入味,加入豆腐乳汁、腌芥菜卤、虾仁等,再加入鲊粉拌匀,取鲜荷叶用开水烫过,裁成小片,将鲊肉包起来,装盘中上笼大火猛蒸15分钟上桌。这样,荷包翠绿,肉红形整,醉烂软糯,油而不腻,清香四溢。还有一道腐皮丸子,用黑猪前夹肉剁碎,拌入同样剁碎的山药,加上盐和料酒后,外面用干腐皮包裹成圆子坯,上笼蒸5分钟后取出,然后倒入鸡汤烧至沸腾。这一道菜既家常也上档次,老少咸宜,妇孺皆喜。蒸是最返璞归真的,几乎不要佐料,只需有盐即可,最多是一点去腥的姜、蒜、葱和黄酒。蒸过的东西一般原汁原味,有一种纯真的味道。尤其是刚出水的鱼,蒸起来特别鲜,也特别嫩,在蒸面前,诸如炒、烧、熘这些,都显得多余了。江北菜比较有名的,是"毛圆青菜汤",也就是小肉圆,经过清蒸之后,白白嫩嫩的,放几根鸡毛菜进去做汤。

  江北之地为什么爱蒸菜,我有很长时间都没有想透。连吃番茄和茄子都要蒸,这是哪种吃法呢?后来我脑筋急转弯,明白这是由地理环境决定的——我童年的时候曾经去过长江北岸的地方,给我印象最深的,不是那里的水乡,而是家家破落的茅草房以及土墙上晒着的一个个硕大的牛屎饼。那些硕大的牛屎饼很多都是跟那些斗大的革命标语字挤在一起,比如"抓革命,促生产"等,即使是"某某某万岁"的标语,同样也有牛屎饼团结在它周围。这样的情景,给我留下了深刻的印象。江北地区缺柴少火,燃料只能用稻草甚至牛屎代替。稻草和牛屎不发火,火不旺烈,自然不太适合炒菜;最适合的,就是蒸和煮了。长此以往,这也形成了江北一带饮食的风格。这也是江北地区,尤其是桐城、无为等地饮食的重要特点。

现在安徽长江以北的很多地区,包括安庆市、芜湖市无为县、马鞍山市含山县以及合肥市的庐江、巢湖、肥东、肥西、长丰等地,绝大多数的居民,都是明初乃至清初,从江南的饶州以及徽州移民过来的。历史上著名的"瓦屑坝移民",实际上就是将饶州和徽州等地的人集中到瓦屑坝地区,然后再移民到江北。那些曾经在饶州和徽州山区生活的人,到了江北之后,一开始会有很多生活上的不习惯,肯定包括生火烧饭什么的。山区做饭烧菜根本不用考虑生火,而江北就不一样了,柴甚至会比大米还金贵。在这种情况下,可见那些移民的烦恼了,但人的适应能力就是很强,慢慢地,他们便学会用另外一种方式来做饭烧菜,学会了蒸和煮,一段时间之后,他们同样能将食品做得有滋有味。并且,从煮和蒸上面,他们还摸索出一种烧和炒不具有的味道。古语说:煮不如烧,烧不如蒸,水火之间,取气而已。这话还真有三分玄机。就这样,江北一带人喜欢上了用蒸的方式,三分无奈,七分自愿。人类的这一种适应能力,还真是够顽强、够求变的。橘在淮南为橘,而在淮北为枳。其实人也是这样吧？因"大关水碗"是桐城的,不免让我想起桐城,想起桐城派,想起当年方苞、刘大魁、姚鼐他们肯定是喜欢"大关水碗"的。桐城派提出的"复古"主张,就是强调内容和义理,摒弃一些形式的东西,不重罗列材料,堆砌文字。这倒与"大关水碗"的风格有点相似。不知这两者之间,是否存在着一定联系。我看是有联系的,毕竟,一方水土、饮食,养一方性格人物。

不过,以蒸菜为主开饭店实在太不划算,一个菜蒸3个钟头,只卖三五十块钱,远不如烧菜、炒菜节约时间。对于饭店来说,时间也是成本啊！从这一点意义上来说,"大关水碗"店真是开得着实敦实而厚道。

羊肉的花样年华

几年前,我在公共汽车上曾遇到一件好玩的事:一个新疆小伙子上车就唱"亚克西",一边唱,一边跳,我们一车人都被逗乐了。小伙子咧着个嘴向众人解释,他刚在合肥开了一家烤羊肉铺,店刚开张,生意就相当好。他操着半生不熟的普通话说:有钱就是好地方!合肥也是好地方!他邀请大家去他的羊肉馆做客,说等到自己卖羊肉串赚足钱了,就开一家烤全羊馆,把新疆的烤全羊带到合肥来,到时生意一定更好!过了几个月时间之后,我还真在长江路上看到了他的烤全羊馆——当朋友带我去这家火爆的烤全羊馆尝鲜的时候,我一眼就看到了他,他显得稍成熟了一些,也发福了些,不过仍然是笑容可掬合不拢嘴。

现在还真是羊肉的"花样年华",羊肉馆如雨后春笋一般涌现出来,生意都出奇的好。我曾经去过双岗附近一个河南人开的红焖羊肉馆,每天都是食客盈门,座位得提前预订,否则要排很长的队等翻台。那儿的羊肉是论碗卖,一碗30元,羊肉烧得很嫩,入口即化,味道很足,没有膻味。兴致上来,一个人就着二两白酒能吃好几碗。安徽大剧院门口的烤羊肉串在合肥也很有名,我原先在环城路与桐城路交口处上班,夜班之后和同事一起去那吃羊肉串,曾经是我的习惯。合肥还有数不清的"马店羊肉"以及淮南羊肉粉丝汤,虽然很多来历不明,不过生意都很好,初冬之后,凡是看到店肆门前热气氤氲人头攒动的,往往就是羊肉汤馆。政务新区附近有一家"马店羊肉",能将羊肉汤熬成奶白色,味道非常鲜美。吃得多了,也算是知道了羊汤的制作方式:先将整羊对半劈开洗净后入大锅焖烧,火候大小间断掌握,中间有两次稍停;烹煮过程中,羊身子通常不能翻身,要在锅中加入一碗老汤糟卤。待羊煮熟之后,闭火,焖锅。此时,羊肉处于皮肉紧实的状态,不能"出封",既不能将皮肉捅破,也不能切开大块。等汤冷却之后,将羊身整体出锅,放在宽大的砧板上,用老虎钳夹去骨头,待冷却凝结由厨师飞刀切成薄片。这样的前期活一般都是晚上做,待早晨吃羊肉汤的顾客来后,会视顾客的需求,在碗里分别加入馓子、粉丝和面条,再加入切成薄片的羊肉,舀入滚热的羊汤。天寒地冻时节,北风呼号,一碗热气腾腾的羊肉汤置于面前,再来上二两白酒,一碗羊腰羊脑什么的,这种享受不是神仙下凡,就是庄子、嵇康之流的重现。

"马店羊肉"算是皖北羊肉汤的代表。皖北的确是大快朵颐的好地方,不仅能吃到羊肉、牛肉,还能吃到狗肉。有一次去宿县是盛夏,主人硬要带我们去吃"伏羊"——说三九天吃羊肉好,三伏天吃羊肉更好。那一次,我们在室外近40℃的天气里,在一个不起眼的饭店里,吃了红烧羊蝎子,吃了红焖羊肉,喝了一大盆羊尾骨汤,每人还吃了十多串烤羊肉。还有一次,同样是去宿县出差,当地的朋友将我们拉到郊区一个大杂院,要请我们吃"烧全羊"——待我们坐定上茶之后,店家牵了一头羊进来,主人看过之后点点头,于是上秤后牵出。待我们打了一圈"掼蛋"之后,"全羊席"开始上了:第一盘是葱爆羊脸肉,接着,是炒羊肝、炒羊腰、炒羊蛋;再后,是烤羊腿、烤羊肉串;最后,以一盆羊杂烩汤为宴席画上圆满的句号。一只四五十斤的羊,最终被我们吃得干干净净。

比较起"吃全羊"的刺激和兴奋,其实我最喜欢的,还是"涮羊肉",这不仅因为涮羊肉好吃,还因为吃起来优雅从容,有皇城根的大气和淡定。每次去北京,若有空闲,我都要去"东来顺"小坐一回。涮羊肉适合清汤,锅底什么都不放,就放点姜片,或只放点虾米和干香菇,用筷子将薄薄的羊肉片夹住,放入沸汤之中,稍停顿,左一涮,右一涮,拎起来蘸上芝麻酱,吃起来鲜美无比。据说羊肉中最适合涮的那一块在脖子之后,色如脂玉,最嫩最鲜,连生吃都有一种甜味,放在水中摆一摆拎起后入口即化。涮羊肉的蘸料很讲究,有芝麻酱、花生酱、豆腐乳、虾酱、韭菜花酱等,也可以自己配制或者自带佐料。京剧名角马连良先生每次到"东来顺",都是自己带蘸料,他的蘸料是什么,谁也不知道。马连良涮的方法也特别,提起筷子只是在沸水中浸一下,不停顿,羊肉就带着血丝吃。这样的吃法,是地道"老北京"的范儿。涮羊肉据说起源于元代——元世祖忽必烈统帅大军南下远征,一日人困马乏饥肠辘辘,忽必烈突然想吃清炖羊肉了,于是吩咐部下杀羊烧火;正当伙夫宰羊割肉时,探马飞奔进帐报告敌军逼近。厨师急中生智,飞刀切下十多片薄肉,放在沸水里搅拌几下,待肉色一变,马上捞入碗中,撒下细盐。忽必烈连吃几碗,翻身上马迎敌,结果大获全胜。忽必烈是涮羊肉的鼻祖？我看不像。以我的理解,忽必烈肯定是大碗喝酒大块吃肉的主,至于涮羊肉,更像是那些八旗子弟发明出来的。涮羊肉和鼻烟壶之类,有异曲同工之妙。

由涮羊肉,让我想起了《齐民要术》上的"炮羊肉"——将刚满一岁的小肥羊杀死后切成薄片,拌入豆豉、盐、葱白、花椒、姜、胡椒等调料后,装进洗净的羊肚内缝好;挖一个土坑,将之烧热,掏出火灰,把羊肚放进坑里,盖上火灰,上面再烧火;羊肉熟了,香味扑鼻,就可以解开吃了。以这样的方式做出来的羊肉,估计如叫花鸡一般原汁原味。比较起涮羊肉的烫着吃,"炮羊肉"似乎更有古风。只不过我从没见哪家羊肉馆卖过"炮羊肉"。悠悠古风失传,可惜了。

北方人吃羊肉"白汤清水",南方人吃羊肉则偏向"浓油赤酱"。我曾经在乌镇吃过很有名的红焖羊肉,用小锅烹烧,配调料讲究,内有冰糖、茴香、桂皮、甘草、酱油等,出锅后的红烧羊肉连皮带肉,吃起来咸中带甜,又脆又韧,好吃！乌镇在哪里呢？在江南。可见羊肉也是不分地域的,鲜美的东西,东西南北中,人人都喜欢。中国人吃羊肉的历史比吃猪肉长多了,猪肉红火起来是什么时候?是苏东坡倡导之后。羊肉呢,有中国人的历史,就有吃羊肉的历史。什么是"鲜"?就是"鱼咬羊"。中国人很早就吃这一道菜了——当人们吃到第一口"鱼咬羊"的时候,肯定是电闪雷鸣,日月尽辉。就像仓颉造出字的那一刹那,白日下粟如雨,晚上鬼哭狼嚎;也像亚当夏娃吃到了苹果,耻辱感和快感顿生。"鲜"对于人类,就像字的功能一样,它让人醍醐灌顶,茅塞顿开,拨云见到太阳。

巢湖是个杂鱼锅

《安徽商报》的葛怡然在微博上发帖:巢湖是个杂鱼锅。我猜想这是葛美女在巢湖边吃农家乐后情不自禁的情绪流露。巢湖像大海,是指风景而言;巢湖像个杂鱼锅,那是就食物的丰富性而言。也的确,巢湖方圆八百里,因地质下沉形成,湖大水浅,里面上百种鱼虽不算珍稀佳肴,却是可口诱人。当然,将巢湖当作杂鱼锅,胃口未免太大。"大跃进"时有打油诗曰"抡起巢湖当水瓢",具有革命浪漫主义的意象,葛美女此番语句,似乎也有异曲同工之妙。

巢湖最有名的,当然是"巢湖三珍"——螃蟹、银鱼、白米虾了。巢湖的银鱼和白米虾,算是比较有特色的。大银鱼筷子般长短,小银鱼超过一寸,吃起来却如长条豆腐一般鲜嫩。唐代杜甫曾写过一首题为《白小》的诗:"白小群分命,天然二寸鱼。细微沾水族,风俗当园蔬。人肆银花乱,倾箱雪片虚。生成犹舍卵,尽其义何如。"在杜甫看来,银鱼就是鱼中的时蔬,比如秋天的菠菜什么的,诸如银鱼炒蛋、银鱼蛋羹、面炸银鱼、银鱼炒韭菜等,与其说是湖鲜,还不如说是一盘清新的素食产品,吃得安静恬淡、心不慌意不乱。这样的看法,倒是挺有意思。至于巢湖的白米虾,又嫩又鲜,非寻常大小虾所能比。与白米虾有关的菜肴有葱爆白米虾、白米虾炖豆腐、白米虾蒸蛋、油炸香酥白米虾等。比较独特的是白米虾糊:取白米虾半斤,摘头留尾,洗净控水,投入六七成热的锅里,与葱姜末同炒,待白米虾由透明状变成乳白状时,兑水用大锅烧开,再取五香鲊粉若干,徐徐投入,用筷子速搅,见稀稠适度改用小火熬融,最后调咸淡略加鸡精即成。白米虾糊颜色微黄,虾体雪白,味道既有米的焦香,又有虾的咸鲜。夕阳时分,渔歌唱晚,一碗虾糊,一盏米酒,真是接地气壮人气,人生须尽欢,一曲农家乐。

除了"三珍",巢湖还有青鱼、草鱼、鲢鱼、鳙鱼、鲤鱼、鲫鱼、鳊鱼等,在吃遍了山珍海味之后,吃一点此类"山野村夫",也算换换口味。巢湖中产量最大的,就是鲢鱼也称胖头鱼了,最普遍的做法是"砂锅鱼头":选4至5公斤活蹦乱跳的胖头鱼,去鳞去鳃去内脏,在头后3厘米左右处将头剁下,煎黄后捞出放入砂锅之中,放水,撇除浮油,辅以姜、葱、蒜、花椒等佐料,用文火煨数小时。上桌时,汤色如乳,鱼肉白里透红,细嫩似豆花,肥而不腻,无土腥气,是一道好吃不贵雅俗共赏的佳肴。巢湖的鲶胡子红烧也不错——鲶胡子又叫鲶鱼,学名鲇鱼,因其鳃边有3对胡子状的长须而得名。春天是吃鲶鱼的最佳季节,桃花雨过后,冬眠后的鲶鱼急于觅食产卵,浮游于浅水之中,比较容易捕捉。鲶鱼的肉质较细,胶质多,可以红烧,也可以斩成一块块与豆腐放在一起炖,名曰"鲶胡子炖豆腐"。"炖"当地音读"duo",应是象声词,模仿的是文火砂锅炖食物时冒气泡的声音。由这一个字,便知吃鲶胡子炖豆腐锅的怡然自得了。

巢湖的刀鱼算是湖中比较精致高贵的品种了。虽然湖刀从来不如江刀,不过巢湖的刀鱼吃起来也很鲜美。清洗刀鱼不用开膛破肚,只要用筷子从鱼鳃处往下一捅,然后一搅一拔,鱼肠便顺着筷子出来了。刀鱼的烧法有油炸和清蒸两种,油炸刀鱼脆、嫩、鲜,刺也变得酥松,吃起来方便,是一道很好的下酒菜;清蒸刀鱼不用洗鳞,只需加盐、葱、蒜、黄酒,用大火蒸 10 分钟即可,清蒸过的刀鱼色如凝脂几近透明,因为鱼肉太嫩,只能用筷子头一点一点挑起品尝。20 世纪 90 年代,我经常从宣城到合肥,走的是经过巢湖市区的老路,路很窄车又多,半途要在巢湖边的小饭店吃饭。每一次吃饭,我都要点油炸刀鱼尝新。那时候的巢湖刀鱼很便宜,一盘只要 10 多元。后来高速通了,路改道了,就很少吃刀鱼,也吃不起刀鱼了。巢湖里还有一种小毛鱼,也是以鱼群的形式出现,跟刀鱼形状有点像,只是体形稍小,身体略扁,脊背呈青灰色。小毛鱼除少量鲜食外,大部分要晒干后做鱼干吃,酌放辣椒酱、蒜、盐,用油煎炸,可以下酒;或者用辣椒炒着吃,吃稀饭时配着最佳。小毛鱼鲜倒是鲜,就是刺毛太密,有些卡嗓子,只能做出几道不能登大雅之堂的小菜。

巢湖有吃杂鱼锅的习惯，将小昂丁、小鳜鱼、小麻条、小鲫鱼、小"肉滚子"、小鳊鱼、小鳌鲦等小鱼、小虾一股脑地放进锅仔，加入葱、蒜、黄酒等，放点豆腐一起煮。煮的过程中看到一锅杂鱼济济一堂，仿佛能听到它们的欢声笑语。小杂鱼清洗起来很容易，不必开膛破肚，只需抓一条在手，用大拇指从尾巴处贴肉往上一推，鳞就去掉了；然后在鱼鳍处一掐，掐出一道口，用力在肚子上一捏，鱼肠就挤出来了。小杂鱼锅的特色在于鲜，不是哪一种鱼味道的鲜，而是整体味道上的鲜——多种鲜加在一起，能鲜得人腾云驾雾。杂鱼锅是野鱼的大聚合，"野"和"不野"是有区别的，"野"是"鲜"，"野"还是"香艳"，就像花草，家里的花草不称香艳，只有野外的花草才香艳。烧杂鱼锅，巢湖一带的习惯是重口味，只有辣，才能使腥转变为鲜；只有咸，才能使杂鱼锅既入味又甘美。

不光是鱼杂，巢湖这一带人也杂，文化也杂——最早生活在这一带的，是有巢氏的氏族公社，那是汉族的先祖之一。后来，这一带成了南北通衢的要道，也成了兵家争夺的战场；南来北往，混杂居此。到了明清，又从江南的饶州和徽州地区，迁来大批"瓦屑坝移民"。历史与文化的融合，习惯与传统的杂糅，让这一带的人既剽悍勇敢，又聪明世故。他们生存能力极强，适应力极强，文化包容性也特别强。杂树生花，杂人生精，巢湖一带的人，也一个个如巢湖的鱼一样机智、灵巧、接地气。李鸿章、冯玉祥等都可以说是其中的典范:既远见卓识,有很强的处事能力,也能见风使舵、投机取巧、谋取实利……当然,这又是另外一个大话题了,姑且在此打住,以后再说。

宣城那些好吃的

1991年秋天,我从屯溪调动工作来到宣城后,寄居在地委宿舍区一个单身同事的屋子里。因是初来乍到,心里颇有压力,辗转一宿没怎么睡好。第二天早晨,我下楼随便来到小区内一个早点摊,要了一碗面条充饥。面条入口,我几乎是大吃一惊——这面条太好吃了,不仅鲜美无比,而且还特别有筋骨有嚼头!长这么大,我还是第一次吃这么有筋道的面条!真是吃好了就不想家,一碗面条下肚,我的惆怅和沮丧一扫而光!后来我发现,不仅是这一个叫小方的中年人摊点上的面条好吃,当时宣城地区所在地宣州市的大街小巷,几乎所有摊点上的面条都好吃。不仅面条好吃,好像所有东西都好吃,特别对胃口,而且还很便宜!这就是我对于宣州的第一印象。从1991年来到宣城,到2000年离开宣城来合肥,算算在宣城的日子,我共有三大收获:一是以小见大深入地了解了这个社会;二是读了不少书,基本形成了自己的世界观；三就是，吃了不少好吃的东西。

宣城这个地方，半是山区半是圩区，有山有水，有山珍也有河湖鲜品。宣城人民真是有福了，既能随意吃到正宗的山珍，也能吃到正宗的河鲜。宣城跟徽州相连的那一部分都是山区，在饮食上跟徽州没有太大的区别，徽菜发源地的绩溪县，现在行政规划上还属于宣城。徽州有的东西，宣城一般都有。就拿野味来说，20世纪90年代，我在宣城各乡镇采访，经常在一些小饭馆里吃到山麂、黄羊、野猪、野鸡之类。吃野味一般都是在冬天，烧得又辣又咸，加入大量葱、蒜、料酒去土腥气，放在炭火的炉子上一边烧一边吃，一边喝高度酒。人在冰天雪地的山旮旯里，吃着喷香的野味，喝着温热的小酒，不知有汉，无论魏晋，实在是一件无比惬意的事。徽菜所需的原材料比如笋、木耳等土特产，宣城的山区也有，宣城人也习惯吃这些东西。宣城的菜市场也是这样，既高悬山鸡、野猪之类的山珍，也有江河湖泊中活蹦乱跳的鱼虾、老鳖卖。到了春天，宣城菜市会卖山野里的蕨菜和野笋，只不过卖的方式与徽州稍有不一样：徽州的新鲜蕨菜和野笋是扎成一把卖，而宣城则是将野笋剥开、蕨菜用开水烫过，放在筐子里随便捡拾。宣城一些地方吃冬笋的方式，也与徽州有所不同，广德和宁国一带喜欢火焖冬笋：将冬笋连壳埋入柴火灰中，烧焖至手按微软时拨灰取出，去壳、根，切成条块后蘸点生抽吃。冬笋脆嫩，入火灰焐焖后水分散发较多，切成条块后易吸汁，所以吃起来清脆鲜嫩味道足。

徽州有的宣城都有,宣城有的,徽州倒是没有。宣城偏东北一带,属于圩区。圩区水网密布,多各种各样的水产品,其中最有名的,是秋季的大闸蟹。以前的宣州区和郎溪交界处的南漪湖,是水产品的聚集地,那里不仅产各种各样的鱼和大闸蟹,还经常能捕到野生的大老鳖。有一次,我们去南漪湖边一个乡镇,到中午吃饭时,主人将我们带到一个小饭店,上菜时只一道菜,一个腰一般粗细的大砂锅,里面是老母鸡炖野生老鳖:老母鸡是村里走地 3 年以上、有着嶙峋硬爪的;鳖是南漪湖边刚刚捕捉到的,直径达 1 尺裙边过 2 寸,双眼凶狠发出绿光的那种丑家伙。煨的过程中,不放其他东西,只放点葱、姜、蒜和上等的青草湖黄酒。结果几个小时熬下来,汤汁黄得发绿,浓郁稠密如油。我喝第一口时,竟然情不自禁浑身起了哆嗦。那一餐我们没喝酒,也没吃什么其他菜肴和主食,就着大锅饭的锅巴,把这一大锅上等汤煲吃得精光,连锅底都朝天了。

宣城还有一些特别的风味。宣城市郊有一个扬子鳄保护中心,里面有成千上万条鳄鱼。前些年保护中心在获得允许后,曾在宣城几家定点饭店烹饪鳄鱼肉做菜。我吃过一次,那肉吃起来松蓬,没什么味道,嚼起来的口感像嚼橡皮,一点也不觉得好吃!问一问价格,一盘要卖近千元!真是吃一个稀罕。我在宣城时,经常乘车去老家旌德,在半途中,路边有一个断崖山拔地而起,上面还建有一座古亭,悬崖峭壁之下,有一条小河涓涓流过。这条河,就是琴溪,宣城传统名小吃琴鱼就生长在这条河里。琴鱼长不过寸,口生龙须,"重唇四腮",每年清明前后,琴溪两岸的村民用竹篓、篾篮在琴溪滩头张捕,捕获后放入盐开水煮,佐以茴香、茶叶、食糖焙熟后用炭火烘干。琴鱼主要用作茶点,与茶干等喝茶时当零食,至于味道,实在没有过人之处。琴鱼的出名,在我看来,主要是以"琴"得名,雅致有诗意;其次是因泾县茶好,声名远扬,辅助的茶点也会因此沾了不少光。

宣城好吃的还有鸭脚包。我初来宣城去菜市买菜,看到菜市干货店常挂一串串黄褐色的东西,一个连着一个,乍一看,像是窗帘物件似的。我不知是什么,感到很诧异。干货店老板向我介绍,这是鸭脚包,把鸭脚、鸭肠、鸭心缠在一起,吃时隔水蒸熟,先吃鸭肠,再吃鸭心,最后啃鸭掌。我听得如坠烟云,不知所云。几天后有一次吃饭,恰巧上来一碟鸭脚包,在众人的怂恿下,我开始尝新,没想到这鸭脚包还真是好吃,又甜又鲜又有嚼头。我是基本不吃动物内脏的,鸭脚包却让人无法抵御。那一餐我啃了好几只!鸭脚包的做法是取下麻鸭一只鸭掌,在掌内包上一只鸭心,有的加上一只小红辣椒,再将鸭肠子密密匝匝缠上,随后放进有糖、盐、酱油和香料的卤水中腌制,腌好后取出晾干即成。在宣州地区,以水阳镇的鸭脚包配五星乡青草湖农场的黄酒,算是晚餐的双绝。吃喝之间,俨然一个小糊涂仙。

水阳是宣城的一个镇,位于水阳江和南漪湖边上,靠近江苏高淳,典型的江南水乡。水阳有"三宝":豆干、鸭翅、鸭脚包。我不太吃鸭翅,除鸭脚包,我喜欢吃水阳干子——水阳豆干松软、细腻、甘甜,有种特别的味道,仿佛带有大豆天然的芬芳。宣城当地还有一句话,叫"水东的枣子,水阳的嫂子",是说宣州区水东的枣子好吃,水阳镇的嫂子很漂亮。我在宣城工作了十多年,去过两三次水阳,每次都是匆匆忙忙采访先进人物先进事迹,从没时间一睹"水阳嫂子"的风采,现在想来实在是太可惜了。

芜湖的小吃

我上大学的时候很沮丧,因为当时安徽师范大学临时"荣升"第一批次招生,在一本线上将我们这些被北大复旦踢落的"亚学霸"一网打尽。"文革"结束后,人们胆量尤小,从不敢在"是否服从分配"志愿栏上填"否",怕被别人认为思想意识路线立场有问题。我的一个学兄,高考时轻松达到了重点线,因为在"是否服从分配"一栏填写了"就近分配"几个字,录取书通知他到当时只是大专院校的徽州师专去报到,否则不准再考。学兄的父亲跑到上面问究竟,回答是"你们不是要'就近'吗?屯溪离你们县最近,只有90公里!"有了如此"榜样",我们哪里敢言"不"呢?只好打消一心想学外贸做生意的"徽商梦",悻悻地来到赭山脚下。四年时光,何以解忧?唯有胡吃乱吃,另外就是在操场上胡蹦乱跳。在校期间,我经常做的一件事就是无来由地一个箭步翻越围墙,然后像待业青年一样满大街闲逛,最后落脚于某一个小吃店,以一碗小刀面、牛肉锅贴来慰藉无聊的灵魂。

我记得那时吉和街靠中山路的街口处,有一个回民餐馆,里面的牛肉锅贴尤其好吃。没有课的时候,我会约个同学,步行上街,先走到中山路,在中山路电影院看一场电影;再向前,走到吉和街街口,那就是我们的目的地了。那时的饭店,都是大众食堂的模样,没有装潢,也没有雅座,一切都自己动手,先买号,再拿着盘子到门口去领锅贴,然后去圆桌前占位子。吃的时候,大家就乱哄哄地挤在一起。给我印象很深的是锅贴里的牛肉剁得很烂,味道很浓郁,也很鲜。我们一般一个人买个两块钱的,两个人花个四元钱左右,就能吃得很饱了。有时候我们一时兴起,还会去百大附近的小笼包子店去吃小笼包。芜湖的小笼包是真好,汤水鲜,油水足,皮薄透明,据说汤包的肉馅都是加了新鲜猪皮的,包之前先冻下,液体不流出,一蒸,就全成汁了。小笼包子上桌了,一揭笼盖,热气腾腾地就上来了,按要求筷子要夹顶部,摇一摇,底部的皮太薄,夹破了,漏了汤汁就可惜了,然后夹起来,用嘴轻轻在底部咬个小口,嘴一啜,先吸汤汁,再将包子蘸醋,包进嘴里再嚼。那时候,我们青春年少,哪在乎这些陈规陋习?一个个如狼似虎,豺撕狗咬,恨不得囫囵吞下。往往一咬下去,汤包里会射出一道油来,烫得我们直叫唤。不过被烫也是幸福啊,仍乐呵呵地"瞎吃"一气,有时候一口气能吞下三五笼包子。

吃牛肉锅贴和小笼包子,算是穷学生的奢侈生活了。在一般情况下,都是花一毛五分钱下碗面,再买五分钱大白干子或者臭干子什么的。那时候师大内部有一个面条摊,摊主是收洗被子的一个女子,我们称她"被娘"。"被娘"白天帮人洗被子,晚上就在我们宿舍楼的边上,生起炉子卖面条。芜湖的小吃还真是有传统,"被娘"一家看起来那样粗俗和无趣,下的面条却非常鲜美。汤淹过面,细细的面条上,点缀一点葱蒜和芫荽,一看就能激起食欲。我记得一个冬天的晚上下大雪,天寒地冻,宿舍窗户的塑料布被吹破了,寝室气温如铁,我冻得瑟瑟发抖,棉衣全穿在身上也觉得冷,肚子也极不争气地响起来。无奈何我只好冒着寒风大雪,提着缸子下楼下面条吃。面条摊生意出奇地好,不仅四周围满了人,排队的饭缸也达数十个。好不容易挨了个把小时,面条终于到手了。当我哆嗦着端着热气腾腾的搪瓷缸,嗅着面条上面芫荽和胡椒的香味时,我的眼泪都流了下来。我一边流着眼泪一边想:北大复旦只不过是一件稍华丽的衣服,穿进去的,还是自己的身子;虽然身子骨被巧取豪夺玷污,不过既然已成包办婚姻,只好忍气吞声从了吧。从此以后,多年媳妇熬成婆,总要翻身闹革命……我就这样一边颤抖地吮吸着面条,一边热血沸腾地思考着我的人生。由这一次吃面条的感悟,我立志准备死心塌地当一位受尊敬的人民教师了。

芜湖的街头小吃,除面条、煎饺、小笼包外,还有凉粉、小刀面、小馄饨、大馄饨、春卷、腰子饼、烤饼、炒面皮、炒面、炒粉、粉皮、牛肉面、牛肉粉丝、油炸藕圆子、油炸糯米圆子、鲊肉蒸饭、肉汤圆、鸭血汤、老鸭汤泡锅巴、各种炒饭、炸油条、炸花卷、炸麻球、炸麻花等。虽然很多小吃其他地方也有,但似乎芜湖人能把这一切做得格外价廉物美。芜湖人最爱吃的,算是臭干子了。芜湖街边路旁到处都是炸臭干的小油锅,那些无事可做的市民,只要在人行道支个小炉子,架个油锅,再放上小桌小凳子之类,就算是找到事做了。将青灰色的臭干子丢进油锅,几个漂亮的前后滚翻之后,就可以夹上来了。吃臭干子有一样东西少不了,就是水大椒,炸过的臭干子呈黑色,舀一勺子红灿灿的水大椒浇在上面,抹一抹,一口咬下去,那种辣麻兼有的香味会让人兴奋不已。芜湖人吃臭干是随时随地,有时候走着走着,看到一个摊点,就坐下来吃上几块,或者买几块装进报纸做的纸袋带回家,或者干脆边走边吃。更有意思的是骑自行车的人,远远地看见了卖臭干子的,用脚一支,靠边停下,人也不下车,大声吆喝一声:"来几块干子!"老板会很快应着声,熟练地忙碌起来,然后把炸好的干子装盘子蘸了水大椒端过来。那人也不下车,就支着个腿在原地狼吞虎咽,吃完了之后,把盘子往老板那一丢,付了钱,继续晃悠着个身子,蹬着车子神气活现地走了。臭干子就像是充电宝,让他的精气神又恢复了。

芜湖较好一点的小吃,且不在摊点在店面上卖的,就是煮干丝了。煮干丝的工艺极其讲究,它以干丝、鸡丝为主,外加鲜虾仁,缀以各种配料,工艺中最重要的,是品相,如果刀工不好,把干子切得不够纤细,或者支离破碎断头缺尾,那么煮干丝味道再好也是失败。一碗煮干丝,看起来满满当当的,其实分量只是三四块干子,这当中的功夫,就是干丝要切得细长清爽、蓬松细致,找不到断头。煮干丝的过程也比较复杂:干丝切成之后,得先放在水中泡一下,放入锅中,加少许盐,用开水浸烫,除去豆腥味,捞出沥干水,再将火腿肉切成丝用温水泡软后加入料酒,隔水蒸透,后将鲜虾去壳去虾线,入开水锅烫熟捞出备用。煮干丝得用汤,这汤不是一般的汤,得用汁水青黄的鸡汤。将干丝下锅,大火烧开后加盐调味,改小火煮十多分钟,起锅前放入香葱末,将干丝倒入碗中,撒上鲜虾仁;姜丝入油锅炸成金黄色,置于干丝上即可。这样的复杂工序,还只是一般的煮干丝;如果更"高、大、上"的煮干丝,还可以放入鸡肫、肝、笋、木耳、香菇等。干子是一般的食品,至多算雅俗共赏的食品,如果众多的芳魂附诸其上,这就不是一般的食品,而是鲜而不腻回味绵长的高端食品了。

  值得一提的是,芜湖称煮干丝叫"大煮干丝",这个说法,跟合肥人把"小龙虾"称为"大龙虾"有些类似。煮干丝为什么叫"大煮干丝",我后来悟出了道理,对于市民味极重的芜湖人来说,"煮干丝"这一道小吃毕竟不是寻常巷陌,它异常讲究,锱铢必较,有着强烈的"贵气",三分处显贵,七分处显破落,不过终究还是破落的贵族。这一个"大"字,意味着芜湖人在骨子里,隐藏着对这一道小吃的仰望。

江淮大地鸡与鸭

我头一次吃淮南的八公山公鸡煲，那真是关公战秦琼，面对的，好像不是这个时空的尤物。我辣得脸红脖子粗，头顶冒汗，仿佛有人提着我的头发拽我离地似的。我从没有想到公鸡竟有这样的烧法，那不是吃鸡，而是比赛着吃辣，至于鸡肉本身，倒像是对吃辣的奖励。当地鸡公的肥硕也让我吃惊：鸡公大得将铁锅装得满满的，这一只公鸡，少说也得10来斤吧。这哪里是鸡，分明就是鸵鸟啊！

在皖北，我还吃过符离集烧鸡。在我看来，符离集烧鸡最大的特色就是香，不仅数米之内香气扑鼻，仿佛数公里之外，都能闻到香气弥漫。符离集是京沪线上的一个小站，烧鸡主要以火车旅客为销售对象，因此，香气显得非常重要——火车到站后，浓郁的香味要在第一时间勾起旅客的欲望，吸引他们购买。符离集烧鸡在制作上充分考虑了这一点，据说烧鸡一共放有砂仁、白芷、肉蔻、丁香、辛夷、元茴等13种香料！也难怪符离集烧鸡香飘千里了。香是一方面，再一个就是吃起来方便，鸡得小巧一点，能一餐吃得掉，吃起来也容易，提起鸡腿稍稍一抖，鸡肉便会全部脱落，可以随便拎起哪个部位大吃大嚼。符离集烧鸡闻起来喷香，吃起来却一般，鸡中的精华都变成香气飘散了，味道自然要打些折扣。在这一点上，符离集烧鸡的理念与杭州"叫花鸡"正好相反，杭州"叫花鸡"需用泥将鸡裹得严严实实在炉中烘烤，不到最后吃的那一刻，恨不得一丝一毫的香气都不让外泄。

相较于皖北吃鸡，皖南吃鸡的方式显得平实一些。老母鸡一般都是炖：拔毛开膛后，整只放入砂锅中，加入姜片、葱根、黄酒。选老母鸡很有讲究，一般选脚踝细的。鸡跑得多，脚踝才会细，因此一般是放养的鸡。选鸡还得瞅瞅鸡皮下的脂肪，颜色通黄的，通常是正宗的土老母鸡。鸡毛的颜色与味道也有关系——"一黄二黑三白四花"，意思是黄羽毛的鸡味道最好，依次为黑色、白色、杂色。这一点，跟烹饪狗肉时选狗的标准相同。皖南山区的黄毛鸡，小小巧巧秀秀气气，文静得像一个好媳妇，炖出来味道最为鲜美，表面也浮有一层金黄色的油脂。老鸡汤一般不加别的佐料，冬天最好放冬笋，夏天最好放木耳。鸡汤忌放香菇，因为香菇味重，会破坏鸡汤的纯味。红烧鸡一般会选择小公鸡，最好是快打鸣的小仔鸡，斤把重，清洗干净，剁成块，多放蒜。春天的红烧公鸡一般不放辅材，只是鸡烧鸡，入锅爆炒一下就行了，吃的是嫩鲜；夏秋交际之时，吃鸡要吃香味，一般会选择板栗烧仔鸡。板栗烧仔鸡是皖西大别山区的一道传统菜肴,每每中秋的宴席上,一般都会有这一道主菜。品质较好的板栗烧仔鸡是很讲究的:仔鸡一般选的是当年的小土公鸡,肉嫩有筋骨,放锅里翻炒一下,加入剥好的土板栗,再烧一下起锅。这种土板栗颗粒小,味道甜又香,不像那种杂交板栗,个头大的只有淀粉,味道像山芋一样。徽州还有"荷叶包鸡"的烧法,似乎取自杭帮菜:将鸡去骨,剁成方块,放在碗中,加入精盐、白糖、酱油、熟猪油拌匀;隔10多分钟后,加炒米粉、五香粉和少许水拌匀,上笼蒸烂取出;随后,用每块荷叶包鸡肉两块成长方形,装入碗内,再上笼旺火蒸三五分钟取出,剥出荷叶,立即上桌。这一道鸡,吃起来有荷叶的清香。我曾在宣城生活,这里与江浙交界的广德、郎溪有很多饮食习惯和江浙一带相似,有一道烧醉鸡很有特色——将剖好洗净的鸡放在当地生产的黄酒中泡三五个小时,待酒香完全进入肉里之后,再拿出来爆炒红烧。郎溪是著名的古南丰黄酒的产地,这种经过黄酒长时间浸泡过的鸡吃到嘴里有满满的香气,鸡皮爽嫩,鸡肉味足,无一点油腻,是真正的浓油赤酱。

比较起皖北人和皖南人的喜欢吃鸡,皖江两岸的人似乎更喜欢吃鸭。皖江两岸的人认为鸭子比鸡好吃,少脂肪,多活肉,味鲜美,并且鸭子不能圈养只能放养,也要营养得多。长江一带多是鱼米之乡,水网密布,河湖沟汊有很多小鱼小虾小螺蛳,水稻田里也有一些稻穗散落,这都是大胃口的鸭子所喜欢的。这样的环境,造就了长江边上的人以鸭为主荤的饮食传统。地域覆盖最广的吃法,就数老鸭煨汤了。老鸭煨汤的做法都差不多,各地方只是辅料不一样:徽州以咸笋相伴,宣城以石耳相伴,长江边上则以慈姑、菱角相伴。在芜湖,最常见的吃法是老鸭汤泡锅巴、老鸭汤鸭血粉丝。在宣城,我曾经吃过老鸭汤炖青螺:选3斤重鸭一只,备鲜青螺肉、熟火腿肉、水发香菇、小葱结、姜片、盐、冰糖等,待鸭炖成九成烂时,放入青螺,再烧个10分钟左右即可起锅。这一道老鸭汤汤醇鸭香,青螺鲜嫩,色如翡翠,青烟弥漫。鸭子生前以吃青螺为生,死之后,仍要拥青螺入怀,如此生死相守,真让人徒叹奈何。

  除了老鸭汤,皖江两岸的人餐桌上还有各种各样的鸭子:春天吃烤鸭,夏天吃琵琶鸭,秋天吃盐水鸭,冬天吃板鸭,不春不冬不夏不秋时,则吃酱鸭。无为板鸭是比较有特色的:首选上等麻鸭,体重在4斤左右,宰杀洗净后,在翅下划两寸长刀口抠出内脏灌水洗净,放入食盐,灌进硝水晃动,再入缸腌制;先腌鸭身,两小时后将鸭头朝下,再腌两小时;随后挂在风口晾干水分。再用细铁棍做架,将鸭置上,以木屑缓慢燃烧熏烤,每隔5分钟翻动一次,待到鸭坯色泽金黄香味四溢时,加八角、花椒、桂皮、丁香、小茴香等香料入布袋,扎口,放进注水锅内,再加香菇、冰糖、酱油、醋、葱、姜,烧开后放入熏烤过的鸭坯,用小火炖10分钟左右,再用柴灰压火焖30分钟即可。经过这一番大折腾,板鸭变得金黄油亮、肉质鲜嫩。无为人吃板鸭有专门名词,叫"斩板鸭","斩"字用方言说,干净利落,仿佛一刀切下,头颈相断。吃鸭主要是鸭身,至于鸭头、颈、爪、翅、内脏等,会吃的会觉得比身子更好吃,尤其是下酒更佳。至于安庆和芜湖的板鸭、盐水鸭等,做法和吃法大同小异,在此不赘述。吃鸭给人的感觉有市井气,自然、亲切、随意,不像吃鸡,带有几分特意和庄重,一不小心会吃得泪流满面。当然,现在放养的鸭子越来越少,即使是放养的鸭子,也寻觅不到小鱼小虾小螺蛳安抚它们大胃了。这也造就了现在长江一带的盐水鸭味道越来越差。这也是没有办法的事,没有源头,哪有"活水"呢?

徽州人也吃鸭。除了老鸭汤,徽州还有两道以鸭为原料的菜肴,似乎格外讲究。一种叫"八宝葫芦鸭",主料是肥鸭,配料有冬笋、冬菇、木耳。将"两冬一耳"炒成三丝,待三丝冷却之后,填入洗净的鸭腹中,在鸭翅下面用一根绳子拦腰将鸭扎成葫芦状,撒上精盐、花椒、香葱、姜片、料酒等,上笼屉蒸一个小时取出;取铁锅一只,放入锅巴、白糖及浸湿的好茶叶,在锅上放一个铁丝架子,将鸭置上;旺火烧烤至冒烟时,转用小火熏,几次反复;待葫芦鸭身上熏成一股好茶味时,再用毛刷子将鸭涂上麻油,并将葫芦鸭原系的绳子解开,换系一根红绸带装盘食用。为什么会做成葫芦状呢?因为葫芦聚财,大肚子里能藏宝。另一种为"贡菊酥鸭":选老鸭一只,洗净后加入冬笋、冬菇及调料等,入锅上炖至酥烂取出,冷却后剔尽骨骼,将鸭肉撕成丝,拌入贡菊;以鸭丝贡菊做馅料,用豆皮包成长方形的鸭肉饼,轻压至1厘米厚,挂上蛋清糊,拍上面包渣,入油炸至金黄色捞出,切成酥鸭蛋形状装盘。然后,将装盘的酥鸭卷和盛于小汤盅的原汤一道上桌,一鸭两吃,鸭肉香酥,汤汁鲜醇,菊味飘香。这两道菜形式感如此之重,做得烦琐铺张,烦不胜烦,一看就是当年有钱的徽商和一帮文人骚客在一起时,附庸风雅上的菜。

第四辑　别味

过桥米线

我在蒙自县吃的正宗的过桥米线真可谓是妙极了。一大盘生熟参半的荤、素菜,一大碗鸡汤,然后是一碗鲜米线。那碗已不是碗,而是盆,我们开玩笑说都可以在里面洗澡了。这些是比较平常的。在此之后又上来一大盆撕碎了的菊花,白、黄、紫各色,煞是漂亮。店家把菊花瓣倒进米线碗里,用很俗的比喻犹如仙女沐浴似的。色、香、味俱全,使人胃口大开,尤其是菊花,嚼在嘴里甜甜酸酸涩涩的,有一种超凡脱俗的感觉。

蒙自的人很自豪地说米线的发源地就是蒙自。我们就餐的宾馆对面南湖中间就有一尊有关米线发源的石雕像:一古代女子牵拽一小孩端了碗米线给一男子。传说是:清初蒙自有一书生,好交游,不思学业,其妻劝其到南湖一半岛上孤身苦读。妻每日给他送饭,送返必过一桥。某天刚熬好鸡汤,小儿恶作剧将生肉片投入汤中,妻忙捞出,发现肉片已熟,尝尝,味鲜美,遂如法炮制,生食之,觉味道异常鲜美。于是,妻每日送米线给书生,因趟趟送米线必过桥,故名为"过桥米线"。

过桥米线原本是普通人家的食物,但慢慢地派生为很复杂的餐饮了。所烫之物发展到生猛海鲜、山珍异兽,价格档次也一下上去了。据说米线的最高境界是在昆明过桥园推出的"文化米线",每套在200元以上。一碗之内异香扑鼻,气象万千,无数大碟小碟层层相套,有看台小姐一步步为之演练。此外,还有少数民族歌舞,一群群傣族、苗族、哈尼族姑娘载歌载舞,餐厅四周有大象、棕榈树等亚热带动植物……多姿多彩,纷纭美丽,尽在食中。

我不由得想,米线发展到这一步,算是已偏离原来的"谱"了,价格如此之高,恐怕就鲜有普通人置身其中,文化人也吃不大起,能吃得起的只是一群凑热闹的"贵人"了。这时候,不知道食者能不能尝到米线的本真味道?

我在蒙自逗留的时间极短,知道西南联大文法学院诸位学者曾在蒙自逗留过一段时间,遗憾没有机会去看旧址了。不知道沈从文、闻一多等所吃的米线味道如何。

他们才是真正的文化人。

蛤　蚧

在与越南老街交界的河口县,满街随处可见卖一种像四脚蛇的动物,只是颜色稍深,背部是褐色且有红色斑点,装在用铁丝编着的筐子里,活蹦乱跳。我不知道那是什么东西,同行的《广西日报》的老陈说,那是蛤蚧,泡酒喝的,是一种壮阳药。

回来我查《本草纲目》,并没有看到有蛤蚧一解。翻其中乱七八糟的药谱,知道医疗肾虚的有人参、枸杞子、牡蛎、杜仲、鹿角、菟丝子等等,倒是没有查到蛤蚧。想必蛤蚧的药用价值是新近被发现的。我对中医医理比较有兴趣,知道中医医理中有许多臆断成分,感觉和经验性的东西较多。以蛤蚧为药,肯定是看中了蛤蚧活蹦强壮之习性,就像穿山甲,设想穿山甲能穿透一切东西,必能"通",于是以穿山甲作为"通筋活脉"之药——果然,药谱上,穿山甲就能起这个作用。

在河口卖药的真多。我们过境在越南老街商贸市场看到卖药的也很多,都是中草药,药效大多是壮阳补肾的。卖药的越南人把一袋袋配好的中药卖给中国人。他们没有说这是"大力丸",只是说来这里买药的基本上都是中国人。

河口的夜市很热闹。在南方,夜晚总是很热闹。我在河口不大的县城转悠,几乎没找到一家正儿八经的书店。街头巷尾布满不堪入目的广告,蛤蚧的生意很红火,药店的生意也很红火。但这都是滋补下三路的。我不由得想,什么时候中国的店肆巷陌到处叫卖着"补脑"的东西,那才是一件值得庆幸的事。

但现在还不行,人们还不习惯认真地用脑,只愿意像动物一样凶猛。

牛肝菌及其他

云南的食品是很丰富的,口味跟内地迥然不同。最不同的当是野菜。最好吃的还是各种各样的菌。

常见的有牛肝菌和青头菌。这些汪曾祺都在散文《昆明食菌》上谈过了。牛肝菌是褐色的,整个的有点像牛肝,故得其名。青头菌,则是表面上略呈青色。牛肝菌、青头菌要用很多青椒和大蒜混在一起炒,极香,吃起来也滑滑溜溜的,极爽口。

比较名贵的是鸡㙡菌。鸡㙡菌的味道介于鸡肉和素鸡之间,嚼起来很有筋骨,且有一种山野之气。汪曾祺说鸡㙡菌是专门长在白蚁窝边的。还有一种是干巴菌,黑黑的,像一撮撮的杂泥,吃起来有点像面筋,但比面筋鲜美。但干巴菌似乎很难洗净,吃了两次,都吃到里面夹杂的细泥沙,便有点败兴了。

云南还有各式各样的野菜。很多名字,吃过也就忘了。给人印象至深的是这些野菜都很苦。这想必与云南所处的地理和气候有关。中医说苦味能清热、泄火、祛湿、解毒,能治疗热症和湿症。红河地处热带,有许多疾病的确是需要苦味的,我们在饭桌上,常吃到一种叫"鱼腥草"的菜肴。我吃不惯,那菜肴中有一种很浓烈的怪异味道,但当地人却吃得津津有味。我知道鱼腥草其实是一味中药,但我回来查《本草纲目》时却发现李时珍将其列入"菜部·茅滑类",可见鱼腥草早就被用来做菜肴了,足见我的孤陋寡闻。《本草纲目》载,鱼腥草又叫蕺菜,生长在潮湿的地间和山谷间阴润的野地,也能蔓生,还说太行山以南和长江以北的人喜欢生吃蕺菜。越王勾践曾尝夫差的粪而口臭,就吃鱼腥草来解口中的秽气。鱼腥草似乎对防治感冒特别好,红河地区海拔相差较大,气候变化无常,所以真是应该吃点鱼腥草的。

我们还在餐桌上看到很多独特的东西。例如油炸蜂蛹,实际上就是端了马蜂窝一股脑儿放进油锅。有蜂蛹,也有一寸多长的大马蜂。我硬着头皮吃了一个蜂蛹,感觉并没有什么特别的味道,但心里有些阻碍,再怎么说也不肯吃第二个了。在石屏县还见到油炸竹蛆,就是竹子里面的蛆虫,这回无论别人怎么劝,我是死活不伸筷子了。

在建水是我们这一行人吃得最轻松的一日。临散席了,上了一盘菜,是油炸蜻蜓。我从未见过那么大的蜻蜓,一个有近两寸长,浑身闪着绿光。主人解释说这一带绿蜻蜓很多,只需带个网捕捉就是。我心中大骇。同行的小姑娘小崔倒是毫无惧色,认真地夹了个大蜻蜓,第一口咬掉尾巴,第二口吞掉带有两只大眼的头,然后很得意地说好吃好吃。我们都服了。我们称她为:京城第一大胆。

人,真是很厉害的。人的嘴巴,更是"包罗万象"。

"乾坤几许大,尽在人口中!"

食是一枝花

逛书店,看到胡兰成的书《禅是一枝花》,是解读禅宗书籍《碧岩录》的,于是便来了兴趣,买了本带回家翻看。

在这之前有关胡兰成的事情听说过不少,但论著作,只看过胡兰成的《今生今世》,感觉只算一般吧。我一直不太喜欢名人儿女情长的东西,粉饰的东西多,真实的东西少。对于胡张公案,我也是一笑了之。曾是夫妻的事情又怎能说得清楚呢?况且,人的复杂性,又焉是条条框框的道德和规矩所能衡量的?一切都是机缘,机缘是超越道德和理性的。情爱与禅最大的相似之处在于,说不得说不得,一说,就离真相很远了。

但胡兰成的书还是让我深深失望——这个人是不懂禅的,一点都不懂,所说的,都是不着边际的外行话。就如同我们看到很多大学教授一样,看似风雅,却是附庸;看是明白,其实外行。这也让我肯定了以前的一种感觉——胡兰成,看起来是安静的、洒脱的,但在心里,却是浮躁的、拘谨的。这本书,更让我把他看低了不少。

其实,谈道论禅本是中国文人的雅好,附庸一下,本来无可厚非,但真正以不懂的姿势来写书,就显得有点大胆了。中国现代大儒中,胡适也是不懂禅的,胡适的《中国哲学史》谈儒论道都不错,但一遇上佛禅,便一个劲儿说着外行话。钱钟书于禅,一直不太敢碰,他擅长的是做学问,但于暗妙,似乎差一把火候。冯友兰是七分懂禅,但于禅,却没有真正的心境。至于钱穆,也是五六分懂禅,但行为的入世又让他离禅比较远。真正懂禅的,依我看,是南怀瑾,那是真正地能浸淫在禅当中,一举手一投足,都是神清气爽天高云淡。至于另外一个家伙,印度的奥修,那就境界更高,不仅仅是天高云淡,那简直就是直上九霄了。

我在这里对众大家品头论足,似乎有欺名盗世之嫌。不说也罢。胡兰成虽然不懂禅,也让人怀疑他学问的扎实程度,但他毕竟还是相当有才的——聪明人往往不扎实,这已是通病了。这一点与李敖似乎有相似之处,有学问,有野心,也有情调,但没有境界。奇怪的是台湾才女朱天文竟是胡兰成的学生,并且为胡兰成的此书作序,不乏溢美之词。胡兰成是极有女人缘的,个高,有才,体贴,长得又儒雅,难怪是百分百的"妇女之友"。朱天文是读着张爱玲的文字长大的,爱屋及乌,也一并对胡兰成很尊重。其实印在书上的序与跋又有多少能相信的呢?绝大部分,都是你好我好的客气话。

拉拉扯扯,似乎有跑题的嫌疑。还是谈谈胡兰成与张爱玲的"食"吧。胡兰成于饮食上一向比较寡欲,他是浙江嵊县人,因为出身比较穷苦,所以吃东西从不挑剔,认为"凡好东西都是家常的",有什么就吃什么,就像他在《今生今世》一书中所写的:我小时吃腌菜拣菜茎吃……小孩不可嘴馋,我家三餐之外不吃零食,有言女子嘴馋容易失节,男人嘴馋容易夺志……长大后胡兰成也只是喜欢吃些笋干,后来只是爱吃一些绍兴鸡之类,口味显得很重,没有特别的爱好。这一点,他与张爱玲相差很远。张爱玲在吃的方面是极其讲究的,张爱玲是土生土长的上海富家千金,因为受曾经留学的姑姑的影响,比较喜欢吃西餐,除了正餐之外,她还大量吃零食,而且专拣甜烂之物,云片糕和奶油西点是她的最爱。张爱玲曾在《童言无忌》一文中形容过自己的饮食偏好:我和老年人一样,喜欢吃甜的烂的。一切脆薄爽口的,如腌菜、酱萝卜、蛤蟆酥,都不喜欢,瓜子也不会嗑,细致些的菜如鱼虾完全不会吃。到了后来,据有关资料透露,张爱玲晚年连肉与甜食也因为牙蛀光之后不能吃了,只好日日以微波炉转一点稀烂的食品度日,喝着那些看起来含混不清的西式汤。张爱玲的口味像什么?像是一个足不出户的洋老太。

张爱玲与胡兰成的口味真是南辕北辙。胡兰成是"简",张爱玲是"怪";胡兰成是"土",张爱玲是"洋"。饮食上的习惯相差那么大,也难怪两个过不到头。

食是一朵花,也是有着禅性的。食的外表是口腹,骨子里却是习性。人们都在疑惑为什么张爱玲会爱上胡兰成,好像阴差阳错似的。其实没什么复杂的,一个自恋的女人,遇上一个不吝赞美她的男人,便以为是蓝颜知己心花怒放了。别以为聪明的女人在什么方面都聪明,越是聪明的女人,越是有不可或缺的软肋。有时候笨姑娘倒是百毒不侵刀枪不入的——世界上的道理,就这么简单。

饮食历史谈

斗转星移,情随事迁。八大菜系鲁、川、苏、粤、湘、徽、浙、闽的发展,也暗合着历史的味道。

鲁菜总是给人以长者之风。它是八大菜系当中历史比较早的,是中原地区悠久文化的产物。比较而言,鲁菜在选料以及烹饪上也相当的古拙,比如技艺上的拔丝以及糖醋,比如烹饪上的烤、炸、糟,还有在选料上,喜欢用鲤鱼、鲂鱼等内陆鱼种,就携有悠悠的远古遗风。

粤菜则比较年轻,像是一个不羁而开放的青年。因为离中原文化比较远,因此在烹饪的手法上顾忌得也少。粤菜相对而言用料庞杂,善于变化,并且可以看出西洋烹饪的痕迹,比如说色淡、清爽、鲜嫩、半生半熟等。再比如说焗以及烘,这就完全是西洋烹饪的手法了。这当中最著名的当属果汁肉脯,典型的西洋做法,特点是汁不入肉,主料是主料,佐料是佐料,分得很清楚。另外,粤菜也有一部分携有着西洋烹饪的野蛮,比如说烤乳猪,用乳猪开大腹,排开,先烧内腔而后烧外皮,在涂料以及火候方面十分讲究,要"色如琥珀,又类真金",并且皮脆肉软,表里浓香。陈果的电影《香港有个好莱坞》就有着很多烤乳猪的场景,两个巨大的胖子扛着乳猪,那场面让人看得油腻无比。

徽菜从广义上讲,指的是安徽菜,但安徽菜从淮北到皖南相差很大。因此正宗的徽菜应该指的是徽州菜。徽州菜是典型的山区菜,在用料以及烹饪上也带有山区的特点。比如说山区的水质矿物质成分多,土质碱分大,比较缺油,所以山区菜一般来说都重色重油,也重烧法。徽菜中有"红烧果子狸",果子狸的肉与一般的动物肉不一样,肥瘦相间,有胶质,有嚼头。徽菜从总体上来说比较家常,像是殷实人家的小康菜肴。

湘菜与川菜的味道跟地域也有很大关系。它们共同的特点是讲究麻辣,重佐料,这也是由于气候和环境的影响。这两个地方都是水系特别发达的地方,气候湿热,汗出不来,所以习惯于借助麻辣发汗。湘菜是以辣为主,万种滋味都被辣罩住了。川菜则相对丰富一些,有"七滋八味"之说,"七滋"即甜、酸、麻、辣、苦、香、咸,"八味"即鱼香、酸辣、椒麻、怪味、麻辣、红油、姜汁、家常。一种菜如此地重视调味品,天下之大,也可能只有它了。这是变着法儿整自己的味觉,有点刁钻古怪的感觉。

相比较而言,闽菜清鲜、淡爽、偏于甜酸,尤其讲究调汤。闽菜有一个很大的特点是善用红糟做调料,手法有炝糟、醉糟、爆糟、拉糟、煎糟、火功糟等,跟鲁菜相一致的,还有用酱,比如说辣椒酱、沙茶酱、芥末酱等。闽菜与粤菜一样,也擅长煲汤。闽菜中最著名的当属"佛跳墙",这名字取得好,形象而幽默。"佛跳墙"感觉就是把无数的好东西放在一个大坛子里,密封,然后用文火慢慢地煨,一直可以煨上个几天几夜。然后开坛,刹那间,天上人间彼此不分。

苏菜主要是由淮扬菜、苏锡菜和徐海菜三帮地方风味菜组成。这当中最有影响力的是淮扬菜,因为它既有历史,又有文化延伸,还有与之联系密切的文化人物,比如说曹雪芹和袁枚。淮扬菜的主要特点是讲究选料,注重火功,多用炖焖煨焐之法,重视清洁,强调本味,突出主料,色调雅淡,造型清新,口味平和。这很符合现代人的特点。与苏菜相似的,还有浙菜,主要是杭帮菜。杭帮菜最大的一个特点在于它既有贵族气同时也很家常,它的贵族气在于它的精致,它的家常在于它的原料基本来自身边。这一特点和风格应该是它的历史文化所决定的,杭帮菜最早可以追溯到距今1000多年的南宋,当时临安作为繁华的京都,南北名厨济济一堂,各方商贾云集于此,杭帮菜的发展达到鼎盛时期。杭帮菜历史上分为"湖上""城厢"两个流派,前者用料以鱼虾和禽类为主,擅长生炒、清炖、嫩熘等技法,讲究清、鲜、脆、嫩的口味,注重保留原汁原味;后者用料以肉和山珍为主,以肉、火腿和土特产进行调制,可以说既有"山珍"又有"海味"。至于具体烹调方法,以蒸、烩、汆、烧为主,讲究轻油、轻浆、清淡、鲜嫩的口味,注重鲜咸合一。这种既有传统精髓,同时也有现代意识的烹饪方式,也是至今浙菜走红的重要原因。

中国的烹饪是从夏朝开始的。最初,当然谈不上烹饪,都是刀耕火种维持口腹。到了商代,人们的味蕾有要求了,开始讲究饮食的调理,并且开始讲究饮食的味道。商代因为不仅有了剩余产品,也发明了钱币,便开始挥霍了。据史料记载,商朝的贵族们有些整日沉浸于酒池肉林之中,大吃大喝。其实,当时的酒也只不过是一些果酒发酵而已,用粮食酿酒还没有出现。"商"是什么意思?从象形来看,就是在一个屋檐下有张大大的口,或许也可从中见出商代吃风盛行。欲望的泛滥,又没有相应的道德约束,于是出现了商纣王这样的昏君,民风也无节制。商朝坐吃山空之后,周朝取而代之。周朝建立之后,意识到对人的欲望不可以无节制了,于是便发明了一整套道德礼仪,对人们的行动加以约束,生活也变得俭朴。周朝时最流行的便是吃粥,而且不讲味道,只讲究吃的分量。周王每吃完一次之后,都要虚情假意地放下用具,要大臣们在旁边劝说一下,才肯再吃一碗。周朝为什么要如此俭朴地对待食物?那是因为怕,因为食物是暗藏着一些东西的,有一种无坚不摧的蛊惑力。

饮食风情谈

当代名士、学人文怀沙曾经在一次讲学中说,女孩子可以略输文采,不可稍逊风骚,略输文采只是少知少识,稍逊风骚则是无风无趣了。花花老头至情至性地说出这样的妙语。说得好啊!颔首之余,石破天惊。

饮食与女人一样,也是有风情的。饮食讲究色、香、味、器,缺一不可。色,便同女人的长相,要五官端正,越漂亮越好;香,是气质,要雍容大度,不同凡响;味,即是文怀沙所说的风骚,要余味深长,不能味同嚼蜡;至于器,则是装扮和打扮,不能俗不可耐,而要恰到好处,时尚雅致。食色,性也! 食与色,当中的道理是一样的。花不能语最可人,菜不能语也风情。好的佳肴和好女子一样,是妙不可言的。一盘好菜端上来,刹那间便有一见钟情的感觉:心跳加速、方寸大乱、涎水直流、瞳仁发亮,亲近之心情不自禁蠢蠢欲动。好菜就是沉鱼落雁,外观要漂亮可人,淡雅流芳;内在要风骚性感,妖冶可人。这样一口咬下去,先是不涩不凝,不滑不腻,然后便意味深长,余音缭绕,绕梁三匝。都说秀色可餐,其实说佳肴如秀也是完全行得通的。

秀色是风情,菜肴同样也是风情。菜系与菜系有区别,菜肴与菜肴同样也有区别——在宴席上,鱼比肉的口碑好,吃鱼的人像文人雅士,吃肉的人却像一个体力劳动者,一点情调都没有。虽然苏东坡和毛泽东为吃肉挽回了一点分,但盛宴上点红烧肉总有些底气不足。鱼不仅可以入席,还可以入诗:比如说那个并不算好吃的武昌鱼,就曾有毛泽东写的词:"才饮长江水,又食武昌鱼。"还有唐朝杜甫的诗"鲂鱼肥美知第一",以及岑参的诗"秋来倍忆武昌鱼"等。几个文人抬手一写,就哄抬了物价指数上涨。武昌鱼刺多,相对来说写肥美的鲈鱼和鳜鱼的诗就更多了,范仲淹有诗云:"江上往来人,但爱鲈鱼美。"张志和关于鳜鱼的一首诗更是脍炙人口:"西塞山前白鹭飞,桃花流水鳜鱼肥。"由此看来,文人雅士们都是极喜爱吃鱼的,而他们能写出流芳百世的诗篇,肯定与他们喜爱吃鱼有关。有人说吃鱼让人聪明,吃肉能产生李逵、鲁智深之莽,吃鱼能产生吴用、卢俊义之智,看样子一点不假。

鱼在宴席上,不只有风情,还有另外一层意蕴:在南方的很多地方,鱼往往作为最后一道菜上。等鱼端上之后,客人就会明白,这席菜已经齐了。不过,北方好像没有这样的风俗,鱼往往随时上,一副大气乱炖不按常理的情景。吃鱼也是很讲究的,一般来说,鱼端上来,鱼头跟鱼尾相对的人,是要喝一杯酒的;喝完酒之后,鱼头和鱼尾相对之人用筷子分别按住鱼头鱼尾,然后让大家将鱼身上的好肉夹光。这样的方式看似无私,实际上却埋藏着小小的阴谋,因为对老饕来说,鱼头和鱼尾是鱼身上最好吃的部位。当别人认真而又领情地分享着鱼肚、鱼背的时候,夹鱼头和鱼尾的人已经在窃喜了。

吃鱼还有另外一些讲究,比如有的地方,主人会将鱼下巴下面的肉夹给客人,然后再开始动这条鱼。因为下巴那一块肉比较嫩,肥而不腻。但我以为鱼肉最好的部分在鱼的双颊上,也就是鱼的鳃上,那一块肉在红烧或者清蒸之后往往形成一个半圆形,只要用筷尖轻轻一挑,肉就下来了,而且是一个整体,又嫩,又有嚼头,极好吃。也可能是物以稀为贵吧,这两星小肉就显得格外珍贵。不过在沿海等地区,鱼只能吃一面的,最忌讳的就是将鱼身翻过来,渔民最怕的就是翻船,此"翻"和彼"翻"同音,那是极不吉利的。

说到饮食的风情,有人曾经说过,一个地方菜肴的风格,其实就是那个地方女人的风格。这话听起来三分玄乎,不过一细想,却似乎在理。家庭的菜肴大部分是女人打理的,在菜肴的背后,往往隐藏着女人的因素。也因此,一个地方的菜肴风格,就与那里的女人联系在一起。比如日本,日本的女子看起来娴静、清纯,但骨子里却有着一种看不见的风骚,所以日本的菜也如同日本女人一样,表面上看起来清淡、漂亮、可人,但骨子里却有着一种肆意和嚣张。这当中最典型的是生鱼片,用切割下来的生鱼片蘸芥末吃下去,与其说是日本男人的爱好,还不如说是日本女人的阴谋。法国大餐与法国女人一样,性感迷人,色彩斑斓,华丽由表及里。董桥说英国女人是世界上最古董最没有风情的女人,英国的菜肴也是。英国人的看法是,品评食物,跟品评女人一样,是没有教养的。所以一路把食物弄得难吃下去,在难吃中带有一点傲慢。阿城说英国人是怎样把菜做得难吃就怎样做,戏谑中带有一点刻薄,却非常形象。巴西的女人,似乎跟巴西烧烤一样充满能量,充满性感,富有攻击性。至于美国女子,简约得如同麦当劳、肯德基一样,有着头脑简单的朝气蓬勃,也有着化繁为简的智慧。

都说男人是花心的,朝三暮四、喜新厌旧、见异思迁,但其实男人也挺固执,每个男人心中都有自己喜欢的女人,也有自己喜欢的菜。如同贾宝玉对着金陵十二钗的天姿国色,吃着碗里的,看着锅里的,每一个妹妹都想怜惜一番,但还是最喜欢林妹妹。这样的感觉还如同一个从小自卑的读书郎,出人头地之后,总想着天天当新郎,夜夜入洞房,餐餐有佳肴,倚枕梦黄粱,但毕竟还是人在曹营心在汉,自己的家乡菜却是一定忘不了的。又像胡适之,吃过多少好吃的东西啊,但难以忘怀的,还是绩溪的"一品锅"。这个"一品锅",也许就是小脚女子江冬秀的"风情"。

饮食地域谈

饮食大势与天下大势一样,也是暗藏玄机的。中国的菜肴这几年呈现出区域性的流行,也是暗合着某种规律的。

如果以秀色来比喻八大菜系,那么,鲁菜就如同一个气度不凡的北方贵妇人,因为有历史也有文化,让人生敬畏之心;都说娶山东媳妇能让人事业发达,其实不如说是吃鲁菜可以让人事业发达。因为鲁菜大气味足,元气饱满,能让人养足充沛的"正能量"。湘菜正如同湘妹子,俊俏而泼辣,脉脉传情,一吃便是忘不了。川菜则是一个泼辣风情的少妇,看起来家常,不过却是进得了厨房,上得了厅堂,闺阁中侍候得了夫君,大堂前也有七尺男儿胆识。川菜与湘菜有点相似,只不过一个是婚前,一个是婚后;一个是清纯,一个则是风韵。粤菜,则如一个比较开放的南蛮女子,风流而性感,在大多数时候她更适合做情人,彼此间一月见一次正好。闽菜,如海边的女子,风情和体贴都不缺,有点常吃常鲜的感觉。

至于淮扬菜,优雅而雍容,有文化,能吟咏作画,上场面是没有问题的,上八仙桌也是可以的,但整体上略输新奇,少一点风骚和野性。徽菜和浙菜,则像先结婚后恋爱的老婆,刚开始吃起来没觉得新鲜,也平淡,但长久地吃下去,习惯了,反而越吃越有味,也没有厌倦的时候。至于西洋大餐,就像外国电影中的艳遇,那只能是偶尔的一夜情——落花流水终归去,毕竟不是同路人。

粤菜就像一夜暴富的淘金者。所以20世纪90年代开始,以"海上鲜"为标志的粤菜风行天下。粤菜主要以高档位的海鲜、鱼翅、龙虾为主,同时借鉴了西洋饮食的一些烹饪手法。因为90年代初整个社会比较浮躁,人也是刚从饥饿的年代过来,口腹之欲如笼中之兽。越穷就越挥霍,所以请客就越请高档的,粤菜风行也就是这个道理。

川菜就是市井的平民。90年代中期,川菜开始在全国悄悄扩张,诸如谭鱼头等火锅店,在全国声名大噪。这时候中国普通市民收入相对增加,有了一点余钱,也渴望能进馆子吃饭。相对而言,川菜价格低廉,人情味较重,比较符合大众的消费。与此同时,湘菜似乎也有着振兴的趋势,在全国也纷纷扩张。合肥当时就有湘菜的"毛家菜馆"等。

现在流行现代观念,做人,也流行斯文儒雅的"雅皮",无疑,江浙菜就是这样的"雅皮"。江浙菜原来就曾风靡一时,新中国成立前曾经叫"官菜",因为蒋介石等一大批国民党要员都是江浙人。江浙菜的风格比较清淡、精细,荤素搭配,兼容并蓄,不偏激,既有海味,也有山珍。江浙菜给人的感觉就是斯文而亲切、家常而平和。而且兴起的江浙菜还带有现代化的经营方式,集约化,规模庞大但服务周到,场面上也不输于人。所以,一时间,江浙菜在全国范围内迅猛走红。同时兴起的,还有闽菜与潮州菜。江浙菜、沪帮菜、闽菜和潮州菜在味道上也显得比较清淡,口味适中,理性平和,营养均衡,也比较符合现代人生活的特点和要求。

当然也有一些菜系一直不温不火,比如东北菜、鲁菜,但北方菜一直都有着莽汉的气质,太性情,在现代社会中难入主流。还有一些土菜什么的,村姑野老,虽然亲切无比,但毕竟难登大雅之堂。所以土菜除了偶尔搞怪之外,其他的,都是成不了什么大气候的。

表面上看是菜系上的潮起潮落,其实细细地追究起来,那是因为经济和人口的原因。粤菜在20世纪80年代大红火,最主要的是当时广东的经济发达,粤人走天下,天下人下广东。走天下的粤人要吃粤菜,下过广东的天下人要吃粤菜,粤菜岂有不红之理?同样,到了90年代末,江浙经济全国领先,江浙人在全中国范围内做生意,所到之处,都嚷嚷着要吃江浙菜,杭帮菜焉能不红火?

还有一个原因则是人多,川菜之所以全国遍布,跟天府之国上亿的川人有关。川人走遍全国,尽传"麻辣烫"。而且川菜相对价格低廉,老少咸宜,所以必然形成了另一股潜流。这就如同中国菜在世界的地位,人多力量大,"有钱的捧个钱场,没钱的捧个人场"。

再说湘菜和土菜。湘菜曾经叫作"军菜",清朝末年由于曾国藩"湘军"的兴起,湘菜传遍全国。但湘菜似乎太辣,太生猛,像一个扎着绑腿的汉子,尽管有着野性,但太过质朴,也犟头倔脑,场面上还是有着缺陷的,所以还是很难真正地红火起来。

土菜就像村里的小芳,也只是在无事时回味一下,或者只是有事无事时摆出的一点姿态。而且土菜鱼龙混杂,没有统一的标准,没有系统,要想真正地红起来,根本不可能。

现在都在谈论徽菜的振兴。其实当年徽菜之所以兴盛,是因为徽商的发达。发达的徽商们在全国各地都要吃家乡菜,所以徽菜自然大大沾光。而现在徽商式微,安徽经济欠把火候,徽菜自然也有着同样的命运。至于对徽菜所下的油味太重等评价,究其根源,那都不是"硬道理",只有发展才是硬道理。这一点,想一想麦当劳和肯德基就明白了。麦当劳和肯德基之所以风行全球,是因为它的味道吗?恐怕不是,能使它风行的,是青春有趣的气质,以及强大的美国经济和文化。

同理,你知道泰国和越南有什么好吃的吗?肯定不知道,也不会有太大的兴趣。而泰国和越南想必好吃的东西也不会少,但在目前的情况下,泰国菜和越南菜能成主流吗?当然不可能。

一阴一阳谓之道。饮食风行的道理,也是世界万事万物的道理。

饮食之谬谈

我曾在北京王府井书店看到过一本《中国饮食文化史》,是第一卷,厚厚的,上面记载了从原始社会到西周时期中国人的饮食生活。书的前言介绍说,西周之后的部分正在编撰,这让我不由得对中国悠久的饮食文化叹为观止。虽然说法国文化中有一本经典著作《食经》,不过相比较篇幅巨大的《中国饮食文化史》,显然是小巫见大巫了。

不过,我对中国饮食文化的过于发达总心存疑惑,我们这一代人都是看四大古典名著长大的,就吃的来说,《水浒传》里面的食物不过是切二斤生肉,来一屉人肉包子,吃的东西草莽无比;《三国演义》充满权谋斗争,一群男人顾不上吃饭穿衣,整日搞莫名其妙的路线斗争,一会加入这个集团打那个,一会加入那个集团打这个。曹操、刘备在一起吃个饭论英雄,简陋得也只是用青梅煮酒,吃喝间晴天还起霹雳,惊得人浑然不知箸下酒菜的味道。

《西游记》有一条潜在的线索似乎跟吃有关:大小妖怪们都想吃唐僧肉,但都是奔着长生不老的养生路线去的,目的不在吃,而在于追求长生不老。唯一对吃有些内行的,是曹雪芹的《红楼梦》,迎来送往之中,提到了不少菜肴,足以说明中国烹饪文化的丰富。社会发展史告诉我们,中国有5000年左右的文明史,在漫长的农业社会阶段,占据统治地位的都是大大小小的地主。衣不蔽体的人可以说基本与食文化无关,连饭都吃不饱,何谈吃得好还吃出文化呢?所以,中国的饮食文化,跟大大小小的地主有着直接的关联。中国饮食文化,实际上就是"地主的饕餮"。我丝毫没有攻击中国饮食的意思,至少从表现上来说,比较起西式自助餐的优雅,中国人一堆一堆地围坐在圆桌边大吃大喝,有时候还来一些劝酒划拳,像不像一帮地主在狂欢?

在我看来,"地主的饕餮"主要有以下几个特点:一是过于关注生存状态,关心"衣食住行",忽略生存中的精神成分;二是由于地主们久居一地的视野原因,以及社会方方面面的纲常束缚,他们享受生活的范围比较狭隘,生活的外延比较窄,大都集中在吃上,满足于五官的享乐;三是中国的饮食文化与其他东西一样,形式的成分太多,实质的东西较少。在饮食的很多方面,随处都可以见到自欺欺人、故作姿态的表演。

为什么中国人如此重视吃?原因有很多,比如中国所处的地理位置,以农业为主的生存结构,缺乏宗教的热忱和寄托等。不过,最重要的应该有两点:一是因为中国人穷,越穷越重视吃,越穷越变着花样吃。我们接受的教育,一直说中国在历史上如何强大如何富庶,一个典型的说法是康乾盛世时,中国的GDP超过当时世界的三分之一,其实根本不是那么回事,在绝大多数时间里,中国经济一直是在温饱线上徘徊,粮食产量一直很难满足越来越多的人口。英国特使马戛尔尼来到中国后,从一两个细节中就看出了中国的贫穷:比如英国人丢弃的死猪,立即就有中国人不顾性命地跳到大海中去争抢。这个细节告诉欧洲人,中国人还是太穷了。正是因为穷,中国人才格外重视吃、讲究吃。

另一个原因,听起来就似乎是"谬论"了——中国饮食文化之所以这样发达,跟中国人长期受到的"性压抑"有关!这一个观点,是我一个研究心理学的朋友提出的。他进一步阐述道:食色,性也。如果一个人在吃的方面过于"疯狂",过于"执着",肯定在性方面有着很大压抑。从前皇宫里的大厨什么的,都是太监,太监的菜往往烧得都特别好,那是因为太监往往味觉特别发达,"性功能"失调,人的本能就转移到另一方面去了。

朋友的说法不无道理。从中国文化的背景来看,似乎还真是那么回事。自明朝竭力推崇程朱理学之后,礼教严酷,对人的压抑也越来越强,男女之事便变得讳莫如深,中国人的心理和生理变得越来越沉重。中国饮食文化最发达的明清时代,恰恰就是封建礼教最为严酷的时期。吃的东西是越做越复杂,越铺越烦琐,男女之事却变得越来越严酷。与中国的饮食繁复昌盛相比,中国的男女生活显得如此严酷,久而久之,人们的注意力全转移到吃的方面,也难怪成就了一段全社会的"地主的饕餮"。

　　主流之外也有潜流,世界上可能没有一个国家像中国一样对于"房中术"有着深入得近乎病态的研究。中国的民间,诸如"春宫图"之类的东西总是在暗中流行,很多"春宫图"都成为姑娘出嫁压箱的宝贝。我在黟县就看到过很多幅各式各样的"春宫图",有的是刻在骨头上的,有的是刻在木板上的,一幅幅栩栩如生,极得人间情趣。想来这却发生在理学祖师爷诞生及矗立着无数贞节牌坊的徽州,实在是有趣。深入地想想,这个看似奇怪的现象却具有相当的合理性,人性是很难改变的,即使是再严酷的现实,再使人扭曲,也很难改变人性的根本。

　　很多东西乍听起来"风马牛不相及",但细细地一想,却发现它们的根是缠绕在一起的。性与吃,是人生理状态的跷跷板,也是人性天平的两端。

残忍的吃法

武则天当皇帝之时，有两个宠男，也称面首，是兄弟俩，一个叫张易之，一个叫张昌宗。这两个人面美如玉，身体强壮，都做得一手好菜。哥哥张易之，以烧活物见长，有一道生烤活禽更是拿手菜：把鹅、鸭放在一个大铁皮笼子中，在笼子下面放上炭火，然后一个铜盆倒入五味汁放入铁皮笼子中，密封上。随着铁皮越来越热，鹅、鸭会绕着炭火行走，热极了就去喝五味汁，火烤着鹅、鸭自然会在里面转圈地跑，这样不多久表里都烤熟了，毛也会脱落净，直到肉被烤得赤烘烘的才死去。弟弟张昌宗是把一头活驴拴在一个小屋子里，烘起炭火，再放一盆五味汁，方法与前边所讲的一样。易之、昌宗还有一个兄弟昌仪也是吃货。有一次张易之路过昌仪家，很想吃马肠，昌仪便牵来手下人的乘骑，破开马的肋骨取出肠子与易之现烧现吃大快朵颐，马肠都吃完了，马还痛苦着没有死去。

张易之烤活鹅似乎也不是自己的发明。中国菜肴一直崇尚"吃活物",烧鱼的绝技是活鱼下锅,淮扬菜最有名的是"松鼠鳜鱼",从去鳞到油炸至红烧,要求在极短的时间内完成,端鱼上桌时,如果鱼的嘴巴还在一张一合,那么就证明这一道菜获得了百分百的成功,至于味道如何,倒是其次的要求了。活吃鱼之外,便是吃活虾,江浙名菜醉虾,即是选活蹦乱跳的小河虾来醉,最基本的要求就是虾在齿间咬时,还得活蹦乱跳才是。上等饭店吃龙虾刺身,必须是现场活的,龙虾要活生生地剥去壳,将肉削成一片片放在冰块上。这一道菜同样要求龙虾必须长须颤动,眼珠转动,放射出可怜的光来。

鱼虾是低等动物,人类的残忍尚且好说,有关动物的吃法,同样残忍无比。比如说,用有绳结的绳子鞭笞猪和小牛,使它们的肉质软嫩;倒挂鸡,慢慢地放血使之死亡;或者活活地打死一只鸡,然后再去烹饪。云南有一道"烧鹅掌",就是将活鹅吊起来,让鹅掌正好踩在一只平底锅上,然后在锅下生火,锅烧得越来越热之后,鹅不停地轮流将两掌提起放下,直到烫锅将它们的掌烤干,之后单砍了这掌来吃。还是在云南,有一种"狗肠糯米",先将狗饿上两三天,然后给它糯米吃。饿狗囫囵吞下,估计糯米到了狗的"十二指肠"后,将狗宰杀,只取这一段肠蒸来吃。说法是狗会调动全部的精力来包围糯米,因而"补得很"。在河南,有一种菜叫"浇驴肉",也残忍得很,是把活驴固定好,旁边放一只大铁锅,里面烧开水。食用者可以现场指认吃哪一块肉,厨师便现场割开驴皮,舀着锅里的开水烫哪块肉,直到烫熟后割下来,装盘拌佐料享用。

新疆有一道名菜,叫烤全羊,就是将羊杀了之后,整只放在火上烤。这个倒算不上什么。据说当地还有一道菜,是招待极尊贵的客人的,叫炭烤乳羊,是将活着的快临盆的母羊放在炭火上烤,待烤熟之后,不吃母羊,吃的是乳羊,直接开膛剖肚将乳羊取出来吃。又据说当年的广东曾有"吃猴头"一说。那是将猴子锁在特定的餐桌上,只露出个猴头,然后上工具固定,将猴头敲开,在猴脑里撒上盐,用勺子舀着吃——这些吃法,真是惨无人道!

广东人真是什么都敢吃。有一道名菜吃"三吱",就是把刚出生的小老鼠囫囵吞吃。筷子夹起来蘸酱油是第一叫;放进嘴里用牙齿一咬,是第二叫;咽下肚是第三叫。河北有一道菜唤作"生离死别",就是把活甲鱼塞进蒸笼里,只留下一个小孔,孔外放一碟香油之类的调料。甲鱼在蒸笼里受热不过,就伸出头来喝一口香油。甲鱼熟了,香油也浸进五脏六腑了。再把梨切成瓣放在周围,就是生梨(离)死鳖(别)。类似的菜肴还有"铁板甲鱼",就是将鲜活的甲鱼放在有调料的凉汤中慢慢煨,当凉汤慢慢地热起来的时候,甲鱼感到饥渴,就会喝凉汤,调料就慢慢地进入了甲鱼的体内。这一道菜是用玻璃器皿现场做的,随着火越来越大,汤越来越烫,甲鱼开始在沸水中翻滚,旁边举着筷子的人一个个兴奋异常蠢蠢欲动。等甲鱼最后熟了,据说肉极其入味。

吃活物,似乎也不只是中国人的专利。法国中世纪时有一本书叫《大厨食经》,专门记载一些烹饪绝活,上面也有一道类似"活烤鹅掌"的大菜做法:先将活鹅的羽毛拔光,然后在其四周生火,注意不让火接近,以免烟呛到鹅;但也不能让火离鹅太远,以免鹅逃走。火烟中放小杯的水,掺入蜂蜜和苹果。鹅被烤得难耐,只好喝水,这水既可以增味,又可以令其排粪;烤的过程中,还要记住用一大块湿布擦拭它的头和腹部……最后鹅整个身子出现痉挛,就算是熟了,可以立即端上来……15世纪的罗马,也有一本《罗马烹肉术》,上面记载了很多食谱,有很多就是"生吃"和"活吃",其中有一道菜的做法是这样:"下水余烫前,先将天鹅吹胀及去皮,再将腹部切开,以叉子刺穿鹅身加以烘烤,并以面粉加蛋调制成蛋糊涂抹表皮,同时不停转动烤肉叉,将之烤至金黄色。如果你们喜欢,还可再让天鹅穿上它的羽衣。为此在天鹅颈部需要别上木叉,使其头颈笔直宛如活物。"当然,这都是中世纪的事情了,中世纪物质匮乏,人道主义没有深入人心,人们普遍比较残忍,人与人之间都谈不上关爱,更何况对待动物呢?如此想来,工业化社会促使人富足,也使人道主义得到普及,虽然出现很多新的社会问题,但社会与人总体上的进步,还是不可否认的。

人来到这个世界上,最初是猴子,混着混着,一不留神就"人模狗样",变成自然界的老大了。当了老大后,君临天下,人以为万物皆是自己的盘中餐,可以无所顾忌乱吃一气。于是,人发明了一些残忍的吃法,荒诞的理论前提就是认为动物在受折磨时,生命力会达到高峰,肉味就会格外鲜美,所以就有了清蒸活鱼、清蒸螃蟹之类的菜肴。这实在是够残忍的。早在春秋期间,孟子就提出了"君子远庖厨"的概念,孟子说:"君子之于禽兽也,见其生,不忍见其死;闻其声,不忍食其肉。是以君子远庖厨也。"意思是君子不能不吃东西,但起码得离杀生远一些,所以尽量地远离厨房。孟子以"君子远庖厨"这一典故说明"仁"的相对性,我们所处的世界是人占绝对统治地位的世界,但人也不能因为自己的强大为所欲为。试想假如有一天人沦落到今天动物的地位,也来一道道清蒸人肉、火烤全人、烤人掌、活吃人脑……我的天,那真是想也不要想!

回过头来说张易之、张昌宗。武则天死后,这一对面首被诛杀,老百姓把他们的肉切成小块煎烤着吃掉了,那肉又肥又白、又嫩又鲜,就像猪的五花肉一样。他们的吃货弟弟昌仪也是被打折了两个脚腕,摘了心肝,痛苦了很长时间才死去。人们说这是他们残害那些狗马鹅鸭的报应。

投机取巧的味精

一个人有一个人的性格,一个国家也有一个国家的性格。张爱玲在《更衣记》中说,中国服饰在细节上历来是过分地注意,"古中国衣衫上的点缀却是完全无意义的","袄子有'三镶三滚''五镶五滚''七镶七滚'之别,镶滚之外,下摆和大襟上还闪烁着以水钻盘的梅花、菊花。袖上另钉着名唤'阑干'的丝质花边,宽约七寸,挖空镂出福寿字样","这样不停地另生枝节,放恣,不讲理,在不相干的事物上浪费了精力,正是中国有闲阶级一贯的态度。唯有世界上最清闲的国家里最闲的人,方才能够领略到这些细节的妙处"。张爱玲说的是实话,以中国人的思维方式,中国人求"是"的成分少,求"事"的成分多,理性的精神相对较弱,待物处事习惯于铺陈,有时候繁花锦簇之下忘却了本质,把初衷和本来忘却了。

同样的情况也适合于饮食。在中国人看来,吃西餐感觉就像是一只野兽在吃"独食",一个人一把叉一盘食物光吃不说话,模样就像是一只独狼在品尝着自己的猎物。这可能是文化传统上的关系。从西餐的做法和吃法上，明显可以窥见游牧民族的影子，比如说牛排草草地煮一下就端上来，很多还生生地有血丝，这不是"蛮夷"是什么？餐具也是，吃东西所用的刀和叉，更带有野蛮性，哪像中国人吃起来那样优雅呢——就用那两根细细的筷子，轻轻巧巧地将满桌子的菜肴给打发了。这才是吃的智慧，是一种真正的"四两拨千斤"！再比如日本餐饮，似乎有着"明心见性"的畅达：讲究本味，重视食材自身，吃东西时仪式感重，器皿与菜肴精致得像是供神似的。日本食物还讲究色彩搭配，食物新鲜绚丽，一副清新自然模样。日本人吃饭所用的餐具都小得惊人，小碗小碟的不像是真吃，而像是拿来做做样子的。这一点很多去过日本的人都深有体会。我的一个朋友在日本打工多年，说初到日本竟有很长时间饿着肚皮，不是没的吃，而是不敢吃，生怕一不小心能把碗碟都吃下去了。我曾几次吃过日本料理，静候一碗一碟上桌，一条小金枪鱼是一碟，几片黄瓜一碟，几丝菜叶也是一碟，三四个寿司也是一碟，如此精致的方式，让人不忍动箸。不过日本菜肴视觉效果是真好，颜色搭配浑然天成，稍稍地运用光线，都是非常漂亮的静物照片。总而言之，日本食物给我的感觉，就是供神的，是神吃的，而不是人吃的。

回过头说中国饮食文化——中国的饮食文化一直有一种大红大绿的俗艳，氤氲地散发着热气，蓬勃而兴旺，元气十足。火锅就更不用说了，十几个人围坐在一块，热气腾腾像是坐在蒸笼上似的。中国人吃东西的方式独特,十几个人围在一起,十几双筷子你来我往,大家肆无忌惮地大声说话,你中有我,我中有你,那真是一种繁华至极的"合和"。就菜本身来说,中国菜肴人工痕迹太重,重视佐料,不太讲究本味,很多菜肴煎爆炖煮过度,食材混合掺杂太多,味道混乱不清晰,很难吃到食材真正的味道,吃来吃去,吃到的都是佐料的味道。在制作上,很多菜肴过于讲究形状模式,雕花镂叶,一派艳俗的风貌,有时候甚至让人难以分清哪些是主菜哪些是"装潢"了。这些,大约就是中国文化的特点吧,讲究"合和",追求形式,铺陈烦琐,最后把最重要的东西丢了。

中国菜肴还投机取巧——比如高汤用得太多,甚至毫无节制地加味精。这一点,也是让其他国家人难以理解的。中国最早的菜肴主要靠火候、工艺以及菜肴之间的搭配来调理味道,讲究食材之间的搭配,比如说板栗与公鸡在一起烧,板栗和鸡的味道都会相当好,哪里用得着放高汤和味精呢?过去皇宫名膳煲鱼翅汤,先将鱼翅浸水三天,去骨,再加老鸡、鸭子和新鲜肘子肉煲成汤,放入姜、葱,再煲上八九个小时,汤会变得鲜美无比,那是什么料也不用加的。到了明清之后,食不厌精,菜不厌鲜,菜肴开始大量用高汤了,烹饪中有"当兵的枪,大厨的汤"的说法,那是说凡厨子做菜,喜欢放一勺子高汤用以提鲜了事。高汤通常是用文火清炖出的老母鸡汤,再加入"鸡茸"等鲜美的东西熬成,这叫"荤鲜";或者用黄豆芽吊汤,称为"素鲜"。高汤有助菜肴提鲜,这是好事,但不问青红皂白乱放一气,就是喧宾夺主了。习惯于高汤开路,在世界上众多的餐饮文化中,成为中国的特色。反观其他国家的餐饮,对于佐料非常谨慎,不用高汤,也基本上不用味精,只用一点野生的香料佐料调味。法国烹饪喜欢用一种"普罗旺斯草",这是一种香料,也是一剂调味品,类似于中国新疆的孜然,它生长在法国普罗旺斯省一带,将之烘干后,切成碎末,放在菜里,就成了一种调味品。

比高汤更过分的是,中国菜肴在进入现代社会之后,开始用味精了。味精是从日本传来的,刚开始叫"味之素"。味精很鲜,但对身体有害,很多国家都禁用,但在中国不禁用,相反还很受欢迎。中国自民国之后,饭店和家庭就开始大量使用味精,尤其在饭馆吃饭,味精好像不要钱似的,凡烧炒蒸煮,必以一勺味精下锅了事。结果一顿饭过后,总是让人感到嘴里有一种浓烈的干苦,像轻度中毒。中国菜味精泛滥,想想明显跟中国人的国民心理有关——味精就像是一个阴谋,国人总是擅长一些小小的阴谋,投机取巧,以显示自己的聪明。我的一个朋友,前几日回英国,就从国内带了两袋味精,他说,这平常是不用的,等到请老外时,加上一点,会诳得他们眼睛发直。

美丽的烹饪女子

好莱坞电影《女人在上面》(Women on Top),怎么看都是一部烂片,不过由于女主角是由佩内罗普·克鲁兹(《我的母亲的一生》主角)扮演,使得这部片子一度冲到全美电影排行榜的前几位。由此可见,谁也抵御不住美丽的诱惑,人人都有"好色之心"。

克鲁兹在电影中扮演一位电视节目主持人,主持烹饪节目,美貌无比,烧得一手好菜。在电视中,她烹饪的姿态优美而高雅,迷倒了无数观众。男人幻想和渴望得到这样的女人,不仅闭月羞花,而且色艺俱佳。要是再浪漫一点,那可真如"大熊猫"一样珍贵了。

与克鲁兹性质差不多的,是凤凰卫视的主持人沈星。当年她主持的节目《美女私房菜》,便一直有很高的收视率。很多男人喜欢这一档节目,根本不是看沈星烧菜,只为看沈星的一颦一笑一举一动。沈星是标准的美女,身材颀长,眼睛顾盼生辉,举止婀娜多姿,一颦一笑像是神仙姐姐。男人看这样的节目,会觉得比"美丽大舞台"之类的亲切,毕竟女人在厨房,不仅看得真实,心理上也倍感真切。当然,诸如此类的节目,一看就是为收视率所做——沈星漂亮归漂亮,但动作笨拙而缓慢,一看就不是熟练的厨师。以沈星花枝招展般的窈窕和袅娜,在现实生活中,不把红烧肉烧成烤肉串,就已是万幸的了。

　　真实生活中好像女人能烧一手好菜的很少,西方的我不太了解,但在中国,古代的大厨师比如说易牙、伊尹等都是男性,好像没有什么有名的女厨师。现在的情况可能更是如此,不仅饭店里满是男厨师,家庭中也多是男人系着围裙团团转。现在恐怕踏破铁鞋也找不到一位既美丽无比,也能烧得一手佳肴的好女子了。美女烧菜不多,以美女命名菜肴的倒有不少——中国古代有"四大美人",各地也有很多以"四大美人"命名的菜肴:西施故里诸暨有一道点心叫作"西施舌":是以水磨糯米粉为包,加上枣泥、核桃肉、桂花等十几种果泥拌成馅心,放在舌形的模具里压制成形,煮汤或者油煎即可。这种点心颜色如皓月,香甜爽口,吃在嘴里,颇有滋味。上海的"贵妃鸡"也是如此:用肥嫩的母鸡作为主料,用葡萄酒做配料,成菜后酒香浓郁美味醉人,吃起来鲜嫩可口,醉人醉心,恍惚中真不知是吃鸡,还是在"吃人"。至于"昭君鸭"——传说昭君出塞之后吃不惯面食,厨子就将粉条和油面筋泡合在一起,用老鸭汤煮,甚合昭君心意,也流传下来。如今人们吃着这一道菜,恍惚之间,一不小心,会走神出窍把肥美白嫩的鸭子看成昭君出浴。

俗名"泥鳅钻豆腐"还有另外一个名字,那就是"貂蝉豆腐":将泥鳅比喻奸猾的董卓,泥鳅在热汤中急得无处藏身,这时才将冷豆腐放入,"董卓"迫不及待钻入冷豆腐之中,最终逃脱不了被煮的命运。这道菜何以如此命名,恐怕只有天知道了……爱美之心,人皆有之,瞧着那么多"美人"四肢大卸端上桌来,一品二咬三嚼,实在是开心舒畅。有些东西太为珍贵,无法暴殄天物,于是便化虚为实,过一过口瘾,也算聊以自慰。"意淫"实际上是一种"移情",从"男女之欲"转移到"口腹之欲"。这种暗藏在饮食当中的微妙心理,应该是中国菜肴中有那么多"美人名"的重要原因。

比较起中国人的"暗藏",日本人饮食习俗中"女体盛"就显得更明目张胆了:"女体盛"是以赤裸女子充当"大餐"的器皿,要求极高:处女、漂亮、身材好,理由是漂亮的处女具备内在的纯情和外在的洁净,也最能激发食客的食欲;血型以 A 型为宜,因为 A 型人性格平和、沉稳、有耐心,最适合这种岗位。"女体盛"上菜时,要先经过严格的净身程序,然后赤裸着在客人指定的位置躺下,固定姿势,由助工以食物的特性放置位置,比如鳜鱼给人以力量,要放在心脏的部位;旗鱼有助于消化,要放在腹部……大宴开始,食客们一边欣赏着女体,一边吃着食物。"女体盛"如此排场,价格自是惊人,据说在一个全裸的"女体盛"上吃顿马林鱼、鲔鱼、乌贼和扇贝寿司,至少要花人民币 1 万元以上。

日本的文化传统中,常常有一种最自然状态下的野性,既可以说是严重扭曲、带有极端变态,也可以说是浑于天然、有着最无羁的欲望表达。这些东西一方面带有某种幻想的意义,另外一方面又有着一种危险的极端美,它阴鸷而执拗,渗透在日本国民的意识当中,也渗透在日本的审美当中。在日本的武士道精神中,在三岛由纪夫、川端康成、谷崎润一郎的小说中,在电影《失乐园》《感官世界》中,我们都可以看到这种极端地对美的追求。在日本的烹饪中,我们同样也能感受到。

值得一提的是,电影 Women on Top 中的克鲁兹却是从家中逃出来的,因为丈夫太过花心。这样的男人真是瞎了眼,碰上这样一个"才貌双全"如"七仙女"般的好老婆,却不知道珍惜,这不是一个"浑球"又是什么呢?

上海菜与杭帮菜

天鹅湖附近的购物中心,新开了一家主营上海菜的餐馆,我周日带着一家老小去尝鲜,没想到生意好得"一塌糊涂",得事先预订,否则要领号在店外排队。我没想到在 2013 年餐饮业极不景气的情况下,一家餐馆竟有如此火爆的场面。个中原因,跟合肥有众多上海人有关,不过最根本的,还是因为上海菜好吃。

如果溯本求源的话,上海菜的历史并不长,是近代上海开埠之后的事,并且,在很长一段时间里,还属于淮扬菜系的一个"帮"——民国之前的中国菜肴,分为"四大菜系":鲁菜、苏菜、川菜和粤菜。苏菜即淮扬菜,即东南地区一带菜肴的总称。因为淮扬菜区域太大,名下又分为很多"帮",即分支,上海菜就是其中的一支,也称"上海本帮菜"。从风格上看,上海菜有淮扬菜系的一些特点,又有着自己的风格,它比淮扬菜精细,也比淮扬菜家常,它似乎更适合私人或者三五人的聚会,而不是那种大场面的铺张宴席。

上海菜的特点，无疑跟上海人的特性，海派文化的风格、审美和喜好有关。上海本帮菜用料都很家常，却不因为材料便宜随意处之，而是加以精心调理和包装。这当中最具典型性的菜肴就是老油条炒丝瓜——老油条和丝瓜，系街头巷尾寻常所见，谈不上高贵，甚至有些低贱，上海人就是将这两个"贱货"放在一起炒，不仅色泽碧绿配金黄，煞是漂亮，而且吃起来别有一番味道。"老油条炒丝瓜"既是烟火气中带有小清新，也有着"老少配"的快乐和默契。

上海菜的确好吃——多年前中央电视台的刘仪伟曾做过一档烹饪的节目，很受欢迎。刘仪伟是四川人，吃遍全国，不过他说他最喜欢吃的，还是上海街头小饭店的上海菜，烧得特别精致，味道也特别好。我也有同感，每次到上海，都喜欢在街头选个雅致的小饭店，点几个家常菜，来一瓶啤酒，边看街头风景边吃。记得有一年在徐家汇的一条街道上，随意找了一家小饭店，点了几个菜，其中有一道红焖高瓜，无他料，浓油赤酱，精致地陈列于一盏小碟中，上面撒点香菜。这一道小菜的品相与味道至今让我难忘。

上海人真是很聪明的，他们往往能够在各种各样的罅缝中找到自己安身立命的自由空间，比如说政治的罅缝、经济的罅缝、各种竞争压力的罅缝，在权与贵的背景下，做到沉着淡定，把普通人的日子过得有条不紊——当北京人二三两二锅头酒下肚，面如猪肝一样侃个昏天黑地;当喜好排场的广东人动不动就要吃鲍鱼捞饭;当剽悍的东北人一个劲嚷嚷要吃炖蹄肘;当山东人张罗要吃满盘大肥蟹,或者安徽人要喝牛鞭煨甲鱼汤的时候,只有上海人精致地炒上一盘丝瓜油条,呷几星黄泥螺,来一点皮蛋瘦肉粥安安静静地吃得有滋有味。有人说上海人是中国人中最会生活的,确实是这样。这是一种气质,更是一种见识。

与上海菜一样当年属于淮扬菜系的,还有杭州菜。杭州菜当年叫"杭帮菜",同样属于淮扬菜系下的一个"帮"。当"四大菜系"衍生为"八大菜系"时,杭帮菜与宁波菜自然组合,独立成为浙江菜。浙江菜用料讲究品质和时令,讲究细、特、鲜,要求食材的柔嫩和爽脆。

浙江菜中,杭州菜与宁波菜也是有区别的,宁波菜以鱼鲜为主,兼有"腌笃鲜"之类的咸货;杭帮菜呢,更倾向为清新自然,山珍也好,海味也好,以真味为上乘。这也难怪,坐拥天堂的湖光山色,杭州人骨子里安之若素,口味必定从容淡定,不屑火气和刺激,更注重本味,讲究食材本身的味道。

杭帮菜最有名的是苏东坡首创的东坡肉,即以带皮的普通猪肉,调以黄酒,置于密封的砂锅之中用文火慢慢焖烧而成,不放其他东西,就是肉烧肉;或者在肉的下面铺上一层霉干菜,即为"东坡扣肉"。还有叫花鸡,据说是从叫花子那里学来的,另一种说法是济公传下的,吃的还是本色——用越鸡佐以绍兴酒、生姜、葱叶,再用荷叶分层包裹,涂上用酒糟和盐水调成的酒坛泥,最后置放在稻草堆点着的草灰中。这一道菜的好,就是鸡味尽出,配料绝不喧宾夺主。杭帮菜还有一道"宋嫂鱼羹":将西湖的鳜鱼切成缕缕丝状,配之以火腿、竹笋、香菇、鸡汤,用文火炖成,据说当年宋高宗赵构吃得龙颜大悦,吃完后赐金百文,宋嫂也一下创了牌子,成了当地餐饮业的首席"富婆"。

当然,杭帮菜最好的境界,应是醉于西湖的李渔所感悟的,李渔说:"陆之蕈,水之莼,皆清虚妙物也。予尝以二物作羹,和以蟹之黄,鱼之肋,名曰'四美羹'。座客食而甘之曰:'今而后,无下箸处矣。"李渔独创的这个"四美羹",不仅求味道,而且有文化,有审美,雅致清新,雍容随意。这一种"清虚妙物"的风格,就是杭帮菜的真味。

杭帮菜的名菜"西湖醋鱼"讲究的同样是真味和意蕴:先将草鱼或青鱼在清水池中饿养两天,吐净胃肠,收紧鱼肉;操刀将杀后洗净的草鱼沿背骨剖开,连背骨的称雄片,另一片为雌片,用刀在雄片和雌片鱼身上划上几道口;将锅里的清水烧开,鱼放入水中,鱼皮朝上,加盖煮至水再开时,转微火煮 5 分钟左右,用竹筷轻扎,若扎入,便可断定鱼已断生;将水倒出大半,只剩少许汤汁,下酱油、绍兴黄酒、姜末等,略煮片刻捞出,鱼皮向上装盘;将锅里的原汁水加入白糖、上等香醋、淀粉等,熬成滚沸起泡的浓汁,慢慢浇在鱼身上。这样,一道色泽红亮、醋香扑鼻、酸甜适中、滑嫩细腻的"西湖醋鱼"即大功告成。西湖醋鱼的特色在于不用油,以鱼自身的鲜嫩和本味取胜。这样的本真,靠的是鱼的质地。古时西湖清澈见底,出产的清水鱼味道鲜美,而现在呢,由于西湖水的变化,怕是很难吃到美味的鱼了——1997年春天,我到杭州,在西湖的一家餐馆里慕名点了这道名菜"西湖醋鱼",店主说这鱼确实是西湖中的青鲩,待鱼端上来之后,筷子夹上去一吃,一股浓重的泥腥气!也难怪,以那时候西湖水的状况,那哪是青鲩,只能算是一条大泥鳅了!

几年前的一个夏天,我曾经在灵隐寺边上的中国作协创作基地休假一周,这是一栋老式别墅,面积不大,居住却特别舒服。酷暑之日,栖身于此,真是过了几天神仙般的日子:每日早睡迟起,上午去附近景点游玩,晚饭后去附近的灵隐寺散步,闲时在院落里读书。给人印象至深的是那段时间吃的正宗杭帮菜:青鱼划水、熘土豆丝、炒茄丝、东坡肉、红烧栗子肉、木樨肉、老鸭煲、八宝豆腐、糟烩鞭笋、栗子炒仔鸡、板栗烧肉、糖醋排骨、糯米蒸排骨、油爆河虾、油焖春笋、油焖茄子、杭三鲜、红烧狮子头、爆炒田螺、鱼头豆腐汤、杭州酱鸭、一品豆腐、"猫耳朵"等,虽然轻油、轻浆与清淡,却格外爽口,温馨好吃。真是难得基地的几个本地厨子,能把饭菜做得如此香甜,将杭帮菜的魅力发挥得淋漓尽致。

除了家常的杭帮菜,在杭期间,我还得以机会去了"楼外楼""天外天"等饭店,尝了龙井虾仁、宋嫂鱼羹、叫花童子鸡、糖醋咕咾肉、红烧鸡翅等著名菜肴。那一段吃得好、睡得好、玩得好的日子,让我深深体会到作为文艺工作者的福利和实惠——还是有组织好啊!

素食与佛心

素 食

很多年之前,合肥红星路上曾开过一家叫"素味斋"的饭店,老板姓端木,六安人,是位女性。开业那天,她请我们吃饭,让我们对她的菜肴提意见。我第一眼见到她的时候就觉得她为人很和善,举止投足很真实,能吃苦,且很执着。我还看出她最近有诸多事情缠身,眉间几多辛苦。但我没有问,她也没有说。

端木说自己原先是搞烟酒批发的,在生意场上摸爬滚打了近20年,后来觉得做生意实在是无趣,耗神耗心,把人之为人全都搞乱了,所以想静下心来,开一个素食馆找点事做。端木在介绍开此素食斋的目的时一再强调:主要目的真不是想赚钱,只想提倡素食,让人们少杀生——看得出来,她是相当有佛心的。

"素味斋"请的是上海龙华寺素味馆的大厨。大厨是上海居士,做事很认真,也很挑剔,几乎所有的原料都要求到上海去买,连酱油、醋也要求上海品牌的。这样挑剔的结果,使得"素味斋"的素斋带有很强的上海风味:比如说素鸭,看起来金黄、油腻,连鸭皮上的毛孔都一清二楚,活脱脱一个北京烤鸭的模样,但一咬下去,才知道是完全的素食;还有一道素味红烧肉,像极了肉的模样,本准备大快朵颐,但一吃下去,却是豆制品的味道。

"素味斋"清洁静雅,不仅没有荤,没有蒜、葱、韭菜,连白酒和烟也没有的卖——一笔可以利润很大的买卖,从这一点可以看出,端木真是为了她的一点"小理想"在做着什么。"素味斋"一直播放着佛教背景音乐,点着若有若无的檀香,在这样的环境里吃饭,似乎也真能被约束住,显得格外谦恭。

与很多虔诚的人一样,端木还有一些关于素荤食物很质朴的观点。端木说:"你看,所有的素油都是流动的,而荤油却是凝固的,如果一个人荤吃得太多,血液就容易凝固。血栓之类的病不就是这样形成的吗?"

想一想,端木的话似乎很有道理。

一年之后,当我再一次路过红星路"素味斋"的地点时,我突然惊异地发现,素味斋门店已关上了,紧闭的大门上吊着一个牌子,上写:"门店转让"。我大吃一惊,心想这大约是因为生意不好的缘故吧,或者是端木又出了什么事。有一次跟几个朋友见面,话题转到了素味斋,一个朋友很直接地说:"吃饭本来就是放松的,那个地方,不能喝酒,不能抽烟,不能吃荤,不能大声说话,像上教堂一样,我去那吃饭干吗?难怪那饭店会倒闭。"

想一想,朋友的话似乎也有道理。

佛　心

我在素斋席上发现了一个奇怪的现象:几乎每一道素筵菜单都有一个非常"荤"的名字。比如说我手头的一家素味馆的一张菜谱,那上面写的是:鱼香雀巢鳝、豆花转肥肠、东崖百花甲鱼、龙虾听响铃、石耳鱼丸汤、椒盐素排骨,等等,都是素食取荤名。我不知道这是厨师们故意以假乱真,还是以此来撩拨人们的凡心。有一次我在一家素食馆吃饭,询问素菜荤名的原因,老板回答说:这是让食客们以荤菜素吃为起点,不杀生,借以训练他们的佛心。

实际上提倡吃素不只是佛家。中国的儒家也提倡吃素,只不过在态度上没有佛家那么坚决罢了。出家人吃素究竟是因为什么? 我在对佛极感兴趣的那一段时间里曾经很认真地研究过这个问题。戒律杀心只是其中的一个原因。关键之处在于,人吃荤对"静心"不利,按照现代医学来说,荤食当中所含的脂肪和蛋白质多,能量太大,让人躁动,不仅不利于日常的功课"坐禅",并且更能激发人们的欲望,尤其是性欲。印度佛教禁"五辛",五辛是大蒜、革葱、韭葱、兰葱、兴渠。这五种东西,在中国只有前四种,所以中国又把前四种称为"素荤",列入禁忌的对象。在佛教思想里,吃不应该是满足口腹之欲,而是为了"治病",或者是为了维持浮生的手段。佛教为了把人的需求和欲望降到最低点,只是允许人们吸收一些能保持生命的能量,除此之外,便是奢侈。因此"过午不食"也就成为寺院的戒律了。

真正的出家人,肯定会自发减少自己身上的能量的,只有这样,才能避免被身上的"魔"控制。至于斋席上把那么多用植物蛋白质所做的东西取了"荤名",我想或许这些斋饭只是做给那些"尘心未了"的居士吃的,以解他们的馋瘾。而那些居士在这种方式中,既可以吃到素食,陶冶佛心,同时又可以间接地吃到了"荤"。这种"暧昧"的态度,可能就是素食"不彻底"的重要原因。

"不食荤"是佛祖释迦牟尼所定的基本戒律。印度人似乎从没有对此表现出犹豫,是坚定不移地执行了。但在中国的素食中就表现出了"暧昧"。不仅是在素食上,在中国文化的很多方面,都可以见到这种自欺欺人的"中庸",或者说是一种自以为是的做法。印度佛教在入中国之后,形成了颇具中国特色的"禅宗"。在"禅宗"里面,就有许多似是而非自欺欺人的做法。比如说关于"开悟"的一些东西,还有一些"棒喝"之类,都把人弄得云里雾里,不知所云,让人觉得是在玩一些"哑谜"。还有一些"大悟之人"的言行也值得人们怀疑。比如说"狗肉穿肠过,佛祖心中留"。这句"大悟之言"更容易让奸猾的小和尚们钻空子,对于"大悟"之人来说,这实在是一句感悟;而对于那些六根未净的小和尚,这便成了一个绝妙的"偷梁换柱"的"撒手锏"了。

但关于和尚"舍义吃荤",还有一个感人的故事:明末时张献忠造反,史书上记载"屠戮生民,所过郡县,靡有孑遗"。有一天,张献忠见到了破山和尚,破山和尚为民请命,要求张别再屠城。张献忠叫人抬出羊肉、猪肉、狗肉,对破山说:"你如果开戒吃这些东西,我就不杀人。"破山长啸一声说:"老衲为百万生灵,何惜如来一戒!"就立刻吃给他看。张献忠此次便封刀没有杀人。

好男儿在厨房

平日得闲,总喜欢在家摆弄些菜肴。朋友们说我的菜烧得不错。其实我只是有意无意地把它当作一件事来做,算不得太投入,有点"非想非非想"的意味。对于我来说,烧菜并不算一件很复杂的活,总的原则是:有味使之出,无味使之入。

烧菜的心情很重要,心情好时烹饪,菜必色香味俱佳,心情不好时烧菜,火候往往难以掌握,菜不是烧焦了就是烧煳了,味道不是淡了就是咸了。曾看过一篇小说,池莉写的《绝代佳人》,讲两个女知青迷路之后遇到田间地头的一个鬼,这鬼曾是一个老知青。老知青招待小知青时烧了一个菜:"绝代佳人",就是晚秋的茄子炒辣椒。因为有着浓浓的相逢之情,加上茄子和辣椒刚从地里摘下,此道菜色香味俱绝,堪称"绝代佳人"——好多年后,两个知青再怎么试验,也找不到那份绝佳的味道了。当然,这样的故事就有些玄了。

烧菜需要感觉。烹饪与艺术相似,感觉准了,咸淡生熟轻重都适宜。从客观上讲,男人的创造力和能量更强,这使得他在烧菜时更具有一种开拓精神,更有一种创造力。女人烧菜有着很大缺陷,女人太细腻,太专注,太保守,太死板,细腻有余而大局观差,所以女人烧菜往往缺乏一种独特的味道和个性,比较平淡。女人也不善于反思,在烧菜上往往改变很少,进步不快。所以一个家庭往往会出现这种情况,母亲一辈子只会烧几个拿手菜,而这通常是她当姑娘时学的。

烧菜也需要想象力。男人天生就是做菜的。男人不守规矩,创造力强。这种特点在其他方面还有可能用错或者无用武之地,但用在烹饪上却是恰到好处。男人可以日日精进,将他的聪明才智发挥在厨房里。厨房可以说是任何一个男人智慧、想象力、性情发挥的最佳场所,它可以无视社会对他的忽略,也可以无视运气,在厨房里,男人还可以锤炼自己的厨心、厨趣、厨艺、厨品。这些厨房里所必要的东西,与人的人品、性情、处世原则等,都是相连相通的。《老子》说:"治大国如烹小鲜。"这话引申出,如果菜烧得好了,治理国家就变得容易了。治国之"理"与烧菜的"理"是一样的。

烧菜得懂"理"。以烹饪的至理,应是"有味使之出,无味使之入"——味道足的食材,要想办法把它的味道烧出来;味道不足的食材,要想法把辅佐的味道烧进去。有些食材类似少年,热情高涨,劲儿太冲,要投入点理智进去,算是败败兴,去掉点莽撞;有些食材类似中年,心态平稳了,甚至寂寥琐屑,得投入热情,旺火烧煮,高汤辅佐,才会让它有滋有味……该加盐时加盐,该加辣时加辣,该加糖时加糖……在我看来,中国菜的烹饪是一种"合和"的艺术,讲究中庸,杜绝偏执,目的是使菜肴如人生一样,看起来色泽鲜美,品起来滋味悠长。

台湾大导演李安拍过一部电影《饮食男女》,女主角是吴倩莲。李安的这部电影的主要意思是要说明中国文化在现今的退化。男主人公是一位闻名遐迩的老厨师。凄清的晚年,他最无奈的一件事就是感到自己越来越孱弱,这个世界跟他的距离越来越遥远。老厨师丧偶在家,每天最主要的事情就是"买、汰、烧"各式各样的好吃的给自己的三个女儿吃。老厨师对女儿非常怜爱,烧得也格外精细,每天为女儿们端上七碗八碟丰盛的菜肴——这样的情景,真是让人由衷地羡慕!有一种说法是说选择配偶一定要选一个会烧菜的。因为即使是再美丽英俊的面孔,天天看着也会觉得平淡无奇。而会烧菜则不一样,男人只要一会烧菜,女人就举手投降了;而女人会烧菜,男人就特别愿意回家。

北京有一位正走红的女作家前些年跟一位男作家结婚又离婚,婚姻异常短暂。当别人问她对这位男作家的评价时,女作家深有感触地说:这个人几乎没有任何优点,但是菜烧得不错,离婚后最大的遗憾就是没有吃到那么好的菜了。

烹饪在女人心中的地位由此可见。

燕鲍参翅与冬虫夏草

世界各国之人中，中国人还真是会吃，别的不说，比如"四大"美味——燕窝、鲍鱼、海参、鱼翅，很多国家的人尚不知晓这是何方神圣时，中国人早已将其奉为"珍馐"，列入美食行列了。吃鲍鱼的历史可以一直追溯到汉朝，据说西汉末年的王莽就是一个"鲍鱼控"，每当心情不好之时，就要喝酒吃鲍鱼以排遣情绪。三国时曹植在悼念父亲曹操的文章中，曾提到曹操生前喜食鲍鱼，后人论证孟德精力如此旺盛，应跟长期食用鲍鱼有一定关系。比较而言，鱼翅、燕窝的记载要迟一点，鱼翅曾出现在明代李时珍的《本草纲目》上："（鲨鱼）背上有鬛，腹下有翅，味并肥美，南人珍之。"《金瓶梅词话》第五十五回蔡京官邸的管家招待西门庆："都是珍馐美味，燕窝、鱼翅绝好下饭。只是没有龙肝凤髓。"这说明当时燕窝、鱼翅已成为富人盘中的珍馐了。史书中还发现了明熹宗的常用食谱，其中有一道用鱼翅、燕窝、鲜虾、蛤蜊等十几种原料烩成的"一品锅",很像是后来的"李鸿章大杂烩",这说明明朝的皇帝已开始启用海鲜大补了。关于海参的历史,明代之前很难见到,只有清代《本草以新》记载,海参有"补肾益精,壮阳疗痿"的功效。至于燕窝,中国古代典籍记载较多,燕窝一直是宫廷内最著名的养生补品,据说唐朝李氏宫廷中已开始煨食。比较统一的说法是郑和下西洋,将东南亚烹食燕窝的方法带进了中原。之后,燕窝开始大量进入中国。明神宗万历十七年(1589年)有关燕窝关税的记载说:燕窝之税银,上等货一百斤税银为一两,中等货七钱,下等货二钱。民间曾有诗云:"海燕无家苦,争衔白小鱼。却供人采食,未卜汝安居。味入金齑美,巢营玉垒虚。大官求远物,早献上林书。"诗中的大官,指的是掌管御食的光禄寺卿。从这首诗的描述,可以看到当时宫中对燕窝的需求。

　　中国的饮食文化,似乎到了明清,尤其是清代之后,才显得格外发达。其中的原因,一方面是因为明清社会相对稳定,经济发展起伏不大,百姓安居乐业;另一方面,也跟上层社会的喜好和示范有关。明清之后,"四大美食"已成为上层社会的风气,尤其是清朝,从乾隆皇帝到慈禧太后,都特别嗜食燕窝,历代皇帝每日早朝前都须服用一盏燕窝粥,这成为每天的惯例。清代官场筵宴的最高规格"满汉全席","四大美味"是其中必备的混搭。宫廷之中甚至还有全鲍宴,以鲜鲍和干鲍做各种各样的菜肴。当时沿海各地方官来京,大多以鲍鱼为贡品:一品官员进贡一头鲍,二品官员进贡二头鲍……直至七品官员进贡七头鲍。"一头鲍"不是数量是重量,是说一斤鲍鱼只能是一头,这就是巨鲍了!不仅如此,中国古代宫廷厨师还专门摸索出了一整套鲍鱼烹饪要求和方法:烧制不能太软也不能太硬,入口要软糯,齿颊要留香;一般备炭火瓦罐,用小火煨制近20小时,配以鱼翅或者刺参……如此这般,繁文缛节,真可谓精益求精了。

"四大美味"好吃吗?当然好吃,尤其是鲍鱼、海参和鱼翅,口感和嚼头尤其好。有人说美食就是"滋味","滋"是质感,"味"是味道,食材的质感更重于味道。鲍鱼就是这样:鲜鲍有鲜鲍的味,干鲍有干鲍的味。鲜鲍鲜而细,干鲍绵,软硬适中,咬起来有弹性,喉咙眼散发着特殊的香味。鲍鱼和鱼翅烹饪时需加入云腿、老鸡、赤肉文火慢煨,使之入味调和,真正变得有"滋"有"味",芳香十足。当年张大千曾对北平谭家菜"红烧鲍脯"有评价:"滑软鲜嫩,吃鲍鱼边里如啖蜂窝豆腐,吃鲍鱼圆心,嫩似熔浆,晶莹凝脂,色同琥珀。"这样一个比喻,除了"晶莹凝脂,色同琥珀"比较准确外,其他的,都可以说是"隔山打牛",用语言文字来形容味道,难!当然,以"认死理"的科学分析,"燕鲍参翅"并没有什么特别之处,也没有什么特殊味道:燕窝是金丝燕的唾液分泌物和着泥巴、羽毛等粘成的巢穴,若撇开冰糖、银耳、莲子等佐物,吃这丝块状的鸟类口腔分泌物恐怕味同嚼蜡;鲍鱼原本是海洋里的普通贝类,吃起来稀松平常,营养只不过相当一枚鸡蛋,只是韧劲和口感稍好;海参论分子结构与营养成分也一般,与一般的海产品相差不大;翅则是鲨鱼的鳍,稍多一点钙罢了……科学往往就是这样寡趣,不过以现代科学对世界"九牛一毛"的了解,如此结论很难说是十分准确的。

相较于西方人,中国人似乎格外钟情"四大美味",鲍鱼、海参、鱼翅、燕窝都来自海洋,身处内陆之中,能吃到海洋馈赠的宝贝,是很值得炫耀的一件事。中国的达官贵人们,在吃腻了大荤大油的猪马牛羊后,先是把目光望向熊掌、驼峰、甲鱼、蛇胆,再把舌头卷向猩猩的嘴唇、獾狗的脚掌、肥燕的尾巴、大象的鼻子等。吃来吃去吃什么?无非是吃一个稀罕!"四大美味"无疑也是这样的东西。

与"燕鲍参翅"一样稀罕稀奇的,还有冬虫夏草。冬虫夏草不属四种美味,而是一种药。20世纪90年代我在云南看到有人卖,不知道是什么东西,当时不仅我不知道,中国知道的人也不多。而现在,全中国人都知道冬虫夏草是一种壮阳的补药。《药物大全》介绍说:冬虫夏草既是植物,也像动物——它的外部是一条虫,有着红色的头和嘴,还有8对整齐的脚;头部被穿透长出一株小草,看起来非常神秘。冬虫夏草的成因也相当有意思——在青藏高原与云贵高原雪线之上的雪地之中,生长着一种昆虫,叫"虫草蝙蝠蛾",每年春季,这种虫便产卵孵化蜕皮成为如蚕一样的幼虫,随后长得白白胖胖开始越冬。恰巧此时有一种叫"虫草菌"的子囊孢子成熟,随风飞扬渗入泥土,一旦遇到蛰居在土中的蝙蝠蛾幼虫,便自然而然钻入虫体,以其为媒介生长发育。草在虫的身体内一个劲地生长,虫难受死了,不停地挣扎。最后的结果,以草长出虫的身体胜出而结束,也就成了半荤半素的冬虫夏草。以中华医学的思维方式,臆度虫与草之间撕心裂肺争夺的漫长过程,加上该物又生长在雪线之上雪地之中,如此殊死争斗,必定会产生"极品大补"了……冬虫夏草就这样产生了,它是自然界动植物争斗的结果,也是人类怪力乱神思维的结果。

值得一提的是,所谓的"四大美味",所谓的"八珍",所谓的冬虫夏草,大部分起于明代,全盛于清朝之后。在我看来,当年清兵入关,就像下山的东北老虎一样,张着血盆大口胡乱咬,不仅吃得多,吃满汉全席,还特别敢吃,"上欲九天揽月,下敢五洋捉鳖",一个个吃得体阔腰圆、虎背熊腰,高血压、高血脂、高血糖、大肚皮。从吃上看,这一个朝代,真是没有品位的"土豪金"时代。

跋

中国武术有飞花摘叶均可伤人之说,我少年时一直信以为真。到了成年之后,对于此类的手中无剑、心中有剑的玄幻之说,开始变得疑惑,我宁愿相信毫无诗意的拳击和肉搏。不知这算不算"见山还是山"的第三层次?有一个最简单的问题似乎人们总是懒得去想:为什么人类对于水从不生厌,对于大米从不生厌?除了水和大米能维系人的生命,还在于水和大米无味,无味的东西才是至味!所谓大象无形、大音稀声、大德无道、大道无门,大味呢,就应该是无味!以无味而成永远,应是水和大米的本质,假如你能静下心来,你就能品出大米与水的味道有多好。

烹饪本身就是美的:它有一种从容不迫和缓慢,还有心无旁骛,以及随后自我沉醉于劳动所生发的齿间芬芳。比较起外部的物是人非,菜肴中呈现出的芬芳,更真切,也更值得人们去刻骨铭心。好的烹饪是需要良好心态的,比如说一元而起的欢喜心,平和的原则,寻道的精神,获求最为恰当的方式和路径追求完美……对于我来说,闭户即是深山,我喜欢从菜市采购一大堆食物,而后一一摊开,有条不紊地打理它们,让它们归类,让它们搭配,让它们结合,让它们彼此爱上或者彼此争斗……这个世界的所有食材都是有习性的,烹饪的乐趣之一,在于让它们以各种方式排列、组合,产生和谐和新意,以得到其中的道。都说"治大国若烹小鲜",其实,就烹饪而言,内中的道理,又何止是治大国所能比的呢?有一种暗藏的东西,甚至比治大国更玄妙也更幽深。

铃木禅师在谈论饮食时说:"即使你正在津津有味地大啖某些食物,你的心应有足够的平静,去欣赏那准备菜肴的辛劳,以及制作杯盘、碗筷每一件器皿的努力。以一颗宁静的心,我们能赏识每一道蔬菜的滋味,一个接一个的。我们不添加太多的佐料,所以能够享用每一蔬果的质地。那是我们如何烹煮食物,如何品尝它们的方法。"

烹饪是一种禅。我的徽菜,是我的生活,我的记忆,也是我的本真和修行。